€ 2.50

LUTZ BÜGE & CHARLES DICKENS

DER FALL EDWIN DROOD

LUTZ BÜGE & CHARLES DICKENS

DER FALL EDWIN DROOD

Roman

Übersetzungen aus dem Englischen
von Heike Steffen

MännerschwarmSkript Verlag
Hamburg 2003

Bibliografische Information der Deutschen Bibliothek
Die Deutsche Bibliothek verzeichnet die Publikation
in der Deutschen Nationalbibliografie; detaillierte
bibliografische Daten sind im Internet über
http://www.dnb.ddb.de abrufbar.

«The Mystery of Edwin Drood» von Charles Dickens erschien ursprünglich als Fortsetzungsroman und wurde 1870 erstmals in Buchform veröffentlicht.

Lutz Büge & Charles Dickens
Der Fall Edwin Drood
Übersetzungen aus dem Englischen von Heike Steffen

Umschlaggestaltung: Carsten Kudlik, Bremen, unter Verwendung des Gemäldes *Portrait of T. E. Lawrence* von Henry Scott Tuke
Druck: Interpress, Budapest, Ungarn
1. Auflage 2003
ISBN 3 935596 16 2

MännerschwarmSkript Verlag
Lange Reihe 102 – 20099 Hamburg
verlag@maennerschwarm.de
www.maennerschwarm.de

VERHÖR IN DER SACHE «EDWIN DROOD» VOM 31. 12. 191 N. D.

ZUSTÄNDIGER BEAMTER:
INSPECTOR RICHARD CUFF

Also noch einmal von vorne: Nennen Sie bitte Ihren Namen.

Wie oft soll es denn noch gehen! Ich heiße Geoffrey Ablewhite.

Wie alt sind Sie und was ist Ihr Beruf?

27, Student.

Welches Fach?

Physik, Schwerpunkt Quantenmechanik.

Die Tatsache, dass es in ganz England keine Universität gibt, die ein solches Fach anbietet, kann Sie weiterhin nicht von dieser Behauptung abbringen?

Natürlich nicht, warum sollte ich lügen? Vielleicht sollten Sie sich ganz einfach die Lehrpläne von Oxford oder Cambridge anschauen.

Dort wird das Einzige gelehrt und erforscht, was der vertiefenden Beschäftigung wirklich wert ist: Literatur, allenfalls noch Philosophie, wie Sie genau wissen.

Waren Sie jemals in Oxford?

Lassen wir das. Berichten Sie, was Sie am Abend des 20. 12. 191 in Cloisterham taten.

Das habe ich Ihnen doch schon dreimal erzählt.

Dann eben zum vierten Mal: Was taten Sie am Abend des 20. 12. 191 in Cloisterham?

Überhaupt nichts.

Der Zeuge Dick Datchery wird unter Eid aussagen, dass Sie ein Lokal namens Traveller's Twopenny in Cloisterham gegen halb elf betraten, 30 Minuten vor der Sperrstunde.

Das ist richtig, aber dieses Lokal befand sich zu jenem Zeitpunkt nicht in Cloisterham, sondern in Rochester. Bis zu diesem Abend kannte ich keinen Ort namens Cloisterham. Außerdem war es ein Tag im Februar 2003, ich weiß nicht genau, welcher.

Zu Ihrer Information: In diesem Moment befinden wir uns im kommunalen Gefängnis von Cloisterham.

Klar, inzwischen habe ich Cloisterham ja kennen gelernt.

Was wollten Sie im Traveller's Twopenny?

Was trinken. In diesem Kaff namens Rochester gibt es ja sonst nichts, wo man um diese Uhrzeit noch was zu trinken bekommt.

Fürs Protokoll: Der Häftling hat das heilige Rochester als «Kaff» bezeichnet.

Natürlich, als was soll man eine Stadt denn sonst bezeichnen, in der es nur eine einzige Männerbar gibt?

Diese Männerbar – sprechen Sie zufällig vom Traveller's Twopenny?

Mit Zufall hat das nichts zu tun.

Woher nehmen Sie die Gewissheit, dass es sich um eine Männerbar gehandelt haben könnte?

Wie würden Sie das denn nennen, wenn an den Wänden schlechte Plakate von nackten Jungs hängen und die Typen zwischendurch paarweise auf der Toilette verschwinden? Außerdem gab es eine Kuckucksuhr ohne Kuckuck und sie haben Sandy Shaw gespielt.

Dabei handelt es sich um ein Brettspiel?

Um eine Sängerin. Haben Sie nie von Sandy Shaw gehört?

Nein, aber ich kann mir nicht vorstellen, dass das ein herber Verlust sein sollte.

Du liebe Zeit, und Sie wollen Brite sein? Sandy Shaw hat in grauer Vorzeit mal den Grand Prix für uns gewonnen, mit «Puppet on a String». (singt ein paar Takte vor)

Hochinteressant. Dieses Lied wurde also in der ... der Männerbar gespielt. War zufällig auch Opium im Spiel?

Zufällig nicht. Opium ist seit achtzehnhundertsowieso verboten.

Aha. Sagen Sie mal, in welcher Welt leben Sie eigentlich?

Da muss ich wohl erst Stephen Fry fragen, schätze ich.

So kommen wir nicht weiter. Ich schlage vor, wir versuchen es der Reihe nach. Spielen wir das Szenario mal durch. Es ist ein Tag im Februar des Jahres ...

2003.

Danke. Sie sind als Tourist in ... (räuspert sich) ... Rochester.

Genau. Mein Freund Franklin Blake ist ein Fan von Charles Dickens und wollte unbedingt den Wohnort von good ole Charlie besichtigen. Ich hielt es für eine Schnapsidee, Ferien in einem Kaff zu machen, wo es nur eine einzige weitgehend inakzeptable Bar gibt, aber er war von seinem Vorhaben nicht abzubringen.

Sie bezeichnen Mr. Blake als Ihren Freund – was meinen Sie damit?

Dass wir manchmal zusammen auf die Toilette gehen.

Ausgezeichnet. Sie sprechen also von Invertierten, von Sodomiten.

Nein, von Schwulen. Von Gays.

Nun, ich denke, wir meinen dieselbe unaussprechliche Abscheulichkeit. Wie auch immer – Sie suchten also diese weitgehend inakzeptable Bar auf, um etwas zu trinken, wie Sie sagen. Dort machten Sie die Bekanntschaft von Dick Datchery, dem Wirt. War sonst noch jemand anwesend?

Ja, zwei minderjährige Stricher und ein paar alte Knaben mit Wanderblasen, außerdem der Gehilfe des Wirts, ein süßer Knackarsch mit einer auffälligen Lücke zwischen den Schneidezähnen.

Sehen Sie, damit sind wir ja schon ein Stück weitergekommen.

Soll ich Ihnen mal näher auseinander setzen, wie weit ich mit dem Gehilfen des Wirts insgesamt gekommen bin? Das war der beste Teil des Abends.

Wenn Sie nichts dagegen haben, widmen wir uns dieser Episode lieber zu gegebener Zeit. Kümmern wir uns zuerst um die Ereignisse direkt nach Ihrer Ankunft. Sie sagten, Sie hatten Streit mit Mr. Blake.

Ich war leicht angesäuert wegen der Schnapsidee mit der Reise nach Rochester und wir stritten uns über den kulturellen Stellenwert des Bettes, in dem dieser Dickens gevögelt hat. Frank war deswegen total hin und weg. Sagen wir es so: Ich konnte ihm nicht ganz folgen.

Gevögelt – ist das ein Begriff aus dem Jahr 2003?

Eher aus dem Jahr 1970, aber für einen alten Knacker wie Dickens finde ich ihn immer noch recht passend.

Haben Sie jemals etwas von Charles Dickens gelesen?

Nicht so richtig. Hab's mit «Oliver Twist» und «David Copperfield» versucht, fand das aber stinklangweilig und super-altbacken.

Ausgezeichnet. Was tranken Sie im Traveller's Twopenny?

Bier. Ziemlich viel und ziemlich schnell. Es war eine halbe Stunde vor Schließung und ich musste zusehen, dass ich noch einigermaßen auf meinen Pegel kam. Außerdem war ich sauer, wie gesagt.

Dabei unterhielten Sie sich über den ... den «alten Knacker»?

Genau. Ein anderer Gast schaltete sich ein, als er mitbekam, dass wir uns über Dickens stritten, ein Rentner mit einem sagenhaften Rauschebart. Es ist mir ein Rätsel, wie sich ein Mensch freiwillig auf solch groteske Weise verunstalten kann.

Fürs Protokoll: Der Häftling beharrt auf seiner Darstellung der Anwesenheit eines weiteren Gastes, der ihm nicht namentlich bekannt ist. Mr. Datchery und sein Gehilfe bestreiten die Anwesenheit dieser Person. Kommen wir nun zu dem Punkt, als es elf Uhr wurde. Wie viele Personen befanden sich außer Ihnen noch im Traveller's Twopenny?

Frank, der Wirt, sein Gehilfe, der alte Dickens-Fan und die beiden Stricher.

Die übrigen Gäste waren gegangen?

Ja. Und jetzt kommt die Stelle, die Sie mir auch beim vierten Mal nicht glauben werden.

Sie meinen die, wo der Wirt zur Tür geht, um sie abzuschließen, woraufhin die beiden ... äh ...

Stricher.

... ja, sich in Luft auflösen.

Mit einem leisen Knall, genau.

So, mit einem leisen Knall.

Dieser Knall entstand, als die Luft abrupt in das Vakuum einströmte.

In das Vakuum, das die beiden jungen Herren beim Auflösen hinterließen?

Genau. Plötzlich war da nichts mehr, wo die beiden vorher gesessen hatten, so dass die Luft mit einem leisen Knall den leeren Raum ausfüllte. Plopp.

Müsste die Luft im Traveller's Twopenny daraufhin nicht schlagartig dünner geworden sein?

Nur unmerklich. Die beiden «jungen Herren» waren nicht sonderlich beleibt. Sie verstehen – das Geschäft. Und ehe Sie sich wieder halb totlachen: Ich bleibe dabei, dass es da einen Zusammenhang gibt. Der Wirt schließt ab und plötzlich macht es Plopp und die beiden Wichser sind weg.

Ein Zusammenhang, der erklärt, warum Sie und Mr. Blake sich nicht ebenfalls auflösten?

Bedaure, dafür habe ich keine Erklärung. Jedenfalls keine wissenschaftlich haltbare.

Aber eine andere?

Eine Theorie, nichts weiter: Quantenwahnsinn.

Quantenwahnsinn?

Genau. Das ist, wenn die Teilchen verrückt spielen. Offenbar wollten die Teilchen, dass wir fünf – also der Wirt, sein Gehilfe, der alte Knabe, Frank und ich – dass wir fünf hinübergehen, aber sonst niemand.

Hinübergehen? Wohin?

Dahin, wo ich jetzt bin.

Ausgezeichnet. Damit wäre ja alles klar. Quantenwahnsinn.

Wie wollen Sie erwarten das zu verstehen, wenn Sie noch nie von Quantenmechanik gehört haben? Sie glauben wohl, ich erzähle Ihnen das, damit Sie sich über mich lustig machen! Wollen Sie mir nicht wenigstens endlich sagen, was mir überhaupt vorgeworfen wird?

Wie ich bereits mehrfach sagte: ein unaussprechliches Verbrechen.

Ich verlange einen Anwalt! Vorher sage ich keinen Ton mehr.

Schluss mit dieser fruchtlosen Abschweifung. Sie behaupten, die beiden jungen Herren hätten sich in Luft aufgelöst. Was geschah dann?

Ich sage kein Wort mehr, ehe ich nicht mit einem Anwalt gesprochen habe.

Mr. Ablewhite, Sie haben die Wahl. Ich habe vielerlei Mittel zur Verfügung, um Ihr Geständnis zu bekommen. Stellen Sie meine Geduld nicht unnötig auf die Probe! Ich sage das in Ihrem eigenen Interesse!

Sie meinen Folter?

Ich meine unendliche Qualen, Mr. Ablewhite, und ich meine das Fegefeuer der Fagin-Hölle, wenn Sie verstehen.

Bedaure.

Die beiden Gewerblichen lösten sich also in Luft auf. Was geschah dann?

Dann kam Edwin Drood herein.

Sie meinen den heiligen Drood?

Keine Ahnung, ob er heilig war oder was sonst. Ich gebe allerdings zu, dass er ein bisschen gespenstisch aussah, und sein Auftritt war etwas ungewöhnlich. Er kam nämlich durch die Tür.

Sie meinen dieselbe Tür, die Mr. Datchery vorher verschlossen hatte?

Ja.

Ich nehme an, dies war wiederum nur möglich wegen der Quanten?

Woher soll ich das wissen? Allerdings sind Teilchen in angeregtem Zustand durchaus in der Lage, so manche Barriere zu überwinden.

In angeregtem Zustand, so so. Wie sah er aus?

Wer? Der angeregte Zustand?

Das Teilchen.

Auf den ersten Blick ziemlich gut – mittelgroß, kräftig gebaut, ausdrucksvolles Gesicht, dunkle Locken. Er hätte allerdings mal neue Klamotten vertragen. Wahrscheinlich hat er die ganze Zeit über irgendein Billig-Waschmittel benutzt. Sein Zeug – so ein richtiger altmodischer Rock – war ziemlich ausgewaschen. Auf den zweiten Blick sah Edwin blass und leidend aus, wie einer, der nächtelang kein Auge zugetan hat. Er versuchte uns davon zu überzeugen, dass er eine Romanfigur sei.

Was Sie ihm auch sofort glaubten, wie jeder vernünftige Mensch.

Wofür halten Sie mich? Was soll daran vernünftig sein? Natürlich glaubte ich ihm kein Wort. Die Umstände waren zwar ein bisschen merkwürdig – das Verschwinden der Knaben und die Sache mit der Tür und so weiter. Aber deswegen halte ich ja nicht jeden Dahergelaufenen gleich für eine Romanfigur.

Der heilige Drood beharrte indessen?

So ist es. Er behauptete allen Ernstes, die Hauptfigur eines Romans von Charles Dickens zu sein – und zwar eine UNERLÖSTE Hauptfigur. Stellen Sie sich das mal vor! Dickens konnte seinen letzten Roman nicht zu Ende bringen, weil er starb, und dadurch wurde die Hauptfigur zu einer Art literarischem Wiedergänger. Angeblich sollen alle möglichen Leute schon versucht haben «Das Geheimnis des Edwin Drood» zu Ende zu bringen. Der Typ flehte uns an, seinen Fall endlich zu lösen, damit er Ruhe fände.

Hielten Sie das für eine plausible These?

Quatsch. Frank und ich lachten natürlich. Frank fand die Idee hübsch, sich als Wiedergänger auszugeben. Er hat ein gewisses pubertäres Faible für Gespenstergeschichten. Ich dagegen musste lachen, weil ich dahinter einen dummen, leicht durchschaubaren Jokus des Reiseveranstalters vermutete. Sie kennen das ja – man bucht eine Reise, zum Beispiel «Zu den Wurzeln von Charles Dickens», und die Horroreffekte kriegt man zur Unterhaltung gratis mitgeliefert.

Woher sollte ich von einer solchen Praxis gehört haben?

Schon gut. Ich weiß nicht, wo Sie leben, aber es muss irgendwo hinter dem Mond sein.

Der heilige Drood gab sich also als Romanfigur aus und wollte erlöst werden. Fanden Sie das nicht merkwürdig? Immerhin könnte man zu der Auffassung neigen, dass ein Leben als ewige Romanfigur die höchste erstrebenswerte Existenzform sein könnte.

Wie bitte? Was ist erstrebenswert daran, von irgendeinem Wichser am Schreibtisch ausgedacht worden zu sein?

Nichts natürlich, Sie haben völlig Recht. Gar nichts.

Ich verstehe nicht, worauf Sie hinauswollen. Machen Sie sich jetzt über mich lustig?

Der heilige Drood bat Sie also darum, seinen Fall zu lösen. Was taten Sie?

Was soll man schon tun, wenn man eine dermaßen bescheuerte Geschichte aufgetischt bekommt? Wir stritten uns.

Mr. Blake und Sie?

Ja, denn Frank war gleich wie angefixt von der Idee, den Fall zu lösen. Edwin Drood musste ihm nicht viel erzählen. Als Dickens-Fan wusste Frank über den unvollendeten Roman und seine Geschichte Bescheid. Ich dagegen wäre lieber nach Hause gegangen.

Mr. Blake hatte den Roman gelesen?

Ja, und er wusste auch, dass es in den 133 Jahren seit Dickens' Tod mehrere Versuche verschiedener Adepten gegeben hat, das Buch zu Ende zu schreiben und den Fall zu lösen. Ein italienisches Autorenduo hat deswegen sogar alle Detektive der Weltliteratur zusammengerufen. Edwin Drood klärte uns jedoch darüber auf, dass ihr Versuch scheiterte, weil sie den Dickens-Originaltext teilweise bewusst falsch neu übersetzt haben, um zu dem von ihnen gewünschten Ergebnis zu kommen.

Ungeheuerlich! Nennen Sie mir die Namen dieser Autoren, damit ich sie auf der Stelle verhaften lassen kann!

Bedaure, hab ich vergessen.

Wir kommen später darauf zurück. Wie fingen Sie die Lösung des Falls Drood an?

Zunächst einmal lege ich Wert auf die Feststellung, dass ich an dieser Lösung nicht interessiert war.

Warum sind Sie nicht einfach gegangen?

Die Tür war verschlossen.

Ach ja, ich erinnere mich. Es war Ihnen also offenbar nicht möglich, sich in einen ... wie nannten Sie das vorhin? ... in einen angeregten Zustand zu versetzen, so dass Sie die verschlossene Tür hätten passieren können?

Nein. Ich bin schließlich kein Teilchen mehr.

Wie begannen Sie also die Lösung des «Falls Drood»?

Wir lasen den Roman.

Sie saßen an der Theke des Traveller's Twopenny und lasen «Das Geheimnis des Edwin Drood»?

Genau. Eddy gab uns das Buch, eine Originalausgabe, total abgegriffen. Frank begann darin zu blättern. Er liebt alte Bücher. Dann stritten wir uns, wie gesagt, weil ich keine Lust auf diese ganze Kacke hatte, aber der Wirt und der Rauschebart bearbeiteten mich so lange, bis ich schließlich zustimmte, mich mit dem Fall zu beschäftigen. Als Inspector dürfte Ihnen klar sein, was dann kam: Wir mussten uns mit dem Beweismaterial vertraut machen. Also lasen wir den Roman. Das heißt, Frank las ihn uns allen vor. Ich glaube aber, ich schlief zwischendurch eine Weile. Der Text war streckenweise fürchterlich zäh und langweilig, und ...

Sie lasen das Buch an einem einzigen Abend?

Ich habe keine Ahnung, wie viel Zeit dabei verging. Vielleicht verging überhaupt keine Zeit. Der Kuckuck ... Warum fällt mir das erst jetzt auf?

Was fällt Ihnen erst jetzt auf?

Ich kann mich nicht erinnern, die Kuckucksuhr im Traveller's

Twopenny während der ganzen Geschichte auch nur ein einziges Mal gehört zu haben.

Nun, wie Sie selbst sagten, schliefen Sie zwischendurch. Tja, Mr. Ablewhite, ich fürchte, ich kann es Ihnen nicht ersparen, den Roman nochmals zu lesen. Ich hoffe, diese Rückkehr an den Tatort wird uns der Aufklärung des Verbrechens näher bringen.

Um Himmels willen! Das halte ich nicht aus. Muss das wirklich sein?

Soll ich lesen oder wollen Sie?

Hören Sie, ich ... ICH WILL DAS NICHT!

Sie brauchen nicht laut zu werden. Sie kommen nicht drum herum.

Schon wieder Dickens! Ich werde noch wahnsinnig! Das ist jetzt das fünfte Mal!

Genau, und wir werden trotzdem so aufmerksam sein wie beim ersten Mal.

Ich kapier einfach nicht, wozu das gut sein soll.

Wie gesagt, wir haben ein Verbrechen aufzuklären. Sehen Sie, ich habe hier eine wunderbare Ausgabe, ein Original, etwas abgegriffen, aber ...

Ich habe eine andere Idee. Ich werde Ihnen den Roman erzählen. Aus meiner Erinnerung. Das geht schneller

Aber Ihre Erinnerung dürfte lückenhaft sein, da Sie zwischendurch geschlafen haben, wie Sie vorhin zugaben.

Nein, nein, ich habe alles mitbekommen. Das war eher ein Dösen. An den wichtigen Stellen war ich garantiert hellwach. Außerdem haben Sie mir das Ding ja schon drei Mal vorgelesen.

Davon verspreche ich mir nichts, Mr. Ablewhite. Sie sind ein hochgradig unliterarischer Mensch mit starkem Hang, sich aus der Vulgärsprache zu bedienen, und ...

Aber ich kann trotzdem gut erzählen. Fragen Sie meine kleine Schwester, der habe ich früher immer Märchen erzählt. Außerdem ... Ich möchte Ihnen nicht zu nahe treten, aber «Das Geheimnis des Edwin Drood» ist nicht gerade hohe Literatur!

Ausgezeichnet. Nur weiter so.

Im Ernst, lassen Sie es mich versuchen. Oder noch besser: Wir schließen einen Kompromiss. Die wichtigen Abschnitte lesen Sie aus dem Originaltext vor, den Rest erzähle ich aus dem Gedächtnis. Ich kann's inzwischen fast auswendig! Auf diese Weise sparen wir viel Zeit. Wenn es nicht klappt, können wir es beim nächsten Durchgang wieder auf Ihre Tour machen.

Das wird sicher nötig werden. Es wäre also in Ihrem eigenen Interesse, sich zusammenzureißen und sich den Ernst der Sache zu vergegenwärtigen.

Kein Problem, das krieg ich schon hin. Was ist, kann ich anfangen?

Bitte sehr, versuchen wir es.

1

ONKEL, NEFFE, PUSSY

Nur ein Lebewesen auf Erden gleitet würdiger durch die Welt als die Krähe, nur ein Kratzkopf spreizt sein schwarzes Gefieder annähernd so effektvoll wie sie: der Kleriker. Und noch etwas verbindet diese zwei Spezies markanterweise: Gern sondern sie sich paarweise vom Schwarm ab, um in Ruhe Dinge zu besprechen, die sie für belangvoll halten.

So auch heute auf dem hallenden Kirchhof von Cloisterham, wo der Dekan der städtischen Gemeinde und sein Hilfskanonikus die Köpfe zusammenstecken, während sie ein paar Runden drehen. Eben strömen die Chorknaben nach dem Gottesdienst aus der Kathedrale, eine Hand voll Kirchgänger von ebenfalls krähenähnlichem Äußeren zerstreuen sich, und einige Blätter, von winterlicher Brise herabgerissen, ungeeignet zum Nestbau, sind unter dem niedrigen Bogen des Kirchportals liegen geblieben. Die untergehende Sonne steht glutrot hinter der Klosterruine.

Worüber unterhalten sich die zwei? Wir werden es gleich erfahren.

Kurz darauf treten nämlich zwei weitere Teilnehmer am Kathedralbetrieb aus dem Portal. Dem Größeren, der ein Notenheft unter dem Arm trägt, sieht man die Erschöpfung auch aus der Entfernung an. Hastig nickt er dem Kleineren einen Gruß zu und eilt davon, während dieser die Kathedrale mit einem stattlichen Schlüssel verschließt. Anschließend tritt er zum Dekan und seinem Hilfskanonikus, die gespannt auf ihn gewartet haben.

«Sie haben sich Zeit gelassen, Tope», sagt der Dekan.

«Wegen Mr. Jasper, Herr Dekan», erklärt Tope, der Küster. «Ihm war's nicht wohl und er musste sich noch ein Weilchen in der Kirchenbank ausruhen. Ich habe ihm etwas Wasser gegeben, bis es ihm wieder besser ging.»

«Mir ist aufgefallen, dass er Schwierigkeiten hatte, seine Töne herauszubringen. Er hat heute wirklich nicht schön gesungen. Seine Stimme wirkte ... nun ...»

«Getrübt, Herr Dekan?», hilft der Hilfskanonikus aus.

«Dieses Wort trifft es genau. Getrübt. Aber es geht ihm besser?»

«Jawohl, Hochwürden, er ist ganz normal nach Hause gegangen», antwortet Tope. «Meine Frau hat ihm ein schönes Feuer im Kamin gemacht. Vielleicht ist es einfach nur zu feucht und zu klamm in der Kathedrale gewesen.»

Zu dritt schauen sie hinüber zu dem alten steinernen Torhaus auf der gegenüberliegenden Seite des Kirchplatzes, wo Feuerschein hinter den vergitterten Fenstern zu sehen ist. Darunter führt eine Passage zur nächsten Straße hindurch. Efeu und wilder Wein wuchern an der Fassade des Hauses, und als die große Glocke der Kathedrale die Stunde schlägt, scheint der Efeu wie durch einen Windstoß zu rascheln in Resonanz mit der Kirche, in welcher der tiefe Klang zwischen Gruft und Turm hinauf- und hinabhallt.

«Ich frage mich», sagt der Dekan, «ob Mr. Jaspers Neffe wohl bei ihm ist.»

«Noch nicht, Sir, aber er wird erwartet», antwortet Tope.

«Schön, schön. Ich hoffe nur, dass Mr. Jaspers Herz nicht allzu sehr an seinem Neffen hängt. Unsere Zuneigungen, selbst die löblichsten, sollten niemals die Herrschaft über uns gewinnen. Im Gegenteil, *wir* sollten sie beherrschen, *wir* sie. Mr. Crisparkle, dürfte ich Sie wohl bitten, auf einen Sprung bei Jasper vorbeizuschauen, um sicherzustellen, dass er sich wieder erholt hat?»

«Natürlich, Herr Dekan», antwortet der Hilfskanonikus. «Darf ich mich auf Sie berufen und ihm sagen, Sie hätten sich nach seinem Befinden erkundigt?»

«Gute Idee, Crisparkle, tun Sie das. Nach seinem Befinden.»

Der Dekan zieht grüßend seinen Hut, denn nun, so kurz vor dem Abendessen, ist er gnädig gestimmt. Lächelnd macht er sich auf den Heimweg. Der Hilfskanonikus hingegen, erst kürzlich in seine jetzige christliche Position befördert, ein blonder, jungenhafter Mensch, der noch an das Gute glaubt, verfügt sich zu dem Torhaus.

John Jasper ist ein dunkler Mann von 26 Jahren mit dichtem, glänzend schwarzem Haar und Backenbart. Wie viele dunkle Menschen wirkt er älter, als er ist. Seine Stimme ist tief und wohlklingend und er sieht gut aus, aber er scheint immer ein wenig bedrückt, vielleicht auch wegen des Zimmers, in dem er wohnt; es liegt meistens im Schatten. Nur selten scheint die Sonne herein, doch selbst bei idealem Stand erreicht sie nie das Klavier in der Nische oder das unvollendete Gemälde eines blühenden Schulmädchens, das über dem Kamin hängt. Die Dargestellte hat langes braunes Haar, das von einem blauen Haarband zusammengehalten wird, ihr Gesicht lässt sich nicht anders als ewig schmollend verstehen und ihre Schönheit wäre kindlich, fast babyhaft zu nennen; aber es ist offensichtlich, dass der Künstler, der dieses Gekleckse fabriziert hat, diese Eigenschaften aus Spottlust, wenn nicht aus Rache ins Bild gehoben hat.

«Hörte von Tope, es ginge Ihnen nicht gut, Jasper», sagt Crisparkle beim Eintreten.

«Oh, das war nichts, gar nichts», antwortet Jasper. Er sitzt vor dem Kamin.

«Sie sehen mitgenommen aus.»

«So? Nein, ich fühle mich gut. Tope macht immer gleich eine solche Sache aus allem.»

«Dann kann ich dem Dekan – er hat sich nach Ihrem Befinden erkundigt – mitteilen, dass Sie wieder auf dem Damm sind?»

«Gewiss, und richten Sie ihm meine besten Grüße aus.»

«Sie erwarten den jungen Drood?»

«Ja, er muss jeden Moment kommen.»

«Das freut mich. Er wird Ihnen besser tun als ein Doktor.»

«Besser als ein Dutzend Doktoren. Danke der Nachfrage, vielen Dank.»

Mehr ist nicht zu sagen, alles ist erfahren. Crisparkle wendet sich mit einem Gruß ab und verlässt Jasper.

Laute des Erkennens und der Begrüßung zwischen Reverend Septimus und jemand anderem tönen vom Fuße der Treppe herauf. Mr. Jasper horcht, springt aus dem Sessel und schließt einen jungen Mann in die Arme.

«Mein lieber Edwin!»

«Mein lieber Jack! Wie schön dich zu sehen!»

«Leg den Mantel ab, mein Goldjunge, und setz dich, hierher in deine Ecke. Gewiss hast du nasse Füße. Zieh die Stiefel aus. Bitte zieh die Stiefel aus.»

«Mein lieber Jack, ich bin knochentrocken. Betüter mich nicht, sei so gut. Ich kann es nicht ausstehen, betütert zu werden.»

Derart rüde zurückgewiesen und in seinem Ausbruch freudigen Überschwangs gebremst verharrt Mr. Jasper und betrachtet inniglich den jungen Mann, während dieser seinen Mantel ablegt, den Hut, die Handschuhe und so fort. Dies sei ein für alle Male gesagt, ein Ausdruck der Innigkeit und Intensität – ein Ausdruck hungriger und fordernder, wachsamer und doch hingebungsvoller Zuneigung – liegt stets, jetzt und fürderhin, auf dem Jasper'schen Gesicht, wann immer das Jasper'sche Gesicht in diese Richtung gewandt wird. Und wann immer es dorthin gewandt wird, ist die Hinwendung nie, weder jetzt noch jemals, eine geteilte; sie ist immer vollkommen.

«Jetzt bin ich so weit, jetzt setze ich mich in meine Ecke. Gibt es Abendessen, Jack?»

Mr. Jasper öffnet eine Tür am hinteren Ende des Raumes und gibt den Blick frei in ein kleines, freundlich erleuchtetes und hergerichtetes Hinterzimmer, wo eine wohl gerundete Person dabei ist, den Tisch zu decken.

«Guter alter Jack!», ruft der junge Mann und klatscht in die Hände. «Nun, lieber Jack, sag, wer hat heute Geburtstag?»

«Du nicht, so viel weiß ich», antwortet Mr. Jasper und hält nachdenklich inne.

«Ich nicht, so viel weißt du? Nein, nicht ich, so viel weiß ich! Pussy!»

So starr der Blick, welcher dem jungen Manne begegnet, so steckt darin doch die eigentümliche Macht, unvermittelt auch das Bildnis über dem Kamin einzuschließen.

«Pussy hat Geburtstag, Jack! Wir müssen auf ihr Wohl anstoßen. Nun komm, Onkel, führe deinen gehorsamen und ausgehungerten Neffen zu Tisch.»

Als der Junge (denn er ist kaum mehr als das) Jasper eine Hand auf die Schulter legt, legt Jasper herzlich und fröhlich ihm eine Hand auf die Schulter und so marschieren sie im Marsellaiseschritt hinein zu Tisch.

«Lieber Gott! Da ist ja auch Mrs. Tope!», ruft der Junge. «Schön wie eh und je!»

«Kümmern Sie sich nicht um mich, Master Edwin», entgegnet die Frau des Küsters. «Ich komme schon allein zurecht.»

«O nein. Dazu sind Sie viel zu hübsch. Geben Sie mir einen Kuss, denn heute hat Pussy Geburtstag.»

«Wäre ich Pussy, wie Sie sie nennen, ich würde Ihnen was geben auf Pussy, junger Mann», entgegnet Mrs. Tope errötend, nachdem er sie begrüßt hat. «Ihr Onkel ist viel zu vernarrt in Sie, so sehe ich das. Er macht so viel Aufhebens um Sie, dass Sie schon meinen, Sie bräuchten Ihre Pussys nur zu rufen und sie kämen gleich dutzendweise.»

«Sie vergessen, Mrs. Tope», unterbricht Mr. Jasper und nimmt mit einem warmen Lächeln seinen Platz am Tisch ein, «und du genauso, Ned, dass die Worte Onkel und Neffe hier nach allgemeinem Einvernehmen und ausdrücklicher Übereinkunft verboten sind. Segne, Herr, was deine Hand uns in Gnaden zugewandt!»

«Gesprochen wie der Dekan! Ich, Edwin Drood, kann's bezeugen! Bitte schneide du an, Jack, ich kann das nicht.»

Diese munteren Worte leiten das Abendessen ein. Während dieser Verrichtung wird weder zum anstehenden Gegenstande noch zu sonst einem Gegenstand viel gesprochen. Zu guter Letzt wird das Tischtuch abgenommen und eine Schale mit Walnüssen sowie ein Krug mit sattfarbenem Sherry kommen auf den Tisch.

«Also! Nun sag mir, Jack», nimmt der junge Mann das Gespräch wieder auf, «hast du wirklich und wahrhaftig das Gefühl, die Erwähnung unseres Verwandtschaftsgrades könne uns in irgendeiner Weise trennen? Ich nicht.»

«In der Regel, Ned, sind Onkel so viel älter als ihre Neffen», lautet die Antwort, «dass ich unwillkürlich dieses Gefühl habe.»

«In der Regel? Nun, vielleicht. Aber was zählt ein Altersunterschied von einem halben Dutzend Jahren? Und in manchen großen Familien sind die Onkel sogar jünger als ihre Neffen. Ach, ich wünschte, bei uns wäre es so!»

«Warum?»

«Weil ich dann den Ton angeben könnte, Jack, und ich würd's machen wie in dem alten Lied: ‹Finstre Sorge, hinfort! Du machst den jungen Mann alt. Finstre Sorge, hinfort, du machst den alten Mann kalt.› – Holla, Jack! Nicht trinken!»

«Warum nicht?»

«Da fragt er ‹warum nicht›, dabei hat Pussy heute Geburtstag und wir haben noch nicht auf sie angestoßen! Auf Pussy, Jack, und auf dass noch viele kommen mögen! Geburtstage, meine ich.»

Mr. Jasper ergreift lachend und liebevoll die ausgestreckte Hand des Jungen, als sei sie sein unbedachter Kopf und sein leichtes Herz zugleich, und trinkt schweigend auf Pussys Wohl.

«Sie lebe hoch, hoch, hoch, neun mal neun Mal hoch, und einmal zum guten Schluss und was sonst noch dazugehört. Hurra, hurra, hurra! Und jetzt, Jack, lass uns über Pussy sprechen. Zwei Nussknacker? Reich mir doch einen und nimm du den anderen.» Knack. «Wie kommt sie voran, Jack?»

«Mit der Musik? Ganz ordentlich.»

«Was für ein schrecklich rücksichtsvoller Geselle du bist, Jack. Aber mir machst du nichts vor. Unaufmerksam ist sie, habe ich Recht?»

«Sie kann alles lernen, wenn sie will.»

«Wenn sie will. Fürwahr, das stimmt. Und wenn sie nicht will?»

Knack, macht es auf Seiten Mr. Jaspers.

«Wie sieht sie aus, Jack?»

Mr. Jaspers konzentrierter Blick schließt erneut das Portrait mit ein, als er antwortet: «Ganz wie auf deiner Skizze.»

«Ich bin tatsächlich ein wenig stolz darauf», sagt der junge Mann und blickt zufrieden zu dem Bild auf, dann kneift er ein Auge zusammen und nimmt es über den geraden Rücken des Nussknackers hinweg fachmännisch in Augenschein: «Gar nicht schlecht getroffen, und das aus dem Gedächtnis. Andererseits war das nicht anders zu erwarten, schließlich habe ich diesen Ausdruck oft genug gesehen.»

Knack. Auf Seiten Edwin Droods.

Knack. Auf Seiten Mr. Jaspers.

«Es ist doch so», nimmt der Erste den Faden wieder auf, nachdem er eine Weile schweigend mit missmutiger Miene in den Walnussschalen gestochert hat, «dass ich ihn jedes Mal sehe, wann immer ich Pussy sehe. Wenn ich ihn nicht auf ihrem Gesicht antreffe, hinterlasse ich ihn dort. – So ist es doch, Miss Kess von Hoffart. Buh!» Er schwingt den Nussknacker gegen das Bild.

Knack. Knack. Knack. Gemächlich, auf Seiten Mr. Jaspers.

Knack. Heftig, auf der Seite von Edwin Drood.

Schweigen auf beiden Seiten.

«Hast du deine Sprache verloren, Jack?»

«Hast du deine endlich gefunden, Ned?»

«Nein, aber im Ernst ... ist es nicht ... du weißt schon, trotz allem?»

Mr. Jasper hebt fragend die dunklen Augenbrauen.

«Ist es nicht unerfreulich, in einer solchen Angelegenheit nicht wählen zu können? Hör zu, Jack, ich sage dir eins: Könnte ich wählen, von allen hübschen Mädchen dieser Welt würde ich Pussy wählen.»

«Aber du musst gar nicht wählen.»

«Das ist es ja, worüber ich mich beklage. Mein seliger Vater und Pussys seliger Vater mussten ja unbedingt schon vor der Zeit unsere Heirat beschließen. Warum zum ... Teufel, hätte ich beinah gesagt, wäre es ihrem ehrenden Andenken angemessen ... warum konnten sie uns nicht in Ruhe lassen?»

«Na, na, mein lieber Junge», rügt Mr. Jasper im Ton sanfter Missbilligung.

«Na, na? Ja, Jack, für dich ist das alles ganz wunderbar. Du kannst es auf die leichte Schulter nehmen. Dein Leben ist nicht maßstabsgetreu vermessen, vorgezeichnet und schraffiert wie der Plan eines Landvermessers. Du hast nicht die unangenehme Vermutung, irgendjemandem aufgedrängt zu werden, noch hat irgendjemand die unangenehme Vermutung, dir aufgedrängt zu werden oder dass du ihr aufgedrängt wirst. Du kannst deine Wahl selber treffen. Für dich ist das Leben eine Pflaume mit all ihrem natürlichen Schmelz, für dich hat sie niemand übergründlich abgewischt ...»

«Hör nicht auf, mein Lieber. Sprich weiter.»

«Habe ich irgendwie deine Gefühle verletzt, Jack?»

«Wie könntest du meine Gefühle verletzt haben?»

«Gütiger Himmel, Jack, du siehst beängstigend aus, ganz krank! Deine Augen sind seltsam glasig geworden!»

Mit einem bemühten Lächeln streckt Mr. Jasper die rechte Hand aus, wie um alle Besorgnis zu zerstreuen und zugleich Zeit zu gewinnen, sich zu sammeln. Nach einer Weile sagt er leise: «Ich habe Opium genommen gegen Schmerzen – ein Leiden, das mich zuweilen befällt. Die Wirkungen der Droge wandern über mich hinweg wie der Brand oder eine Wolke und ziehen weiter. Gerade sind sie im Begriffe weiterzuziehen; es ist gleich vorüber. Sieh mich nicht an. Umso schneller ist es vorbei.»

Mit ängstlicher Miene gehorcht der Jüngere und senkt die Augen auf die Asche im Kamin. Der Ältere lässt seinen Blick nicht auf dem Feuer ruhen, intensiviert ihn vielmehr und sitzt mit grimmigem, festem Griff um die

Armlehnen und dicken Schweißperlen auf der Stirn einige Augenblicke lang starr da, bevor er mit einem scharfen Atemzug wieder in seinen natürlichen Zustand zurückkehrt. Als er so in seinen Sessel sinkt, wird er behutsam und umsichtig vom Neffen umsorgt, bis er sich ganz erholt hat. Als Jasper wiederhergestellt ist, legt er seinem Neffen zärtlich eine Hand auf die Schulter und in einem Tonfall, der sorgloser klingt als der Inhalt seiner Worte – der gar etwas Neckisches, Scherzhaftes an sich hat –, sagt er: «In jedem Keller liegt eine Leiche, heißt es, aber du glaubtest, in meinem nicht, lieber Ned.»

«Selbstredend glaubte ich das, Jack. Andererseits, wenn ich bedenke, dass sogar in Pussys Keller ... wenn sie einen hätte ... und in meinem ... wenn ich einen hätte ...»

«Du wolltest sagen (bevor ich dich unwillentlich unterbrach), was für ein ruhiges Leben das meine doch sei. Kein Wirbel, kein Lärm um mich her, kein Kommerz und keine Kalkulationen, mich abzulenken, kein Risiko, kein Ortswechsel, nur die volle Hingabe an die Kunst, der ich mich verschrieben habe, mein Erwerb meine Lust.»

«So oder so ähnlich wollte ich es tatsächlich sagen, Jack; aber sieh, wenn du von dir selbst sprichst, lässt du notwendigerweise vieles aus, was ich vorgebracht hätte. Zum Beispiel dass du als Chorleiter dieser Kathedrale oder Kantor oder wie immer das heißt, so hoch geschätzt wirst; dass du dich des Rufes erfreust, mit dem Chor wahre Wunder vollbracht zu haben; dass du dir deine Gesellschaft selber wählst und in diesem verschrobenen alten Städtchen eine so unabhängige Stellung innehast; auch deine Begabung als Lehrer (sogar Pussy, die es nicht leiden kann, wenn man ihr etwas beibringen will, sagt, dass sie noch nie einen Lehrer wie dich hatte!) und deine Beziehungen.»

«Ja, ich sah, worauf du hinauswolltest. Ich verabscheue es.»

«Du verabscheust es, Jack?» (Völlig fassungslos.)

«Ich verabscheue es. Die beengte Monotonie meines Daseins zehrt an mir. Wie klingt unser Gottesdienst für dich?»

«Wunderschön. Geradezu himmlisch!»

«Geradezu teuflisch klingt er oft für mich. Ich bin es so leid. Das Echo meiner eigenen Stimme, das bei meiner alltäglich immer gleichen Runde vom Gewölbe widerhallt, scheint mich zu verhöhnen. Kein unseliger Mönch, der vor mir in diesen düsteren Gemäuern sein Dasein fristete, kann dessen

überdrüssiger gewesen sein als ich. Zur Abwechslung konnte er Dämonen ins Chorgestühl schnitzen, in Sitze und Ablagen (und tat es). Und ich? Muss ich mir die Dämonen ins Herz schnitzen?»

«Und ich glaubte, du habest deine Nische im Leben gefunden, Jack», antwortet Edwin Drood erschüttert, beugt sich vor, legt Jasper mitfühlend eine Hand aufs Knie und sieht ihn mit besorgter Miene an.

«Ich weiß, dass du das glaubtest. Alle glauben das.»

«Ja, vermutlich», sagt Edwin wie zu sich selbst. «Pussy glaubt es.»

«Wann hat sie dir das erzählt?»

«Als ich das letzte Mal hier war. Du weißt schon. Vor drei Monaten.»

«Wie hat sie es gesagt?»

«Oh! Sie sagte nur, sie sei jetzt deine Schülerin und du seiest wie geschaffen für deinen Beruf.»

Der Jüngere schaut zum Portrait hinüber. Der Ältere sieht es in ihm.

«Wie auch immer, mein lieber Ned», hebt Jasper an und schüttelt mit heiterem Ernst den Kopf: «Ich muss mich in meinen Beruf fügen: was nach außen hin gleich viel ist. Es ist zu spät, mir einen anderen zu suchen. Aber das ist im Vertrauen gesagt.»

«Ich will es in heiligen Ehren halten, Jack.»

«Ich habe mich dir offenbart, weil ...»

«Ich fühle es, sei unbesorgt. Weil wir enge Freunde sind und weil du mich liebst und mir vertraust, so wie ich dich liebe und dir vertraue. Reich mir die Hände, Jack.»

Als beide stehend dem anderen in die Augen schauen und der Onkel die Hände des Neffen hält, fährt der Onkel mit folgenden Worten fort: «Du weißt jetzt, nicht wahr, dass auch ein armer, langweiliger Chorsänger und Notendreher – in seiner Nische – gequält sein mag von verirrtem Ehrgeiz, von Ambitionen, Unruhe, Unzufriedenheit, oder wie wollen wir es nennen?»

«Ja, lieber Jack.»

«Und du wirst dich daran erinnern?»

«Mein lieber Jack, ich frage dich, wie könnte ich vergessen, was du mit solcher Gefühlsbewegung gesagt hast?»

«Dann lass es dir eine Warnung sein.»

Während seine Hände losgelassen werden und er einen Schritt zurücktritt, hält Edwin einen Moment inne, um die Bedeutung dieser letztgesagten Worte zu überdenken. Als der Moment vorüber ist, sagt er, sichtlich berührt:

«Ich bin wohl ein seichter, oberflächlicher Geselle, Jack, und mein Oberstübchen ist vielleicht nicht vom Hellsten. Aber ich brauche nicht zu sagen, dass ich noch jung bin, und vielleicht wird es mit dem Alter nicht gerade schlimmer. Wie dem auch sei, ich hoffe, etwas in mir lässt sich anrühren und fühlt – fühlt ganz tief – die Uneigennützigkeit, mit der du unter Schmerzen dein innerstes Selbst vor mir bloßgelegt hast, mir zur Warnung.»

Mr. Jasper wird so wundersam starr in Gesicht und Gestalt, dass es scheint, als habe seine Atmung ausgesetzt.

«Ich konnte nicht umhin zu bemerken, Jack, dass es dich einige Mühe gekostet hat und dass du sehr aufgewühlt warst, ganz entgegen deinem gewöhnlichen Naturell. Natürlich wusste ich, dass du mir außerordentlich zugetan bist, aber dass du dich auf diese Weise derart, wenn ich es so nennen darf, aufopferst für mich, darauf war ich wirklich nicht gefasst.»

Mr. Jasper, der ohne jedes Übergangsstadium zwischen den beiden extremen Zuständen wieder zu einem atmenden Menschen wird, zuckt mit den Schultern, lacht und winkt mit der Rechten ab.

«Nein, wisch das Gefühl nicht so beiseite, Jack, bitte nicht, denn es ist mir ernst. Ich zweifle nicht, dass der ungesunde Gemütszustand, den du so eindrücklich beschrieben hast, mit echtem Leid einhergeht und dass er schwer zu ertragen ist. Aber ich will dich beruhigen, Jack, was die Gefahr angeht, dass er auch mich befällt. Ich glaube nicht, dass mir dergleichen bevorsteht. In einigen Monaten, weniger als einem Jahr, werde ich Pussy als Mrs. Edwin Drood von der Schule holen. Ich werde als Ingenieur in den Orient gehen, und Pussy mit mir. Und obschon es jetzt kleine Zwistigkeiten zwischen uns geben mag, wie sie aus einer gewissen Schalheit einer Liebelei erwachsen, deren Ausgang von vornherein festgelegt ist, hege ich doch keinen Zweifel, dass wir bestens miteinander zurechtkommen werden, wenn es geschehen und nicht mehr zu ändern ist. Kurz und gut, Jack, um noch einmal auf das alte Lied zurückzukommen, das ich beim Abendessen anstimmte (und wer kennt sich mit alten Liedern besser aus als du!), mein Weib wird tanzen und ich will singen, so gehn die Tage fröhlich dahin. Dass Pussy schön ist, daran kann es keinen Zweifel geben – und wenn du dann auch noch brav bist, kleine Miss Naseweis», wieder ans Portrait gerichtet, «will ich dein komisches Bildnis verbrennen und deinem Musiklehrer ein neues malen.»

Mr. Jasper, eine Hand am Kinn und einen Ausdruck nachdenklichen

Wohlwollens auf dem Gesicht, hat jeden erregten Blick und jede Geste, die diese Rede begleiteten, aufmerksam verfolgt. Er verharrt in dieser Pose, nachdem die Worte gesprochen sind, wie gebannt in seiner starken Hinwendung zu dem jugendlichen Geiste, den er so sehr liebt. Dann sagt er mit leisem Lächeln: «Du willst die Warnung also nicht annehmen?»

«Nein, Jack.»

«Du willst keine Warnung annehmen?»

«Nein, Jack, nicht von dir. Abgesehen davon, dass ich nicht glaube in Gefahr zu sein, gefällt es mir nicht, wenn du dich in diese Position begibst.»

«Wollen wir hinausgehen und einen Spaziergang auf dem Kirchhof machen?»

«Unbedingt. Du hast doch nichts dagegen, wenn ich für eine Minute zum Nonnenhaus verschwinde, um ein Päckchen abzugeben? Nur Handschuhe für Pussy, so viele Paare, wie sie heute an Jahren zählt. Ganz schön poetisch, nicht wahr, Jack?»

Mr. Jasper, noch immer in der gleichen Pose, flüstert: «‹Was wär im Leben halb so süß›, Ned!»

«Das Päckchen ist hier in meiner Manteltasche. Es muss noch heute übergeben werden, sonst ist alle Poesie dahin. Es ist gegen die Vorschriften, sie abends zu besuchen, aber ein Päckchen darf ich abgeben. Ich bin so weit, Jack!»

Mr. Jasper löst sich aus seiner Pose und zusammen gehen sie nach draußen.

VERHÖR G. ABLEWHITE

Ich bin nicht sicher, ob dieses Verfahren zufrieden stellend ist, Mr. Ablewhite. Bei Ihrer Kürzung des Textes geht Beweismaterial verloren.

Kaum. Dickens ist ein enormer Schwaller. Er kann Dutzende von Seiten voll schreiben ohne die Handlung voranzubringen. Wir sparen eine Menge Zeit, wenn wir so weitermachen, wie ich es vorgeschlagen habe.

Die Handlung ist nicht das Einzige, was in der Literatur zählt.

In der Literatur, ja, aber hier geht es um einen Kriminalfall, den «Fall Drood», wie die Hauptperson selbst es genannt hat. Nehmen Sie nur dieses erste Kapitel. Danach war mir sonnenklar, dass Frank und ich es mit einem Mordfall zu tun hatten. Edwin Drood wird dermaßen naiv dargestellt – das optimale Opfer. Und was den Mörder betrifft, das läuft wie in schlechten Filmen. Plumper geht es überhaupt nicht. Der Schwule ist immer der Mörder.

Der Schwule? Sie sprechen von Mr. Jasper, dem Kantor?

Natürlich. Sein Interesse an dem jungen Drood geht über das gewöhnliche Maß von Freundschaft zwischen Männern weit hinaus, finden Sie nicht?

So weit, dass die beiden miteinander auf die Toilette gehen?

Wie ich die Zeitgenossen der ollen Victoria einschätze, haben sie lieber Kricket gespielt. Kennen Sie Kricket? Das ist wie Sex bei minus 100 Grad.

Ich kenne Kricket sehr gut, Mr. Ablewhite, und kann Ihre Vereinnahmung dieses ehrwürdigen Spiels keineswegs amüsant finden. Äußerten Sie Ihren Lösungsansatz in der Runde im Traveller's Twopenny?

Ja, ich stand sofort auf, als Frank mit dem Lesen fertig war, und sagte: «Der Fall ist gelöst, wir können nach Hause gehen.» Darüber geriet der alte Knabe mit dem Rauschebart völlig aus dem Häuschen und sagte, Dickens hätte wohl kaum einen 600-Seiten-Roman schreiben wollen, wenn er auf den ersten Seiten schon alles klar gemacht hätte. Und Frank meinte, jeder ordentliche Krimi führe den Leser zuerst auf falsche Spuren, indem allerlei Verdachtsmomente installiert würden. So hat er sich ausgedrückt, der Herr Dickens-Spezialist. Er prophezeite mir, dass ich meine Meinung später noch überdenken würde.

Und – haben Sie Ihre Meinung später tatsächlich überdacht?

Immer der Reihe nach, Inspector. Erst noch ein paar Worte zu dem Schwulen. Wissen Sie, er selbst hatte nämlich durchaus nichts dagegen, als schwul bezeichnet zu werden.

Er selbst?

Ja, ich durfte quasi leibliche Bekanntschaft mit Mr. Jasper machen.

Mr. Jasper war im Traveller's Twopenny?

Exakt. Er saß plötzlich in der dunklen Ecke. Fragen Sie mich nicht, wie das funktionierte oder woher er kam. Er saß einfach da, klar? Auf der Eckbank. Und neben ihm noch ein paar andere Typen, zum Beispiel dieser Crisparkle. Vielleicht war im Traveller's Twopenny an diesem Abend Happy Hour für Romanfiguren von Charles Dickens – was weiß ich. Jedenfalls glaubte ich allmählich nicht mehr an die Geschichte mit dem Spaß des Reiseveranstalters. Ich will nicht vorgreifen, aber Jasper und Crisparkle und der Dekan waren nicht die einzigen Romanfiguren, die mal eben aus dem Nichts auftauchten, sobald sie zum ersten Mal im Roman erwähnt wurden. Ich habe später versucht herauszubekommen, wie die das machten, aber ich hab es nicht kapiert. Vielleicht sind sie aus der dunklen Ecke unter der Sitzbank gekrochen.

Wollen Sie nicht lieber Ihre Teilchentheorie bemühen?

Die kapieren Sie doch ohnehin nicht.

Woher wussten Sie, dass es sich bei dem Neuankömmling um Mr. Jasper handelte?

Weil die Beschreibung perfekt auf ihn zutraf. Er war ein eindrucksvoller Mann mit dichtem, glänzend schwarzem Haar und Backenbart, seine Augen waren dunkel und er wirkte deprimierend.

Kaum zu glauben.

Ich sage Ihnen, genauso hat es sich zugetragen. Es gab dann einen ziemlich abgefahrenen Dialog zwischen ihm und dem Rauschebart. Ich krieg das nicht mehr ganz zusammen, aber ich erinnere mich, dass Jasper nachfragte, wie er sich das Schwulsein vorzustellen habe. Im Nachhinein würde ich sagen, die beiden haben sich ungefähr so unterhalten wie ein Theaterregisseur und sein Schauspieler. Sie sprachen Jaspers Rolle durch. Ja, ich glaube, so kann man es nennen.

Sehr glaubhaft klingt das nicht in Anbetracht der Tatsache, dass Mr. Datchery und sein Gehilfe die Existenz dieses «Rauschebarts», wie Sie ihn nennen, rundheraus bestreiten.

Mr. Datchery lügt. Er hat sich sogar zusammen mit dem Rauschebart über meine Idee gewundert, Jasper sei schwul. Ich sehe es noch vor mir, wie die beiden sich überrascht angucken, als ich meine Lösung präsentierte, und wie der Wirt zum Rauschebart sagt: «Das ist neu, das hatten wir noch nicht!»

«Das hatten wir noch nicht?» Wie soll ich das verstehen?

Keine Ahnung. «Das hatten wir noch nicht.» Klang ein bisschen so, als würden sie öfter mal zusammensitzen und versuchen den Fall Drood zu lösen. Meine Lösung war jedenfalls neu für sie. Ist ja auch egal. Der alte Knabe war hundertprozentig vorhanden, auch wenn Mr. Datchery etwas anderes behauptet. Ich habe ihn ein paar Mal zu provozieren versucht, weil mir der Kerl suspekt war, aber er ist nie darauf eingestiegen.

Nun, lassen wir das mal so stehen. Vielleicht können wir dieses Rätsel später noch klären. Warum haben Sie das Lokal nach diesem ersten Kapitel nicht verlassen, obwohl Sie den Fall Drood doch angeblich gelöst hatten?

Wegen dem Gehilfen des Wirts.

Aha, kommt jetzt die Episode mit der Toilette?

So schnell geht das nun auch wieder nicht. Dieses Luder fing an so richtig schön provozierend mit seinem Knackarsch rumzuwackeln, und zwar immer dann, wenn er wusste, dass ich es sah, und da dachte ich: Wollen doch mal sehen, wohin das noch führt. Also blieb ich. Na ja, ein bisschen was hat auch Frank damit zu tun. Er brachte ein paar Argumente ... das mit den 600 Seiten, die völlig überflüssig wären, wenn der Mörder und so weiter. Angeblich tauchen die Bösen bei Dickens immer erst später im Roman auf, so wie Uriah Heep in «David Copperfield». Und er stellte die Theorie auf, dass es Schwule zu Victorias Zeiten natürlich gegeben hat, dass man aber nicht über sie schrieb. Das kam erst 20 Jahre später.

Man hat Bücher über Schw... Invertierte geschrieben?

Natürlich. Nie von Oscar Wilde gehört?

Mit Sicherheit nicht! Und mehr noch: Ich kann mit vollster Überzeugung bekennen, dass, selbst wenn es einen solchen Autor jemals gegeben haben sollte, er gewiss nicht in Oxford gelehrt wird. Damit wäre er der Bedeutungslosigkeit überantwortet.

Ausgezeichnet. So wie Charles Dickens in meiner Welt.

In Ihrer Welt? Was meinen Sie damit?

Kommen Sie, Inspector – haben Sie es noch nicht gemerkt? Wir stammen aus zwei völlig verschiedenen Welten.

Ah, ich merke, Sie wollen mir wieder mit Ihren Teilchen kommen.

Sie werden doch zugeben, dass hier etwas nicht stimmt.

Genau aus diesem Grund sitzen Sie hier, Mr. Ablewhite: Weil mit Ihnen etwas nicht stimmt. Aber das werden wir jetzt nicht ausdiskutieren. Ich schlage vor, wir machen weiter.

Meinetwegen.

2
DIE ZICKE VOM NONNENHAUS

Als am folgenden Nachmittag die Türglocke des Nonnenhauses betätigt wird, bricht unter den Insassen helle Aufregung aus und die Mädchen stürzen zu den Fenstern und strecken ihre Köpfchen hinaus, um zu prüfen, ob es der Erwartete ist. Ja, er ist es und eine weitere Welle der Erregung spült die restliche Disziplin hinfort. Jene jungen Damen, die gerade ihre Klavierübungen absolvieren, kommen aus dem Takt und in der Französischklasse bricht das Chaos aus, da helfen alle Tadel nichts. Denn das Nonnenhaus ist keineswegs eine klösterliche Einrichtung, trotz der niedrigen Decken, mit denen alle Damen Bekanntschaft schließen, die ihre Köpfe zu hoch tragen; vielmehr handelt es sich um ein Mädcheninternat unter der Leitung einer gestandenen Pädagogin namens Miss Twinkleton, die angesichts des Durcheinanders nur melancholisch ihren behaubten Kopf schüttelt.

Diese bedauernde, mitleidige Geste gilt Rosa Bud, genannt auch Rosebud, Rosenknospe, dem Nesthäkchen unter den Schülerinnen; denn der Besuch ist für sie. Edwin Drood ist gekommen, um seine Verlobte zu sehen. Kein anderes der Mädchen kann einen Verlobten vorweisen und so verbinden sich treppauf, treppab allerhand romantische und sehnsüchtige Vorstellungen mit dem Wissen um das Glück der Waise. Nur Miss Twinkleton, die darum von den Mädchen eine eingebildete alte Zicke genannt wird, ist dieser allgemeinen Hysterie nicht verfallen, was nicht nur eine Folge ihres Alters und damit gewonnener Lebenserfahrung ist; es ist unbekannt, ob sie in diesen Dingen überhaupt jemals Erfahrungen sammeln konnte. Doch Rosa hat sich diesen jungen Herrn nicht selbst ausgesucht. Vielmehr ist er ihr per letztwilliger Verfügung ihres Vaters als Gatte bestimmt worden: Sie soll ihn heiraten, sobald er volljährig ist. Ebendies befördert Miss Twinkletons Melancholie.

Die jungen Leute treffen im Empfangszimmer der Institutsleiterin aufeinander, welches mit schönen Beispielen gediegener Schulmeisterei aufwarten kann. Zwei gewaltige Globen stehen hier, ein Erd- und ein Himmelsglobus, die symbolisch den Anspruch der Anstalt untermauern, sämtlichen Wissensstoff zu lehren, irdischen und himmlischen. Doch warum hat die reizende kleine Rosa ein seidenes Schürzchen über ihren Kopf geworfen, als sie in das Zimmer stolpert?

«Du bereitest mir ja einen wunderbaren Empfang, das muss ich sagen, Pussy», sagt Edwin. «Was soll die Schürze?»

«Ach, es ist alles so absurd», kommt es unter dem Schürzchen hervor.

«Absurd? Nein, aber was denn?»

«Ach, einfach alles. Dass ich verlobt bin, dass alle mich deswegen beneiden – einfach alles.»

«Willst du nicht dieses Ding vom Kopf herunternehmen?»

«Gleich, Eddy, aber jetzt kann ich es noch nicht. Wie geht es dir?»

«Ich würde gern sagen, dass es mir gut geht, sobald ich dich sehe. Aber ich sehe dich ja nicht. Soll ich wieder gehen?»

«Um Himmels willen, was sollen die Mädchen dann sagen? Bleib!»

Rosa nimmt die Schürze herunter. Aus dunklen, schimmernden Augen mustert sie Edwin zugleich schmollend und schuldbewusst, ein reizender Kindskopf mit sorgsam gedrehten Locken und hübschen Schleifchen darin.

«Ich kann dir leider keinen Kuss zur Begrüßung geben», sagt sie, «denn ich lutsche gerade einen sauren Drop.»

«Aber du freust dich mich zu sehen?»

«Natürlich, ich freue mich riesig.»

Sie setzen sich. Die Stimmen von Miss Twinkleton und ihrer Gehilfin Mrs. Tisher, die draußen auf dem Korridor hörbar werden, erinnern sie daran, dass jederzeit jemand hereinkommen kann, um nach ihnen zu sehen.

«Die Handschuhe gefallen mir gut, Eddy, sie sind ganz süß», sagt Rosa eher beiläufig. «Und es war so ein schönes Fest gestern. Wir haben ein Festessen gehabt, und abends einen Ball.»

«Einen Ball, so so. Scheint ja ganz großartig hier zu gehen, so ohne mich.»

«Klar, ganz großartig. Vor allem der Tanz. Ein paar Mädchen haben so getan, als wären sie Jungs, und wir haben riesigen Spaß gehabt.»

«Als wären sie Jungs? Hat etwa auch eine so getan, als wäre sie ...»

«... du? Na sicher doch. Ach, es war so lustig.»

«Scheint ein verdammt freches Mädchen zu sein. Nun, es war ja dein letzter Geburtstag in diesem Haus.»

«Ach ja», seufzt Rosa, blickt zu Boden und schüttelt den Kopf.

Edwin mustert sie verwundert; er scheint sie in dem Portrait, das er von ihr gemalt hat, weit genauer erfasst zu haben, als er es gestern noch für möglich gehalten hätte. Er wagt einen kleinen Vorstoß.

«Vielleicht sollten wir es besser lassen, was meinst du, Rosa?»

Für einen Moment hebt sie den Kopf und blickt ihn vorwurfsvoll an.

«Aber es ist doch ganz klar, dass wir heiraten werden, Eddy», sagt sie leise. «Und zwar hier in diesem Haus, sonst sind die Mädchen fürchterlich enttäuscht.»

Gerade jetzt kreuzt Miss Twinkleton auf. Aber damit war zu rechnen, denn die Treffliche lässt die ihr Anheimgegebenen selten länger als drei Minuten aus ihrer Obhut und Fälle wie dieser erfordern eine besondere Sorgfalt.

«Wo war nur gleich ...», murmelt sie und tut so, als ob sie Edwin erst jetzt registriert. «Ah, Mr. Drood, schön Sie zu sehen, sind Sie wohlauf? Bitte entschuldigen Sie die Störung, ich suche nur ...» Sie scheint zu überlegen, was sie überhaupt hier will, aber als ihr Blick auf den Schreibtisch fällt, weiß sie es wieder. «Da ist er ja. Mir war doch so, dass es hier einen Brieföffner geben müsse. Jetzt möchte ich nicht länger stören, ich bin schon weg.»

Doch Edwin hält sie auf.

«Miss Twinkleton, hätten Sie etwas dagegen einzuwenden, wenn ich meine Verlobte zu einem kleinen Spaziergang ausführen würde?»

Nein, hat Miss Twinkleton nicht. Und auch Rosa ist einverstanden, obwohl sie zuerst eine Schnute zieht, weil Edwin sie nicht vorher gefragt hat. Doch sie hat eine Bedingung.

«Du musst dich draußen eng an der Hauswand halten und ich will außen gehen. Dann können die Mädchen dich nicht sehen.»

«Soll ich vielleicht auch noch einen Regenschirm aufspannen?»

«Sei nicht albern, Eddy. Versteh doch – deine Stiefel sind nicht blank geputzt.»

«Meine Stiefel?» Edwin mustert sein Schuhwerk und kann nicht umhin, Rosa Recht zu geben. Tatsächlich klebt ein stecknadelkopfgroßer Dreckklumpen auf der Spitze seines rechten Stiefels. Doch er verzichtet darauf, den Makel zu beheben. Lieber geht er innen.

«Keines der Mädchen würde mit einem Gentleman ohne blank geputzte Stiefel ausgehen», sagt Rosa. «Siehst du, und ich bin nicht anders.»

Kurz darauf verlässt das junge Paar das Nonnenhaus unter voller Wahrnehmung von Rosas Vorsichtsmaßnahmen. Soweit feststellbar, reicht dies aus, um Edwin den Blicken der Neugierigen zu entziehen, denn aus den Fenstern in den oberen Stockwerken sind Laute der Enttäuschung zu hören.

Sie schlagen den Weg zu einem Geschäft ein, das türkisches Zuckerwerk verkauft, «Jamjam», wie Rosa dazu sagt. Auf der Stelle macht sie sich mit großem Eifer darüber her und bietet auch Eddy davon an, aber er lehnt indigniert ab, weil sie sich auf dem Weg darüber lustig gemacht hat, dass er noch nie von Jamjam gehört hat.

«Nennst dich Ingenieur und kennst Jamjam nicht», hat sie gelacht. Aber während sie weitergehen, wirkt sie ziemlich ernst. «Ich will dir etwas vorschlagen. Ein Spiel. Wenn wir uns jetzt unterhalten, musst du so tun, als ob du mit einer anderen verlobt wärst, und ich will so tun, als ob ich mit niemandem verlobt wäre. Verstehst du – ich will nicht, dass wir uns wieder zanken.»

Er schweigt, denn er hat keine Ahnung, was sie im Schilde führt. Die Idee gefällt ihm nicht, aber er will die gespannte Lage nicht weiter verschlechtern.

«Nun mach schon, sei ein lieber Eddy», drängelt Rosa. «Spiel deine Rolle. Bist du verlobt oder nicht?»

«Doch, natürlich.»

«Ist sie hübsch?»

«Natürlich, sehr sogar. Richtiggehend reizend.»

«Groß?»

«Sogar riesig.» Im Gegensatz zu Rosa, die eher klein und zierlich ist. Edwin mag dieses Spiel nicht.

«Sie ist unförmig, wie?», fragt Rosa und sieht ihn nicht an.

«Entschuldige, nein. Einfach gut gewachsen. Eine prächtige Frau.»

«Bestimmt hat sie eine große Nase.»

«Na, klein ist sie jedenfalls nicht.» Während Rosa ein Stupsnäschen hat.

«Also eine lange blasse Nase mit einer dicken Warze obendrauf», sagt Rosa zufrieden und schiebt sich mehr Jamjam in den Mund.

«Keine Spur», empört sich Eddy.

«Ach, dann ist ihre Nase also rot? Ich hasse rote Nasen.» Sie zuckt mit den Schultern. «Die muss man immerzu pudern.»

«Sie pudert ihre Nase selbstverständlich nicht.»

«Du liebe Zeit, so ein dummes Ding. Ist sie auch in anderen Dingen so dumm?»

«Nein, weil sie *nicht* dumm ist und auch *keine rote* Nase hat», erwidert Eddy, aber er ist inzwischen ins Schwitzen gekommen.

«Und dieses sensibelste aller Geschöpfe findet tatsächlich Gefallen an der Idee, nach Ägypten verschleppt zu werden?»

«Jawohl», ruft Edwin, «denn sie hat mit scharfem Verstand erkannt, welche Triumphe unsere Technik in einem solchen unterentwickelten Land feiern kann.»

«Donnerwetter», staunt Rosa und säubert ihre Lippen mit dem Finger von ein paar Jamjam-Flöckchen, die dort hängen geblieben sind.

«Gefällt dir das etwa nicht?», fragt er mit einem Blick von oben herab. «Hast du etwas dagegen einzuwenden?»

«Einzuwenden? I wo. Aber hasst sie nicht Dampfkessel und dieses Zeug?»

«Wer wird denn so idiotisch sein Dampfkessel zu hassen?»

«Aber hasst sie nicht diese Leute da unten, diese Araber und Fellachen?»

«Keinesfalls!»

«Dann hasst sie aber bestimmt wenigstens die Pyramiden. Und diese Ibisse und Cheopse und Pharaos und was es da unten alles gibt.»

«Du hältst sie wohl für eine kleine – wollte sagen: eine große Gans.»

«Also, ich hasse die Pyramiden jedenfalls. Miss Twinkleton redet andauernd davon, und auch von den Pharaos und so weiter.»

Missvergnügt gehen die beiden jungen Leute um die Kathedrale, wobei Edwin mehrfach nach den kleinen Haufen Laub tritt, die der Wind hier angehäuft hat, und schweigen sich lange an.

«Wie immer», sagt Edwin schließlich. «Wir verstehen uns einfach nicht. Irgendwie komme ich mit diesen Diskussionen nicht zurecht.»

«Wie könntest du auch, wo du doch die ganze Zeit Unrecht hast!»

Edwin bleibt stehen und fasst Rosa am Arm.

«Es ist gleich so weit, dass du wieder zurückmusst. Unser Spaziergang war nicht besonders erfreulich, oder?»

«Nicht besonders erfreulich? Abscheulich war er und ich muss bestimmt heulen, wenn ich nachher allein in meinem Zimmer bin, und dann kann ich mich nicht bei der Tanzstunde sehen lassen!»

«Rosa, lass uns gute Freunde sein.»

«Ach», ruft Rosa und bricht in ernste Tränen aus. Plötzlich sieht sie richtig fraulich aus, wie sie sich ein Taschentuch an die Augen drückt und leise schluchzt. Der überraschte Edwin führt sie zu einer Bank unter den Ulmen dicht vor den Fenstern der Kathedrale.

«Ach, Eddy, ich wünschte aufrichtig, wir könnten gute Freunde sein, und ich will dich jetzt auch wirklich nicht ärgern. Vielleicht bin ich einfach noch zu jung, um das alles so richtig ernst zu nehmen, wie es sich gehört, ich bin ja nur ein Küken und nicht geschaffen fürs Leid. Sei mir nicht böse, Eddy, aber um Freunde zu sein, dürfte das nicht sein, was sein muss.» Sie schluchzt noch einmal, schaut zu ihm auf und muss dann, jetzt wieder flatterhaft, über ihre eigene Rührung lachen. «Wie wär's, wenn wir es mit ein bisschen Geduld versuchen? Du bist manchmal ziemlich ungeduldig mit mir, und ich umgekehrt auch mit dir. Aber vielleicht, wenn wir uns zusammennehmen ...»

Edwin gibt sich einen Ruck.

«Natürlich, Pussy, gern. Wir wollen es aufrichtig versuchen, nicht wahr? Aber wenn wir schon bei offenen Worten sind ... Also, ich bin kein besonderes Kirchenlicht außerhalb meines Gebietes, doch ich würde gern wissen, ob es ... weil du manchmal so komisch ... wie soll ich mich ausdrücken ... gibt es da einen anderen jungen ...»

«Oh Eddy, wie edel von dir, das zu fragen. Aber nein, nein, es gibt keinen.»

In diesem Moment ertönen hinter ihnen in der Kirche Orgel und Chor; dort wird Gottesdienst gefeiert.

«Fast scheint mir, ich kann Johns Stimme heraushören», sagt Edwin und muss an das Gespräch vom Abend zuvor denken. Wie wenig passt dieser Wohlklang doch zu Jaspers gestriger Missstimmung!

Auch Rosa lauscht, aber offensichtlich ist sie nicht entzückt, ja, sie scheint sogar ein wenig erschrocken, als würde sie erst jetzt merken, dass sie sich in der Nähe der Kathedrale befinden.

«Oh Gott, gleich werden sie herauskommen», ruft sie und springt auf. «Lass uns schnell gehen. Eddy, bitte bring mich zurück ins Nonnenhaus.»

Doch sobald sie den Kirchplatz verlassen haben, hat sie es weniger eilig. Jetzt gehen die beiden sogar Arm in Arm wie ein richtiges Liebespaar und Rosa hat nichts mehr dagegen, dass die Mädchen aus den Fenstern Edwins dreckige Stiefelspitze erspähen könnten.

Am Tor des Nonnenhauses angelangt sieht Edwin sich um, und als niemand auf der Straße zu sehen ist, nähert er sein Gesicht dem Rosas. Doch sie sträubt sich kichernd, ganz das kleine Schulmädchen.

«Ich bin doch viel zu klebrig für einen Kuss, Eddy! Gib mir lieber deine Hand. Ich werde dir einen Kuss hineinpusten.»

So geschieht es. Dann geht sie hinein und er davon und es bedarf keines Sterndeuters, um herauszufinden, wie glücklich sich beide wohl befinden mögen.

3
STÄDTISCHE ORIGINALE

Es ist an der Zeit, ein paar Worte über den Schauplatz des Geschehens zu verlieren. Cloisterham ist vor allem zweierlei: ein Städtchen, das schon den Druiden und den Römern, den Sachsen und den Normannen bekannt war, wenn auch unter anders lautenden Namen, und zweitens – nun, eben ein Städtchen. Ein stilles, langweiliges Städtchen fern jeder Lebhaftigkeit, ungeeignet für Leute, die den Stachel des Lebens suchen, ein Städtchen, in dem es immer ein bisschen erdig riecht, was nur zum Teil an der landwirtschaftlichen Nutzung der Umgebung liegt. Vielmehr handelt es sich um den Geruch der Geschichte selbst, denn zahllose Generationen von Mönchen und Nonnen, die einst in Cloisterham lebten und beteten, sind hier auch zum Staub zerfallen, aus dem sie geworden. Dieser Staub wurde jedoch nie fortgekehrt, sondern blieb einfach liegen und wird darum heute von jedem Lufthauch aufgewirbelt und bei jedem Atemzug inhaliert. Den Sandkuchen, die Cloisterhamer Kinder daraus backen, schadet das nicht, aber Cloisterhamer Salatköpfe sind außerhalb der Stadt unverkäuflich, da sie einen merkwürdigen Eigengeschmack aufweisen.

Cloisterhams Einwohner zählen zu jenem Menschenschlag, der sich um nichts in der Welt, am wenigsten von empirischen Beobachtungen, von dem Glauben abbringen lässt, alle wünschenswerten Veränderungen hätten sich in der Vergangenheit ereignet und weitere Neuerungen seien nicht zu erwarten oder nicht nötig. Einem Menschenschlag also, der eigentlich längst ausgestorben oder zumindest dem Wahnsinn verfallen sein müsste. Denn selbst an Cloisterham geht der Wandel der Zeiten nicht spurlos vorüber und so steht beispielsweise die Anbindung des Städtchens an das nationale Eisenbahnnetz in nicht allzu ferner Zukunft bevor – für welchen Fall die Cloisterhamer längst den Untergang aller Landstraßen, außerdem Englands und des Lebens, wie wir es kennen, vorhergesagt haben. Aber noch ist es glücklicherweise nicht so weit, so dass jeder Reisende, der Cloisterham besuchen will, das letzte Stück mit der Kutsche zurücklegen darf.

Die Frage ist: Warum überhaupt nach Cloisterham reisen? Fast alles, was es hier gibt, existiert auch anderswo – so etwa die Straße, die am einen Ende nach Cloisterham herein- und am anderen Ende wieder aus der Stadt hinausführt und auf der die Landstreicher so rasch wie möglich wieder hinausstreben. Selbst die normannische Kathedrale ist längst nicht so außergewöhnlich, wie der Dekan und sein Hilfskanonikus es gern hätten, trotz der rätselhaften Statue mit dem Januskopf, die auf der Empore zu bewundern ist. Nein, es gibt nur einen Grund für eine Reise nach Cloisterham: die Ruhe. Denn es ist so still in Cloisterham, dass selbst die Jalousien, die an Sommertagen vor den Läden aufgezogen werden, sich nicht im Wind zu wehen getrauen aus lauter Furcht, Geräusche zu erregen.

***

Eine große Mehrheit der Einwohner dieses Städtchens erachtet es als eine Ehre, einen Mr. Thomas Sapsea in ihrer Mitte zu wissen, wofür weniger dessen wohl gerundeter Bauch oder sein Reichtum ausschlaggebend ist als vielmehr seine Eigenart, allem, was er tut und sagt, durch ein Rollen höhere Bedeutung zu verleihen, ein Rollen der Rede und Gangart. Auch hat er eine spezielle gravitätisch fließende Art, seine Hände zu bewegen, gerade so, als wolle er sein Gegenüber bei dieser Gelegenheit gleich konfirmieren. Tatsächlich pflegt er sich wie der Dekan zu kleiden und ist sogar schon für einen Bischof gehalten worden, worauf er sehr stolz ist. Das hat ihn nur noch darin bestärkt, jene Formeln, die er berufsmäßig aufsagen muss – er ist Cloisterhams Auktionator –, sanft singend zu rezitieren, als wolle er den zur Versteigerung versammelten Händlern seinen Segen erteilen. Zwangsläufig gilt Mr. Sapsea als Cloisterhams kommender Mann, denn er wird, ohne dazu genötigt worden zu sein, in naher Zukunft als Kandidat für das Bürgermeisteramt zur Verfügung stehen. Und wenn schon sonst nichts, dann muss man ihm wenigstens eines lassen: Er verfügt zweifellos über eine gewisse Redegabe, die sich unter anderem gern in patriotischen Trinksprüchen wie diesem Bahn bricht:

«*Wenn der Franzmann rüberwill,*
wird er gleich bei Dover still!»

Ausgebracht an diesem Abend im Spätherbst im Beisein von John Jasper, dem Kantor, der zu Besuch gekommen ist, um über die selige Mrs. Sapsea zu sprechen. Das lässt Mr. Sapsea sich nicht zweimal sagen, denn er nutzt jede Gelegenheit, seine Redegabe weiter zu verfeinern, und so darf Jasper zunächst erfahren, wie Mrs. Sapsea war, bevor Mr. Sapsea ihr offenbart hatte, dass er sich vorstellen könne sie zu ehelichen. Dann gibt der Kandidat seinem Zuhörer, der gewisse Konzentrationsprobleme noch recht geschickt hinter seinem Weinglas versteckt, einen kurzen Überblick über die Geschehnisse während der gut fünfjährigen Sapsea-Ehe, ehe die Leber der Mrs. Sapsea versagte. Diese Zusammenfassung beschließt er, gravitätisch den Kopf schüttelnd, mit den Worten: «Stets waren ihre hellen Augen unbeirrbar auf mich gerichtet, vor allem wenn ich redete, denn sie verehrte mich in einer Weise, die sie hinderte Worte zu finden, die ihrer wohl allzu großen Hochschätzung meines Charakters und meines Intellekts zu genügen vermochten.»

Jasper nickt beifällig, schweigt jedoch, denn er spürt, dass auch ihm diese Worte fehlen.

«Seither bin ich ein stiller Leidtragender», fährt Sapsea fort, «seither verschwende ich meine Abendunterhaltung an die leere Luft. Ich will nicht sagen, dass ich mir Vorwürfe gemacht hätte oder hätte machen sollen, aber ich begann doch zu überlegen, was schief gegangen ist, um nicht sagen: was hätte besser laufen können. Sie musste stets sehr hoch zu ihrem Gatten aufblicken und so kam mir die Frage in den Sinn, was gewesen wäre, wäre ihr Gatte etwas mehr auf ihrem Niveau gewesen. Vielleicht hätte sich das positiv auf ihre Leber ausgewirkt.» Er zuckt mit den Schultern. «Nun, der Mensch denkt und Gott lenkt, wie ich mich stets auszudrücken pflege.»

Jasper murmelt zustimmend.

«Und darum, Mr. Jasper, habe ich etwas ersonnen. Ein Dreivierteljahr ist es jetzt her, dass sie zu Grabe getragen wurde, so dass Selbiges sich inzwischen ausreichend abgesenkt haben dürfte. Ich habe hier einen Entwurf für die Inschrift, die auf dem Heiligtum angebracht werden soll. Und da Sie mir als Mann von Charakter beschrieben wurden, möchte ich Sie bitten dieses Produkt meines Geistes zu prüfen. Bitte sehen Sie!»

Er reicht Jasper einen Bogen Papier, auf dem das Folgende steht:

«Ethelinda,
Ehrfürchtige Gattin des
Mr. Thomas Sapsea,
Auktionator, Schätzer, Makler etc.
In dieser Stadt,
Dessen Kenntnis von der Welt,
So umfassend sie war,
Ihn nie zusammenbrachte mit einem
Geist,
Der verständiger
Zu ihm hätte emporblicken können.
Fremdling, kehre in dich!
Frage dich:
Kannst du Gleiches tun?
Wenn nicht,
Weiche errötend von hinnen.»

Während Jasper liest, ist Mr. Sapsea bemüht an seinem Gesicht abzulesen, wie stark ihn der Entwurf beeindruckt. Doch ehe Jasper etwas dazu sagen kann, kommt das Dienstmädchen herein und kündigt Mr. Durdles an und Mr. Sapsea ruft: «Auf den Punkt! Er soll hereinkommen.»

Durdles ist Steinmetz und versorgt Cloisterham mit Grabsteinen und -monumenten, deren Farbe er selbst im Lauf der Jahre vollständig angenommen hat. Niemand kann bestreiten oder bestätigen, dass er ein ausgezeichneter Arbeiter ist, da ihn noch niemand hat arbeiten sehen, aber jeder kann bestätigen, dass er immense Fähigkeiten im Zuführen von alkoholischen Flüssigkeiten besitzt. Von ihm heißt es auch, er stehe mit der Gruft der Kathedrale auf intimerem Fuß als selbst jene, die dort begraben liegen, was wohl auch daran liegt, dass er sich manchmal zum Schlafen dorthin zurückzieht. Jedenfalls verfügt er über ein sonderbares Gefühl für im Fundament der Kathedrale versteckte Räume und für die darin begrabenen «alten Knaben». Wenn Durdles sagt: «Durdles ist wieder auf'n alten Knaben gestoßen» – denn er redet von sich zwanglos in der dritten Person –, dann geht Tope direkt zum Dekan und meldet es als sichere Entdeckung. In dieser Beziehung hat Durdles sich noch nie geirrt.

«Essen wie Durdles» ist in Cloisterham ein stehender Begriff – nicht nur weil Durdles sein Essen immer wie ein Landstreicher in einem Bündel mit sich führt oder weil er Grabsteine als Esstische nutzt, sondern vor allem weil sich die Zusammensetzung einer solchen Durdles'schen Mahlzeit über die Jahre hinweg nicht geändert hat. Sie kann nur als eintönig bis karg bezeichnet werden. Das weiß man, weil Durdles in regelmäßigen Abständen betrunken aufgegriffen und im Rathaus vor den Richter gebracht wird, bei welcher Gelegenheit dann sein Bündel aufgeschnürt wird. Dennoch hat selbst Durdles ein Heim. Es besteht aus Steinen, aus denen ehedem die Stadtmauer geschichtet war, und liegt am Ende eines Ganges, der knöcheltief von Steinsplittern übersät ist und von einem Wald aus Grabsteinen und Urnen aus allen Schaffensperioden von Durdles und seinen Vorgängern gebildet wird. Zwei Tagelöhner sind hier ständig am Steineklopfen und zwei weitere zersägen die Steine in so regelmäßigem Takt – wobei sie aus ihren Schilderhäuschen wie mechanisch vor- und zurückwippen –, dass man meinen könnte, sie stünden symbolisch für die Zeit und den Tod.

Mr. Sapsea reicht sein kostbares Werk nun an Durdles weiter und der nimmt es, zieht seinen Zollstock hervor und misst es aus, wobei Steinstaub von seiner Hand auf das Papier rieselt.

«Für das Grabmal, stimmt's?»

«Ja, als Inschrift», sagt Mr. Sapsea gespannt, aber das Werk hat keine erkennbare tiefere Wirkung auf Durdles' schlichtes Gemüt.

«Kommt genau hin.» Durdles streckt sich knackend, faltet das Papier und steckt es ein. Normalerweise würde Mr. Sapsea ihn fragen, wie es ihm geht, und würde zur Antwort erhalten: «Gut bis auf meinen Gruftizismus», aber Mr. Sapsea ist leicht verärgert über Durdles' flüchtige Reaktion und sagt daher nichts.

«Soll ich das gleich in Arbeit nehmen?», fragt Durdles.

«Es kann nicht schnell genug fertig werden», sagt Mr. Sapsea mit der Ungeduld eines Autors, der sich publiziert sehen will.

«Dann geben Sie mir am besten den Schlüssel.»

«Wieso, guter Mann? Das soll ja nicht *im* Heiligtum angebracht werden.»

«Durdles weiß schon, wo das hinsoll, keine Sorge. Fragen Sie mal in Cloisterham rum, ob Durdles was von seinem Handwerk versteht.»

«Schon gut, schon gut.»

Mr. Sapsea entnimmt einem in die Wand eingelassenen Stahlschrank einen großen, unhandlichen Schlüssel, den er Durdles übergibt, nachdem er den Schrank sorgfältig wieder verschlossen hat.

«Durdles besieht sich seine Arbeit nämlich rundherum, wenn er fertig ist», erläutert Durdles, «von allen Seiten und auch von innen, alles klar? Er nennt das Endabnahme.»

Doch der Schlüssel ist so wuchtig, gemäß dem Geist, zu dessen Heiligtum er passt, dass er in keine der vielfältigen Hosentaschen des Steinmetzen passt. Durdles zieht schließlich einen Brustbeutel unter seinem Flanellhemd hervor, um das Monstrum darin zu verstauen.

«Meine Güte, Durdles», ruft Jasper, «so viele Taschen!»

«Ja, und 'ne Menge Gewicht. Heben Sie mal.»

Er reicht Jasper zwei andere große Schlüssel.

«Geben Sie mir den von Mr. Sapsea auch mal. Bestimmt ist er der schwerste.»

«Nee, die sind alle egal. Schlüssel zu Monumenten, öffnen Durdles' Werke. Geben Sie Acht mit den Bärten, Mr. Jarsper.»

Er nimmt seine Schlüssel wieder entgegen und verstaut sie glücklich in den Taschen. Dann schultert er sein Brotzeitbündel und geht hinaus ohne die Anwesenden noch eines Wortes zu würdigen, als habe er sie im Moment vergessen.

«Kein allzu helles Licht, wie ich mich stets auszudrücken pflege», sagt Mr. Sapsea. «Nun, Mr. Jasper, wie wäre es mit einer Partie Backgammon?»

Jasper erklärt sich freundlicherweise bereit, was aber natürlich bedeutet, dass er noch eine Weile von der geballten Weisheit des Auktionators profitieren darf, die eher von der weitschweifigen als von der epigrammatischen Art ist. Schließlich erklärt Jasper, zu einem späteren Zeitpunkt mehr davon empfangen, das Erfahrene im Moment aber erst mal sacken lassen zu wollen; auch sei es spät in der Nacht. So lässt Mr. Sapsea ihn schließlich in der Überzeugung ziehen, einen weiteren Wähler von sich überzeugt zu haben.

Doch es ist noch nicht einmal elf Uhr, als Jasper auf die Straße tritt, und er ist eigentlich noch nicht müde. Er nimmt den Umweg über den Kirchplatz, um auf andere Gedanken zu kommen. Hier entdeckt er Durdles samt Brotzeitbündel, der sich an das Eisengitter lehnt, das Kreuzgang und Friedhof voneinander trennt. Genauer gesagt: Er entdeckt Durdles erst, nachdem er einen verwahrlosten Bengel bemerkt hat, der mit Steinen nach Durdles schmeißt. Manchmal wird der Steinmetz getroffen, manchmal verfehlt; beides scheint ihn nicht zu kümmern. Jedes Mal, wenn er trifft, stößt der üble Bengel einen schrillen Pfiff durch eine klaffende Zahnlücke aus, die eigens dafür vorgesehen scheint, und wenn er sein Ziel verfehlt, visiert er Durdles nur noch genauer an.

«Was soll denn das!», ruft Jasper den Bengel an und will ihn davon abhalten, den nächsten Treffer zu landen.

«He, fass mich nich an, du Arsch», gellt der Bursche, «sonst stopf ich dir die Fresse, sonst schmeiß ich dir die Augen aus!»

«Du Teufel, was hat dir der Mann getan?»

«Was geht dich das an? Er will nich nach Haus, drum bewerf ich ihn. Is 'ne Verabredung. Er gibt mir 'n halben Penny dafür.»

Dann stößt er seinen Kampfruf aus – «Widdy widdy!» – und wirft den nächsten Stein, der wirkungslos an Durdles abprallt.

Kurz entschlossen geht Jasper hinüber zu Durdles, nachdem er dem Burschen durch ein Kopfnicken signalisiert hat, was er vorhat. Der stellt den Beschuss vorläufig ein und folgt Jasper.

Stony Durdles, wie er auch genannt wird, steht in tiefer Meditation versunken, ohne Hut, den ein Treffer ihm vom Kopf gefegt hat. Jasper rüttelt ihn.

«Durdles, was machen Sie hier? Sie befinden sich in Lebensgefahr. Dieses Dingsda, dieser Bursche ...»

«Er heißt Deputy», lässt Durdles sich vernehmen, indem er sich knarrend und hustend zu regen beginnt.

«Ist das sein Name?»

«Klar isser das, du Arsch», schreit Deputy. «Bin 'n Hausbursche vom Traveller's Twopenny, un die heißen da alle Deputy, klar? Widdy widdy!»

Doch ehe er werfen kann, fällt Jasper ihm in den Arm.

«Untersteh dich, sonst schlag ich dich tot», droht er und wendet sich wieder an Durdles. «Kommen Sie, ich bringe Sie nach Hause.»

«Hmm», brummt Durdles. «Wissen Sie, Durdles war gerade in Betrachtungen. Er ist hier von seinen Werken umgeben wie ein berühmter Autor.» Er weist durch das Gitter auf einen wuchtigen, marmornen Sarkophag, der bleich im Mondlicht schimmert. «Da liegt die Sapsea, da der selige Herr Dekan, da der Steuerinspektor. Und sehn Sie mal – da liegt Ihr Schwager.» Doch plötzlich wendet er sich um und fährt Deputy drohend an. «Du hast heute Abend gar nicht deine Widdy-Warnung gerufen!»

Deputy weicht vorsichtshalber ein paar Schritte zurück, ehe er schrillend widerspricht: «Lüge, hab ich doch, un zwar die ganze Zeit!»

Durdles ist damit zufrieden und lässt die Sache auf sich beruhen. Gemeinsam mit Jasper setzt er sich nun heimwärts in Bewegung.

«Durdles, warum schmeißt er mit Steinen auf Sie?»

«Weil ich ihm ein Ziel gegeben hab. Sehn Sie, was isser vorher gewesen? Einer, der alles kaputtmacht. Was hat er damit verdient? Knast. Auf alles hat er mit Steinen geschmissen, Mensch, Fenster, Vogel, egal. Da hab ich ihm ein klares Ziel gegeben für 'n halben Penny am Tag. Is 'n System für die Volkserziehung.»

«Er folgt uns.»

«Is seine Aufgabe. Außerdem isses sein Heimweg. Wir müssen in der Nähe vom Traveller's Twopenny vorbei. Da lassen wir ihn.»

Jasper wäre den Burschen lieber los, aber wenigstens wirft er jetzt nicht mehr nach Durdles, sondern sucht sich andere, vorwiegend leblose Ziele in der Umgebung. Doch muss auch eine umherstreifende Katze dran glauben.

«Was gibt's Neues in der Gruft?», fragt Jasper.

«Was gibt's Altes, meinen Sie wohl. Is kein Ort für Neuigkeiten da unten. Lauter alte Knaben. Unterm siebten Pfeiler links, wo früher die unterirdische Kapelle war, da liegt wieder einer, glaub ich. Wahrscheinlich einer von den Burschen mit'm Krummstab. Vielleicht sogar zwei. Der Mauerdurchbruch sieht so aus, als ob sie zwei nacheinander da reingestopft haben. Dürfte eng sein da drin für die Brüder. Traute Umarmung, he he.»

«Wirklich, Sie führen ein seltsames Leben.»

«Na, und Sie?»

«Nun ja, zweifellos entscheidet sich mein Schicksal an demselben alten, bitterkalten Ort. Aber Ihre Beziehung zur Kathedrale ist doch sehr viel interessanter als meine, oder? Und auch geheimnisvoller. Durdles, könnten Sie sich vorstellen mich als eine Art Lehrling anzunehmen, so dass ich gelegentlich mit Ihnen gehen kann, um ein paar von diesen seltsamen Winkeln zu sehen?»

«Jeder hier weiß, wo man Durdles finden kann, wenn man ihn braucht», lautet die unbestimmte Antwort.

«Ich frage mich nur, wie Sie die alten Gräber aufspüren können.»

«Is doch ganz einfach», sagt Durdles, bleibt stehen – worauf Deputy sich sofort einige Schritte zurückzieht –, drückt Jasper sein Brotzeitbündel in die Hand und zieht einen Hammer aus einer seiner Beintaschen. «Ich zeig's Ihnen mal. Is ungefähr so, wie Sie Ihre Töne abstimmen. Aufgepasst!»

Er kniet auf das Pflaster nieder und klopft mit der Hammerspitze auf einen Pflasterstein.

«Ich klopfe – so. Hör'n Sie? Und dann klopf ich hier. Hör'n Sie das auch? Hört sich genauso an. Also klopf ich weiter. Hör mal, das hört sich anders an, als ob's hohl darunter ist, alles klar, da liegt so 'n Knabe in 'nem alten Gewölbe.»

«Faszinierend.»

«Ich kann sogar die Füllung raushören. Das is, wenn der Raum zwischen zwei Mauern mit Schutt aufgefüllt ist. Nehm'n wir mal an, das hier is das Grabmal von der ollen Sapsea.»

«Aber nicht im Ernst, oder?»

«Nee, klar.» Durdles hat seinen Zollstock gezückt und auf das Pflaster gelegt. «Sehn Sie mal, von diesem Punkt nach da, das sind sechs Fuß. Hier ist die Außenmauer, da liegt die Sapsea. Dann klopf ich hier und hier und kann sagen: Da is was zwischen uns, da haben Durdles' Leute bestimmt Schutt reingefüllt.»

«Durdles, das ist wirklich eine Gabe!»

«Alles selbst erarbeitet», sagt Durdles und packt seine Sachen zufrieden wieder ein. Dann ruft er «He, du da!», und wirft Deputy einen halben Penny zu. «Lass dich heute nicht mehr blicken.»

«Widdy wumm», antwortet Deputy und verschwindet in die Seitengasse, die zum Traveller's Twopenny führt.

Unbehelligt gelangen sie vor Durdles' Heim. Ein letztes Grußwort, und Durdles stolpert durch seinen steinigen Vorgarten davon. Und auch Jasper kehrt nun nach Hause zurück. Das Feuer im Kamin glimmt noch; Mrs. Tope hat es gewartet. Einem verschlossenen Wandschrank entnimmt er eine merkwürdig geformte Pfeife, die er mit größter Sorgfalt stopft – allerdings nicht mit Tabak. Dann steigt er die Treppe hinauf, die zu zwei Zimmern führt. In dem einen schläft er selbst, in dem anderen sein Neffe. In beiden brennt Licht.

Jasper betritt Edwins Schlafzimmer und steht eine Weile vor dessen Bett, die kalte Pfeife in der Hand. Er beobachtet Edwin mit tiefer, regungsloser Konzentration. Dann kehrt er auf Zehenspitzen um und geht in sein eigenes Zimmer hinüber, wo er nun endlich die Pfeife ansteckt und sich den Geistern überlässt, die durch sie beschworen werden.

VERHÖR G. ABLEWHITE

Ich muss zugeben – die Art, wie Sie das erzählen, ist ganz anders als die des großen Dickens.

Das will ich stark hoffen.

Ich habe nicht gesagt: Sie ist besser. Nur anders. Stärker zugespitzt.

Hätte mich auch gewundert, so was wie ein Lob von Ihnen zu bekommen.

Immerhin wird manches dadurch ein wenig klarer. Man muss schon zugeben, dass Jasper eine undurchsichtige Rolle spielt. Das habe ich bisher nicht so gesehen.

Und Sie wollen Kriminalist sein? Es ist so was von offensichtlich, dass dieser Jasper ...

Es ist nicht nötig, Ihre These zu wiederholen. Ich habe sie zur Kenntnis genommen, weise zugleich aber darauf hin, dass es sich lediglich um eine These handelt.

Wie oft haben Sie den Roman eigentlich schon gelesen?

So oft, wie man die Heilige Schrift gelesen haben sollte, und noch einmal zusätzlich.

Die Heilige Schrift? Was sagt man dazu!

Am besten überhaupt nichts, wenn man eine solche Lästerzunge hat wie Sie. Passen Sie nur auf, dass Sie sich nicht noch strafbar machen.

Was ist denn so heilig an diesem Roman?

Nein, Mr. Ablewhite, so nicht, so nicht! Sie wollen nur vom Thema ablenken, indem Sie mich provozieren. Das hätten Sie wohl gern, dass ich Ihnen das Grundlegendste beibringe wie einem dreijährigen Kind, was? Weiter im Text! Sind Sie der vermeintlichen Lösung des Falles Drood durch die zuvor gehörten Kapitel näher gekommen?

Nicht wirklich. Ich dachte zunächst, dass Dickens hier schon wieder mit seiner Unsitte anfängt, die er am besten beherrscht: seine Handlung auszuwalzen, indem er Nebenschauplätze aufmacht. So eine Figur wie Mr. Sapsea – was bringt die für einen solchen Roman? Sapsea ist völlig überflüssig.

Wissen Sie, wie eine Suppe ohne Salz schmeckt?

Und was Durdles betrifft – na ja, ich hatte den Verdacht, dass Dickens hier den Mord vorzubereiten beginnt. Durdles, dachte ich, wird irgendwas damit zu tun haben. Und das Grabmal der ollen Sapsea ebenfalls.

Sehen Sie, so ganz überflüssig ist der heilige Sapsea also wohl doch nicht – ganz abgesehen davon, dass sich in seiner Beschreibung Dickens' Meisterschaft beweist, Typen zu gestalten.

Aber mit Jasper hat er in dieser Beziehung kein glückliches Händchen. Wissen Sie, was mich an Jaspers Beschreibung stört? Dass die Schwulen immer irgendwie krank dargestellt werden. Dieses Düstere, dieses merkwürdige, verschwommene Leiden – warum kann ein Schwuler nicht einfach mal als ganz normaler, glücklicher Mensch dargestellt werden?

Ich wüsste nicht, welcher Reiz dem abzugewinnen wäre, Mr. Ablewhite. Literarisch gesehen ist nichts interessanter als das perverse Leid. Sie haben mir übrigens bisher noch kein plausibles Motiv für Jasper geliefert, seinen geliebten Neffen umzubringen.

Greifen wir nicht vor! Ich sage Ihnen, das wird das interessanteste Leiden überhaupt.

Machen wir also weiter!

Halt! Müssten Sie mich nicht erst mal fragen, ob ich nicht verwundert war, dass das Lokal, in dem ich in der Wirklichkeit saß, plötzlich in einem alten Dickens-Roman auftauchte?

Von «plötzlich» kann da wohl kaum die Rede sein. Immerhin ist dieser Roman bereits 133 Jahre alt und das Traveller's Twopenny existiert sogar noch länger.

Ja, aber damit hatte ich nicht gerechnet.

Waren Sie dann also auch verwundert, dass ein Junge namens Deputy im Roman vorkommt, genau wie in der von Ihnen so genannten «Wirklichkeit»?

Nein, konnte ich gar nicht. Zu diesem Zeitpunkt wusste ich noch nicht, dass das Luder mit dem Knackarsch Deputy hieß, obwohl der Typ eine eklatante Zahnlücke aufwies. Das erfuhr ich erst später, als wir zusammen auf der Toilette waren.

Verschonen Sie mich mit Einzelheiten!

Und noch etwas will ich loswerden: Es tauchten natürlich weitere Romanfiguren auf.

Natürlich.

Rosa und Miss Twinkleton, der Kandidat und der Steinmetz. Der war der Einzige, den man ständig aus der dunklen Ecke hörte. Er rülpste und gurgelte in einem fort und manchmal zog er von ganz tief unten durch die Nase hoch und dann hörte man etwas Zähflüssiges auf den Boden klatschen. Von den Frauen ragten die Röcke aus dem Dunkel.

Ausgezeichnet. Können wir jetzt weitermachen?

4
Ein Tag im Hilfskanonikuswinkel

Reverend Septimus Crisparkle, der jüngste von sieben Brüdern, lebt gemeinsam mit seiner Mutter, Mrs. Crisparkle, an einem stillen Ort im Schatten der Kathedrale, den das Krächzen der Krähen über der Kirche oder das Läuten der Glocke nur noch stiller zu machen scheint. Jahrhundertelang ist hier gerauft, geschuftet und geprügelt worden, aber seit mehreren Jahrzehnten liegt eine heitere, fast romantische Stimmung über diesem Ort, der auch «Hilfskanonikuswinkel» genannt wird.

Dieselbe Stimmung findet man auf dem Gesicht des Reverend Crisparkle wieder. In fünf Jahren wird er 40, aber das ist ihm nicht anzusehen, denn er führt das Leben eines Naturburschen, das sich unübersehbar in seiner Rosigkeit und seinem klaren Blick niederschlägt, und es zeigt sich auch in seiner kräftigen männlichen Statur. Septimus Crisparkle pflegt nämlich jeden Morgen seinen Kreislauf anzuregen, indem er am Cloisterham-Wehr im Fluss taucht. Selbst bei Eisgang, so wie heute, setzt er sich dieser Übung aus. Und er versteht sich aufs Boxen, denn nach dem Tauchen treibt er jeden Morgen seine Übungen vor dem Spiegel; kontern, nachstoßen, parieren – er könnte antreten. Seine Mutter hat stets Angst um den Spiegel.

Mrs. Crisparkle ist eine hübsche alte Dame mit glänzenden Augen. Sie hat eine wohl geformte, dralle Figur und trägt Kleider, die so gut auf sie abgestimmt und so hervorragend pastellen gefärbt sind, dass ihr Sohn sie bei sich oft «die Porzellanschäferin» nennt. Lang schon ist sie verwitwet. Ihr Gesicht ist meist freundlich und ruhig, außer wenn sie Briefe von Mr. Honeythunder aus London empfängt, der ein Freund ihrer Schwester ist – und ein Philanthrop. Wenn Mrs. Crisparkle diese Briefe liest, sieht man ihrem Gesicht an, dass sie sich angestrengt um einen würdigen, gleichgültigen Ausdruck bemüht.

Woraus schon zu ersehen ist, dass ein Philanthrop sich selbst wohl als Menschenfreund sehen mag, dass Mrs. Crisparkle aber keine Philanthropenfreundin ist. Das hat seine Gründe. Im Zuge seiner Menschenfreundlichkeit hat Mr. Honeythunder verschiedene Modelle entwickelt, um der drängenden Probleme der Menschheit Herr zu werden. Er plant, alle Arbeitslosen des Königreichs zusammentreiben und in Lager sperren zu lassen, wo sie bei Androhung der sofortigen Liquidierung endlich zu arbeiten anfangen sollen. Die Armee will er abschaffen, vorher aber alle Offiziere an die Wand stellen. Anschließend soll der Krieg abgeschafft werden, und jene Teile der Menschheit, die dazu nicht bereit sind, sollen mit Gewalt zu ihrem Glück gezwungen werden. Ja, selbst die Todesstrafe plant Mr. Honeythunder abzuschaffen – zu welchem Zweck vorher alle Juristen und Politiker, die gegenteiliger Meinung sind, gehängt werden sollen. Nicht umsonst ist der ideengewaltige Mr. Honeythunder kürzlich Präsident des Vereinten Hauptausschusses des Londoner Hafens der Philanthropie geworden.

Der Tag hat für Mrs. Crisparkle nicht gut begonnen, denn zum Frühstück hat sie einen Brief von ebendiesem Mr. Honeythunder zu verlesen gehabt, der darin sein Kommen angekündigt hat! Doch Kommen ist nicht Bleiben, wie der Reverend angemerkt hat: «Er will nur seine beiden Mündel abliefern. Von Bleiben schreibt er nichts.»

Denn Mr. Honeythunder ist auch Vormund zweier junger Leute, die trotz seiner sorgenden Obhut partout nicht zu Menschenfreunden heranwachsen wollen. Wegen dieser Jugendlichen, Mr. Neville und Miss Helena Landless, hat es einen längeren Briefwechsel zwischen dem Hafen der Philanthropie in London und dem Hilfskanonikuswinkel in Cloisterham gegeben, in dessen Mittelpunkt die Suche nach einer Lösung für die beiden Landlesses gestanden hat. Septimus Crisparkle hat sich bereit erklärt, Neville Landless als Schüler und Pensionsgast anzunehmen, und für seine Schwester hat sich ein Platz im Nonnenhaus bei Miss Twinkleton gefunden.

«Er soll sich bei uns wohl fühlen», hat der Reverend beim Frühstück gesagt, «denn nur dann werden wir uns auch mit ihm wohl fühlen. Wir sollten ein Begrüßungsessen veranstalten, was meinst du, Mama? Dazu könnten wir Jasper und seinen Neffen einladen. Vielleicht freunden sich die beiden jungen Leute an, dann hätte Mr. Neville gleich eine Bezugsperson in Cloisterham. Außerdem sollten wir Miss Twinkleton einladen und die kleine Verlobte des jungen Drood. Das macht, uns beide eingeschlossen, acht Personen. Wäre dir das zu viel, Mama?»

«Ich glaube, es werden neun, Sept», hat seine Mutter düster erwidert.

«Aber Mama, ich sagte doch acht. Acht sind nicht neun.»

Damit mag er Recht haben. Septimus Crisparkle hat eine Neigung zu runden Rechnungen: Acht Gäste finden gerade noch Platz am Tisch im Esszimmer des Hilfskanonikuswinkels, neun dagegen schwerlich. Doch es sind dennoch neun geworden, ganz wie Mrs. Crisparkle befürchtet hat, denn Mr. Honeythunder hat, nachdem er von der Kutsche heruntergestiegen ist, keine Anstalten gemacht, sich wieder zwecks Rückreise auf selbige hinaufzubefehlen. Und so hat Mr. Crisparkle ihn zum Essen einladen müssen.

Folglich herrscht drangvolle Enge am Esstisch, als das Mittagessen serviert wird, das durch Mr. Honeythunder rundherum zum Desaster wird. Mit einem Schlag bringt er die Tischordnung durcheinander, die Mrs. Crisparkle ersonnen hat, indem er einfach die Seite zur Küche hin einnimmt, ganz gleich wer dort vorgesehen gewesen ist. So versperrt er glatt den Durchgang und bringt Mr. Tope, der dem Dienstmädchen beim Servieren hilft, was er nun teilweise über Mr. Honeythunders Kopf hinweg erledigen muss, an den Rand des Wahnsinns. Und natürlich beansprucht Mr. Honeythunder die unangefochtene Lufthoheit über dem Tisch.

«Mit Empörung, Zorn und Verachtung, nicht ohne Abscheu und tief empfundenen Ekel», so wettert er, als habe er es anstatt mit einer privaten Tischgesellschaft mit einem offiziellen Auditorium zu tun, «müssen wir derzeit in London das Anschwellen der Dekadenz beobachten. Ein Kraut hat Besitz von den Köpfen ergriffen, ein Pulver, eine Droge, die Bankrotterklärung des Geistes.»

Kurz: Mr. Honeythunders Thema ist heute das Opium, die Opiumsucht und die Opiumsüchtigen, und niemand wundert sich, dass sein Rezept, das Übel auszumerzen, darin besteht, die Süchtigen und jene, die sie mit der Droge beliefern, an die Wand zu stellen und zu erschießen, anschließend zu erhängen und dann durch den Wolf zu drehen. Selbst Jasper, der durch Mr. Sapseas Reden einiges gewohnt ist, hat Mühe, der Wucht des Mr. Honeythunder standzuhalten, zumal es ihm heute mal wieder nicht gut geht; er ist blass und sieht übernächtigt aus. Mrs. Crisparkle verkneift sich mühsam die Tränen. Doch am meisten hat ihr Sohn zu leiden, der als Hilfskanonikus in Mr. Honeythunders Augen so etwas wie eine Amtsperson darstellt und sich immer wieder gefallen lassen muss, direkt angesprochen zu werden, und zwar in einer Weise, als habe er es gewagt, eine dem Philanthropen zuwiderlaufende Meinung zu vertreten.

«Sie wollen doch nicht etwa behaupten ...», geht Mr. Honeythunder ihn an oder: «Sehen Sie nun, was Sie davon haben!»

So ist es kein Zauberwerk, dass sich unter den Teilnehmern der Tischgesellschaft ein stillschweigender *common sense* bildet, Mr. Honeythunder so schnell wie möglich loszuwerden. Mr. Tope serviert den Kaffee eine Stunde früher, als er bestellt worden wäre, Mr. Crisparkle sitzt mit der Uhr in der Hand, damit Mr. Honeythunder nur die Kutsche nicht verpasse, Miss Twinkleton schätzt den Fußweg zur Haltestelle auf 25 Minuten, während es in Wirklichkeit nur fünf sind, und die jungen Leute geben eine halbe Stunde vor der Zeit das Zeichen zum Aufbruch: Soeben habe es drei viertel geschlagen. Tatsächlich ist es nur ein viertel gewesen, aber Mr. Honeythunder, betäubt von seiner eigenen Rede, hat es nicht mitbekommen und so lässt er sich mit überströmender Freundlichkeit aller Anwesenden in den Mantel helfen und hinausschieben. Eine gute halbe Stunde vor der Abfahrt sitzt er in der Kutsche und im Hilfskanonikuswinkel wird aufgeatmet.

Mr. Crisparkle und Neville Landless haben ihn zur Haltestelle gebracht. Neville ist ein beunruhigend schöner junger Mann von exotischem, dunklem Teint, seiner Schwester erstaunlich ähnlich, da die beiden Zwillinge sind. Seine Art, sich zu bewegen, hat etwas Ungezähmtes, zugleich Scheues an sich, als sei er Jäger und Wild zugleich, seine Blicke können trotzig-herausfordernd oder lauernd sein, doch immer unterziehen sie seine Umgebung einer genauen Prüfung. Mr. Crisparkle spürt, dass er es mit einem überaus stolzen, verletzlichen Wesen zu tun hat, dass hier eine große und schwierige Aufgabe auf ihn zukommt und dass er sich selbst keinen Gefallen tut, wenn er Neville mit plumper Kumpanei zu kommen versucht. Der Junge muss sich von sich aus öffnen, das ist dem Reverend früh klar.

Doch er muss nicht lange darauf warten.

«Ich weiß nur sehr wenig über diesen Gentleman, Sir», sagte Neville zum Hilfskanonikus, als sie den Rückweg antraten.

«Sie wissen sehr wenig über Ihren Vormund?», wiederholte der Hilfskanonikus.

«So gut wie gar nichts.»

«Wieso ist er ...»

«Mein Vormund? Das kann ich Ihnen sagen, Sir. Ich nehme an, Sie wissen, dass wir (meine Schwester und ich) aus Ceylon stammen.»

«Nein, ich hatte keine Ahnung.»

«Das überrascht mich. Wir lebten dort bei unserem Stiefvater. Unsere Mutter ist gestorben, als wir noch klein waren. Es war ein elendes Dasein. Sie hat ihn zu unserem Vormund ernannt und er war ein elender Geizhals, der uns nicht die Butter auf dem Brot und die Kleider am Leibe gönnte. Bei seinem Tod hat er uns in die Obhut dieses Mannes gegeben, soweit ich weiß einzig und allein aus dem Grund, dass er ein Freund oder Bekannter war, dessen Name häufig in der Zeitung stand und seine Aufmerksamkeit erregte.»

«Das war erst kürzlich, nehme ich an?»

«Erst kürzlich, ja. Unser Stiefvater war eine brutale Bestie und ein Tyrann. Es war gut, dass er endlich starb, denn sonst hätte ich ihn getötet.»

Mr. Crisparkle blieb abrupt stehen und betrachtete im Lichte des Mondes bestürzt seinen hoffnungsvollen Zögling.

«Habe ich Sie erschreckt, Sir?», sagte dieser und nahm rasch ein unterwürfiges Gebaren an.

«Sie haben mich schockiert, über die Maßen schockiert.»

Einen Moment lang ließ der Zögling den Kopf hängen, während sie weitergingen, dann sagte er: «Sie haben nie zusehen müssen, wie er Ihre Schwes-

ter verprügelt. Ich jedoch habe gesehen, wie er meine Schwester prügelte, und das nicht nur ein oder zwei Mal, und ich habe es nie vergessen.»

«Nichts», sagte Mr. Crisparkle, «auch nicht die Tränen einer geliebten und schönen Schwester, die grausam misshandelt wird», mit wachsender Entrüstung wurde er, gegen seinen Willen, weniger streng, «kann jemals die schrecklichen Worte rechtfertigen, die Sie benutzt haben.»

«Ich bedaure sie benutzt zu haben, besonders vor Ihnen, Sir. Ich bitte darum, sie zurücknehmen zu dürfen. Aber in einem Punkte möchte ich Sie berichtigen, wenn Sie erlauben. Sie sprachen von den Tränen meiner Schwester. Meine Schwester hätte sich eher von ihm in Stücke reißen lassen als ihm Anlass zu geben zu glauben, er könne sie je zum Weinen bringen.»

Mr. Crisparkle ging seine gedanklichen Notizen durch und war weder im Mindesten überrascht das zu hören noch im Mindesten versucht es infrage zu stellen.

«Vielleicht kommt es Ihnen seltsam vor, Sir» – die Worte wurden mit zögerlicher Stimme gesprochen – «wenn ich Sie nach so kurzer Zeit um Erlaubnis bitte, mich Ihnen anvertrauen zu dürfen, und die Freundlichkeit zu haben, das eine oder andere Wort zu meiner Verteidigung anzuhören?»

«Verteidigung?», wiederholte Mr. Crisparkle. «Sie müssen sich nicht verteidigen, Mr. Neville.»

«Ich glaube doch, Sir. Zumindest weiß ich, dass ich es tun sollte, wenn Sie meinen Charakter besser kennen würden.»

«Nun, Mr. Neville», lautete die Antwort. «Vielleicht geben Sie mir Gelegenheit, das selbst herauszufinden?»

«Wenn es Ihnen beliebt, Sir», antwortete der junge Mann und sein Gebaren schlug rasch um in enttäuschte Verdrossenheit, «wenn es Ihnen beliebt, mich in meinem Impuls zu bremsen, muss ich mich wohl fügen.»

Es lag etwas im Ton dieser kurzen Rede, das den gewissenhaften Mann, an den sie gerichtet war, unangenehm berührte. Es war die Andeutung, dass er vielleicht, ohne es zu wollen, ein Zutrauen ausgeschlagen habe, welches dem missgestalten jungen Geiste förderlich gewesen wäre und vielleicht auch seinem eigenen Vermögen, diesen zu leiten und zu bessern. Sie waren in Sichtweite seiner erleuchteten Fenster angelangt und er blieb stehen.

«Machen wir kehrt und gehen wir noch ein oder zwei Mal auf und ab, Mr. Neville, sonst haben Sie nicht die Zeit, um zu Ende zu führen, was Sie mir sagen wollen. Sie waren voreilig in Ihrem Schluss, ich wolle Sie bremsen.

Das Gegenteil ist der Fall – ich möchte Sie in Ihrem Vertrauen ermutigen.»

«Ohne es zu wissen, Sir, haben Sie mich vom ersten Moment an, als ich hierher kam, darin ermutigt. Ich sage ‹vom ersten Moment an›, als wären wir schon eine Woche hier! Die Wahrheit ist, wir sind hergekommen (meine Schwester und ich), um einen Streit mit Ihnen anzufangen, um Sie zu beleidigen und wieder zu verschwinden.»

«Wirklich?», sagte Mr. Crisparkle, dem darauf schlechterdings nichts anderes zu sagen einfiel.

«Wir konnten ja vorher nicht wissen, wie Sie sind, Sir, wie sollten wir auch?»

«Natürlich nicht», sagte Mr. Crisparkle.

«Und da wir noch nie einen von denen mochten, mit denen wir zusammengebracht wurden, waren wir entschlossen auch Sie nicht zu mögen.»

«Wirklich?», sagte Mr. Crisparkle erneut.

«Aber wir mögen Sie dennoch, Sir, und wir sehen den unverkennbaren Unterschied zwischen Ihrem Hause und dem Willkommen, das Sie uns bereitet haben, und allem, was uns je zuvor begegnet ist. Das – und dass ich jetzt allein bin mit Ihnen ... und alles um uns herum so ruhig und friedlich, seit Mr. Honeythunder abgereist ist ... und Cloisterham so alt und ehrwürdig und schön, und der Mondschein über der Stadt ... all das bewegt mich Ihnen mein Herz zu öffnen.»

«Ich verstehe das sehr gut, Mr. Neville. Und es ist heilsam, derlei Einflüssen Gehör zu schenken.»

«Wenn ich meine eigenen Unzulänglichkeiten beschreibe, Sir, muss ich Sie jedoch bitten diese nicht auch auf meine Schwester zu beziehen. Sie ist den Widrigkeiten unseres unglücklichen Lebens um so vieles besser entwachsen als ich, grad so wie der Turm der Kathedrale dort die Schornsteine überragt.»

Mr. Crisparkle war sich da tief in seinem Herzen nicht ganz so sicher.

«Von meinen frühesten Erinnerungen an, Sir, hatte ich stets einen tödlichen und bitteren Hass zu unterdrücken. So wurde ich verschlossen und rachsüchtig. Seit jeher bin ich von strenger Hand tyrannisch niedergedrückt worden. So habe ich, in meiner Schwäche, Zuflucht gesucht in Verschlagenheit und Bosheit. Ich wurde knapp gehalten an Bildung, Freiheit, Geld, an Kleidung und den Notwendigkeiten des Lebens, den gewöhnlichsten Freuden der Kindheit, den gewöhnlichsten Besitztümern der Jugend. Das

hat dazu geführt, dass es mir in hohem Maße mangelt an ich weiß nicht welchen Gefühlen oder Erinnerungen oder guten Regungen – Sie sehen, ich habe nicht einmal einen Namen dafür! –, auf die Sie bei anderen jungen Männern, mit denen Sie umgehen, aufbauen können.»

«Das ist sicherlich richtig. Aber kein Grund zur Resignation», dachte Mr. Crisparkle, als sie erneut kehrtmachten.

«Um zum Ende zu kommen, Sir: Ich bin umgeben von unterwürfigen, sklavischen Unfreien aufgewachsen, umgeben von einer untergeordneten Rasse, und es ist gut möglich, dass ich manches von ihnen angenommen habe. Manchmal ist mir, ich weiß nicht, als hätte ich einen Tropfen von dem, was sie vom Tiger im Blute haben.»

«Wie bei der Bemerkung gerade eben», dachte Mr. Crisparkle.

«Und ein letztes Wort zu meiner Schwester, Sir (wir sind Zwillinge): Sie sollten wissen, dass unser Unglück sie in keinster Weise bezwingen konnte, obschon es mich so oft verzagen ließ. Wenn wir weggelaufen sind (und wir sind in sechs Jahren vier Mal weggelaufen, wurden nach kurzer Zeit zurückgebracht und grausam bestraft), hat immer sie die Flucht geplant und angeführt. Sie kleidete sich jedes Mal wie ein Junge und bewies den Mut eines Mannes. Ich glaube, wir waren sieben Jahre alt, als wir das erste Mal davonliefen; aber ich weiß noch, dass ich das Taschenmesser verloren hatte, mit dem sie sich die Haare kurz schneiden wollte, und wie sie verzweifelt versuchte es sich auszureißen oder abzubeißen. Ich habe nichts weiter zu sagen, Sir, als dass ich hoffe, dass Sie mich ertragen und Nachsicht mit mir üben werden.»

«Dessen können Sie ganz sicher sein, Mr. Neville», entgegnete der Hilfskanonikus. «Ich predige nicht öfter als nötig und ich will Ihr Vertrauen nicht mit einem Vortrag vergüten. Aber ich beschwöre Sie, stets und mit allem Ernst im Sinn zu haben, dass ich Ihnen nur dann helfen kann, wenn Sie das Ihre dazu beitragen; und dass Sie dies erfolgreich nur tun können, wenn Sie die Hilfe des Himmels suchen.»

«Ich will meinen Teil dazu leisten, Sir.»

«Und ich, Mr. Neville, will meinen leisten. Ich gebe Ihnen meine Hand darauf. Möge Gott Ihren Bemühungen seinen Segen schenken!»

Sie standen nun vor seiner Haustüre und von drinnen war ein fröhliches Durcheinander von Stimmen und Gelächter zu vernehmen.

«Wir wollen noch eine Runde drehen, bevor wir hineingehen», sagte Mr.

Crisparkle, «denn ich möchte Ihnen eine Frage stellen. Als Sie sagten, sie hätten Ihre Meinung über mich geändert, sprachen Sie nicht nur von sich, sondern auch von Ihrer Schwester?»

«Ohne Zweifel, Sir.»

«Verzeihen Sie, Mr. Neville, aber seit wir uns vorgestellt wurden, hatten Sie, denke ich, kaum die Gelegenheit, sich mit Ihrer Schwester auszutauschen. Mr. Honeythunder war recht redselig, vielleicht kann ich ohne jede Bosheit sagen, dass er das Gespräch doch sehr dominierte. Kann es nicht sein, dass Sie ohne hinreichende Vollmacht für Ihre Schwester gesprochen haben?»

Mit stolzerfülltem Lächeln schüttelte Neville den Kopf.

«Sie ahnen ja nicht, Sir, noch nicht, welch vollkommenes Verständnis zuweilen zwischen mir und meiner Schwester herrscht, auch ohne dass wir ein Wort – vielleicht nicht einmal einen Blick – gewechselt haben. Sie fühlt nicht nur so, wie ich beschrieben habe, sie weiß auch sehr gut, dass ich diese Gelegenheit ergreife, bei Ihnen für uns beide vorzusprechen, für sie und für mich.»

Mr. Crisparkle sah ihm ungläubig ins Gesicht; doch dies Gesicht drückte solch absolute und feste Überzeugung vom Wahrheitsgehalt der soeben gesprochenen Worte aus, dass Mr. Crisparkle nachdenklich aufs Pflaster schaute, bis sie wieder vor der Tür standen.

«Jetzt möchte ich um eine weitere Runde bitten, Sir», sagte der junge Mann und eine lebhafte Farbe stieg ihm ins Gesicht. «Ohne Mr. Honeythunders – ich glaube, Sie nannten es Redseligkeit, Sir?» (Mit leicht verschmitztem Ton.)

«Ich – ja, ich nannte es Redseligkeit», sagte Mr. Crisparkle.

«Ohne Mr. Honeythunders Redseligkeit müsste ich Ihnen vielleicht nicht die Frage stellen, die ich Ihnen jetzt stellen werde. Dieser Mr. Edwin Drood, Sir: Das war doch sein Name?»

«Ganz genau», sagte Mr. Crisparkle. «D-R-zwei O-D.»

«Ist – oder war er ein Schüler von Ihnen, Sir?»

«Weder noch, Mr. Neville. Er besucht hier einen Verwandten, Mr. Jasper.»

«Ist auch Miss Bud mit ihm verwandt, Sir?»

«Wieso fragt er das und woher plötzlich diese Überheblichkeit!», dachte Mr. Crisparkle. Laut erzählte er, was er über die kleine Geschichte ihrer Verlobung wusste.

«Ach! Genau, das ist es», sagte der junge Mann. «Daher sein Besitz ergreifendes Gehabe!»

Diese Worte waren so offensichtlich zu sich selbst gesprochen oder doch zu irgendjemand anderem als Mr. Crisparkle, dass Letzterer instinktiv fühlte, dass davon Kenntnis zu nehmen ebenso schwer wiegend wäre wie eine Passage aus einem Brief zur Kenntnis zu nehmen, die man zufällig über die Schulter des Schreibenden hinweg gelesen hat. Einen Moment später traten sie ins Haus.

Sie kommen gerade rechtzeitig, um das Ende einer musikalischen Darbietung mitzubekommen: Mr. Jasper begleitet Rosa am Klavier, während sie singt. Da sie ein kopfloses kleines Ding mit wenig Taktgefühl ist, hängt er an ihren Lippen und gibt ihr gelegentlich sorgsam den Grundton vor. Helena hat ihren Arm um Rosas Hüfte geschlungen, aber ihr Gesicht ist auf Mr. Jasper gerichtet, für den sie sich mehr zu interessieren scheint als für den Gesang. Nur einmal, Crisparkle registriert es sorgfältig, tauscht sie einen Blick mit ihrem Bruder, in dem ein tiefes Einverständnis liegt, das ohne Worte auskommt. Neville verharrt in bewundernder Haltung, ans Klavier gelehnt, während Edwin Drood hingegeben mit Miss Twinkletons Fächer spielt.

Rosa singt mit ihrer zarten, klagenden Stimme ein trauriges Abschiedslied, doch sie ist blass, und jedes Mal wenn Jasper flüsternd die eine Note anschlägt, wird sie noch ein bisschen blasser. Jasper beobachtet ihre hübschen Lippen mit starrem Blick. Plötzlich wird Rosas Stimme unsicher, die Sängerin bricht ab, Tränen schießen ihr aus den Augen, die sie mit ihren Händen zu bedecken sucht, und sie ruft: «Ich ertrage das nicht länger! Es macht mir Angst! Bringt mich weg!»

Helena fängt sie mit einer geschmeidigen Bewegung auf und legt sie aufs Sofa. Eine Hand auf Rosas Mund, die andere bittend gegen die Runde erhoben, sagt sie: «Es ist nichts. Sprecht sie eine Minute lang nicht an und sie wird wieder in Ordnung sein!»

Jasper verharrt noch am Klavier, die Hände über den Tasten, als wolle er fortfahren. Er blickt nicht einmal auf, während sich die anderen Gäste gegenseitig beruhigen.

«Pussy ist ein solches Publikum nicht gewöhnt, ganz einfach», sagt Edwin. «Es hat sie nervös gemacht. Aber nebenbei, John: Ich glaube, du verlangst zu viel von ihr, so dass sie Angst vor dir hat. Das wundert mich nicht.»

«Mich auch nicht», bekräftigt Helena.

«Da hörst du es, John. Miss Landless, hätten Sie unter vergleichbaren Umständen Angst vor ihm?»

«Unter keinerlei Umständen», gibt sie zu Edwins Überraschung zurück.

Jasper senkt endlich die Hände, sieht Helena an und bedankt sich für die Verteidigung seines Charakters. Seine Hände scheinen schweigend weiterspielen zu wollen, sie gleiten über die Tastatur ohne die Tasten zu berühren, während seine Schülerin ans Fenster gebracht und umsorgt wird. Als sie zurückkehrt, ist sein Platz leer.

«John ist gegangen, Pussy», sagt Edwin. «Ich bin fast sicher, dass er nicht als Monster angesehen werden wollte, das dir Angst macht.»

Sie gibt keine Antwort, sie zittert noch im Nachklang der Kälte.

Miss Twinkleton hat Mrs. Crisparkle inzwischen in verschwörerischem Ton eröffnet, dass sie die vorgerückte Stunde nicht länger als geeignet erachte, den heranwachsenden Frauen und Müttern Englands zur Herausbildung gezügelter Charaktere zu dienen. So verpackt man sich und die beiden jungen Männer begleiten ihre Damen bis zum Tor des Nonnenhauses.

In seinem Schutz beruhigt sich Rosa endlich, zumal sich herausstellt, dass Helena das Zimmer mit ihr teilen soll. So hat Miss Twinkleton entschieden, weil es zu ihrer aller Bestem ist, unter anderem dem der Miss Twinkleton selbst, da sie so der Aufgabe enthoben wird, Helena herumzuführen und einzuweisen. Das übernimmt Rosa natürlich gern. Und auch Helena ist erleichtert, weil sie befürchtet hat, bei ihrer Ankunft von den Mädchen bestaunt zu werden wie ein bunter Hund.

«Nein, nein, wir sind gutartig hier», beruhigt Rosa. «Natürlich hätten sie gestaunt, aber mehr vor Bewunderung, weil du schon so fraulich und schön bist und weil du so viel Kraft hast. Neben dir schrumpfe ich zu einem Nichts.»

«Ach, Liebes, ich bin eine vernachlässigte Kreatur, die noch viel lernen muss. Du hingegen bist so bezaubernd!»

«Findest du? Schade, dass Eddy das nicht merkt.»

«Er muss dich doch von ganzem Herzen lieben», ruft Helena mit wildem Ernst.

«Nein, ich glaube nicht. Das ist eine ganz, ganz lächerliche Geschichte.»

«Wollen wir Freundinnen sein?»

«Oh, das will ich so sehr!»

Die Mädchen fallen sich in die Arme und Helena küsst Rosa auf die Stirn.

«Nun erkläre mir aber: Wer ist dieser Mr. Jasper?»

«Eddys Onkel und mein Musiklehrer.»

«Du bist offenbar nicht gerade in ihn verliebt.»

Rosa schaudert zusammen und schlägt die Hände vors Gesicht, und Helena fährt fort: «Du weißt aber, dass er dich liebt?»

«Was? Nein, nein!», ruft Rosa. «Hör auf damit! Er macht mir Angst wie ein fürchterliches Gespenst, das durch die Wand hereintreten kann, wenn man nur seinen Namen ausspricht.»

«Kind, du sprichst, als habe er dich in einer dunklen Weise bedroht.»

«Er verfolgt mich bis in meine Gedanken, ich habe ständig das Gefühl, dass er auf mich niederblickt, auch jetzt, in diesem Moment. Ich bin die Sklavin seiner Blicke und seiner Finger, er dirigiert meine Lippen, er dirigiert den Anschlag der Tasten, wenn ich spiele, und er zwingt mich, stets in seine Augen zu sehen, so dass ich diese Augen immer vor mir habe, auch wenn ich nicht hineinsehe. Und manchmal verschleiern sich seine Blicke und das sind die fürchterlichsten Momente überhaupt. Etwas Unbegreifliches geschieht dann, als ob er in einen tiefen Traum entgleitet und mich zwingt ihm zu folgen. Er sitzt dort an meiner Seite, fürchterlicher, als ich es sagen kann, und bedroht mich.»

«Armes, beruhige dich!»

«Heute war es so, als ob er mich küsste. Ich habe mich entsetzlich geschämt. Aber du bist so stark, du hast zu ihm gesagt, dass du dich unter keinen Umständen vor ihm fürchten würdest. Halt mich fest! Bleib bei mir.»

Das schimmernde Zigeunergesicht beugt sich über die zarte Rosa, Funken wie von aufglimmendem Feuer in den dunklen Augen, und das wilde schwarze Haar fällt schützend über die Kindliche. Wer auch immer Rosa etwas zuleide tun will – er möge sich in Acht nehmen!

5
Die Dolche gezückt

Die beiden jungen Männer, welche die ihrer Obhut anbefohlenen Damen in den Innenhof des Nonnenhauses haben treten sehen und sich nun vom Messingtürschild kühlen Blickes angestarrt fühlen, als wolle der ramponierte alternde Stutzer mit dem Monokel auf dem Auge anmaßend werden, blicken einander an, blicken die mondbeschienene Straße hinunter und gehen langsam von dannen.

«Bleiben Sie lange hier, Mr. Drood?», fragt Neville.

«Diesmal nicht», lautet die beiläufig hingeworfene Antwort. «Ich fahre morgen nach London zurück. Aber bis nächsten Sommer werde ich noch des Öfteren hier sein, bis ich mich von Cloisterham und von ganz England verabschiede; für sehr lange Zeit vermutlich.»

«Gehen Sie ins Ausland?»

«Ja, Ägypten ein wenig aufmischen», lautet die herablassende Antwort.

«Sie studieren?»

«Studieren!», wiederholt Edwin Drood mit verächtlichem Unterton. «Nein. Ich mache, ich arbeite, ich baue. Mein Vater war Gesellschafter des Unternehmens, bei dem ich nun arbeite, und hat mir seinen Anteil am Kapital desselben vermacht; bis ich volljährig werde, sorgt das Unternehmen für meinen Lebensunterhalt, danach kann ich meine bescheidene Teilhabe antreten. Bis dahin ist Jack – Sie haben ihn beim Abendessen ja kennen gelernt – mein Vormund und Treuhänder.»

«Von Mr. Crisparkle hörte ich von Ihrem zweiten großen Glück.»

«Was meinen Sie mit meinem zweiten großen Glück?»

Neville hatte seine Bemerkung in vorsichtig vorstoßender und doch scheuer, schüchterner Art gemacht, die sehr bezeichnend ist für seine bereits erwähnte seltsame Manier eines Jägers und Gejagten zugleich. Edwin hatte seine Antwort heftig und ohne jede Freundlichkeit vorgebracht. Sie bleiben stehen und blicken einander hitzig an.

«Ich hoffe», sagt Neville, «Ihnen mit meiner unschuldigen Anspielung auf Ihre Verlobung nicht zu nahe getreten zu sein, Mr. Drood.»

«Herr im Himmel!», ruft Edwin und setzt den Weg in schnellerem Tempo fort. «Jeder in diesem tratschenden alten Kaff spielt darauf an. Ein Wunder, dass noch keiner ein Wirtshaus aufgemacht hat mit einem Bild von mir im Schild Zum Verlobten. Oder mit einem Bild von Pussy. Einem von beiden.»

«Offen gesagt kann ich nichts dafür, dass Mr. Crisparkle mir davon erzählt hat», hebt Neville an.

«Nein, das stimmt, Sie können nichts dafür», pflichtet Edwin Drood bei.

«Aber», fährt Neville fort, «ich kann etwas dafür, Sie darauf angesprochen zu haben. Doch ich tat es in der festen Überzeugung, dass es Sie gewiss mit großem Stolz erfüllen müsse.»

Es zeigt sich, wie zwei eigentümliche Züge der menschlichen Natur die verborgenen Triebfedern dieses Gesprächs betätigen. Neville Landless ist bereits hinlänglich beeindruckt von der kleinen Rosenknospe, um mit Empörung darauf zu reagieren, dass Edwin Drood (der weit unter ihr steht) seinen Gewinn so gering schätzt. Edwin Drood ist bereits hinlänglich beeindruckt von Helena, um mit Empörung darauf zu reagieren, dass Helenas Bruder (der weit unter ihr steht), ihn so schnöde beiseite schiebt und so gänzlich aus dem Rennen nimmt.

Wie auch immer, die letzte Bemerkung muss beantwortet werden. Also sagt Edwin: «Ich wusste nicht, Mr. Neville» (und übernimmt damit die von Mr. Crisparkle gebrauchte Anrede), «dass die Leute am liebsten über das sprechen, was sie mit dem größten Stolz erfüllt; ich wusste auch nicht, dass die Leute besonders gern andere über das sprechen hören, was sie mit dem größten Stolz erfüllt. Aber ich bin ein viel beschäftigter Mann, und ich lasse mich jederzeit gern von euch Studierten belehren, die Sie ja alles wissen müssten und sicherlich auch alles wissen.»

Zu diesem Zeitpunkt sind beide bereits außer sich; Mr. Neville macht keinen Hehl daraus, Edwin Drood verbirgt es unter dem durchsichtigen Schleier einer populären Melodie und bleibt ab und an stehen und gibt vor, einen besonders malerischen Effekt des Mondlichts zu bewundern.

«Es erscheint mir nicht sehr höflich von Ihnen», bemerkt Neville schließlich, «derart herablassend mit einem Fremden zu verkehren, der nicht Ihre Privilegien genossen hat und der hergekommen ist, um verlorene Zeit wieder gutzumachen. Aber natürlich bin ich kein viel beschäftigter Mensch und meine Vorstellungen von Höflichkeit wurden unter Heiden gebildet.»

«Die beste Form der Höflichkeit, unabhängig davon, in welchem Volk man *aufgewachsen ist», entgegnet Edwin Drood, «ist es doch wohl, sich um seine eigenen Angelegenheiten zu kümmern. Wenn Sie mir darin ein Vorbild sein wollen, will ich Ihnen gern folgen.»*

«Ist Ihnen eigentlich bewusst, dass Sie sich viel zu viel herausnehmen», lautet die zornige Antwort, «und dass man Sie in dem Teil der Welt, aus dem ich komme, dafür zur Rechenschaft ziehen würde?»

«Ach ja, und wer beispielsweise?», fragt Edwin Drood, bleibt stehen und begutachtet den anderen mit verächtlichem Blick.

An dieser Stelle jedoch legt sich unverhofft eine rechte Hand auf Edwins Schulter und Jasper steht zwischen ihnen. Denn augenscheinlich hat auch er einen Spaziergang zum Nonnenhaus unternommen und ist auf der im Schatten liegenden Straßenseite zu ihnen aufgeschlossen.

«Ned, Ned, Ned!», sagt er. «Schluss damit. Das gefällt mir gar nicht. Ich habe da hitzige Worte zwischen euch beiden gehört. Bitte vergiss nicht, mein lieber Junge, dass du heute Abend praktisch in der Rolle des Gastgebers bist. In gewisser Weise gehörst du hierher und du repräsentierst den Ort gegenüber Fremden. Mr. Neville ist ein Fremder und du solltest die Regeln der Gastfreundschaft respektieren. Und Sie, Mr. Neville», und er legt seine Linke auf die ihm zugewandte Schulter dieses jungen Gentlemans und geht so zwischen den beiden, rechts und links eine Hand auf der Schulter des Nebenmannes, «Sie werden entschuldigen, wenn ich auch Sie anhalte Ihr Temperament zu zügeln. Woher die Zwistigkeiten? Aber was frage ich! Lasst uns alle Zwistigkeiten beiseite schieben und die Frage ist überflüssig. Wir drei stehen doch auf gutem Fuße, oder etwa nicht?»

Nach einem wortlosen Wettstreit zwischen den beiden jungen Männern, wer als Letzter sprechen darf, hebt Edwin Drood an: «Was mich angeht, Jack, ich hege keinen Groll.»

«Ich ebenso wenig», sagt Neville Landless, wenn auch nicht ganz so unbefangen; oder vielleicht nicht ganz so leichthin. «Aber wenn Mr. Drood wüsste, was ich durchgemacht habe, verstünde er vielleicht besser, wieso solch scharfkantige Worte mich mit ihren scharfen Kanten verletzen.»

«Vielleicht», sagt Jasper mit besänftigendem Tonfall, «sollten wir unser gutes Einvernehmen nicht bewerten. Wir sollten lieber nichts sagen, was nach Widerspruch oder Bedingung klingen könnte; es könnte uns für kleinlich ausgelegt werden. Frank und frei, wie Sie sehen, hegt Ned keinen Groll. Frank und frei, hegen auch Sie keinen Groll, Mr. Neville?»

«Ganz und gar nicht, Mr. Jasper.» Doch nicht ganz so frank und frei; oder, es sei noch einmal gesagt, vielleicht nicht ganz so leichthin.

«Damit ist es aus der Welt! Nun, mein Junggesellentorhaus ist nur wenige Schritte von hier, das Feuer brennt im Kamin, Wein und Gläser stehen auf dem Tisch und es ist keinen Steinwurf vom Hilfskanonikuswinkel entfernt. Ned, morgen früh machst du dich auf und davon. Wir wollen Mr. Neville auf einen Abschiedstrunk einladen.»

«Von ganzem Herzen, Jack.»

«Das Gleiche gilt für mich, Mr. Jasper.» Neville hat das Gefühl, nichts anderes sagen zu können, dabei würde er lieber nicht mitgehen. Er ahnt, dass er seiner Wut nicht mehr Herr ist, und fühlt, dass Edwin Droods Nüchternheit, weit davon entfernt, ansteckend zu wirken, ihn zur Weißglut treibt.

Mr. Jasper, der immer noch in der Mitte geht, rechts und links eine Hand auf der Schulter des Nebenmannes, stimmt mit wunderschöner Stimme den Refrain eines Trinkliedes an und so betreten sie gemeinsam seine Wohnung. Das Erste, was dort ins Auge fällt, als er zusätzlich zum Schein des Feuers eine Lampe entzündet, ist das Portrait über dem Kamin. Nicht gerade ein Gegenstand, der dazu bestimmt wäre, das Verständnis zwischen den beiden jungen Männern zu verbessern, da es den Anlass ihrer Meinungsverschiedenheit in aufdringlicher Weise in Erinnerung ruft. Und so werfen beide befangen einen kurzen Blick darauf, sagen jedoch nichts. Jasper hingegen (der, seinem Betragen nach zu urteilen, scheinbar nur eine ungenaue Vorstellung vom Grund ihrer hitzigen Worte hat) lenkt ausdrücklich die Aufmerksamkeit darauf.

«Erkennen Sie die Dame, Mr. Neville?», und schirmt die Lampe zu einer Seite hin ab, um den Lichtschein auf das Bild zu lenken.

«Ich erkenne sie, doch das Bild ist weit davon entfernt, dem Original zu schmeicheln.»

«Na, seien Sie doch nicht so streng! Es stammt von Ned und er hat es mir zum Geschenk gemacht.»

«Es tut mir Leid, Mr. Drood», entschuldigt sich Neville mit der aufrichtigen Absicht, sich zu entschuldigen, «hätte ich geahnt, dass ich in Anwesenheit des Künstlers ...»

«Ach, es ist ein Witz, Sir, nur ein Witz», fällt Edwin ihm mit provozierendem Gähnen ins Wort. «Eine kleine Verhohnepipelung von Pussys Eigenschaften! Demnächst werde ich sie mal ernsthaft malen, wenn sie brav ist.»

Die Miene träger Gönnerhaftigkeit und Gleichgültigkeit, mit der diese Worte gesprochen werden, während der Sprecher sich leger im Stuhle zurücklehnt und die Hände als Stütze am Hinterkopf verschränkt, ist für den reizbaren und gereizten Neville nur schwer zu ertragen. Jasper blickt wachsam von einem zum anderen und wendet sich mit einem leichten Lächeln ab, um beim Feuer einen Krug Glühwein zu bereiten. Es scheint einiges Mixen und Rühren zu erfordern.

«Ich nehme an, Mr. Neville», sagt Edwin, der sich sogleich über den entrüsteten Protest gegen seine Person erzürnt, welcher auf dem Gesicht des jungen Landless so unübersehbar ist wie das Portrait über dem Kamin oder das Feuer oder die Lampe: «Ich nehme an, wenn Sie ein Bild Ihrer Herzdame malen würden ...»

«Ich kann nicht malen», lautet der hastige Einwurf.

«Das ist Ihr Pech, aber kein Fehler. Sie würden, wenn Sie könnten. Und wenn Sie könnten, würden Sie (egal wie sie in Wirklichkeit ist) eine Juno, Minerva, Diana und Venus aus ihr machen, alles in einem, habe ich Recht?»

«Ich habe keine Herzdame, ich kann es nicht sagen.»

«Sollte ich», sagt Edwin, den eine jungenhafte Prahlsucht überkommt, «mein Talent an einem Portrait von Miss Landless versuchen – im Ernst, meine ich, im Ernst –, Sie würden sehen, was ich zu leisten imstande bin!»

«Das Einverständnis meiner Schwester, Ihnen zu sitzen, doch hoffentlich vorausgesetzt. Und da Sie das niemals bekommen werden, werde ich wohl niemals sehen, was Sie zu leisten imstande sind. Mit diesem Verlust muss ich mich abfinden.»

Jasper wendet sich vom Feuer ab, füllt ein großes Kelchglas für Neville, füllt ein großes Kelchglas für Edwin, reicht jedem das seine, schenkt sich selbst ein und sagt: «Kommen Sie, Mr. Neville, trinken wir auf meinen Neffen Ned. Er ist es, der Abschied nehmen wird, bringen wir den Abschiedstrunk also auf ihn aus. Ned, mein liebster Junge, alles Liebe!»

Jasper trinkt als Erster sein Glas fast leer und Neville folgt seinem Beispiel. Edwin Drood sagt: «Herzlichen Dank euch beiden» und folgt dem doppelten Beispiel.

«Nun sehen Sie ihn an!», ruft Jasper und streckt mit bewundernder und liebevoller, wenn auch etwas spöttischer Geste die Hand aus. «Sehen Sie, wie er sich rekelt, Mr. Neville! Die Welt liegt ihm zu Füßen, er braucht nur zuzugreifen! Ein bewegtes Leben voller Arbeit und Spannung, ein Leben voller Veränderungen und Aufregung, ein Leben häuslicher Gemütlichkeit und Liebe! Sehen Sie ihn an!»

Edwin Droods Gesicht ist vom Wein schnell und erstaunlich rot geworden; ebenso das Gesicht von Neville Landless. Edwin sitzt noch immer zurückgelehnt auf dem Stuhl, die verschränkten Hände hinter dem Kopf.

«Sehen Sie, wie wenig er darauf gibt!», fährt Jasper in neckischer Laune fort. «Er hält es kaum der Mühe wert, die goldene Frucht zu pflücken, die reif für ihn am Baume hängt. Und beachten Sie den Gegensatz, Mr. Neville. Sie und ich, wir haben keinerlei Aussicht auf bewegende Arbeit und Spannung, auf Veränderungen und Aufregung oder häusliche Gemütlichkeit und Liebe. Sie und ich (es sei denn, Sie haben mehr Glück als ich, was sehr gut möglich ist), wir haben keine andere Aussicht als das langweilige, immer gleiche Einerlei dieser öden Stadt.»

«Bei meiner Seele, Jack», sagt Edwin in verbindlichem Ton, «ich habe fast ein schlechtes Gewissen, dass mir der Weg so geebnet wurde, wie du es beschreibst. Aber du weißt, was ich weiß, Jack, und letztlich ist das alles vielleicht nicht ganz so einfach, wie es aussieht. Kann das sein, Pussy?» Zum Portrait, mit einem Schnipsen von Daumen und Zeigefinger: «Wir müssen uns noch zusammenraufen, stimmt's nicht, Pussy? Du weißt, was ich meine, Jack.»

Sein Stimme ist belegt und undeutlich geworden. Jasper, ruhig und beherrscht, sieht Neville an, als warte er auf dessen Antwort oder Kommentar. Als Neville spricht, ist auch seine Stimme belegt und undeutlich.

«Es hätte Mr. Drood vielleicht ganz gut angestanden, ein paar Entbehrungen kennen zu lernen», sagt er herausfordernd.

«Oh bitte», entgegnet Edwin und wendet lediglich die Augen in Richtung des anderen, «warum bitte hätte es Mr. Drood vielleicht ganz gut angestanden, ein paar Entbehrungen kennen zu lernen?»

«Ja», pflichtet Jasper mit interessierter Miene bei, «lassen Sie uns wissen, warum?»

«Vielleicht wäre er dann etwas empfänglicher», sagt Neville, «für sein großes Glück, das mitnichten zwingend das Ergebnis seiner Verdienste ist.»

Mr. Jasper blickt in Erwartung einer Erwiderung rasch zu seinem Neffen hinüber.

«Haben Sie Entbehrungen kennen gelernt, wenn ich fragen darf?», sagt Edwin Drood und setzt sich aufrecht hin.

Mr. Jasper blickt in Erwartung einer Antwort schnell wieder zum anderen zurück.

«Das habe ich.»

«Und wofür sind Sie empfänglich geworden?»

Mr. Jaspers Augen wandern das ganze Gespräch über, bis zum Ende, von einem zum anderen.

«Das habe ich Ihnen doch heute Abend schon gesagt.»

«Sie haben nichts dergleichen gesagt.»

«Und ob ich das habe. Dass Sie sich viel zu viel herausnehmen.»

«Wenn ich mich recht entsinne, hatten Sie dem noch etwas hinzugefügt, war es nicht so?»

«Ja, ich hatte dem noch etwas hinzugefügt.»

«Dann wiederholen Sie es.»

«Ich sagte, in dem Teil der Welt, aus dem ich komme, würde man Sie dafür zur Rechenschaft ziehen.»

«Nur dort?», ruft Edwin Drood mit verächtlichem Lachen. «Ganz schön weit weg von hier, stimmt's? Natürlich, ich verstehe! Ihr Teil der Welt liegt in sicherer Entfernung.»

«Dann also hier», entgegnet der andere mit steigendem Zorn. «Überall! Ihre Eitelkeit ist unerträglich, Ihr Dünkel nicht auszuhalten, Sie reden daher, als wären Sie ein seltener und wertvoller Hauptgewinn, dabei sind Sie nicht mehr als ein gewöhnlicher Aufschneider. Ein ganz gewöhnlicher Kerl, ein gewöhnlicher Aufschneider.»

«Ach was», sagt Edwin Drood ebenso zornig, aber gefasster. «Woher wollen Sie das wissen? Vielleicht erkennen Sie einen gewöhnlichen Schwarzen oder einen gewöhnlichen schwarzen Aufschneider, wenn Sie einen sehen (und gewiss haben Sie in diesen Kreisen einige Bekanntschaften geschlossen), aber über Weiße können Sie sich wohl kaum ein Urteil erlauben.»

Diese beleidigende Anspielung auf seine dunkle Hautfarbe treibt Neville derart in Rage, dass er die letzten Tropfen Weines gegen Edwin Drood schleudert und drauf und dran ist den Kelch hinterherzuwerfen, als Jasper ihm gerade noch rechtzeitig in den Arm fällt.

«Ned, mein lieber Junge!», ruft er mit lauter Stimme. «Ich bitte dich, ich befehle dir, sei still!» Alle drei waren aufgesprungen, Gläser klirrten und Stühle wurden umgeworfen. «Mr. Neville, schämen Sie sich! Geben Sie mir das Glas. Lassen Sie los, Sir. Her damit!

Doch Neville stößt ihn von sich und bleibt einen Moment lang voll leidenschaftlichen Zornes stehen, den Kelch noch in der erhobenen Hand. Dann schleudert er ihn mit solcher Gewalt in den Kamin, dass die Splitter wieder herausfliegen, und stürzt aus dem Haus.

Als er in die Nachtluft hinaustritt, ist nichts um ihn herum still oder stet; nichts um ihn herum sieht aus, wie es ist; er weiß nur, dass er barhäuptig in einem blutroten Wirbel steht und auf den Kampf wartet, auf den Kampf zum Tode.

Doch nichts geschieht und der Mond scheint auf ihn herab wie auf einen Toten nach einem Wutanfall, da hält er sich das hämmernde Herz und den Kopf und strauchelt davon. Vage wird ihm bewusst, dass er gehört hat, wie er mit Schloss und Riegel ausgesperrt wurde wie ein gefährliches Tier; und denkt, was soll er tun?

In wilder Leidenschaft gefasste Gedanken an den Fluss lösen sich auf im Zauber des Mondlichts auf der Kathedrale und auf den Gräbern, verschwinden bei der Erinnerung an seine Schwester und daran, was er dem guten Manne schuldet, der erst wenige Stunden zuvor sein Vertrauen gewonnen und ihm einen Schwur geleistet hat. Er begibt sich zum Hilfskanonikuswinkel und klopft leise an die Tür.

Es ist Mr. Crisparkles Angewohnheit, als Letzter in dem stillen Hause aufzubleiben und ganz leise das Piano zu spielen, um seine Lieblingspartien der Oratorien zu üben. Der Südwind, der weht, wo er will, ist in stiller Nacht, wenn er um den Hilfskanonikuswinkel streicht, nicht verhaltener als Mr. Crisparkle zu diesen Stunden, um den Schlaf der Porzellanschäferin nicht zu stören.

Auf sein Klopfen erscheint unverzüglich Mr. Crisparkle selbst. Als er die Tür öffnet, eine Kerze in der Hand, weicht der fröhliche Ausdruck aus seinem Gesicht und enttäuschtes Entsetzen ist darin zu lesen.

«Mr. Neville! In einem solchen Zustand! Wo waren Sie?»

«Ich war bei Mr. Jasper, Sir. Mit seinem Neffen.»

«Kommen Sie rein.»

Der Hilfskanonikus fasst ihn mit starker Hand (was rein physikalisch zu verstehen ist und sich seinen allmorgendlichen Ertüchtigungen verdankt) am Ellbogen, schiebt ihn in sein kleines Lesezimmer und schließt die Tür.

«Ich habe es schlecht angefangen, Sir. Ich habe es furchtbar schlecht angefangen.»

«Wohl wahr. Sie sind nicht nüchtern, Mr. Neville.»

«Leider nicht, Sir, obwohl ich Ihnen zu einem anderen Zeitpunkt versichern kann, dass ich nur sehr wenig getrunken habe und dass es mich auf seltsamste und ganz unvermittelte Weise überkommen hat.»

«Mr. Neville, Mr. Neville», sagt der Hilfskanonikus und schüttelt mit traurigem Lächeln den Kopf. «Das höre ich nicht zum ersten Mal.»

«Ich glaube ... mir schwirrt der Kopf, aber ich glaube, das Gleiche gilt für Mr. Jaspers Neffen, Sir.»

«Das ist anzunehmen», lautet die trockene Antwort.

«Wir haben uns gestritten, Sir. Er hat mich aufs Übelste beleidigt. Und er hatte das Tigerblut, von dem ich Ihnen heute sprach, schon vorher zum Kochen gebracht.»

«Mr. Neville», unterbricht ihn sanft, aber bestimmt der Hilfskanonikus: «Ich bitte Sie, nicht die Rechte zur Faust zu ballen, wenn Sie mit mir sprechen. Lösen Sie die Faust, bitte.»

«Er hat mich provoziert, Sir», fährt der junge Mann fort und gehorcht augenblicklich, «bis ich es nicht mehr ertragen konnte. Ich weiß nicht, ob er es von Anfang an darauf angelegt hat, aber er hat es getan. Am Schluss hat er es ganz sicher darauf angelegt. Kurz und gut, Sir», mit nicht zu unterdrückender Aufwallung, «in der Erregung, zu der er mich trieb, hätte ich ihn niedergestochen, wenn ich gekonnt hätte, und ich habe es versucht.»

«Sie haben erneut die Faust geballt», lautet Mr. Crisparkles ruhiger Kommentar.

«Ich bitte um Entschuldigung, Sir.»

«Sie kennen Ihr Zimmer, ich habe es Ihnen vor dem Abendessen gezeigt; aber ich werde Sie noch einmal dorthin begleiten. Ihren Arm bitte. Leise, das ganze Haus schläft.»

Mit demselben sicheren Griff wie zuvor umfasst Mr. Crisparkle den Ellbogen seines Schützlings, stützt ihn mit der ruhigen Stärke seines Armes, versiert wie ein Polizeibeamter und mit einer offensichtlichen Ruhe, wie sie von keinem Neuling zu erreichen ist, und führt ihn in das alte, freundliche und ordentliche Zimmer, das für ihn hergerichtet ist. Dort angekommen, wirft der junge Mann sich in einen Stuhl, legt die Arme auf den Schreibtisch und lässt in einer Geste bitterer Selbstanklage den Kopf darauf sinken.

Der sanftmütige Hilfskanonikus hatte eigentlich vorgehabt das Zimmer ohne ein Wort zu verlassen. Doch als er sich an der Tür noch einmal um-

schaut und das Häufchen Elend erblickt, wendet er sich dem jungen Mann zu, berührt ihn mit leichter Hand und sagt: «Gute Nacht!» Ein Schluchzer ist die einzige Antwort. Er hätte viele schlimmere bekommen können; vielleicht nur wenige bessere.

Als er die Treppe hinuntergeht, klopft es abermals leise an der Haustür. Er öffnet und Mr. Jasper steht vor ihm, den Hut des Zöglings in der Hand.

«Er hat eine schreckliche Szene gemacht», sagt Jasper mit leiser Stimme.

«War es so schlimm?»

«Mörderisch!»

Mr. Crisparkle protestiert: «Nein, nein, nein. Gebrauchen Sie nicht solch starke Worte.»

«Um ein Haar hätte mein lieber Junge tot zu meinen Füßen gelegen. Und es ist nicht ihm anzurechnen, dass er es nicht getan hat. Wäre ich, mit Gottes Hilfe, nicht schnell und stark genug gewesen, er hätte ihn in meinem eigenen Hause niedergestochen.»

Dieser Satz erzielt seine Wirkung. «Oh!», denkt Mr. Crisparkle. «Genau seine Worte!»

«Nach allem, was ich heute Abend gehört und gesehen habe», fügt Jasper mit großem Ernst hinzu, «werde ich keine ruhige Minute mehr haben, sobald die Gefahr besteht, dass diese zwei allein zusammentreffen, ohne dass jemand in der Nähe ist, um einzugreifen. Es war schrecklich. In seinem dunklen Blute hat er etwas vom Tiger.»

«Oh!», denkt Mr. Crisparkle. «So hat auch er es gesagt!»

«Und Sie, mein Lieber», fährt Jasper fort und nimmt seine Hand, «Sie haben eine gefährliche Bürde auf sich genommen.»

«Sie brauchen um mich keine Angst zu haben», entgegnet Mr. Crisparkle mit leisem Lächeln. «Ich habe auch keine.»

«Ich habe auch keine Angst um mich», entgegnet Jasper mit der Betonung auf dem letzten Wort, «denn ich bin nicht und werde wohl auch nicht Ziel seiner Feindseligkeit sein. Aber Sie könnten es werden und mein lieber Junge ist es gewesen. Gute Nacht!»

Mr. Crisparkle geht hinein, in der Hand den Hut, der so leicht, so beinah unmerklich das Anrecht erworben hat, in seinem Flur aufgehängt zu werden; hängt ihn auf und geht nachdenklich zu Bett.

Verhör G. Ablewhite

Nun, Mr. Ablewhite, Sie zogen gewiss Ihre Schlussfolgerungen aus diesen Kapiteln. War Mr. Jasper zu diesem Zeitpunkt immer noch Ihr Mörder?

Mehr denn je. Es ist ja offensichtlich, dass Jasper über eine unheimliche Begabung verfügt, anderen Menschen seinen Willen aufzuzwingen.

Aber Neville Landless, dieser reichlich impulsive Bursche, könnte ebenfalls als Mörder infrage kommen.

Er folgt nur Jaspers geheimen Befehlen. Natürlich wird er hier als Verdächtiger aufgebaut und ich wusste bereits in dem Augenblick, als Frank diese Passage vorlas, dass Neville ins Fadenkreuz der Ermittler geraten würde. Das passt dem wahren Mörder nur zu gut in den Kram. Jasper überlässt nichts dem Zufall.

Wie meinen Sie das – «Jaspers geheime Befehle»?

Er manipuliert die Menschen auf irgendeine undurchschaubare Weise. Wissen Sie, so ist das mit uns Schwulen. Wir haben nichts anderes im Sinn als die halbe Menschheit zu verführen.

Ach, wirklich?

Natürlich, klar, wir sind Zauberwesen, vor denen ihr Heteros euch in Acht nehmen solltet, denn wir haben Macht über euer Innerstes. Wir sind richtiggehend dämonisch, genau wie Jasper. Die arme Sau! Ich war ziemlich enttäuscht, als die Sache mit dem Glühwein kam, den Jasper so übertrieben sorgfältig mixt. Alkohol als Sündenbock für den folgenden Eklat – das nimmt Dickens niemand ab.

Ich darf doch wohl annehmen, dass Sie mit der enthemmenden Wirkung von Alkohol vertraut sind?

Dürfen Sie. Aber dass ein einziges Glas Glühwein eine solche Wirkung entfalten soll – und das auch noch innerhalb weniger Minuten ...

Und wenn Neville nicht an Alkohol gewöhnt war?

Trotzdem!

Mr. Jasper könnte noch etwas anderes hineingemischt haben.

Sie meinen Opium?

Ist Ihnen der Gedanke nicht gekommen?

Nicht in dieser Klarheit. Ich wusste zwar, dass Jasper opiumsüchtig ist. Er gibt es ja schon im ersten Kapitel zu. Er hat auch diese Anfälle, diese Abgegriffenheit. Und die Szene, wie er eines Abends mit der kalten Pfeife an Edwins Bett steht, ist geradezu gespenstisch, finden Sie nicht? Als ob er versuchte, Edwins Träumen zu befehlen! Aber mir war trotzdem nicht vollends klar, wie weit das geht. Mein guter alter Frank hat nämlich ein Kapitel unterschlagen.

Es ist mir nicht entgangen, dass Sie Ihre Nacherzählung des Romans mit dem zweiten Kapitel begonnen haben.

Ja, Frank meinte, das erste sei lässlich oder wenigstens dramaturgisch ungeschickt an dieser Stelle. Einiges werde dadurch viel zu früh klar. Was liebt der Krimileser mehr als das Rätsel?

In diesem ersten Kapitel wird eine Szene in einer Opiumhöhle in London beschrieben, der eine ausgemergelte Frau mit quälendem Husten vorsteht, genannt Prinzessin von und zu Paff. Dort ist ein Mann zu Gast, der Mr. Jasper sein könnte.

Sehen Sie, Frank hatte also Recht. Das hätte ich zu diesem Zeitpunkt nicht wissen wollen.

Und Sie hießen den Gedanken Ihres Freundes gut, derart frei mit dem Meisterwerk eines Genies umzugehen?

Kommen Sie, übertreiben Sie nicht so. So was gehört zur Freiheit des Interpretierenden. Soll ich Ihnen mal erzählen, was Gustav Mahler mit Beethovens Neunter gemacht hat, als er sie in Wien zur Aufführung brachte?

Besten Dank, aber dieser Habsburgerkram interessiert mich nicht und ich will auch nicht wissen, wer dieser Gustav Mahler ist.

War. Er ist schon eine Weile tot.

Wie auch immer. Hegten Sie eigentlich keinen Verdacht gegen Helena Landless?

Die Lesbe? Nicht wirklich.

Immerhin hat sie etwas Bedrohliches an sich.

Nein, nur etwas Fremdartiges. Allerdings empfinden schwache Charaktere Fremdartigkeit oft als bedrohlich.

Ich danke.

Gern geschehen. Im Übrigen muss ich sagen, dass Dickens leider ein ganz übler Rassist war. Er versucht es zu kaschieren, aber das Gedankengut ist eindeutig vorhanden. Deswegen kam Helena von vornherein nicht für mich infrage.

Ich weiß nicht, ob diese These vom kriminalistischen Standpunkt her einwandfrei ist – aber belassen wir es dabei.

Vertrauen Sie mir, Inspector – ich habe etliche Krimis gelesen. Außerdem durfte ich ja Helenas quasi-leibliche Bekanntschaft machen. Sie ist ein Paket an innerer Kraft, sie hat etwas fulminant Weibliches, das Ihnen die Augen aus dem Kopf treiben würde.

Sie meinen, sie ist eine Furie?

Nein, aber sie kann bestimmt zur Furie werden, wenn man sie reizt. Genau wie zweifellos auch dieser Neville, der, nebenbei gesagt, ein beängstigend schöner Junge ist. Haben Sie gemerkt, wie Crisparkle dahingeschmolzen ist, während die beiden von der Kutschenstation nach Hause gegangen sind?

Ich bitte um Entschuldigung, aber mir ist nichts Abartiges an Mr. Crisparkles Verhalten aufgefallen.

Sie müssen zwischen den Zeilen lesen. Nevilles Offenheit hat ihn völlig erschlagen. Diese Direktheit, diese Wildheit – so was erlebt einer wie Crisparkle nur selten. Ich sage Ihnen, er ist Neville verfallen. Vielleicht weiß er nichts davon, aber er hat sich sofort in Neville verliebt.

Müssen Sie eigentlich hinter jeder freundschaftlichen Geste gleich eine Schweinerei vermuten?

Natürlich. Oder können Sie ausschließen, dass Edwin Drood einem Sexualverbrechen zum Opfer gefallen ist?

Auf diesen Gedanken ist vor Ihnen noch niemand gekommen.

Da sehen Sie mal – der Fall Drood hat nur auf mich gewartet.

Sie weigern sich also, die Landless-Zwillinge in den Kreis der Verdächtigen aufzunehmen?

Jedenfalls reicht es nicht, dass sie exotischer Herkunft sind. Schlag nach bei Lavater und schon hast du den Mörder – davon halte ich nichts. Nein, Dickens plante etwas anderes. Das Offensichtliche ist nicht das Naheliegende.

Das müsste dann allerdings auch für Mr. Jasper gelten, der durch sein

Verhalten ja in höchstem Maße verdächtig wird.

Nun, wir werden sehen, Inspector.

Ihrer Schilderung entnehme ich, dass es allmählich eng wurde im Traveller's Twopenny.

Nur in der dunklen Ecke. Die Typen müssen sich da irgendwie gestapelt haben. Von Mr. Honeythunder ragte zum Beispiel nur der Bauch ins Licht. Ich konnte trotzdem einmal beobachten, wie er versuchte, Mrs. Crisparkle in die Hand zu beißen. Sie hielt ihm nämlich den Mund zu, während Tope und Crisparkle ihn festhielten.

Sehr schön. Es ging also lebhaft zu.

Na ja, ehrlich gesagt waren wir alle ein bisschen müde. Es war ja spät in der Nacht und der Dickens tat sein Übriges. Aber der Wirt schüttelte uns irgendein Teufelszeug zusammen und so hielten wir durch. Er nannte seine Kreation «Datchery's Blunderbuss». Das Zeug war höllisch gut. Dann machten wir weiter.

6

VÖGEL IN DEN BÜSCHEN

Es ist, als ob sich alles gegen Rosa verschworen hätte! Gestern Abend der Zusammenbruch im Hause Crisparkle, und heute –

Auf Rosa ist stets Rücksicht genommen worden, man hat sie gehätschelt, getröstet und gestreichelt, denn jede im Nonnenhaus, von Miss Twinkleton bis zur jüngsten Schülerin, muss bei ihrem Anblick an den Tod ihrer Eltern denken. Sieben Jahre ist Rosa alt gewesen, als ihre Mutter während einer Lustpartie ertrunken ist; sie kann sich noch genau an das Sommerkleid, die Blätter in den langen nassen Haaren, an das bleiche Gesicht erinnern. Ihr Vater ist danach nicht mehr derselbe gewesen und genau ein Jahr nach diesem furchtbaren Tag ist er ebenfalls gestorben. So ist Rosa im Nonnenhaus von einem Klima des Mitleids umgeben gewesen, als sei sie in ein entrücktes, weiches Licht getaucht. Aber mit der Zeit haben sich die Farben dieser Atmosphäre aufgehellt und Rosa hat dem Haus ihren eigenen sprudelnden Beitrag von Leben gespendet.

Doch heute wird sie auf eine harte Probe gestellt. Wie das Gerücht ins Haus gekommen ist – keiner kann es sagen. Ein Hausmädchen, das von der Haupttür heraufgekommen ist, hat es als Erste gewusst: Es hat einen Streit gegeben, einen Streit zwischen Mr. Edwin und Mr. Neville, und Miss Landless' Bruder hat ein Glas nach Mr. Edwin geworfen. Ein zweites Mädchen weiß kurz darauf zu berichten, Miss Landless' Bruder habe eine Flasche nach Mr. Edwin geworfen. Ein Zimmermädchen erscheint daraufhin bei Mrs. Tisher mit der Nachricht, es sei ein Messer nach Mr. Edwin geworfen worden, und zwar von Miss Landless' Bruder. Und Mrs. Tisher geht zu Miss Twinkleton und berichtet ihr naheliegenderweise, dass Mr. Edwin Opfer eines Bewurfs mit Messer und Gabel geworden sein soll; Ausführender: Miss Landless' Bruder, Mr. Neville.

Zu diesem Zeitpunkt hat Rosa sich längst in ihrem Zimmer eingeschlossen und die Finger in die Ohren gestopft. Doch Miss Twinkleton behält den Kopf und entsendet Helena um Aufklärung zu Mr. Crisparkle. Helena kommt zurück mit folgender Erläuterung des Hergangs: Es seien einige Worte zwischen Edwin und Neville gefallen, Edwin habe Neville wegen seiner dunkleren Hautfarbe provoziert, so dass er vorübergehend den Kopf verloren habe, doch nun habe er sich wieder im Griff und Rosa möge ihm verzeihen. Und Rosa verzeiht, da Helena die Angelegenheit mit gebührend gezügeltem Ernst vorträgt und da ihr die ganze Geschichte ohnehin peinlich ist. Außerdem ahnt sie tief in ihrem Herzen, dass Edwin vermutlich nicht ganz schuldlos daran ist; sie kennt ihn ja, ihn und seine Angewohnheit, die Dinge allzu lässig zu nehmen. Sie mag ein junges Ding sein, aber ein dummes Ding ist sie deswegen noch lange nicht.

Nun ist es an Miss Twinkleton, die Wogen im Nonnenhaus zu glätten. Sie tut es auf bewährte Weise, indem sie in den Unterricht geht, dem die jungen Damen heute ohnehin nicht zu folgen vermögen, und «Meine Damen!» ruft. Darauf müssen sich alle erheben und die Gespräche verstummen.

Das Gerücht, verehrte Damen – Miss Jennings möge bitte gerade stehen! –, sei bekanntlich schon als Monster mit tausend Zungen dargestellt worden. Nun, das Gerücht, welches in Cloisterham kursiere – Miss Ferdinand werde bitte ihre geschätzte Aufmerksamkeit schenken! –, mache darin keine Ausnahme. Gestern Abend habe sich ein kleiner – da Miss Ferdinand unbelehrbar scheine, werde sie bis heute Abend die ersten vier Fabeln des Monsieur La Fontaine in der Originalsprache abschreiben! –, ein kleiner Eklat ereignet, der durch das Gerücht, man müsse es sagen, unzumutbar überspitzt worden sei. Nachdem eine reizende junge Freundin – Miss Reynolds werde sofort aufhören, ihr Halsband mit einer Nadel zu durchbohren! – nicht ganz ohne Beziehung zu einem der besagten Herren sei, habe die Leitung des Hauses Nachforschungen eingeleitet und herausgefunden, dass es sich bei der Angelegenheit lediglich um eines von den *airy nothings* handle, wie der Dichter sie nenne – dessen Name und Geburtsort Miss Giggles binnen einer halben Stunde benennen werde! –, so dass das leidige Thema auf der Stelle zu den Akten gelegt werden könne, was den unbestreitbaren Vorteil mit sich bringe, dass die Damen sich wieder ungeteilt ihren Studien widmen könnten. Vielen Dank für Ihre Aufmerksamkeit!

Natürlich lässt sich das Thema auf diese Weise nicht ad acta legen, aber wenigstens hat Miss Twinkleton das Gefühl, das Ihrige dazu getan zu haben. Rosa wird für den Rest dieses kritischen Tages vom Unterricht freigestellt, da sie begreiflicherweise nachdenken muss. Aber da kommt Hilfe: Ihr Vormund trifft unerwartet aus London ein und wünscht sie zu sprechen.

***

Verhör G. Ablewhite

Ich muss leider unterbrechen, Inspector. An dieser Stelle war ich auf der Toilette.

Dann haben Sie das Beste verpasst. Ich bin jedoch in der glücklichen Lage, die Lücke zu füllen. Hören Sie:

***

Als Mann von unbestechlicher Integrität war Mr. Grewgious für sein Amt gut gewählt, jedoch gewiss nicht aufgrund irgendwelcher anderer wünschenswerter Qualitäten, die an seiner äußeren Erscheinung erkennbar gewesen wären. Er war ein dürrer, staubtrockener Mann und sah aus, als würde er, steckte man ihn in ein Mahlwerk, auf der Stelle zu sehr feinem Schnupftabak zerfallen. Er hatte spärliches, kurz geschnittenes Haar, das in Farbe und Dichte einer zerrupften gelblichen Pelzstola glich; es war echtem Haar so unähnlich, dass man es für eine Perücke hätte halten müssen, wäre es nicht schlichtweg undenkbar gewesen, dass irgendjemand freiwillig so etwas auf dem Kopfe trägt. Das spärliche Mienenspiel seines Gesichts war in wenigen harten Linien tief darin eingekerbt, so dass es fast wie eine Schnitzarbeit anmutete; auf der Stirn trug er ein paar Furchen, die den Eindruck erweckten, als sei Mutter Natur drauf und dran gewesen ihn mit

Empfindsamkeit und Noblesse auszustatten und habe dann ungeduldig den Meißel beiseite geworfen mit den Worten: «Ich kann mich wirklich nicht damit befassen, diesen Mann fertig zu stellen; soll er gehen, wie er ist.»

Mit zu langem Hals am oberen Ende, am unteren zu viel Fußknöchel und Ferse; von ungelenker und gehemmter Art; mit schlurfendem Gang und dem, was man Schwachsichtigkeit nennt – was ihn vielleicht daran hinderte, zu bemerken, wie viel weiße Baumwollsocke, im Kontrast zu seinem schwarzen Anzug, er dem Auge der Allgemeinheit preisgab –, verfügte Mr. Grewgious dennoch über die eigenartige Fähigkeit, alles in allem einen angenehmen Eindruck zu machen.

Mr. Grewgious ward von seinem Mündel sichtlich verunsichert in Miss Twinkletons Gesellschaft in Miss Twinkletons privatem, heiligem Salon angetroffen. Wann immer der arme Mann sich in dieser Lage wiederfand, schien ihn das ungute Gefühl zu beschleichen, in irgendetwas geprüft zu werden und nicht gut dabei abzuschneiden.

«Mein liebes Kind, wie geht es dir? Ich freue mich dich zu sehen. Mein liebes Kind, du wirst von Mal zu Mal hübscher. Erlaube mir dir einen Stuhl zu bieten, mein liebes Kind.»

Miss Twinkleton erhob sich von ihrem kleinen Schreibtisch und sprach mit ungerichteter Liebenswürdigkeit, als wende sie sich ans galante Universum: «Erlauben Sie, dass ich mich zurückziehe?»

«Aber nicht doch, Madam, nicht meinetwegen. Ich bitte Sie, rühren Sie sich nicht vom Fleck.»

«Ich muss Sie um die Erlaubnis bitten, mich rühren zu dürfen», griff Miss Twinkleton seine Formulierung mit würdevollem Charme auf, «aber da Sie mich so sehr bitten, werde ich mich nicht zurückziehen. Wenn ich meinen Tisch hier zum Eckfenster rolle, wäre ich dann im Weg?»

«Madam! Im Weg!»

«Sie sind zu freundlich. Rosa, meine Liebe, fühl dich ganz frei, ich bitte dich.»

An dieser Stelle wiederholte Mr. Grewgious, der nun mit Rosa vor dem Kamin stand: «Mein liebes Kind, wie geht es dir? Ich freue mich dich zu sehen, mein liebes Kind.» Er wartete, bis sie Platz genommen hatte, und setzte sich ebenfalls.

«Meine Besuche», sagte Mr. Grewgious, «sind wie die der Engel – nicht dass ich mich mit einem Engel vergleichen möchte.»

«Nein, Sir», sagte Rosa.

«Ganz und gar nicht», bekräftigte Mr. Grewgious. «Ich spreche lediglich von meinen Besuchen, die kurz sind und selten. Die Engel sind, wie wir sehr gut wissen, eine Etage höher.»

Mit seltsam stocksteifem Blick schaute Miss Twinkleton sich um.

«Ich spreche, meine Liebe», sagte Mr. Grewgious und legte eine Hand auf Rosas, als ihm der Gedanke in die Glieder fuhr, andernfalls könne der Eindruck entstehen, er habe sich die unvorstellbare Freiheit genommen, Miss Twinkleton «meine Liebe» zu nennen, «ich spreche von den anderen jungen Damen.»

Miss Twinkleton widmete sich wieder ihrer Schreibarbeit.

Mr. Grewgious, dem schwante, dass ihm seine Einleitungssätze nicht ganz so elegant geglückt waren, wie er es sich gewünscht hätte, strich sich von hinten nach vorn über den Kopf, als sei er soeben aufgetaucht und wolle sich das Wasser aus dem Haar pressen – diese Geste des Haare-glatt-Streichens, so überflüssig sie auch war, war ihm zur Gewohnheit geworden –, nahm ein Notizbuch aus der Manteltasche und einen kurzen Bleistift aus der Westentasche.

«Ich habe», sagte er und blätterte in dem Notizbuch, «ich habe mir eine Art Konzept zurechtgelegt – wie ich es für gewöhnlich tue, da ich über keinerlei Konversationsfähigkeiten verfüge – nach dem ich, mit deiner Erlaubnis, meine Liebe, vorgehen möchte. ‹Gesund und glücklich›. Richtig. Bist du gesund und glücklich, meine Liebe? Du siehst so aus.»

«Ja, das bin ich, Sir», antwortete Rosa.

«Wofür», sagte Mr. Grewgious und wandte den Kopf zum Eckfenster, «unser wärmster Dank der mütterlichen Güte und unausgesetzten Fürsorge und Achtsamkeit jener Dame gebührt und ohne Zweifel auch entgegengebracht wird, welche ich in diesem Moment die Ehre habe vor mir zu sehen.»

Auch diese Ausführungen wurden von Mr. Grewgious nur lahmen Fußes auf den Weg gebracht ohne ihr Ziel jemals zu erreichen; denn Miss Twinkleton, die der Ansicht war, dass die Höflichkeit von ihr verlangte der Unterhaltung zu diesem Zeitpunkt bereits nicht mehr zu folgen, blickte auf dem Bleistift kauend zur Decke, als warte sie auf eine Idee, die von einer der Göttlichen Neun, welche vielleicht eine übrig haben mochte, auf sie herabfahren möge.

Mr. Grewgious glättete sich erneut den glatten Schopf, blickte in sein Notizbuch und strich ‹Gesund und glücklich› als erledigt aus.

«‹Pfund, Shillings und Pence›, lautet mein nächster Eintrag. Ein trockenes Thema für eine junge Dame, aber nichtsdestotrotz ein wichtiges. Im Leben geht es um Pfund, Shillings und Pence. Im Tod ...» Der plötzliche Gedanke an den Tod ihrer beider Eltern schien ihn zu bremsen und er fuhr mit leiserer Stimme fort, indem er die Verneinung offensichtlich als nachträgliche Korrektur einschob: «Im Tod geht es nicht um Pfund, Shillings und Pence.»

Seine Stimme war ebenso hart und trocken wie er selbst, und mit etwas Phantasie konnte man sich auch sie, genau wie ihn selbst, zu sehr feinem Schnupftabak zermahlen vorstellen. Und doch schien er mit den begrenzten Ausdrucksmöglichkeiten, die ihm zu Gebote standen, Freundlichkeit auszudrücken. Hätte Mutter Natur ihn fertig gestellt, wäre in diesem Moment möglicherweise Freundlichkeit auf seinem Gesicht zu erkennen gewesen. Doch wenn sich die Furchen auf seiner Stirn einfach nicht glätten wollten und wenn seine Züge nur arbeiten, nicht aber spielen konnten, was sollte er tun, der arme Mann!

«‹Pfund, Shillings und Pence›. Langt dein Taschengeld für all deine Bedürfnisse, mein liebes Kind?»

Rosa hatte keine Bedürfnisse, daher war es reichlich.

«Und hast du auch keine Schulden?»

Bei der bloßen Vorstellung, sie könne Schulden haben, musste Rosa lachen. Für sie in ihrer Unerfahrenheit war es eine vollkommen absurde Vorstellung. Mr. Grewgious strengte seine schwachsichtigen Augen an, um sicherzugehen, dass dies tatsächlich ihre Sicht der Dinge war. «Ah!», kommentierte er mit einem verstohlenen Blick zu Miss Twinkleton hinüber und strich ‹Pfund, Shillings und Pence› aus: «Ich sagte ja schon, dass ich hier unter die Engel geraten bin! Und so ist es!»

Rosa ahnte bereits, wie sein nächster Eintrag lauten würde, lief rot an und knitterte, lange bevor er ihn gefunden hatte, peinlich berührt mit einer Hand eine Falte in ihr Kleid.

«‹Hochzeit›. Hm!» Mr. Grewgious dehnte seine glättende Handbewegung über Augen, Nase und bis hinunter zum Kinn aus, bevor er seinen Stuhl etwas näher rückte und in etwas vertraulicherem Ton sagte: «Nun, mein liebes Kind, komme ich zu dem Punkt, welcher der unmittelbare Grund dafür ist, dass ich dich mit meinem Besuche belästige. Ansonsten wäre ich, der ich ein ausgesprochen hölzerner Mann bin, niemals hier eingedrungen. Es liegt mir gänzlich fern, in eine Sphäre einzudringen, in der ich so vollkommen fehl am Platze bin. Ich fühle mich jedes Mal wie ein Bär – an der Kette natürlich – in einem jugendlichen Kotillon.»

Seine Unbeholfenheit verlieh ihm hinreichende Ähnlichkeit mit seinem Vergleichsobjekt, dass Rosa herzlich lachen musste.

«Du siehst das ganz genauso», sagte Mr. Grewgious mit vollkommener Gelassenheit. «Zu Recht. Um auf mein Konzept zurückzukommen: Mr. Edwin ist hin und wieder hier gewesen, ganz wie vereinbart. Du hast mir in deinen vierteljährlichen Briefen davon berichtet. Und du magst ihn und er mag dich.»

«Ich mag ihn sehr, Sir», erwiderte Rosa.

«Das waren meine Worte, meine Liebe», entgegnete der Vormund, für dessen Ohren ihre schüchterne Intonation viel zu zaghaft war. «Gut. Und ihr führt eine Korrespondenz.»

«Wir schreiben uns», sagte Rosa und schob in Erinnerung an ihre brieflichen Differenzen die Unterlippe vor.

«Das ist just die Bedeutung, die ich dem Worte ‹Korrespondenz› in diesem Zusammenhang beimessen möchte, meine Liebe», sagte Mr. Grewgious. «Gut. Alles läuft bestens, die Zeit schreitet voran und zum nächsten Weihnachtsfest werden wir, eine reine Formsache, jener vorbildlichen Dame dort drüben am Eckfenster, welcher wir so vieles zu verdanken haben, schriftlich ankündigen müssen, dass du dieses Haus ein halbes Jahr darauf verlassen wirst. Deine Beziehung zu ihr geht weit über das Geschäftliche hinaus, kein Zweifel; aber ein Rest von Geschäft steckt doch darin und Geschäft ist nun einmal Geschäft. Ich bin ein ausgesprochen hölzerner Mann», fuhr Mr. Grewgious fort, als sei ihm plötzlich in den Sinn gekommen, darauf aufmerksam zu machen, «und ich bin es nicht gewohnt, Bräute vor den Altar zu führen. Wenn also aus diesen zwei Gründen ein geeigneter Stellvertreter dich zum Altar führen würde, wäre ich ihm sehr verbunden.»

Den Blick auf den Boden geheftet, erklärte Rosa, sie glaube, bei Bedarf könne ein Ersatz gefunden werden.

«Gewiss, gewiss», sagte Mr. Grewgious. «Zum Beispiel der Herr, welcher hier Tanzunterricht erteilt – er wird wissen, wie man so etwas mit angelegentlicher Würde vollzieht. Er würde auf eine Art und Weise nach vorn schreiten und sich wieder zurückziehen, welche den Gefühlen des Geistlichen, der die Trauung vollzieht, Genüge tut, und ebenso deinen Gefühlen und denen des Bräutigams und aller beteiligten Parteien. Ich bin – ich bin ein ausgesprochen hölzerner Mann», sagte Mr. Grewgious, als habe er sich endlich dazu durchgerungen, es nicht länger für sich zu behalten, «und ich würde es nur verpfuschen.»

Rosa saß reglos und schweigend da. Womöglich war sie in ihrer Vorstellung noch gar nicht bis zur Zeremonie vorgedrungen, sondern stockte bereits auf dem Wege dorthin.

«Nächster Eintrag: ‹Testament›. Nun, mein liebes Kind», sagte Mr. Grewgious an sein Notizbuch gewandt, strich ‹Hochzeit› mit dem Bleistift aus und zog ein Dokument aus der Tasche: «Zwar habe ich dich über den Inhalt des Testaments deines Vaters bereits in Kenntnis gesetzt, doch ich halte den Moment für gekommen, dir eine beglaubigte Abschrift desselben auszuhändigen. Und obschon auch Mr. Edwin über den Inhalt desselben unterrichtet ist, halte ich auch hier den Moment für gekommen, Mr. Jasper eine beglaubigte Abschrift desselben zukommen zu ...»

«Nicht ihm?», fragte Rosa und blickte hastig auf. «Kann die Abschrift nicht an Edwin persönlich gehen?»

«Warum – ja, natürlich, wenn es dein ausdrücklicher Wunsch ist, mein liebes Kind; aber ich dachte an Mr. Jasper, da er sein Vormund ist.»

«Es ist mein ausdrücklicher Wunsch, wenn's recht ist», sagte Rosa eilig und ernst. «Ich möchte nicht, dass Mr. Jasper in irgendeiner Weise zwischen uns steht.»

«Es ist wohl nur natürlich, nehme ich an», sagte Mr. Grewgious, «dass dein junger Bräutigam dir dein Ein und Alles ist. Gewiss. Du hast bemerkt, dass ich sagte, ich nehme es an. Tatsächlich ist es so, dass ich ein ausgesprochen unnatürlicher Mensch bin und es nicht aus eigener Erfahrung weiß.»

Rosa blickte ihn mit einiger Verwunderung an.

«Ich will sagen», erklärte er, «dass die Art der Jugend nie die meinige war. Ich wurde als einziges Kind recht betagter Eltern geboren und manchmal will es mir scheinen, als habe ich bereits recht betagt das Licht der Welt erblickt. Ich will dem Namen, den du in Bälde ablegen wirst, gewiss keinen bestimmten Charakter zuschreiben, wenn ich anmerke, dass die meisten Menschen als Knospe auf die Welt kommen, wohingegen ich eher als Span auf die Welt kam. Als ich mir zum ersten Mal meiner selbst bewusst wurde, war ich ein Holzspan – und ein sehr trockener noch dazu. Hinsichtlich der zweiten beglaubigten Abschrift soll deinen Wünschen entsprochen werden. Hinsichtlich deiner Erbschaft weißt du, so denke ich, bestens Bescheid. Es ist eine Jahresrente in Höhe von zweihundertfünfzig Pfund. Die Sparerträge aus dieser Rente und einige andere Posten zu deinen Gunsten, allesamt ordnungsgemäß und mit Belegen verbucht, bringen dich in den Besitz einer Gesamtsumme, welche den Betrag von siebzehnhundert Pfund um ein Gutes übersteigt. Ich bin ermächtigt, die Kosten für die Vorbereitungen zu deiner Hochzeit aus diesen Geldern zu bestreiten. Damit ist alles gesagt.»

«Könnten Sie mir bitte sagen», fragte Rosa und nahm das Dokument mit anmutig gekräuselter Braue entgegen ohne es zu öffnen, «ob es richtig ist, was ich jetzt sage? Wenn Sie es mir erklären, verstehe ich es so viel besser, als wenn ich diese Juristensprache lesen muss. Mein armer Papa und Eddys Vater haben als sehr enge und feste und treue Freunde eine Vereinbarung getroffen, damit auch wir nach ihnen sehr enge und feste und treue Freunde sein mögen, richtig?»

«Ganz genau.»

«Zu unser beider beständigem Besten und unser beider beständigem Glück?»

«Ganz genau.»

«Damit wir füreinander noch sehr viel mehr sein mögen, als sie füreinander waren?»

«Ganz genau.»

«Und weder Eddy noch mir ist irgendeine Strafe auferlegt für den Fall, dass ...»

«Mein liebes Kind, errege dich bitte nicht. Sollte es Tränen in deine sanften Augen treiben, dir auch nur vorzustellen ... solltet ihr zwei nicht heiraten ... nein, keinerlei Strafe für keinen von beiden. Du wärest dann so lange mein Mündel geblieben, bis du volljährig geworden wärest. Kein schlimmeres Übel hätte dir gedroht. Schlimm genug vielleicht!»

«Und Eddy?»

«Er hätte mit Erlangung der Volljährigkeit die Nachfolge seines Vaters als Gesellschafter angetreten, einschließlich aller Schulden (soweit vorhanden), genau wie jetzt auch.»

Rosa kaute mit verwirrter Miene und zusammengezogenen Brauen auf einer Ecke ihrer beglaubigten Abschrift und blickte abwesend auf den Boden, den sie mit dem Fuße glatt strich.

«Kurz und gut», sagte Mr. Grewgious, «diese Verlobung war ein Wunsch, *ein Gefühl, ein gut gemeintes Vorhaben, von beiden Seiten mit Liebe zum Ausdruck gebracht. Dass es innigst empfunden ward und dass beide von Herzen hofften, es möge wachsen und gedeihen, daran kann es keinen Zweifel geben. Schon als ihr noch Kinder wart, habt ihr euch darauf eingestellt, und es ist gewachsen und gediehen. Doch veränderte Umstände verändern den Fall; und ich bin heute unter anderem im Grunde in erster Linie deshalb gekommen, mich von der Verpflichtung zu befreien, dich darauf hinzuweisen, mein liebes Kind, dass zwei junge Menschen einander nur aus eigenem freien Willen in der Ehe verbunden werden können (außer wir haben es mit einem Zweckbündnis zu tun und also mit Betrug und Verderben), aus eigener Zuneigung und eigener Überzeugung (mag sie sich auch als falsch erweisen, dieses Risiko müssen wir eingehen), dass sie füreinander bestimmt sind und einander glücklich machen werden. Wäre zum Beispiel anzunehmen, dass eure Väter, wären sie noch am Leben und hegten in diesem Betreff irgendeinen Zweifel, ihre Meinung nicht aufgrund der geänderten Umstände infolge eures geänderten Alters ändern würden? Unhaltbar, unsinnig, unschlüssig und absurd!»*

Mr. Grewgious referierte in einem Ton, als lese er laut vor; oder, passender noch, als sage er auswendig Gelerntes auf. So wenig war in seinem Gesicht und seinem Gebaren irgendein Anflug von Spontaneität auszumachen.

«Damit, mein liebes Kind», sagte er und strich ‹Testament› mit dem Bleistift aus, «habe ich mich einer Pflicht entledigt, die in diesem speziellen Fall ohne Zweifel nur eine formelle ist, aber dennoch in jedem Falle eine Pflicht. Stichwort ‹Wünsche›. Mein liebes Kind, hast du irgendeinen Wunsch, den ich dir erfüllen könnte?»

Rosa schüttelte mit schon fast wehleidig zögerlicher Miene den Kopf, ein stummer Hilferuf.

«Gibt es irgendwelche Anweisungen deinerseits bezüglich deiner Angelegenheiten?»

«Ich ... ich würde das vorher gern mit Eddy besprechen, wenn es Ihnen recht ist», sagte Rosa und knitterte Falten in ihr Kleid.

«Gewiss, gewiss», entgegnete Mr. Grewgious. «Ihr zwei solltet euch in allen Dingen einig sein. Wird der junge Gentleman in nächster Zeit hier erwartet?»

«Er ist erst heute Morgen abgereist. Zu Weihnachten kommt er wieder.»

«Dann ist ja alles bestens. Bei seiner Rückkehr zu Weihnachten werdet ihr

alle Einzelheiten besprechen und mir Mitteilung machen; und ich meinerseits werde mich (in rein geschäftlicher Hinsicht) aller geschäftlichen Verpflichtungen gegenüber jener vollendeten Dame dort drüben am Eckfenster entledigen. Sie werden zu jenem Zeitpunkt fällig.» Wieder kommt der Bleistift zum Einsatz. «Nächster Punkt. ‹Abschied›. Richtig. Mein liebes Kind, ich werde mich jetzt von dir verabschieden.»

«Dürfte ich», sagte Rosa und erhob sich, als er, unbeholfen, wie er nun einmal war, vom Stuhle aufsprang, «dürfte ich Sie um die Freundlichkeit bitten, zu Weihnachten hierher zu kommen, sollte ich Ihnen etwas Bestimmtes mitzuteilen haben?»

«Aber natürlich, natürlich», entgegnete er, augenscheinlich – soweit dieses Wort auf jemanden Anwendung finden kann, dem augenscheinlich weder Licht noch Schatten anhaftet – geschmeichelt ob dieser Bitte. «Als ausgesprochen hölzerner Mann füge ich mich nicht allzu leicht in gesellschaftliche Kreise und habe infolgedessen keine andere Verpflichtung zu Weihnachten als am fünfundzwanzigsten ein Essen mit gekochtem Truthahn und Selleriesoße mit einem ... mit einem ausgesprochen hölzernen Schreiber, den ich das Glück habe zu beschäftigen und dessen Vater in Norfolk eine Landwirtschaft betreibt und ihn herschickt (den Truthahn herschickt), als Geschenk an mich, aus der Gegend von Norwich. Es würde mich mit einigem Stolz erfüllen, solltest du mich zu sehen wünschen, mein liebes Kind. Da ich von Berufs wegen Pachteinnehmer bin, gibt es so wenige Menschen, die mich tatsächlich zu sehen wünschen, dass es für mich eine gänzlich neue und anregende Erfahrung wäre.»

Aus Dankbarkeit für sein geneigtes Einverständnis legte Rosa ihm beide Hände auf die Schultern, stellte sich auf die Zehenspitzen und gab ihm kurzerhand einen Kuss.

«Gütiger Gott!», rief Mr. Grewgious. «Ich danke dir, mein liebes Kind! Die Ehre ist fast so groß wie das Vergnügen. Miss Twinkleton, Madam, ich hatte eine äußerst erfreuliche Unterhaltung mit meinem Mündel, doch nun will ich Sie von der Unannehmlichkeit meiner Gegenwart befreien.»

«Nicht doch, Sir», entgegnete Miss Twinkleton und erhob sich mit anmutiger Herablassung, «kein Wort bitte von Unannehmlichkeiten. Davon kann gar keine Rede sein. Ich muss Ihnen verbieten dieses Wort zu benutzen.»

«Ich danke Ihnen, Madam. In der Zeitung las ich», sagte Mr. Grewgious und geriet ein wenig ins Stottern, «wenn ein Mann von Ansehen (nicht dass *ich mich dafür halten würde, weit davon entfernt) einer Schule einen Besuch abstattet (nicht dass dies eine wäre, weit davon entfernt), dann erbittet er einen freien Tag oder eine sonstige Vergünstigung. Da es bereits Nachmittag ist an dieser ... in diesem Hause, dessen vortreffliche Leiterin Sie sind, haben die jungen Damen nichts gewonnen – höchstens dem Namen nach –, wenn sie den Rest des Tages frei bekommen. Sollte jedoch eine junge Dame in Ungnade gefallen sein, dürfte ich bitten ...?»*

«Nein, Mr. Grewgious, Mr. Grewgious!», rief Miss Twinkleton und wedelte mit sittsam kessem Zeigefinger. «Oh, diese Männer, diese Männer! Sie sollten sich was schämen uns armen verleumdeten Erzieherinnen unseres Geschlechts das Leben derart schwer zu machen, dabei handeln wir zu Ihrem ureigensten Wohle! Doch in der Tat, unsere Miss Ferdinand hat eine Strafe abzusitzen», – eine Strafe (in Form der Fabeln des Monsieur La Fontaine) abzuschreiben, wie Miss Twinkleton treffender hätte sagen können. «Geh zu ihr, Rosa, meine Liebe, und sage ihr, ihre Strafe ist dank der Fürsprache deines Vormunds Mr. Grewgious erlassen.»

Da sich Mr. Grewgious dazu verpflichtet fühlt, beschließt er Mr. Jasper einen Besuch abzustatten, aber der Kantor ist nicht zu Hause. An seiner Tür hängt ein Schild mit der Aufschrift «Kathedrale». Das erinnert Mr. Grewgious daran, dass es die Zeit des Gottesdiensts ist. Er geht hinüber zur Kathedrale, stockt aber vor dem Westportal, das an diesem schönen, klaren Winternachmittag offen steht, um den Ort dahinter zu lüften.

«Du liebe Zeit», sagt Mr. Grewgious zu sich selbst und späht hinein, «wie der Rachen des finstersten Mittelalters.»

Die Vergangenheit bläst ihm einen modrigen Seufzer ins Gesicht. Düstere Schatten verdichten sich in den Winkeln, Dunst steigt aus dem grün bemoosten Stein. Tief in ihrem Innern, auf den Stufen des Altars, bei der im Dunkel versinkenden Orgel sind undeutlich weiße Roben zu erkennen und eine matte Stimme murmelt monoton. Während der Sonnenuntergang hier draußen den Fluss, die grünen Weiden und das braune Ackerland mit rotem Schein überschüttet, wird in der Kathedrale alles grau und grabesdüster. Die ersterbende Stimme murmelt weiter, bis Orgel und Chor sie in einem Ozean aus Musik ertränken; die Flut peitscht zum Dach hinauf, wogt unter den Bögen und spritzt bis zu den Höhen des großen Turms; und dann trocknet sie aus und alles ist still.

An den Stufen des Altarraums trifft Mr. Grewgious auf Jasper, der es eilig zu haben scheint. Er grüßt nicht einmal, als er Mr. Grewgious erkennt.

«Es ist hoffentlich nichts passiert?», fragt er nur, bleibt aber stehen.

«Passiert? Keineswegs, keineswegs. Ich habe mein hübsches Mündel besucht und bin nun auf dem Heimweg.»

«Sie war wohlauf?»

«Blühend, würde ich sagen. Ich wollte ihr bloß sagen, was eine durch verblichene Eltern verfügte Verlobung bedeutet.»

«Und was bedeutet so was – nach Ihrem Urteil?»

Mr. Grewgious bemerkt die Blässe seiner Lippen, schiebt es aber auf den Einfluss der Kathedrale.

«Ich erklärte ihr bloß, dass eine solche Verfügung nicht als bindend betrachtet werden kann, wenn es gute Gründe gibt, die dagegen sprechen, wie etwa ein Mangel an Zuneigung.»

«Darf ich fragen, ob Sie einen speziellen Grund hatten, ihr das zu sagen?»

«Den speziellen Grund, dass ich es für meine Pflicht hielt, Sir», gibt Mr. Grewgious schroff zurück. «Nichts weiter. Kommen Sie, Mr. Jasper – ich weiß um Ihre Zuneigung zu Ihrem Neffen. Es ist nur natürlich, dass Sie für ihn eintreten. Ich versichere, dass ich ebenfalls nicht an ihm zweifle.»

«Sie hätten es nicht treffender formulieren können», erwidert Jasper.

Mr. Grewgious zieht den Hut, um sich über den Kopf zu streichen, nickt zufrieden und setzt den Hut wieder auf. Seite an Seite verlassen sie die Kathedrale. Jasper lächelt, aber seine Lippen sind immer noch auffällig weiß, als er sagt: «Ich würde wetten, dass sie nichts gesagt hat, was darauf hindeuten könnte, dass sie von Ned loskommen möchte.»

«Diese Wette würden Sie gewinnen. Allerdings möchte ich vorschlagen, obwohl ich nichts davon verstehe, dass wir gewissen mädchenhaften Feinheiten etwas Platz einräumen sollten, zumal

Rosa mutterlos ist und unter solchen Umständen lebt. Was meinen Sie?»

«Sie haben zweifellos Recht.»

«Es freut mich, dass Sie das sagen», fährt Mr. Grewgious fort. Er weiß genau, was er sagt, er hat Rosas Worte über Jasper noch im Ohr. «Die junge Dame scheint nämlich den Wunsch zu haben, alle Vereinbarungen in dieser Sache allein mit Mr. Edwin Drood zu treffen – ohne uns, verstehen Sie?»

«Sie meinen mich», sagt Jasper mit unsicherer Stimme und fasst sich an die Brust.

Mr. Grewgious fasst sich ebenfalls an die Brust und erwidert: «Ich meine *uns*, Mr. Jasper – Sie *und* mich! Lassen wir den beiden doch einfach die kleinen Beratungen, wenn Mr. Edwin Drood zu Weihnachten wieder herkommt. Halten wir uns raus, bis sie sich einig geworden sind. Dann kommen wir und legen letzte Hand an das Werk.»

«Ich verstehe. Nun, wie Sie richtig sagten, hege ich eine außergewöhnliche Zuneigung zu meinem Neffen, so dass ich für ihn sogar mehr empfinde als für mich selbst. Aber es ist nur richtig, dass die junge Dame ebenso fürsorglich berücksichtigt wird. Ich akzeptiere Ihren Vorschlag daher. An Weihnachten werden die beiden die nötigen Schritte für den Mai einleiten, so dass wir beide an Eddys Geburtstag von unseren Pflichten befreit sein werden.»

«So habe ich Rosa verstanden.» Mr. Grewgious nickt zustimmend und drückt Jasper zum Abschied die Hand. «Gott segne sie beide.»

«Gott schütze sie!», ruft Jasper ihm hinterher.

Mr. Grewgious bleibt stehen und blickt zurück.

«Ich habe *segnen* gesagt», bemerkt er.

«Und ich *schützen*», antwortet der Kantor. «Ist das von Bedeutung?»

7
SEPTIMUS EBNET DEN WEG

Bekanntlich sind Frauen mit der sonderbaren Fähigkeit ausgestattet, den Charakter jedes Mannes instinktiv zu erfassen. Es scheint sich hierbei um ein angeborenes Vermögen zu handeln, da sich im Lauf der Zeit erwiesen hat, dass Urteile, die einmal auf diesem Weg gefällt worden sind, selbst dann nicht revidiert werden können, wenn es handfeste Gegenbeweise gibt; sie entziehen sich jeder Bearbeitung durch die Vernunft. Wer das nicht glaubt, der lausche folgender Diskussion.

«Glaubst du nicht, Ma, dass du zu hart über Mr. Neville urteilst?»

«Nein, Sept, das glaube ich nicht.»

Familie Crisparkle, bestehend aus Septimus und Mutter – die anderen Söhne sind aus dem Haus und haben natürlich längst eigene Familien gegründet –, sitzen im Arbeitszimmer des Reverend. Die Mutter strickt und wirkt einmal mehr wie eine Figur aus Porzellan. Crisparkle will eigentlich arbeiten, aber er kann sich nicht konzentrieren, seine Gedanken schweifen ständig zu seinem Schützling ab und er überlegt, was er tun kann, um die verfahrene Situation zu bereinigen.

«Lass uns darüber diskutieren, Ma», sagt er.

«Warum nicht? Ich bin immer offen für Diskussionen, Sept.»

«Wie du weißt, hat Mr. Neville sich wegen einer Provokation in diese Lage gebracht.»

«Vergiss nicht den Glühwein. Er hat Alkohol getrunken. Ich muss wohl nicht betonen, dass ich das unverzeihlich finde.»

«Beide haben davon getrunken, Ma.»

«Und wer ist dann aus der Haut gefahren? Wer ist betrunken nach Hause gekommen und hat seine Gastgeber vor der ganzen Stadt diskreditiert?»

«Das tut ihm noch heute beträchtlich Leid.»

«Ich habe es damals gesagt und sage es heute wieder, dass ich wirklich hoffe, Mr. Neville möge sich bessern, aber ehrlich gesagt glaube ich nicht daran. Zum Glück war Mr. Jasper so rücksichtsvoll, mich am nächsten Tag gleich nach dem Gottesdienst zu informieren, denn er fürchtete um meine Ruhe. Ich hätte sonst vielleicht nie von dem Malheur erfahren.»

«Das wäre sicher besser gewesen. Ich wollte mich gleich nach dem Gottesdienst mit Mr. Jasper beraten, ob wir die Sache nicht unter uns behalten sollten, aber da war es schon zu spät.»

«Allerdings, Sept. Die ganze Angelegenheit hat ihn fürchterlich mitgenommen, er war immer noch ganz blass, als er es mir sagte.»

«Und jetzt ist es leider Stadtgespräch.» Crisparkle seufzt.

«Jedenfalls habe ich damals gesagt, dass ich nicht viel von Mr. Neville halte, und das sage ich noch heute: Ich halte nicht viel von Mr. Neville.»

«Ich bedaure, dich so was sagen zu hören, Ma.»

«Und ich bedaure, so was sagen zu müssen, Sept.»

«Dabei ist Mr. Neville ein außerordentlich fleißiger und aufmerksamer Schüler und zeigt – lass mich das so sagen – eine gewisse Zuneigung zu mir.»

«Womöglich hält er das für eine Leistung», versetzt die alte Dame rasch.

«Du hältst ihn für berechnend? Dabei ist er im Gegenteil so impulsiv. Nie hat er etwas in dieser Richtung erkennen lassen, die du da andeutest.»

«Er hat dem aber auch nicht widersprochen.»

«Wie könnte er? Vermutlich ist es ihm gar nicht bewusst.»

«Du meinst, er weiß nicht, dass er Zuneigung für dich empfindet? Oder andersherum – dass du Zuneigung für ihn empfindest? Du meinst, er nutzt das nicht aus?» Sie strickt seelenruhig weiter.

«Es ist wirklich nicht leicht, mit dir zu diskutieren, Ma.»

«Nebenbei, Sept, kommt dir diese Sache mit seiner Schwester nicht sonderbar vor? Du weißt, welchen Einfluss sie auf Mr. Neville hat. Wenn du den von deinem Lob abziehst, wie viel bleibt dann für ihn noch übrig?»

Bei diesen Worten wird Crisparkle einsilbig, denn er muss daran denken, dass er die Geschwister mehr als einmal dabei beobachtet hat, wie sie gemeinsam den Stoff wiederholten, den er mit Neville durchgenommen hat. Er hat sich selbst dabei erwischt, wie er den Unterricht daraufhin für zwei Köpfe zu formen begonnen hat. Anfangs hat er Helena für stolz und unbändig gehalten, doch dann sind ihm die Gerüchte aus dem Nonnenhaus zu Ohren gekommen, Helena habe sich vorbehaltlos in Rosas Hände gegeben und lerne nun bereitwillig von der kleinen Feenbraut, wie Crisparkle sie bei sich nennt; da hat er sein früheres Urteil über Helena revidiert.

Wie immer, wenn er in Gedanken versinkt, meint seine Mutter, er habe Stärkung nötig. Sie erhebt sich und geht an den Schrank mit den Kräutern, worin sich immer ein Mittel gegen Erkältung und Fieber, aber auch Pflaster gegen Pickel und Zahnweh finden. Doch die Stärkung nimmt lediglich die Form eines Gläschens Constantia-Weins und eines selbst gebackenen Plätzchens an. Brav wie ein Schlachtlamm schluckt Crisparkle, was ihm verabreicht wird, aber in Gedanken hat er bereits einen Plan gefasst, der viel besser geeignet ist, die Sorgen zu verscheuchen und ihm den Kopf zu klären: Nach dem Abendgottesdienst wird er in der Dämmerung einen Spaziergang zur Klosterruine unternehmen, wo es einen hoch aufragenden, schwer zugänglichen Mauerrest gibt, von dem aus sich ein hervorragender Ausblick auf Teile von Cloisterham und den Fluss bietet.

So geschieht es, und genau wie er es sich vorgenommen hat, erstürmt er die Ruine, ohne eine Atempause einzulegen. Trotzdem atmet er nicht einmal schwer, als er oben steht und auf den Fluss blickt. Die Flut hat von der nahen See eine Menge Tang den Flusslauf hinaufgeschwemmt. Der scharfe Wind und das zögernd hinter düsteren Wolken schwindende Restlicht des Tages scheinen eine stürmische Nacht anzukündigen.

Crisparkle hat ein paar Sekunden nicht an sein Problem gedacht, aber jetzt ruft es sich von allein wieder in Erinnerung, denn unten am Fuß der Ruine spazieren Helena und Neville Landless vorbei.

«Eine gute Gelegenheit», sagt er zu sich und macht sich sofort an den Abstieg, der im dürftigen Licht nicht ganz ungefährlich ist; doch Septimus Crisparkle ist ein guter Kletterer. In Windeseile hat er die beiden Spaziergänger erreicht.

«Ein wilder Abend, Miss Landless», grüßt er. «Ein bisschen zu wild und zu kalt, um jetzt noch hier spazieren zu gehen, finden Sie nicht?»

Nein, das findet sie nicht. Im Gegenteil, es ist ihr Lieblings-Spazierweg, er bringt sie auf andere Gedanken. Crisparkle pflichtet ihr bei; ihm geht es selbst so.

«Ja, man kann hier ungestört reden, so wie ich es mir schon seit einiger Zeit wünsche. Mr. Neville, ich darf davon ausgehen, dass Sie Ihrer Schwester erzählt haben, was vorgefallen ist?»

«Alles, Sir.»

«Ich weiß nicht, wie Sie es sehen, Miss Helena, aber ich bin der Meinung, dass dringend etwas geschehen muss. Im Ort droht sich das Vorurteil festzusetzen, dass Ihr Bruder ein gefährlicher, jähzorniger Hitzkopf ist, und wenn daran überhaupt noch etwas zu ändern ist, dann nur dadurch, dass wir rasch handeln. Mr. Neville, Sie kennen meine Meinung, ich habe kein Hehl daraus gemacht: Ich glaube, dass Sie sich entschuldigen sollten.»

«Er ist provoziert worden», gibt Helena zu bedenken.

«Er war der Angreifer», stellt Crisparkle fest.

«Wollen Sie, dass mein Bruder sich diesem jungen Drood zu Füßen wirft – oder gar diesem Mr. Jasper, der ihn Tag für Tag verleumdet? Das können Sie nicht ernst meinen.»

«Ich kann das nicht», fügt Neville hinzu, «und das habe ich Ihnen auch schon erklärt. Ich müsste mich verstellen, ich müsste heucheln. Der Gedanke ist mir unerträglich, diesem hochmütigen Burschen auf diese Weise Recht zu geben.»

«Aber wenn Sie doch schon indirekt zugeben, dass er Recht hat», wendet der Hilfskanonikus ein, «warum gehen Sie dann nicht einen Schritt weiter und geben es auch offen zu?»

«Dafür gibt es einen einfachen Grund, Mr. Crisparkle: weil ich immer noch so wütend bin wie an jenem Abend. Ich fühle mich tief beleidigt, und was das Schlimmste ist: Er hat es mit voller Absicht getan.»

«Es ist ausgeschlossen, dass mein Bruder sich einem solch niedrigen Geist unterwirft», fügt Helena hinzu.

«Es tut mir Leid, dass ich Sie enttäuschen muss, Sir, und ich hoffe aufrichtig, dass Ihr Einfluss als Lehrer mich mit der Zeit in die Lage versetzt, mich zügeln zu können, aber noch ist diese Zeit nicht gekommen, trotz aller Kämpfe, die ich deswegen mit mir selbst austrage. Ist es nicht so, Helena?»

«Genau so ist es.»

«Es kommt übrigens etwas hinzu, wovon ich Ihnen noch nichts gesagt habe», fährt Neville zögernd fort. «Die Art, wie er von Miss Bud geredet hat, Sir, seine Selbstgefälligkeit, seine Gleichgültigkeit --- Wenn ich nicht selbst von ihm verletzt worden wäre, dann wäre ich es um ihretwillen.»

Crisparkle ist hell erstaunt, als er das hört, und muss es sich noch einmal bestätigen lassen: «Sie sprechen von Miss Rosa Bud?»

«Ich meine die Art, wie er von ihr gesprochen hat.»

«Wie Sie wissen, Mr. Neville, wird Mr. Edwin die junge Lady bald heiraten.»

«Das gibt ihm nicht das Recht, so arrogant von ihr reden!», ruft Neville. «Er weiß überhaupt nicht zu schätzen, was ihm da in den Schoß fällt.»

«Aber Mr. Neville – was höre ich da?»

«Sie wird durch die Ehe mit ihm geopfert, sie wird an ihn verschwendet!»

«Ich glaube, es ist nicht an Ihnen, das zu beurteilen oder zu kritisieren», versetzt Crisparkle. «Neville, Neville! Jetzt beginne ich erst richtig zu verstehen, was an jenem Abend passiert ist. Sind Sie etwa in Miss Bud --- Mr. Neville, das ist ganz und gar fehl am Platz! Lieben Sie Miss Rosa etwa? Wenn das so ist, muss es auf der Stelle aufhören. Welche Vorurteile Sie sich in Ihrer blinden, eifersüchtigen Wut auch immer über Mr. Drood gemacht haben – er ist ein offener, gutmütiger Charakter, wenn auch manchmal ein wenig unbedacht.» Er blickt zwischen den Geschwistern hin und her. «Aber ich muss zugeben, die Lage ändert sich dadurch ein wenig. Dies erfordert mehr Sensibilität. Ich will Ihnen also zugestehen, dass Sie ein Recht darauf haben, dass der junge Mr. Drood Ihnen zur Versöhnung auf halbem Weg entgegenkommt. Ich werde mich dafür einsetzen, dass es so geschieht, und sogar dafür, dass der junge Drood den ersten Schritt tut – aber nur, wenn Sie mir Ihr Ehrenwort geben, dass der Streit danach von Ihrer Seite aus ein für alle Mal beendet ist. Was in Ihnen vorgehen mag, wenn Sie ihm die Hand drauf geben, wird nur derjenige wissen, der in alle Herzen blicken kann.»

Der junge Mann versucht zwei- oder dreimal etwas zu sagen.

«Außerdem noch ein Wort zu Ihrer Herzensangelegenheit», fährt Crisparkle fort. «Ich fordere Sie auf, Ihre Zuneigung vollständig geheim zu halten und sich das Ganze rasch aus dem Kopf zu schlagen. Ich will Ihnen nicht sagen, dass es vorübergehen wird oder dass es nur eine Laune des Augenblicks ist, wie sie bei jungen Leuten jede Stunde vorkommt. Glauben Sie ruhig, dass es keine Parallelen zu Ihrem Gefühl gibt. Umso mehr Gewicht erhält Ihr Ehrenwort, wenn Sie es mir vorbehaltlos geben. Habe ich Ihr Einverständnis?»

Neville zögert noch immer.

«Folge deinem Lehrer jetzt, Neville!», murmelt Helena. «Folge ihm bis in den Himmel.»

Ihr Tonfall raubt dem Hilfskanonikus die Sprache, sonst hätte er ihr diese Überhöhung natürlich untersagt. Doch auf Neville scheinen ihre Worte Eindruck zu machen.

«Oh, wenn ich nur in meiner Kindheit schon einen solchen Lehrer gehabt hätte!», ruft er aus. «Mr. Crisparkle, Sie sind so verständnisvoll und gut zu mir, dass ich nicht weiß, womit ich das verdiene. Ich werde alles tun, was Sie sagen, und bitte Sie um Vergebung.»

«Bitten Sie nicht mich, Mr. Neville. Sie wissen ja, wer allein die Macht zur Vergebung hat. Miss Helena, Sie und Ihr Bruder sind Zwillinge. Sie sind mit den gleichen Voraussetzungen zur Welt gekommen und sie haben unter denselben Umständen gelebt. Sehen Sie keine Möglichkeit, das in Ihrem Bruder zu überwinden, was Sie auch in sich selbst überwunden haben? Können Sie ihm nicht helfen?»

«Was ist mein Einfluss gegen Ihren?», antwortet Helena.

«Es ist der Einfluss der Liebe und den kann man nicht hoch genug schätzen. Meine Weisheit dagegen ist – Basarware. Gute Nacht.»

Sie nimmt die Hand, die er ihr reicht, und hebt sie fast ehrfürchtig an ihre Lippen.

«Unsinn», sagt der Hilfskanonikus sanft und geht davon.

Auf dem Heimweg überlegt er, mit welchen Mitteln sich die Dinge in die geplante Richtung anschieben lassen könnten. Er wünscht nur, Rosa wäre bereits getraut; dann wäre wenigstens dieser Teil des Problems aus der Welt. Dies zu steuern liegt nicht in seiner Macht, aber den anderen Teil will er so schnell wie möglich anpacken. Und warum eigentlich nicht auf der Stelle? Denn als er auf dem Kirchplatz ankommt, erinnert ihn der Anblick der wuchtigen Steinmassen der Kathedrale daran, dass er deren höhere Macht im Rücken hat. Er blickt hinüber zum Torhaus und sieht, dass Jaspers Fenster erleuchtet ist, und da beschließt er, das Eisen zu schmieden, solange es heiß ist, und Jasper auf der Stelle aufzusuchen.

Der Kantor reagiert jedoch nicht auf das Klopfen, so dass Crisparkle nach kurzem Zögern den Türknauf dreht und ins Zimmer späht. Jasper liegt auf einer Couch vor dem Kamin und hat geschlafen, aber das Geräusch der sich öffnenden Tür schreckt ihn auf und verwirrt ruft er in einem Zustand zwischen Schlafen und Wachen: «Was ist geschehen? Wer hat es getan?»

«Ich bin's nur, Jasper. Entschuldigen Sie die Störung.»

Das Flackern in Jaspers Blick beruhigt sich, als er Crisparkle erkennt.

«Ich glaube, ich habe furchtbar schlecht geträumt. Ich bin froh, dass sie mich da rausgerissen haben. Natürlich sind Sie mir immer willkommen, Crisparkle.»

Er rückt einen Lehnstuhl zurecht, so dass Crisparkle sich vor den Kamin setzen kann.

«Danke, Jasper. Allerdings bin ich nicht sicher, ob der Anlass meines Besuchs Ihnen ebenfalls willkommen ist. Ich bin im Interesse des lieben Friedens hier, wegen der beiden jungen Burschen.»

Jasper mustert ihn mit allen Anzeichen echter Verblüffung, ehe er leise fragt: «Wie?»

«Wegen des ‹Wie› komme ich zu Ihnen. Ich wollte Sie bitten, mir den großen Gefallen zu tun und bei Ihrem Neffen in dieser Sache vorzufühlen, damit er den ersten Schritt tut. Er könnte zum Beispiel in seiner unnachahmlich natürlichen Art einen kleinen Brief schreiben, in dem er sich dazu bereit erklärt, Mr. Neville die Hand zur Versöhnung zu reichen. Ich weiß, dass er ein guter Junge ist und dass Sie großen Einfluss auf ihn haben. Und ich weiß, dass Mr. Neville schwer gekränkt wurde. Das sage ich bewusst ohne ihn verteidigen zu wollen, denn sein Verhalten bleibt unangemessen.»

Jasper sieht immer noch verblüfft aus, während er sein Gesicht langsam zum Feuer wendet. Crisparkle fängt seinerseits an, sich darüber zu wundern, zumal sich nun auch noch etwas wie Berechnung auf dem Jasper'schen Gesicht abzeichnet.

«Ich weiß, dass Sie von Mr. Neville nicht gerade positiv beeindruckt sind», fährt Crisparkle fort, doch Jasper unterbricht ihn heftig: «In der Tat, wirklich nicht.»

«Und Sie haben Grund dazu. Aber wir müssen ihm die Chance geben, sich zu zähmen und bei uns einzuleben. Ich habe sein Ehrenwort, dass er sich Ihrem Neffen gegenüber in Zukunft gut betragen wird. Wenn Sie sich nun für ihn verwenden würden ---»

«Sie sind immer verantwortungsbewusst und vertrauenswürdig gewesen», sagt Jasper langsam. «Sind Sie sicher, dass Sie so zuverlässig für ihn sprechen können?»

«Ja.»

Nach dieser unumwundenen Antwort verschwindet der verblüffte Ausdruck vom Jasper'schen Gesicht.

«Dann werde ich tun, was Sie wünschen. Ihre Garantie nimmt mir eine schwere Last vom Herzen.»

Crisparkle ist entzückt über den schnellen Erfolg, doch Jasper fährt fort: «Ich wurde nämlich in letzter Zeit von vagen und grundlosen Ängsten heimgesucht. Sie werden lachen --- Führen Sie Tagebuch?»

«Eine Zeile täglich, nicht mehr.»

«Eine Zeile wäre mehr als genug für mein ereignisloses Leben, weiß der Himmel.» Jasper nimmt ein Buch vom Tisch. «Aber mein Tagebuch ist zugleich ein Tagebuch über Neds Leben. Hören Sie und raten Sie, wann ich dies hier geschrieben habe:

‹Nach Mitternacht. – Nach dem, was geschehen ist, quält mich eine krankhafte Angst, gegen die ich nichts ausrichten kann, vor schlimmen Folgen für meinen lieben Jungen. Die dämonische

Leidenschaft des Neville Landless, die Gewalt seiner Raserei gegen Ned entsetzen mich. Der Eindruck war so schwer wiegend, dass ich schon zweimal in Neds Schlafzimmer gegangen bin, um mich zu vergewissern, dass er nicht in seinem Blut liegt.›

Und ein weiterer Eintrag:

‹Ned auf und davon, ohne Argwohn wie immer. Er lachte, als ich ihn zu warnen versuchte, und sagte, so stark wie Neville Landless sei er allemal. Ich gab zu bedenken, das sei möglich, aber jener sei bösartig. Er bestand darauf, die Sache leicht zu nehmen. Ich begleitete ihn zur Kutsche und ließ ihn nur widerwillig ziehen. Ich bin unfähig die schemenhaften Vorahnungen des Bösen abzuschütteln.›

In dieser Stimmung habe ich zahlreiche Einträge verfasst», sagt Jasper, während er rasch die Seiten durchblättert. Dann legt er das Buch weg. «Doch jetzt habe ich Ihre Versicherung und daraus werde ich mir ein Gegengift machen.»

«Ein Gegengift, will ich hoffen, das Sie bald dazu bringen wird, Ihre schwarzen Anwandlungen direkt den Flammen zu übergeben», antwortet Crisparkle mit Blick auf das Buch. «Ich will Sie keineswegs kritisieren, aber mir scheint doch, dass Ihre Hingabe an Ihren Neffen Sie hier ein wenig übertreiben ließ.»

«Sie waren Zeuge, in welchem Zustand ich mich an jenem Abend befunden habe.»

«Dann will ich hoffen, dass Ihnen das Gegengift hilft, den Fall in hellerem Licht erscheinen zu lassen. Wir wollen das jetzt nicht weiter diskutieren. Ich danke Ihnen aufrichtig.»

«Sie werden sich wundern», sagt Jasper, während sie Hände schütteln. «Ich werde dafür sorgen, dass Ned, falls er nachzugeben bereit ist, gleich vollständig nachgeben wird.»

Drei Tage später kommt Jasper mit folgendem Brief zu Crisparkle:

«Mein lieber Jack,

dein Bericht von deinem Gespräch mit Mr. Crisparkle, den ich sehr respektiere, hat mich bewegt. Ich erkläre offen und spontan, dass ich mich an jenem Abend gegenüber Mr. Landless vergessen habe, ebenso wie Mr. Landless mir gegenüber, und dass ich wünschte, das Vergangene wäre Vergangenheit und alles wäre wieder in Ordnung.

Pass auf, lieber alter Junge: Frag Mr. Landless, ob er nicht am Weihnachtsabend zum Dinner kommen möchte. Wir drei wollen allein sein und uns die Hände reichen und kein Wort mehr von der Sache reden.

Wie immer dein liebevoller

EDWIN DROOD

PS: Liebe Grüße an Miss Pussy in der nächsten Musikstunde.»

VERHÖR G. ABLEWHITE

Bevor Sie Ihre Fragen stellen, Sir: Ich plädiere dafür, den feinen Mr. Drood in Mr. Pimmel umzubenennen.

Ach, Mr. Ablewhite – solche Lästerungen aus Ihrem Mund können mich längst nicht mehr überraschen. Vielleicht sollten Sie Ihre Provokationen nicht ganz so inflationär einsetzen. Vermutlich hat es wenig Sinn, Sie zu bitten Zurückhaltung zu üben, aber vielleicht hilft es Ihnen, zu erfahren, dass auf die Lästerung des heiligen Drood bei uns normalerweise der Scheiterhaufen steht.

Aber verstehen Sie – er soll dieses Mädchen heiraten. Warum erniedrigt er sie dann dauernd? «Pussy» ist ja nicht nur ein Kosewort, es ist auch eine obszöne Bezeichnung für ...

Zügeln Sie sich, Lästerer, sonst fahre ich andere Geschütze auf!

Jedenfalls hat er den Tod verdient. Leichtfertige Geschöpfe wie dieser sind mir suspekt. Vermutlich benutzt er nicht einmal Kondome.

Kondome?

Lassen wir das. Übrigens hatte ich zwischenzeitlich auch diesen Crisparkle im Verdacht. Ich kann diese Art von Klemmschwestern nicht ausstehen, die am Rockzipfel der Mutter hängen und andauernd den Gutmenschen spielen. Dahinter tun sich meistens Abgründe auf!

Gibt es ausnahmsweise auch einen Menschenschlag, gegen den Sie nichts einzuwenden haben?

Das da im Roman sind keine Menschen, es sind Typen. Die mag man oder man mag sie nicht. Aber wenn es Sie interessiert: Ich hab ein Faible für dunkle Menschen, solche wie Neville Landless. Den hätte ich nicht von der Bettkante gestoßen.

Ich dachte, derartige Kontakte spielen sich bei Ihnen vorwiegend auf der Toilette ab. Seit wann stellt man dort Betten auf?

Apropos Toilette: Es ist so weit!

Sie besichtigten das angesprochene Institut im Traveller's Twopenny?

So ist es.

Und Sie waren nicht allein?

Nein. Wollen Sie Details? Er hatte eine wunderbare samtige Haut, ein strammer Bursche, wenn Sie verstehen, was ich meine, und seine Zahnlücke reizte mich angenehm, als er mir einen ...

MR. ABLEWHITE! Bewahren Sie Haltung!

Problemlos.

Vor einem gewöhnlichen Gericht gäbe das einen weiteren Anklagepunkt wegen widernatürlicher Unzucht mit einem Kind. Schämen Sie sich eigentlich nicht?

Was soll das heißen: mit einem Kind? Deputy ist mindestens 16 und ich kann Ihnen sagen, er wusste sehr genau, was er wollte. Ein typischer Vertreter der heutigen Jugend.

Der große Dickens beschreibt ihn aber als verwahrlosten Bengel!

Daraus schließen Sie, dass er ein Kind sei?

Egal. Dieser Punkt steht hier nicht zur Klärung an. Sagen Sie mir lieber: Als Sie mit Deputy auf der Toilette waren – wie spät war es da?

Die Uhrzeit kann ich Ihnen nicht sagen, aber es war an der Stelle, an der Mr. Grewgious eingeführt wird. Diese Passage spielt für die Krimihandlung ohnehin keine Rolle, deswegen war mein Fehlen nicht so wild, im Nachhinein gesehen.

Literarisch gesehen ist die Stelle zwar einer der Höhepunkte des Romans und gilt in Oxford als Bilderbuchbeispiel für die hohe Kunst des großen Dickens, aber mir leuchtet ein, dass einer wie Sie sich nicht für solche Feinheiten interessiert. Sie interessieren sich lieber für die Toilette.

Nicht für die Toilette an sich, eher für ...

(räuspert sich laut) Darf ich fragen, was Mr. Blake dazu sagte?

Er war nicht sonderlich angetan. Ehrlich gesagt machte er mir sogar eine Szene. Na ja, wir stritten uns, und zwar richtig.

Die Lesung wurde für diese Zeit unterbrochen?

Nein, wir haben natürlich weitergelesen, während wir stritten. Also ehrlich, Sie lassen allmählich nach, Inspector.

Das war eher fürs Protokoll. Aber fahren Sie fort.

Nun, ich sagte, er an meiner Stelle hätte ebenfalls nicht Nein gesagt, und er schrie mich wörtlich an: «Bist du, Geoffrey Ablewhite, grundsätzlich überhaupt fähig zu einer so schwierigen Aktion, wie sie sich hinter dem Wörtchen Nein verbirgt?» Das

Übliche eben. Ich gab zurück: «Warum sollte ich Nein sagen? Mir könnte ja was entgehen.» Da ging er an die Decke. Aber was erzähle ich Ihnen – Sie kennen das ja. Oder wie reagiert Ihre Frau, wenn Sie ihr einen Seitensprung beichten?

Ich pflege derlei Liederlichkeiten zu unterlassen. Aber Sie könnten mich ja aufklären.

Keine Lust. Nur so viel: Wir kamen vom Speziellen rasch aufs Allgemeine, soll heißen: zu der Schnapsidee, nach Rochester zu fahren und uns auf diese Dickens-Geschichte einzulassen, und schließlich wurde es mir zu viel. Warum soll ich mich für etwas rechtfertigen, was einfach nur Spaß macht? An diesem Punkt stand ich auf und forderte den Wirt auf, die Tür des Twopenny aufzuschließen; ich wollte gehen. Nur leider zickte der Wirt rum.

Mr. Datchery wollte sie nicht rauslassen?

Genau, er erzählte mir allen möglichen Scheiß, von wegen Sperrstunde und Polizei und so; draußen sei es jetzt gefährlich. Und der Rentner sagte, es sei Ausnahmezustand und sie würden dort draußen unaussprechliche Sachen mit einem machen. Das schreckte mich nicht. Leere Versprechungen, kann ich da nur sagen.

Sie bestanden darauf, dass die Tür geöffnet wurde?

Ja, und Frank ebenfalls. Er war nun sauer und wollte auch gehen. Der Wirt weigerte sich noch ungefähr eine Minute und warnte uns, wenn wir jetzt auch nur einen Schritt vor die Tür setzten, seien wir für immer verloren, schon mancher sei beim bloßen Anblick dessen, was jetzt dort draußen sei, wahnsinnig geworden. Aber dann drohte ich die Tür einzuschlagen und da fügte er sich endlich.

Und warum gingen Sie dennoch nicht?

Ich ... äh ... nun, ich traute mich nicht.

Was ist los mit Ihnen? Sie werden blass? Sie zeigen wahrhaftig menschliche Reaktionen? (Pause) – Brauchen Sie etwas? Vielleicht einen Schluck Wasser?

Nein, danke. Es geht schon wieder. Es ist nur so, dass der Anblick dessen, was vor der Tür war, mir einfach die Sprache verschlagen hat. Ihnen wäre es nicht anders ergangen. Der Eindruck war so stark, dass er jetzt immer noch wirkt.

Was sahen Sie denn dort Fürchterliches?

Das ist nicht so einfach, weil ... Es gibt kein Wort, das es richtig trifft. Oder zumindest kenne ich keins.

Wie wäre es, wenn Sie einfach beschreiben würden, was Sie dort sahen?

Aber ich warne Sie, es wird Ihnen banal vorkommen: nichts.

Nichts? Wie meinen Sie das?

Was ich vor der Tür sah, war einfach nichts. Buchstäblich. Die Straße vor der Kneipe, die Häuser, ganz Rochester – alles war fort. Und die Erde ebenfalls, und der Himmel, die Sterne, Wolken, einfach alles. Nichts eben. Ich wusste sofort, was der Wirt gemeint hatte: Jeder sei verloren, der sich auch nur einen Schritt weit hinauswage. Ich finde keine Worte, den Eindruck ausreichend zu beschreiben, aber es war fürchterlich, es schien mich geradezu hinaussaugen zu wollen.

Aber das Traveller's Twopenny existierte noch – mit Ihnen in seinem Inneren?

Ja, das Twopenny war als Einziges übrig.

Haben Sie eine Erklärung für diese Halluzination?

Ich glaube nicht, dass es sich um eine Halluzination handelte, ebenso wenig wie Sie eine Halluzination sind. Kennen Sie «Star Trek»? Ach, was frage ich – hier gibt es ja vermutlich nicht einmal Fernseher. «Star Trek» ist in meiner Welt eine Fernsehserie.

So so, in Ihrer Welt.

Eine Episode erzählt, wie Beverly Crusher, die Schiffsärztin, aus Versehen in eine Warp-Blase gerät, die immer kleiner wird.

Das hört sich höllisch gefährlich an.

Stimmt, so eine Warp-Blase ist bestimmt kein Ort, an dem man Urlaub machen sollte. Sie ist vielmehr so was wie ein eigenes kleines Universum, völlig in sich abgeschlossen, ohne Verbindung zu dem Universum, aus dem wir stammen. Da, wo wir jetzt waren, gab es London und Rochester nicht. Es gab nur das Traveller's Twopenny.

Was vermutlich typisch für Warp-Blasen ist, verstehe.

Ich sage nicht, dass es eine Warp-Blase war. Aber Sie wollten eine Erklärung und mir fällt nichts Besseres ein. Im Übrigen sind im Vorfeld bereits ein Haufen merkwürdiger Dinge passiert, die ebenfalls unglaubwürdig waren; eine Warp-Blase fällt da wirklich nicht weiter ins Gewicht.

Also blieb Ihnen nichts anderes übrig als sich weiter mit dem Fall Drood zu beschäftigen, und sei es nur zum Zeitvertreib.

Ja, aber vorher machte der Rauscherentner eine sonderbare Bemerkung. Nachdem Mr. Datchery die Tür wieder verschlossen hatte, sagte der Knilch, wir säßen alle in einem Boot und der Ausstieg wäre erst am Ende der Reise. Er wollte uns wohl beruhigen, aber die Sache mit dem Ende der Reise gefiel mir trotzdem nicht. Ich fragte: «Und wohin geht diese Reise?» «Das hängt ganz von euch ab», antwortete er. «Je nachdem, wo ihr mit eurer Arbeit ansetzt.»

Das hört sich doch eigentlich recht klar an.

Wie bitte? Vergessen Sie nicht: Ich war im Urlaub. Da hört man das Wort «Arbeit» nicht gern. Aber eigentlich bedeuteten diese Worte etwas völlig anderes. Frank kam mal wieder als Erster drauf. «Unsere Arbeit besteht darin, den Fall Drood aufzuklären», sagte er. «Das heißt, die Reise, von der Sie sprechen, führt uns in den Roman.» Da hatte er ziemlich fix alle Bausteine zusammengesetzt. Ich begriff sofort, was er meinte.

Ich weniger.

Machen Sie das eigentlich öfter?

Was?

Nicht wahr, Sie lassen hin und wieder Leute ins Twopenny einsteigen, um den Fall Drood zu lösen. Vielleicht sogar jedes Jahr zur gleichen Zeit, vielleicht ist die Kneipe selbst ein Wiedergänger, genau wie Drood.

Solche Spekulationen verweise ich mit aller Entschiedenheit ins Reich der Phantasie. Außerdem kann man ein Lokal gewöhnlich nicht besteigen. Man betritt es!

Dann stellen Sie sich das Traveller's Twopenny einfach als eine Art Fähre vor, mit der man vom Ufer der Realität zum Ufer der Literatur übersetzt.

Fähren fahren über Flüsse.

Sie gehen wahrlich mit offenen Augen durch die Welt, Inspector. Wäre Ihr Beamtenverstand über Gebühr strapaziert, wenn Sie sich das Nichts, in dem sich das Twopenny befand, einfach als Fluss denken – bildlich gesprochen?

Wunderbar. Und dann lasen Sie also endlich ... Was ist mit Ihnen? Leiden Sie immer noch unter dem Eindruck des Nichts?

Nein, nein. Warten Sie mal, ich glaube, mir geht gerade ein Licht auf.

Wünschen Sie, dass ich Sie lobe?

Sagen Sie mal, wie hieß noch gleich das italienische Autorenduo, das den Fall Drood ebenfalls zu lösen versucht hat?

Ein solches Autorenpaar wäre mir bekannt, wenn es existierte, Mr. Ablewhite.

Sie kennen die Namen dieser Schriftsteller nicht?

Nein. Sie waren derjenige, der die beiden erwähnte, nicht ich.

Das heißt also, die beiden Italiener waren nicht hier.

Das heißt es wohl, ja. Was soll das? Worauf wollen Sie hinaus?

Ich weiß jetzt, worin das Verbrechen besteht, das ich begangen haben soll. HA! ICH HABE SIE DURCHSCHAUT!

Selbst wenn es so wäre, könnte ich darin keinen Grund für eine solche Schreierei erkennen, wie Sie sie hier veranstalten. Ich muss Sie bitten sich zu mäßigen, Mr. Ablewhite!

Ich kenne jetzt den Grund dafür, dass ich hier bin! Sie waren nicht geschickt genug, Inspector. Sie konnten es nicht vor mir verheimlichen.

Warum sollte ich dergleichen vor Ihnen zu verheimlichen suchen?

Um mich zu verunsichern. (lacht laut) Es ist einfach lächerlich! Sie haben versucht den Prozess mit mir zu spielen, wie bei Kafka. Nur deswegen!

Wer ist Kafka? Und weswegen?

Sie wollten ein Geständnis, nicht wahr? Nun, Sie können es haben. Ich gestehe! Ja, ich gestehe alles! Ich gestehe, dass ich den Fall Drood gelöst habe, und zwar als Erster und Einziger. Ein wahrhaft ungeheuerliches Verbrechen, Sir! Darum bin ich hier. Ich soll mundtot gemacht werden. Ich soll bloß nicht hinausgehen und der Welt verkünden, was Dickens wirklich mit diesem Roman im Schilde geführt hat. (lacht wiederum) Ist das nicht lächerlich? So ein Aufstand – wegen eines blöden alten Romans!

Sehr originell, Mr. Ablewhite, aber ich fürchte, derlei Phantastereien sind nicht dazu angetan, uns weiterzubringen.

Aber Sie bestreiten es nicht, oder? Deswegen bin ich hier.

Weder bestreite ich etwas noch bestätige ich es.

Sie bestreiten es nicht! Sie sind verunsichert. Ich habe Ihre Taktik durchschaut und jetzt wissen Sie nicht, wie Sie weitermachen sollen! Meine Lösung ist die richtige, und jetzt wollt ihr mir den Prozess machen, damit die Wahrheit unterdrückt wird, so wie damals bei Galilei. Und sie dreht sich doch!

Galileo Galilei war Naturwissenschaftler, Mr. Ablewhite. Die Naturwissenschaften sind längst abgeschafft. Erkenntnisse wie die von Ihnen angesprochene sind irrelevant. Welchen Wert hat es, zu wissen, ob sich etwas dreht oder nicht? Das Einzige, was zählt, ist die Literatur und vielleicht noch die Philosophie.

Wirklich, ein beknackteres Paralleluniversum als das hier kann sich der durchgeknallteste Geist nicht ausdenken. Wie kann man seinen Erkenntnishorizont dergestalt freiwillig einengen?

Ihr hoch gelobter Erkenntnishorizont hat Sie dazu verführt, von Quantenwahnsinn zu schwadronieren, Mr. Ablewhite. Ich halte es für reichlich überflüssig, den Wert solcher Erkenntnisse diskutieren zu wollen.

(lacht erneut, leiser) Und ich habe doch Recht.

Ich schlage vor, wir kehren ins Traveller's Twopenny zurück. Haben Sie Einwände?

Nein, nein, lassen Sie uns weitermachen. Umso schneller werden wir fertig.

Sehr schön. Mr. Datchery schloss also die Tür, Ihr Freund Mr. Blake erkannte, dass Sie beide mitsamt Traveller's Twopenny vom Ufer der Realität abgelegt hatten, und dann lasen Sie also endlich weiter.

Erst mal mixte uns Datchery noch einen Blunderbuss. In dieser Zeit tauschten Frank und ich uns aus – wortlos, nur durch Blicke. Ich konnte in seinen Augen lesen, dass wir dasselbe dachten. Wir hatten zwei Alternativen: im Nichts zu verschwinden oder weiterzumachen. Die ganze Szenerie war offenbar zu dem Zweck gestaltet, uns zum Weitermachen zu bewegen, und niemand konnte uns garantieren, dass wir keinen Schaden davontragen würden. Aber die andere Alternative schien uns ungleich riskanter. Also blieben wir und machten weiter. Übrigens zwinkerte Deputy mir ein paar Mal fast konspirativ zu.

Ansonsten trug er aber nichts zur Debatte bei?

Nichts außer einem gelegentlichen Hüftschwung, wenn der Rauschebart und der Wirt nicht hinsahen. Aber auf sein Zwinkern werde ich später noch zurückkommen.

Immer der Reihe nach, Mr. Ablewhite. Was kommt als Nächstes?

8

EIN RING KOMMT INS SPIEL

Die meisten Hauptstädte der Welt sind nichts als Ansammlungen von Dörfern, die eher schlecht als recht zusammenwachsen durften. Nur London ist außerdem auch eine Ansammlung von trockengelegten Bachläufen, die noch heute hier und da misstrauisch von einigen jahrhundertealten Giebelhäusern aus Backsteinen beäugt werden. In diesen Winkeln, in denen man sich, wenn man von lärmender Straße hereintritt, plötzlich sonderbar gedämpft fühlt, als habe man von unsichtbarer Hand Wattebäusche in die Gehörgänge gestopft bekommen, spielen die Spatzen schon seit Jahrhunderten Landleben. Außer ihnen aber tummeln sich hier die Advokaten und legen die britische Verfassung aus, jenes heilige Konstrukt, das stets zu gleichen Teilen Gegenstand von unbändiger Sorge, abgründiger Angst und maßlosem Stolz ist.

Ein solcher Ort ist auch Staple Inn. Über dem hässlichen Eingangstor steht eine rätselhafte Inschrift:

P

J T

1747

Und oben sitzt Mr. Grewgious schreibend an seinem Kamin, denn hier hat er seine Kanzlei. Ursprünglich Fachmann für Eigentumsübertragungen, hat ein Zufall ihm vor einigen Jahren eine Schlichtung zugetragen, mit der er sich großes Ansehen erworben hat. Eine schöne dicke Konkursverwaltung ist ihr auf dem Fuß gefolgt; in dieser finalen Nische des Wirtschaftslebens hat er sich also eingerichtet. Inzwischen ist er Treuhänder zweier großer Vermögen, deren Verwaltung er jedoch delegiert hat, nachdem er mit der ihm eigenen Variante von Menschenverstand erkannt hat, dass sein Ehrgeiz für derlei höhere Dinge nicht ausreicht. Größtmögliche Treue gegenüber jeder übernommenen Verpflichtung ist sein höchstes Anliegen. Es gibt andere Sorten von Herzblut, die schneller und einnehmender fließen, aber eine bessere Sorte ist nicht im Umlauf.

Hier also arbeitet er und hier wohnt er auch. Seine schlichte Häuslichkeit umfasst drei Zimmer. Im kleinsten schläft er. Im Vorzimmer, das zur Straßenseite liegt, arbeitet sein Schreiber Mr. Bazzard und im größten Zimmer, das auch das einzige mit einem zwar schlecht erhaltenen, aber gemütlichen offenen Kamin ist, hat Mr. Grewgious seine Akten und Panzerschränke untergebracht. Hier herrscht Ordnung. Nie lässt Mr. Grewgious einen Vorgang oder eine Abrechnung auf den nächsten Tag liegen, da es ja sein könnte, dass er diesen Tag nicht mehr erlebt; oh furchtbare Vorstellung, eine Arbeit unabgeschlossen zu hinterlassen! Erst wenn der letzte Fetzen Papier am Abend verstaut ist, wird in diesem Zimmer ein altmodischer runder Klapptisch aufgestellt. Eine Küche gibt es nicht, denn zum Essen geht Mr. Grewgious meistens hinüber ins Hotel Furnival's Inn. Aber der Weinkeller gibt immer etwas für den Klapptisch her. Er liegt am Fuß der Treppe, die zu Mr. Grewgious' Schlafzimmer führt.

Mr. Grewgious ordnet gerade seine Papiere für die Nacht, als Bazzard einen überraschend eingetroffenen Gast hereinführt.

«Nanu!», ruft Mr. Grewgious. «Wie geht es Ihnen, Mr. Edwin? Sie husten ja.»

«Das kommt vom Londoner Nebel», antwortet Edwin Drood. «Er brennt im Hals und in den Augen wie Cayennepfeffer.»

«Wirklich? Zum Glück habe ich ein schönes Feuer hier, das wird Ihren Husten vertreiben. Bitte setzen Sie sich hier in meinen Sessel.»

Edwin setzt sich in den Lehnstuhl am Kamin, den Mr. Grewgious für ihn frei räumt.

«Wo Sie schon da sind, müssen Sie unbedingt mit mir zu Abend essen, Mr. Edwin. Wir werden uns aus dem Furnival's Inn ein Menü kommen lassen, etwas mit Cayennepfeffer. Nein, kein Wort – es ist beschlossene Sache. Wir essen gemeinsam. Mr. Bazzard, könnten Sie vielleicht auf einen Sprung ins Hotel rübergehen und das Essen bestellen? Wir nehmen die schärfste Suppe, die zu haben ist, außerdem Braten, zum Beispiel eine Hammelkeule oder einen Truthahn. Essen Sie mit uns, Mr. Bazzard?»

«Wenn Sie es befehlen», lautet die lahme Antwort.

«Befehlen? Nein, ich lade Sie ein.»

«Dann soll es mir recht sein.»

Bazzard stellt den großen Klapptisch auf und geht dann, um zu tun, was ihm geheißen ist.

«Nun, Mr. Edwin», beginnt Mr. Grewgious, «liege ich richtig, wenn ich annehme, dass Sie vorbeikommen, um mich in einer gewissen schwebenden Angelegenheit zur Eile zu drängen?»

«Zur Eile? Nein, Sir, dies ist ein Höflichkeitsbesuch, bevor ich wieder da hinunterfahre.»

«So so. Ich bin kürzlich da unten gewesen und kann daher sagen, dass Sie dort bereits erwartet werden.»

«Ich wusste doch, dass Pussy schon nach mir Ausschau hält.»

«Pussy? Halten Sie sich dort eine Katze?»

Edwin errötet, als er erklärt: «Das ist ein Kosename, Sir. Für Rosa.»

«Ach, wirklich? Hm.»

Dieser Kommentar lässt offen, ob Mr. Grewgious diesen Ausdruck von Vertraulichkeit gutheißt oder ablehnt, und stürzt Edwin damit in größte Verlegenheit; denn so viel ist klar: Mr. Grewgious ist nicht der Mann, den man mit derlei Dingen behelligt.

«Hat P... Rosa Ihnen etwas über die Landlesses berichtet?»

«Die Landlesses? Ich fürchte nein. Was ist das – ein Gut? Eine Villa?»

«Ein Zwillingspaar. Die Schwester lebt im Nonnenhaus und ist eine Freundin von P...»

«P... Rosa?»

«Ich dachte, sie wäre Ihnen vielleicht geschildert worden.»

«Bedauerlicherweise nicht. Ah, da kommt Bazzard.»

Der Sekretär kommt in Begleitung eines Schwalls Londoner Nebels sowie zweier Kellner zurück, eines in Würde erstarrten und eines fliegenden. Letzterer bringt alles, was er braucht, auf seinen Schultern herein und deckt den Tisch mit erstaunlicher Geschwindigkeit, während sein würdiger Vorgesetzter an jedem Arrangement sogleich etwas auszusetzen findet. Schließlich gibt er sich widerwillig zufrieden, worauf der zweite Kellner gehen kann, um die Suppe zu holen. Im Flug kehrt er zurück und startet gleich wieder nach dem Braten und dem Geflügel und zwischendurch darf er diverse Flüge absolvieren, um Dinge zu holen, die der Oberkellner mit gestrenger Miene als vergessen deklariert. Zudem bekommt er bei jeder Landung einen Tadel zu hören, weil er jedes Mal einen Schwall Nebel mit hereinbringt und überdies außer Atem ist. Wirklich, es steht außer Zweifel, welchem dieser beiden das Trinkgeld gebührt; es bedürfte der erhabenen Miene des Oberkellners nicht, um diese Frage ein für alle Mal zu klären.

Zum Nachtisch, nachdem der Oberkellner als abschließenden Akt die Tischdecke beiseite gezogen und den Tisch so wieder freigegeben hat, holt Mr. Grewgious einige Flaschen mit tiefrotem und goldgelbem Inhalt aus seinem Weinkeller herauf, die in Ländern herangereift sind, in denen es keinen Nebel gibt, und lässt sie vergnügt sprudeln.

Äußerlich ist ihm nichts von ihrer Wirkung anzumerken; ebenso gut hätte man den Wein auch in eine Schnupftabakdose gießen können. Doch in seiner hölzernen Art hat er ein aufmerksames Auge auf Edwin, und als er ihn am Ende des Dinners dazu bewegt, in den Lehnstuhl zurückzukehren, da entgeht ihm nicht, dass Edwin sich nur kurz sträubt, sich dann aber sofort genüsslich hineinsinken lässt.

Von Mr. Bazzard ist während des Essens kaum etwas zu hören gewesen. Nun fallen ihm, kaum dass Mr. Grewgious ihm zugeprostet und so den gemütlichen Teil des Abends eingeläutet hat, die Augen zu, so dass er immerhin ein leises Schnarchen zur Unterhaltung beiträgt. Mr. Grewgious hat nämlich beschlossen, die Gelegenheit beim Schopf zu packen, um ein Anliegen zu formulieren; und in diesem Sinn bringt er einen Toast aus: «Und möge – klarer kann ich es nicht fassen – möge also – meine Ausdrucksgabe ist leider so begrenzt, dass ich fürchte, es nicht gut herauszubringen – möge also endlich – der Dorn der Angst sitzt tief – möge es also endlich herauskommen! Trinken wir auf das Wohl meines Mündels, auf die schöne und reizende Miss Rosa.»

«Auf Rosa», sagt Edwin und prostet ebenfalls.

«Der Herr helfe mir, denn ich bin ein recht hölzerner Mann und besitze kaum ausreichend Vorstellungsgabe; und dennoch könnte ich mir vorstellen, jetzt auf der Stelle ein Bild von der Verfassung eines wahren Liebenden zu zeichnen.»

Edwin mustert Mr. Grewgious erstaunt. Der fährt fort: «Sie werden mich korrigieren, wo ich mich irre, Mr. Edwin. Denn gewiss werde ich mich in vielen Zügen irren, da ich nun einmal als hölzerner Span geboren bin und keine Ahnung von diesen Dingen habe. Trotzdem wage ich die Vermutung, dass das ganze Streben eines wahren Liebenden auf das Objekt seiner Liebe gerichtet ist, dass schon ihr Name ihm teuer ist, dass er diesen Namen heilig hält und ihn nicht ohne tiefe Bewegung hören und wiederholen kann. Darf ich das so sagen? Welche zärtlichen Kosenamen die Menschen sich auch geben – sie sind füreinander reserviert, nicht bestimmt für die Ohren der Allgemeinheit, und es wäre ein Zeichen von Kälte und – irre ich mich etwa? – fehlender Sensibilität, nein, sogar ein Treuebruch, mit einem solchen Namen anderswo zu prahlen.»

Es ist wunderbar anzusehen, wie Mr. Grewgious kerzengerade dasitzt, die Hände auf den Knien, und die Worte eines nach dem anderen gleichsam aus sich heraushackt. Er lässt dabei keinerlei innere Bewegung erkennen, nur seine Nasenspitze bebt gelegentlich leise.

«Mein Bild von einem wahren Liebenden, das Sie bitte korrigieren mögen, Mr. Edwin, wäre unvollständig ohne die Erwähnung einer gewissen Ungeduld, mit der sich der wahre Liebende nach der Gegenwart des Objekts seiner Liebe sehnt. Immer zieht es ihn zu ihr und die Gesellschaft anderer Leute bedeutet ihm nicht viel. Fast hätte ich gesagt, es zieht ihn zu ihr, wie es den Vogel zum Nest zieht, aber damit würde ich mich in die Nähe zur Poesie begeben und so würde ich einen Esel aus mir machen, denn nie bin ich der Poesie näher gekommen als bis auf 10.000 Meilen. Aber mein Bild zeigt den wahren Liebenden als einen, der nicht ohne das Objekt seiner Liebe leben kann und der zugleich ein verdoppeltes und ein halbiertes Leben führt. Und wenn ich es bis jetzt nicht geschafft habe klar zu machen, was ich meine, dann schaffe ich es ferner erst recht nicht, denn entweder reicht meine Vorstellungsgabe nicht, um auszudrücken, was ich meine, oder ich weiß nicht genau, was ich wirklich meine. Was aber, wie ich glaube, nicht der Fall ist.»

Edwin ist abwechselnd rot und beim nächsten Detail des Bildes vom wahren Liebenden wieder weiß geworden. Nun sitzt er, starrt ins Feuer und beißt sich auf die Lippen.

«Nichts als Spekulationen eines hölzernen Mannes», fasst Mr. Grewgious zusammen. «Es würde mich nicht wundern, wenn sie vollkommen falsch wären. Doch ich denke – korrigieren Sie mich, Mr. Edwin! –, dass es bei einem wahren Liebenden keine Kälte, keine Gleichgültigkeit, kein halbes Feuer und keinen halben Rauch geben kann. Urteilen Sie – erfasst mein Bild den Kern der Dinge wenigstens ungefähr?»

Abrupt, wie er seine Rede begonnen hat, beendet er sie auch, wirft diese Frage hin und verstummt, während mancher ihn noch inmitten seiner Ausführungen vermutet hätte.

«Ich würde sagen», stottert Edwin, «wenn diese Frage an mich gerichtet ist ---»

«In der Tat», sagt Mr. Grewgious, «da Sie eine Autorität in diesen Dingen sind.»

«Dann würde ich sagen, dass das Bild, das sie entworfen haben, insgesamt richtig ist, aber ich gebe zu bedenken, dass Sie vielleicht ein wenig zu hart über den unglücklichen Liebenden urteilen.»

«Gut möglich. Ich bin leider ein reichlich harter Mann.»

«Vielleicht zeigt er nicht alle seine Gefühle so offen, wie Sie es beschreiben, oder es könnte auch sein ---»

Edwin stockt erneut und sucht nach Worten, seinen Satz zu beenden, aber Mr. Grewgious vergrößert seine Verlegenheit sogar noch, indem er ausruft: «Trotzdem trägt der Liebende eine große Verantwortung.»

Edwin nickt zustimmend, doch wiederum steigert Mr. Grewgious seine Verlegenheit: «Ich hoffe nur, er treibt keine Scherze, weder mit sich selbst noch mit anderen.»

Edwin beißt sich erneut auf die Lippen und sieht still ins Feuer.

«Er darf kein Spielzeug aus seinem Schatz machen», sagt Mr. Grewgious. «Sonst wehe ihm! Das sollte er sich wirklich zu Herzen nehmen.»

Doch dann schlägt er sich plötzlich auf die Knie, als wolle er sich selbst aus einer absurden Träumerei wecken, und zieht ein Taschentuch hervor, um sich Mund und Hände damit abzuwischen.

«Übrigens wäre da noch etwas Geschäftliches zu erledigen, Mr. Edwin», fährt er aufgeräumt fort. «Sie haben kürzlich eine beglaubigte Kopie des letzten Willens von Miss Rosas Vater von mir erhalten. Wenn ich korrekt gehandelt hätte, hätte ich das Dokument eigentlich an Mr. Jasper als Ihren Vormund schicken müssen, aber Miss Rosa bat mich, es lieber direkt an Sie zu senden. Sie haben es erhalten?»

«Natürlich, Sir.»

«Sie haben mir den Empfang nicht bestätigt, wie es geschäftsmäßig korrekt wäre.»

«Deswegen bin ich ja hier: Ich wollte den Empfang mündlich bestätigen.»

«Lassen wir es dabei bewenden, auch wenn das nicht ganz korrekt ist. Gewiss sind Ihnen in dem Dokument einige Worte aufgefallen, die andeuten, dass ich, wenn ich die Gelegenheit für geeignet erachte, einen kleinen vertrauensvollen Auftrag erledigen soll.»

«Ja, Sir.»

«Nun, Mr. Edwin, soeben kam mir zu Bewusstsein, dass dies der geeignete Augenblick sein könnte. Schenken Sie mir bitte eine halbe Minute Ihrer Geduld. Ich muss etwas holen.»

Er zieht ein Schlüsselbund hervor, sucht im Kerzenlicht nach einem Schlüssel und macht sich damit an einem der Schränke zu schaffen, dem er eine kleine Schachtel entnimmt. Damit kehrt er zu Edwin zurück. Als er die Schachtel vor ihm öffnet, zittert seine Hand.

«Mr. Edwin, dieser Ring in Form einer Rose, besetzt mit Diamanten und Rubinen, gehörte Miss Rosas Mutter. Er wurde in meiner Gegenwart von ihrer toten Hand heruntergezogen. Ich hoffe, dass ich nie wieder Zeuge eines solchen Schmerzes sein muss. So hart ich auch bin, dafür bin ich nicht hart genug. Sehen Sie nur, wie schön diese Steine strahlen – fast so hell und schön wie die Augen, denen sie gehört haben.»

Noch während er spricht, schließt er die Schachtel wieder.

«Dieser Ring ist der jungen Dame, die so früh und jung ertrank, von ihrem Ehemann geschenkt worden, als sie einander erstmals die Treue versprachen. Er zog ihn auch von ihrer Hand und legte ihn in meine, bevor er starb, damit ich ihn an Sie weitergebe, wenn sich der Zeitpunkt Ihrer Eheschließung mit Miss Rosa nähert. Sie sollen ihn an den Finger Ihrer Braut stecken. Sollte sich dieses erwünschte Ergebnis nicht einstellen, soll der Ring in meinem Besitz verbleiben.»

Der junge Mann sieht verwirrt und unentschieden aus, als Mr. Grewgious ihm den Ring gibt.

«Dieser Ring ist das Zeichen Ihrer unverbrüchlichen Treue», sagt Mr. Grewgious. «Denken Sie daran, wenn Sie ihn an Miss Rosas Finger stecken. Sie werden ja nun bald zu ihr fahren, um die letzten Vorbereitungen zur Hochzeit einzuleiten. Nehmen Sie ihn mit.»

Edwin nimmt die Schachtel und verstaut sie in seiner Brusttasche.

«Sollte irgendetwas zwischen Ihnen beiden falsch laufen, sollten Sie insgeheim merken, dass Sie diesen Schritt nur deswegen tun, weil er Ihnen seit langem vorgezeichnet ist, dann verlange ich von Ihnen, dass Sie diesen Ring zu mir zurückbringen.»

In diesem Moment erwacht Mr. Bazzard von seinem eigenen Schnarchen.

«Bazzard», sagt Mr. Grewgious härter als jemals zuvor, «in Ausübung meiner Pflicht habe ich Mr. Edwin Drood einen Ring von Diamanten und Rubinen übergeben. Sehen Sie?»

Edwin zieht die Schachtel hervor und öffnet sie, und Bazzard bestätigt müde: «Ich bezeuge die Transaktion.»

Sichtlich bestrebt, sich rasch von diesem Ort zu entfernen, greift Edwin nach seinem Mantel, murmelt etwas von einer Verabredung und geht hinaus. Bazzard begleitet ihn und Mr. Grewgious geht allein gelassen vor seinem Kamin auf und ab und überlegt, ob er richtig gehandelt hat.

«Doch, ja», murmelt er im Selbstgespräch, «ich musste an ihn appellieren. Er ist ein leichtfertiger Bursche. Es muss ihm unmöglich gemacht werden, sie zu verletzen, einfach unmöglich.» Für einen Moment hält er inne. «Ob ich den Ring wohl jemals wieder sehen werde?»

9
Eine Nacht mit Durdles

Selbst für Mr. Sapsea gibt es langweilige Abende. Wenn ihm die Betrachtung seiner eigenen Tiefe trotz der Unermesslichkeit des Gegenstandes etwas eintönig wird, macht er gern einen Spaziergang zur Kathedrale und geht mit stolzgeschwellter Brust am Friedhofszaun entlang – falls er es nicht vorzieht, seine Zeit mit Jasper zu verbringen. Das ist in jüngerer Vergangenheit oft vorgekommen, obwohl Mr. Sapsea weniger Zeit hat als früher, denn er ist inzwischen zum Bürgermeister von Cloisterham gewählt worden und stärkt als solcher nun den Rücken der Gesellschaft, indem er Bomben und Granaten auf die englische Grammatik abfeuert. An Jasper gefällt ihm nämlich, dass der jüngere Mann keine Scheu hat, von der Weisheit eines Älteren zu profitieren, und dass er ein aufmerksamer Zuhörer ist. Zudem einer, der patriotische Lieder singen kann, etwa jene aus der Zeit Georgs III., in denen heftige Kritik an Gott geäußert wird, weil der Herr sich den Missgriff erlaubt hat, nur eine einzige kleine Nation von Eisenherzen hervorzubringen, daneben aber viele, viele verweichlichte andere Nationen.

An diesem Abend ergeht er sich jedoch zunächst allein, bis er im Chorschatten der Kathedrale auf drei Herren trifft, die am Rande des Lichtkreises einer Laterne ins Gespräch vertieft sind. Die beleibte Gestalt des Dekans kann er schon von weitem ausmachen; der geistliche Herr sieht heute Abend wieder krähenhafter aus als selbst der Erzbischof von Canterbury. Bei ihm sind Tope und Jasper. Letzterer rechtfertigt sich soeben: «Nein, ich werde kein Buch schreiben, ich habe nicht vor, Autor oder Archäologe zu werden. Es ist nur eine Laune von mir. Übrigens brachte mich erst unser Mr. Sapsea auf die Idee.»

«Wie das?», fragt der Dekan, an Mr. Sapsea gewandt, der nun herangetreten ist.

«Ich weiß nicht, worauf Hochwürden sich zu beziehen mir die Ehre erweisen», gibt Mr. Sapsea würdevoll zurück.

«Durdles», sagt Mr. Tope, aber sein Versuch schlägt fehl, des Bürgermeisters Gedächtnis mit diesem Stichwort anzuregen.

«Es ist so, Sir», erklärt Jasper, «dass meine Neugier auf Durdles von Mr. Sapsea geweckt wurde. Mr. Sapsea verfügt bekanntlich über die Fähigkeit, die verborgensten Seiten eines Menschen ans Licht zu ziehen. So habe ich ihn mit Durdles verkehren sehen. Er brachte Durdles mit wenigen geschickten Worten dazu, sein Innerstes offen zu legen.»

«Oh, *darauf* beziehen sich Hochwürden», sagt Mr. Sapsea. «Ja, ich hatte zufällig das Vergnügen, Durdles und Mr. Jasper zusammenzubringen. Durdles ist zweifellos ein Original.»

«Ein Original», fügt Jasper hinzu, «das eine höchst eigenwillige, um nicht zu sagen: originelle Sicht auf diesen heiligen Ort hier hat.»

Mit einer umfassenden Armbewegung deutet Jasper an, dass er damit das gesamte Ensemble meint, Friedhof, Klosterruine und nicht zuletzt die Kathedrale.

«Dann wollen wir nur hoffen», sagt der Dekan, «dass dieses Original Acht gibt, dass unserem geschätzten Kantor bei der geplanten Exkursion nicht der Hals bricht. Sein Kopf und seine Stimme sind viel zu wertvoll für uns.»

«Darf ich fragen, wodurch Mr. Jaspers Hals momentan in Gefahr sein könnte?», fragt Mr. Sapsea.

«Ich will mit Durdles eine Mondschein-Exkursion zu den Gräbern und Gewölben machen», erklärt Jasper, «gewissermaßen als Fortsetzung einiger Erkundungsgänge bei Tageslicht. Im Mondlicht haben die Löcher und Winkel, die Durdles kennt, eine andere Dimension.»

«Da kommt er übrigens gerade», sagt Tope.

Ja, da kommt er angeschlurft, wie üblich das Bündel mit der Mahlzeit auf dem Rücken, in der Hand eine brennende Laterne, und zieht den Hut vor dem Dekan.

«Sie werden sich gut um meinen Freund kümmern», sagt Mr. Sapsea in einem Ton, den er bei anderer Gelegenheit als bürgermeisterlich erprobt hat. Auf Durdles macht er damit jedoch nicht den gewünschten Eindruck. Der Steinmetz mustert ihn säuerlich und gibt patzig zurück: «Wenn Sie sich um Ihre Angelegenheiten kümmern, Mr. Sapsea, wird Durdles sich um seine kümmern.»

«Oho, Sie sind schlechter Laune.» Mr. Sapsea zwinkert den anderen zu. Jetzt können sie mal sehen, wie er mit Durdles umzugehen versteht. «Nun, meine Freunde *sind* zweifellos meine Angelegenheit. Und Mr. Jasper ist mein Freund, so wie Sie auch, Durdles.»

«Passen Sie bloß auf, Mr. Sapsea», knurrt Durdles, «Sie ham die Angewohnheit aufzuschneiden. Ich kann's nich ab, wenn mir einer blöd kommt.»

«Sind Sie bereit, Durdles?», fragt Jasper, um der Auseinandersetzung die Schärfe zu nehmen.

«Klar, bin bereit. Woll'n doch mal sehen, ob die alten Knaben sich raustrauen, wenn wir zwischen den Gräbern spazieren, was, Mr. Jarsper?»

Dem Dekan gefällt die Wortwahl nicht, aber er spendet dennoch seinen Segen, ehe er mit Mr. Sapsea und Tope im Gefolge davonsegelt.

Wahrlich eine ungewöhnliche Expedition! Dass Durdles selbst, der immerzu zwischen den alten Gräbern und Ruinen herumlungert wie ein Golem – dass er sich aufmacht, um ziellos in den Gewölben auf und ab zu klettern und umherzustreifen, ist nichts Ungewöhnliches; dass jedoch der Chorleiter oder irgendjemand sonst es für lohnend erachten könnte, sich ihm anzuschließen und in seiner Gesellschaft die Effekte des Mondlichts zu studieren, das ist eine ganz andere Geschichte. Daher: Wahrlich eine ungewöhnliche Expedition!

«Sehn Se den Haufen da beim Tor, Mister Jarsper?»

«Ich sehe ihn. Was ist damit?»

«Kalk.»

Mr. Jasper bleibt stehen und wartet, bis der andere, der zurückgefallen war, zu ihm aufgeschlossen hat. «Man nennt das ungelöschten Kalk, richtig?»

«Sie ham's erfasst!», sagt Durdles. «Der ist so scharf, der frisst Ihnen die Stiefel weg. Und wenn man ihn richtig anrührt, frisst er auch die Knochen.»

Sie gehen weiter, vorbei an den roten Fenstern des Travellers' Twopenny, und treten in den hellen Mondschein im Klosterweingarten hinaus. Als sie den durchquert haben, gelangen sie zum Hilfskanonikuswinkel, der größtenteils im Schatten liegt, bis der Mond am Himmel höher steigt.

Das Geräusch einer Haustür, die ins Schloss fällt, dringt an ihre Ohren und zwei Männer treten heraus. Es sind Mr. Crisparkle und Neville. Unvermittelt erscheint ein seltsames Lächeln auf Jaspers Gesicht und er legt Durdles die flache Hand auf die Brust, so dass dieser auf der Stelle stehen bleibt.

Diese Ecke des Hilfskanonikuswinkels liegt bei den derzeitigen Lichtverhältnissen in tiefem Schatten und an dieser Ecke steht noch ein Stück einer alten, brusthohen Mauer, der einzigen erhaltenen Einfriedung dessen, was einst ein Garten war und jetzt ein Durchgang ist. Einen Moment später wären Jasper und Durdles hinter der Mauer hervorgetreten, doch da sie so abrupt innehielten, stehen sie jetzt dahinter.

«Die beiden vertreten sich nur die Beine», flüstert Jasper, «sie werden gleich ins Mondlicht hinausgehen. Bleiben wir so lange hier stehen, sonst halten sie uns nur auf oder wollen sich uns anschließen, oder irgendetwas.»

Durdles nickt und macht sich daran, einige Bissen aus seinem Bündel zu kauen. Jasper stützt die Ellbogen auf die Mauer, das Kinn in die Hände, und beobachtet. Er nimmt keinerlei Notiz vom Hilfskanonikus, vielmehr beobachtet er Neville, als blicke er durch Kimme und Korn eines geladenen Gewehrs, als habe er ihn im Visier und sei drauf und dran zu feuern. Ein Ausdruck zerstörerischer Gewalt liegt so überdeutlich auf seinem Gesicht, dass selbst Durdles im Kauen innehält und ihn ansieht, ein ungekautes Etwas in der Backentasche.

Derweil wandeln Mr. Crisparkle und Neville in ein ruhiges Gespräch vertieft auf und ab. Nicht alles, was sie sagen, ist zu verstehen; doch Mr. Jasper hat bereits mehr als einmal seinen Namen vernommen.

«Heute ist der erste Tag der Woche», ist deutlich Mr. Crisparkle zu hören, als sie zurückkommen, «und Ende der Woche ist Heiligabend.»

«Sie können sich auf mich verlassen, Sir.»

Das Echo war günstig an dieser Stelle, doch als die beiden näher kommen, werden ihre Worte wieder undeutlicher. Das Wort «Vertrauen», vom Echo zerrissen, aber wieder zusammensetzbar, ist aus Mr. Crisparkles Mund zu vernehmen. Als die beiden noch näher kommen, ist dieser Teil einer Antwort zu hören: «Noch nicht verdient, Sir, aber gewiss bald.» Als sie wieder kehrtmachen, hört Jasper im Zusammenhang mit folgenden Worten von Mr. Crisparkle noch einmal seinen Namen: «Denken Sie daran, dass ich gesagt habe, ich könne im Vertrauen für Sie einstehen.» Dann werden ihre Worte wieder undeutlich; sie bleiben für eine Weile stehen, Neville mit gewichtigem Gebaren. Als sie wieder weitergehen, sieht man Mr. Crisparkle nach oben in den Himmel schauen, dann deutet er nach vorn. Alsdann entschwinden sie gemächlichen Schrittes aus dem Blickfeld, als sie am entgegengesetzten Ende des Hilfskanonikuswinkels hinaus ins Mondlicht treten.

Erst als die beiden verschwunden sind, kommt Bewegung in Mr. Jasper. Er wendet sich zu Durdles und bricht in Gelächter aus. Durdles, das vergessene Etwas noch immer in der Backentasche, vermag nicht zu erkennen, was es zu lachen gibt, und stiert ihn an, bis Mr. Jasper das Gesicht auf die Arme legt, um seinen Lachanfall zu unterdrücken. Dann schluckt er das Etwas mit einer Miene hinunter, als sei er sich der dräuenden Magenverstimmung bereits sicher.

In diesen abgesonderten Winkeln herrscht nach Einbruch der Dunkelheit nur sehr wenig Tätigkeit und Leben. Schon am helllichten Tag rührt sich wenig, bei Nacht so gut wie gar nichts. Obschon die fröhlich geschäftige Hauptstraße fast parallel verläuft (dazwischen erhebt sich nur die alte Kathedrale) und der natürliche Kanal ist, durch den der Cloisterhamer Verkehr fließt, legt sich mit dem Dunkelwerden eine gewisse schreckliche Stille über das alte Gemäuer, die Kreuzgänge und den Friedhof, die nicht viele Menschen zu erfahren gewillt sind. Fragen Sie die ersten einhundert Cloisterhamer Bürger, die Ihnen zufällig zur Mittagszeit über den Weg laufen, ob Sie an Geister glauben, und sie würden sagen Nein; doch stellen Sie sie vor die Wahl, des Nachts dieses schaurige Geviert oder die Passage mit den Geschäften zu durchqueren, und Sie werden feststellen, dass sich neunundneunzig von ihnen für den längeren und belebteren Weg entscheiden. Der Grund hierfür liegt weniger in einem lokalen Aberglauben, der diesem Geviert anhaftet – obwohl eine mysteriöse Dame mit einem Kind im Arm und einer Schlinge um den Hals herumhuschen soll, wie verschiedene Zeugen behaupten, welche allesamt ebenso flüchtig sind wie sie –, vielmehr ist er in der angeborenen Scheu zu suchen, welche beseelter Staub vor jenem Staube empfindet, aus dem der Odem des Lebens entwichen ist; sowie in der weithin verbreiteten und fast ebenso weithin uneingestandenen Überlegung: «Sollten die Toten jemals, aus welchen Gründen auch immer, den Lebenden erscheinen wollen, werden sie dies aller Wahrscheinlichkeit nach an einem Ort wie diesem tun, weshalb ich, der Lebende, schnellstmöglich von hier verschwinde.»

Daher liegt der mondbeschienene Platz ausgesprochen verlassen da, als Mr. Jasper und Durdles stehen bleiben und sich umschauen, bevor sie durch eine kleine Seitentür, zu welcher Letzterer den Schlüssel hat, in die Krypta hinabsteigen. Mit etwas Phantasie könnte man meinen, dass die Wogen des Lebens von Mr. Jaspers Torhaus eingedämmt werden. Das Rauschen der Wogen ist zu vernehmen; doch nicht eine Welle schwappt durch den Torbogen, über dem eine Lampe rot durch den Vorhang scheint, als sei das Gebäude ein Leuchtturm.

Sie treten ein, sperren hinter sich zu, steigen die grob gehauenen Stufen hinab und stehen in der Krypta. Die Laterne ist nicht vonnöten, da das Mondlicht durch die leeren Bogenfenster hereinfällt und die gebrochenen Rahmen ein Muster auf den Boden werfen. Die schweren Pfeiler, die das Dach stützen, zeugen große, dunkle Schatten, doch dazwischen verlaufen Wege aus Licht. Auf diesen Wegen wandern sie auf und ab, Durdles schwadroniert über die «alten Knacker», die er noch auszubuddeln gedenkt, schlägt gegen eine Wand, hinter der er «eine ganze Familie von denen» vermutet, die ausgemeißelt und -gegraben werden müssen, ganz so, als sei er ein enger Freund dieser Familie. Durdles Mundfaulheit ist für den Moment mithilfe von Mr. Jaspers Weidenflasche überwunden, welche großzügig kreist – was, das sei hiermit gesagt, so viel bedeutet, als dass ihr Inhalt großzügig in Durdles' Kreislauf Eingang findet, wohingegen Mr. Jasper sich nur einmal den Mund damit spült und die Mundspülung dann ausspuckt.

Sie schicken sich an, den großen Turm zu ersteigen. Auf der Treppe, die sie zur Kathedrale hinaufführt, bleibt Durdles stehen, um wieder zu Atem zu kommen. Die Stufen liegen ganz im Dunkeln, doch aus der Dunkelheit heraus sehen sie die Wege aus Licht, auf denen sie gewandelt sind. Durdles setzt sich auf eine Stufe. Mr. Jasper setzt sich auf eine andere. Es dauert gar nicht lang, da verrät der Geruch aus der Weidenflasche (die irgendwie unter Durdles' Kuratel geraten ist), dass der Korken gezogen wurde; mit dem Gesichtssinn ist dies nicht zu erfassen, da keiner von beiden den anderen erschauen kann. Und doch wenden sie sich beim Sprechen einander zu, als könnten sie sich mit Blicken verständigen.

«Guter Tropfen, Mister Jarsper!»

«Sehr guter Tropfen, wie ich hoffe. Habe ich eigens gekauft.»

«Sie lassen sich nich blicken, sehn Se, die alten Knacker lassen sich nich blicken!»

«Die Welt wäre um ein gut Teil verwirrender, wenn sie es könnten.»

«Tja, das gäb wohl 'n tüchtiges Durcheinander», stimmt Durdles zu und grübelt über diese Worte nach, als sei ihm die Vorstellung von Geistern bis dato noch nie auch nur ansatzweise in unvorteilhaftem Lichte erschienen, weder in häuslicher noch in chronologischer Hinsicht. «Aber glauben Sie, von andren Sachen könnt's Geister geben, wenn schon nicht von Männern und Frauen?»

«Was für Sachen? Blumenbeeten und Gießkannen? Pferden und Geschirr?»

«Nein. Von Geräuschen.»

«Was für Geräusche?»

«Rufen.»

«Was für Rufe meinen Sie? Lumpen, Alt-Eisen, Papier?»

«Nein, ich mein Schreie. Warten Sie, er erzähl's Ihnen gleich, Mr. Jarsper. Muss nur noch die Flasche richtig verstauen.» An dieser Stelle wird unverkennbar erneut der Korken gezogen und wieder aufgesetzt. «So! Jetzt ham wer's! Letztes Jahr um diese Zeit, ein paar Tage weiter, war ich dabei, dem Feste den Empfang zu bereiten, den es mit Fug und Recht erwarten kann, wie's sich gehört, als mich mit einem Mal die Bengel aus der Stadt aufs Korn nehmen. Am Ende konnt ich sie abschütteln und hab mich hier rein verzogen. Und bin eingeschlafen. Und was hat mich geweckt? Der Geist von einem Schrei. Der Geist von einem schrecklichen Kreischen, und nach dem Kreischen der Geist von einem Hundegeheul: ein lang gezogenes, elendes, jammervolles Heulen, wie als wär ein Mensch gestorben. So sah mein letzter Heiligabend aus.»

«Was wollen Sie damit sagen?», lautet die äußerst schroffe und, man könnte sagen, heftige Antwort.

«Ich will sagen, dass ich überall Nachforschungen angestellt hab und dass kein lebendes Wesen außer mir den Schrei und das Heulen gehört hat. Deshalb sag ich, das waren beides Geister; nur warum sie ausgerechnet zu mir gekommen sind, das hab ich nie rausgefunden.»

«Und ich dachte, Sie seien nicht so einer», sagt Jasper verächtlich.

«Dacht ich auch», antwortet Durdles mit der ihm eigenen Gemütsruhe. «Und trotzdem ham se mich ausgesucht.»

Jasper war bei der Frage, was er damit sagen wolle, abrupt aufgesprungen, und sagt jetzt: «Kommen Sie, sonst frieren wir hier noch fest. Gehen Sie vor.»

Durdles gehorcht, nicht allzu sicher auf den Beinen; öffnet mit dem Schlüssel, den er bereits benutzt hat, die Tür am Ende der Treppe; und tritt in die Kathedrale, in einen Seitengang neben der Kanzel. Hier ist das Mondlicht wieder so hell, dass die Farben des nächstgelegenen Buntglasfensters auf ihre Gesichter fallen. Durdles, der benommen seinem Begleiter die Türe aufhält, als entstiegen sie beide der Gruft, bietet mit einem purpurfarbenen Streifen quer über dem Gesicht und einem gelben Fleck auf der Stirn einen durchaus gespenstischen Anblick; doch er ist gänzlich unempfindlich gegen die prüfenden Blicke seines Begleiters, die umso länger auf ihm ruhen, als Letzterer in seinen Taschen nach dem ihm anvertrauten Schlüssel für das Eisentor sucht, durch das sie zur Treppe im großen Turm gelangen.

«Damit und mit der Flasche haben Sie genug zu tragen», sagt er und reicht ihn Durdles, «geben Sie mir Ihr Bündel, ich bin jünger und besser zu Fuß als Sie.» Durdles schwankt einen Moment lang zwischen Bündel und Flasche; dann gibt er der Flasche als der bei weitem besseren Begleiterin den Vorzug und reicht die trockene Last an seinen Expeditionskameraden weiter.

Alsdann ersteigen sie mühselig die Wendeltreppe des großen Turms, immer in die Runde, und ziehen die Köpfe ein, um sich nicht an den Stufen über ihnen zu stoßen oder an dem rauen Steinpfeiler, um den diese sich winden. Durdles hat die Laterne entzündet, indem er der kalten, harten Wand einen Funken jenes geheimnisvollen Feuers entlockte, das in allem wohnt, und vom Lichtschein geleitet steigen sie zwischen Spinnweben und Staub höher. Ihr Weg führt sie an wunderlichen Räumen vorbei. Zwei oder drei Mal gelangen sie auf ebene Galerien mit niedrigem Gewölbe, von denen sie in das monderhellte Kirchenschiff hinabschauen können und wo Durdles die Laterne schwenkt, um die verwitterten Engelsköpfe auf den Kragsteinen der Decke zu zeigen, welche ihr Fortkommen zu beobachten scheinen. Bald erreichen sie eine engere und steilere Treppe, wo die Nachtluft ihnen entgegenweht und wo auf die Schreie aufgescheuchter Dohlen oder verschreckter Krähen heftiges Flügelschlagen auf engem Raume und das Herabprasseln von Staub und Strohhalmen auf ihre Köpfe folgt. Schließlich lassen sie ihr Licht im Schutze einer Treppenstufe zurück – denn hier oben bläst ein frischer Wind – und blicken auf Cloisterham hinab, das im Mondlicht wunderschön daliegt: am Fuße des Turms die verfallenen Wohnstätten und Sanktuare der Toten, dahinter eng zusammengedrängt die moosbewachsenen rot gedeckten Dächer und roten Backsteinhäuser der Lebenden; der Fluss, der sich aus dem Nebel am Horizont herabschlängelt, als sei dieser seine Quelle, und der bereits in dem ruhelosen Wissen daherrauscht, bald ans Meer zu gelangen.

Und noch einmal: Eine ungewöhnliche Expedition ist dies! Jasper (der sich ohne ersichtlichen Grund stets nur leise bewegt) betrachtet das Panorama und vor allem den reglosesten Teil desselben, welcher von der Kathedrale überschattet wird. Doch mit der gleichen Eindringlichkeit betrachtet er auch Durdles und bisweilen ist sich Durdles seines forschenden Blickes bewusst.

Bisweilen nur, denn Durdles wird langsam schläfrig. So wie ein Ballonfahrer Gewicht abwirft, um aufzusteigen, so hat Durdles bei seinem Aufstieg das Gewicht der Korbflasche verringert. Der Schlaf übermannt ihn im Stehen und bremst ihn in seiner Redseligkeit. Ein schwacher Anfall eines Deliriums ergreift ihn, in welchem er den Boden dort unten auf ebener Höhe mit dem Turme wähnt und vermeint, ohne weiteres vom Turm in die Luft hinausspazieren zu können. Dies ist sein Zustand, als sie sich an den Abstieg machen. Und so wie ein Ballonfahrer sich schwerer macht, um zu sinken, genauso beschwert sich Durdles mit weiterem Ballast aus der Flasche, um desto einfacher nach unten zu gelangen.

Das Eisentor passiert und wieder verschlossen – nicht ohne dass Durdles auf dem Wege dorthin zwei Mal gestürzt und sich einmal die Augenbraue aufgeschlagen hätte –, steigen sie wieder in die Krypta hinab, um den gleichen Weg zu nehmen, den sie gekommen sind. Doch als sie auf den Wegen aus Licht zurückgehen, werden dem guten Durdles Beine und Zunge dermaßen schwer, dass er sich, halb stürzend, neben einem großen Pfeiler auf den Boden wirft, kaum weniger schwer als dieser, und seinen Begleiter mit undeutlicher Stimme um fünf Minütchen Pause bittet.

«Ganz wie Sie wollen, oder es müssen», antwortet Jasper. «Ich werde Sie hier nicht allein zurücklassen. Nehmen Sie sich die Zeit, ich gehe so lang auf und ab.»

Durdles ist auf der Stelle eingeschlafen und im Schlaf träumt er einen Traum.

Eingedenk der gewaltigen Ausmaße des Traumlandes und all seiner wun-

dervollen Produkte kein besonders aufregender Traum; bemerkenswert lediglich deshalb, weil er ungewöhnlich unruhig ist und ungewöhnlich real. Ihm träumt, dass er schlafend hier liegt und dennoch die Schritte seines Begleiters zählt, welcher auf und ab wandert. Ihm träumt, dass sich die Schritte in der Weite von Raum und Zeit verlieren und dass irgendetwas ihn berührt und dass ihm irgendetwas aus der Hand fällt. Dann hört er Klimpern und Umhertasten und ihm träumt, dass er so lange allein ist, dass die Wege aus Licht die Richtung ändern, während der Mond auf seiner Bahn voranschreitet. Es folgt eine Bewusstlosigkeit, aus der er in einen Traum wachsenden Unwohlseins ob der Kälte hinübergleitet, mühsam erwacht und die Wege aus Licht wahrnimmt – die gewandert sind, genau wie er's geträumt hat – und Jasper, der zwischen ihnen einherschreitet, in die Hände klatscht und mit den Füßen stampft.

«Holla!», ruft Durdles und ist unwillkürlich erschrocken.

«Endlich wach?», sagt Jasper und kommt auf ihn zu. «Ist Ihnen klar, dass aus Ihren fünf Minütchen Stunden geworden sind?»

«Nein.»

«Dennoch ist es so.»

«Wie spät ist es?»

«Hören Sie! Die Turmglocken schlagen!»

Sie schlagen vier Viertel, danach schlägt die große Glocke.

«Zwei!», schreit Durdles und rappelt sich hoch. «Warum haben Sie mich nicht geweckt, Mr. Jarsper?»

«Das habe ich versucht. Genauso gut hätte ich die Toten aufwecken können – Ihre Totenfamilie da drüben in der Ecke.»

«Haben Sie mich angefasst?»

«Sie angefasst? Oh ja. Ich habe Sie geschüttelt.»

Als Durdles sich daran erinnert, wie ihn im Traum etwas berührt hat, blickt er auf den Boden und sieht dort, wo er gerade noch gelegen hat, den Schlüssel für die Tür zur Krypta liegen.

«Dich hab ich fallen lassen, stimmt's?», sagt er, hebt ihn auf und ruft sich diesen Teil seines Traums in Erinnerung. Als er sich wieder in eine aufrechte Haltung begibt oder doch in eine Haltung, die ebenso fast aufrecht ist wie seine übliche, wird ihm erneut bewusst, dass er von seinem Begleiter beobachtet wird.

«Nun?», sagt Jasper lächelnd. «Sind Sie so weit? Nur keine Eile.»

«Lassen Sie mich nur noch mein Bündel aufsammeln, Mister Jarsper, dann bin ich bereit.»

Während er es neu bindet, ist ihm wieder einmal bewusst, dass er sehr eingehend betrachtet wird.

«Was gucken Sie mich so argwöhnisch an, Mister Jarsper?», fragt er mit trunkenem Unmut. «Wenn irgendeiner was vorzubringen hat gegen Durdles, dann immer man raus mit der Sprache.»

«Ich hege keinerlei Argwohn gegen Sie, mein guter Mr. Durdles; ich hege lediglich den Argwohn, dass meine Flasche mit Stärkerem gefüllt war, als wir beide angenommen hatten. Und ich hege den Argwohn», fügt Jasper hinzu, nimmt die Flasche vom Boden auf und dreht sie um, «dass sie leer ist.»

Durdles ist so großzügig darüber zu lachen. Dem Lachen folgt ein Kichern, als schelte er sich selbst ob seiner Trinkfestigkeit, während er zur Tür schlendert und aufschließt. Beide treten hinaus, Durdles schließt wieder ab und steckt den Schlüssel in die Tasche.

«Haben Sie tausend Dank für eine außergewöhnliche und anregende Nacht», sagt Jasper und schüttelt ihm die Hand. «Finden Sie allein nach Haus?»

«Das will ich doch wohl meinen», antwortet Durdles. «Sollte einer Durdles den Affront antun, ihm den Weg nach Hause zeigen zu wollen, er tät nicht nach Hause gehen.

Nach Hause tät Durdles nicht gehn bis zum Morgen,
Nach Hause tät Durdles auch dann nicht gehen,
tät Durdles nicht.» Dies mit hartnäckigstem Trotz.

«Dann also gute Nacht.»

«Gute Nacht, Mister Jarsper.»

Da durchschneidet plötzlich ein scharfer Pfiff die Stille der Nacht: «Widdy widdy.»

Und ein Hagel von Steinen prasselt gegen die Mauer der Kathedrale, wo Jasper und Durdles stehen.

«Was?», schreit Jasper und bricht schlagartig in Wut aus. «Hat dieser widerliche Bengel etwa hier auf uns gewartet? Ich werde ihn umbringen, jawohl, das werde ich!»

Und er stürmt, ohne auf die fliegenden Steine zu achten, zu Deputy hinüber, packt den Lümmel am Kragen und will ihn über die Straße schleppen. Aber Deputy macht sich geschickt los, indem er sich fallen lässt, kaum dass Jasper ihn gepackt hat. Im nächsten Moment ist er wieder auf den Beinen und flüchtet hinter Durdles' breiten Rücken, wo er bösartig seine Zahnlücke fletscht.

«Ich mach Se blind», schreit er, «die Aug'n schmeiß ich Ihnen aus!»

«Mr. Jarsper, beruhigen Sie sich», sagt Durdles, während Jasper versucht den Burschen an Durdles vorbei doch noch zu erwischen.

«Er ist uns den ganzen Abend gefolgt», ruft Jasper, stoppt aber seinen letzten Versuch.

«Lüge, is nich wahr», kräht Deputy. «Hab Se gerade erst gesehn. Hab doch 'n Vertrag mit Durdles!»

«Das kann ich bestätigen, Mr. Jarsper.»

«Also gut.» Jasper atmet tief durch. Dann hebt er drohend den Finger. «Wehe, du kommst mir noch einmal unter die Augen!»

So trennen sie sich. Durdles weicht vor dem Straßenjungen, der unverzüglich eine etwas abgemilderte Form der Steinigung einleitet, Richtung Heim davon und Jasper kehrt gedankenverloren in sein Torhaus zurück und so erfährt diese ungewöhnliche Exkursion ein recht gewöhnliches Ende.

10

Zwei mit bestem Willen

Die Weihnachtsferien haben begonnen und heitere Ruhe hat Einzug in Miss Twinkletons Anstalt gehalten: Die meisten der jungen Damen sind heute zu ihrer Verwandtschaft abgereist, um die Festtage im Familienkreis zu verbringen.

Schon vor Tagen hat die Disziplin der Mädchen merklich nachzulassen begonnen. In den Schlafräumen haben intime Partys stattgefunden, eine garnierte Zunge ist mit einer Nagelschere zerlegt und mit Lockenkräuselzangen verteilt worden und das winzige Messglas, in dem die Eisentropfen für die kleine Rickitts abgezählt werden, ist missbraucht worden, um Primelwein daraus zu zechen. Gestern Abend hat man beschlossen, dass niemand schlafen solle und dass etwaige Hausgespenster mit allen Mitteln zum Spuken ermutigt werden sollen, aber wie jedes Jahr sind alle Mädchen früh eingeschlafen und heute Morgen entsprechend früh wieder auf den Beinen gewesen.

Die Zeremonie, mit der das Semester beendet worden ist, hat um zwölf Uhr im Privatsalon von Miss Twinkleton stattgefunden, wo die beiden Globen bereits in ihre braunen Schutzhüllen verpackt gewesen sind. Miss Twinkleton hat eine kleine Rede gehalten, in der sie wieder einmal beinahe von ihrem bewegten Busen gesprochen hätte; doch wie jedes Jahr hat sie die Kurve gerade noch gekriegt und stattdessen von ihrem bewegten Herzen gesprochen, mit dem sie das Jahr sich endigen sehe, ein Jahr hoffentlich fortgeschrittener Studien; und wenn die Zeit gekommen sei, die Pflichten wieder aufzunehmen – eine Stelle ihrer Rede, an der sich kurzfristig Depression unter den Zuhörerinnen breit macht –, dann stehe zu hoffen, dass die Elevinnen jene Worte, die der spartanische General einst gesprochen habe und die zu bekannt seien, um sie hier zu wiederholen, und zwar vor jener Schlacht, die hier zu behandeln weitgehend überflüssig sei, kurzum ---

Doch auch Miss Twinkletons Rede ist schließlich überstanden, so dass die Damen endlich dem Weißwein und den bereitstehenden Plätzchen haben zusprechen können. Draußen haben die wartenden Droschken die Straße vor dem Nonnenhaus verstopft, während drinnen noch Küsse getauscht worden sind: «Good bye, Rosebud, Darling.»

Rosa hat diese Abschiede zu oft erlebt, als dass sie sich noch etwas daraus gemacht hätte. Da sie keine Verwandten hat, die sie in den Weihnachtsferien besuchen könnte, bleibt sie im Nonnenhaus. Doch dieses Jahr ist sie nicht allein, denn Helena, ihre neue Freundin, teilt nicht nur das Zimmer mit ihr, sondern unter anderem auch die Familienverhältnisse, da sie ebenfalls ohne Verwandtschaft ist. Außerdem wird Edwin heute kommen, um Rosa einen Besuch abzustatten.

Im Torweg nimmt Rosa letzte Küsse entgegen. Lockige Köpfchen recken sich aus den Fenstern der Droschken, es wird ein letztes Mal gewinkt, ehe die Gasse, die für Minuten von jugendlicher Frische überflutet gewesen ist, mit der Abfahrt der Droschken schlagartig trockenfällt. Cloisterham ist wieder es selbst und Rosa kann sich auf Edwins Besuch vorbereiten. Ihr Herz ist schwer, wenn sie daran denkt, was sie ihm sagen will.

Und auch Edwin nähert sich diesmal nicht unbeschwert wie sonst, denn Mr. Grewgious hat sein Gewissen aufgerüttelt und zudem trägt er den Ring in seiner Brusttasche, mit dem die Entscheidung verbunden ist: Entweder gibt er ihn an Rosa weiter oder er muss ihn zurückbringen. Bis gestern ist er seiner Hochzeit mehr entgegengedriftet, als dass er sie herbeigesehnt hätte; er hat einfach darauf vertraut, dass alles in Ordnung gewesen wäre, so wie es gekommen wäre, und hat das latente Unwohlsein ignoriert, an das Mr. Grewgious dann jedoch gerührt hat. Edwin ist sich alles andere als sicher, was nun das Beste wäre, ja, auch seiner selbst ist er weniger sicher, als er jemals in seinem leichten Leben gewesen ist. Und so beschließt er, als er vor das Tor des Nonnenhauses kommt, dass er erst mal abwarten will, ob Rosa von sich aus etwas sagt, und dass er an Mr. Grewgious' Worte denken will, besonders an die von der Treue.

Rosa ist fertig für den Spaziergang, als er läutet. Es ist ein heller, frostiger Tag und Miss Twinkleton hat ihre Erlaubnis zum Ausgang natürlich längst erteilt. Die beiden jungen Leute wenden sich zur High Street und von dort in die stillen Gassen nahe der Kathedrale, die zum Fluss führen. Hier endlich ergreift Rosa das Wort.

«Lieber Eddy, ich möchte dir etwas sehr Ernstes sagen. Ich habe lange darüber nachgedacht, sehr lange.»

«Ich möchte auch sehr gern ernsthaft mit dir sein, Rosa. Und ehrlich.»

«Danke, Eddy, aber darf ich beginnen? Bitte verstehe mich nicht falsch, nur weil es mich drängt, etwas loszuwerden, über das ich wirklich sehr lange nachgedacht habe. Du hättest Grund, deswegen böse zu sein, denn ich bin so oft zickig zu dir gewesen und habe dich wie ein Spielzeug behandelt und wir haben uns so oft gezankt. Aber jetzt meine ich es wirklich ernst, denn ich finde, wir haben beide allen Grund, nachsichtig miteinander umzugehen.»

«Ich bin vollkommen deiner Meinung, Rosa», sagt Edwin. Er nennt sie nicht mehr Pussy und wird sie auch nie wieder so nennen.

«Eddy, lass uns mutig sein. Lass uns von heute an einfach wie Bruder und Schwester sein.»

«Und niemals wie Eheleute?»

«Niemals!»

Beide schweigen für eine Weile, ehe Edwin etwas mühsam sagt: «Natürlich weiß ich, dass diese Frage uns beide heute beschäftigt hat. Schließlich ist es Zeit für die Entscheidung. Ich gebe ehrlich zu, dass es nicht durch dich so weit gekommen ist.»

«Durch dich aber auch nicht», gibt sie heftig zurück. «Es hat sich so zwischen uns ergeben. Du bist nicht zufrieden mit unserer Verlobung und ich bin es ebenfalls nicht. Oh, es tut mir alles so Leid, so Leid.»

Zu diesen Worten bricht sie in Tränen aus.

«Mir tut es auch Leid, Rosa. Vor allem für dich.»

«Und mir für dich, armer Junge!»

Doch das sind nur noch mitleidige Reflexe auf ihre Vergangenheit, die in diesem Moment schon abgeschlossen hinter ihnen liegt. Etwas Neues ist bereits in ihre Beziehung getreten und hat die gewohnten Launen und Schrullen verdrängt. Erstmals spüren sie echte Herzlichkeit füreinander und ihnen scheint, als sei ein neues, milderes Licht auf ihren gemeinsamen Weg geworfen.

«Nicht wahr, wir beide haben das schon gestern gewusst», sagt Rosa, während sie ihre Tränen trocknet. «Und vorgestern auch schon. Was können wir Besseres tun als unsere Beziehung zu ändern, die wir beide so nie wollten? Es ist absolut natürlich, dass wir beide jetzt traurig sind, aber es ist viel besser, jetzt traurig zu sein als später.»

«Wann später, Rosa?»

«Wenn es zu spät wäre. Dann wären wir wohl außerdem auch noch böse aufeinander.»

Erneut schweigen sie.

«Du hättest mich dann nicht mehr gemocht», fährt Rosa unschuldig fort. «Jetzt aber kannst du mich noch lange mögen, wenn du mir verzeihst, dass ich dich früher oft wie ein Spielzeug behandelt habe.»

«Lass uns nicht wieder davon anfangen, Rosa, oder ich müsste mehr Entschuldigungen von dir erbitten, als ich mir vorstellen möchte.»

«Sei nicht so hart mit dir, Eddy. Nein, im Ernst: Ich habe lange darüber nachgedacht, wie es zwischen uns war, und ich glaube, ich habe herausgefunden, woran es lag. Du hast mich gemocht, nicht wahr? Du dachtest, ich wäre ein nettes kleines Ding.»

«Das denken alle, Rosa.»

«Wirklich? Dann war es wohl einfach nicht genug, dass du von mir gedacht hast, wie alle anderen von mir denken.»

Das ist nicht von der Hand zu weisen.

«Und das ist genau, was ich meine», sagt Rosa. «Du bist an den Gedanken gewöhnt gewesen, dass wir heiraten sollten. Du hast es als unumgängliche Tatsache gesehen. Es sollte geschehen, also warum drüber diskutieren?»

Es ist eine neue Erfahrung für Edwin, sich selbst so klar durchschaut zu sehen. Er hat immer ein wenig auf Rosa herabgeschaut hat sich ihrem Frauenverstand überlegen gewähnt.

«Aber das gilt für mich ganz genauso», fährt Rosa fort. «Der Unterschied zwischen uns ist nur, dass ich mehr Zeit hatte als du, darüber nachzudenken, denn mein Leben ist nicht so geschäftig wie deins. Außerdem war vor kurzem mein Vormund bei mir, um meinen Abschied aus dem Nonnenhaus vorzubereiten. Ich habe ihm zu signalisieren versucht, dass ich nicht ganz sicher bin, ob alles richtig läuft, aber ich glaube, ich konnte mich nicht verständlich machen. Er hat mir aber nahe gelegt alles gewissenhaft zu bedenken und da habe ich beschlossen, bei nächster Gelegenheit, wenn wir allein sind, mit dir darüber zu sprechen. Und das war nicht leicht, Eddy, auch wenn es vielleicht so ausgesehen hat, und» – sie schluchzt – «ich bin jetzt sehr, sehr traurig.»

Wieder bricht sie in Tränen aus. Er legt seinen Arm um ihre Taille und sie gehen nebeneinander am Flussufer entlang.

«Dein Vormund hat auch mit mir gesprochen, Rosa, Liebes. Ich war bei ihm, bevor ich London verlassen habe.»

Edwins Hand sucht in seiner Brusttasche nach dem Ring; aber warum soll er ihn jetzt noch hervorholen, wo er ihn doch sowieso zurückbringen muss? Also zieht er seine Hand wieder hervor.

«Und da bist du nachdenklich geworden, nicht wahr, Eddy? Und wenn ich das alles nicht angesprochen hätte, dann hättest du es getan, oder?»

«Ja, das hätte ich, mit dieser Absicht bin ich heute zu dir gekommen. Aber ich hätte nie so mit dir sprechen können, wie du mit mir gesprochen hast.»

«Du meinst hoffentlich nicht, so kalt und unfreundlich?»

«Nein, ich meine, so sensibel und klug und herzlich.»

«Mein lieber Bruder!» Sie küsst seine Hand, so aufgewühlt ist sie, und hat Tautropfen in ihren großen Augen. «Die Mädchen werden furchtbar enttäuscht sein. Sie haben sich so darauf gefreut, die Armen.»

«Sicher, aber noch schlimmer wird die Enttäuschung für John», sagt Edwin plötzlich erschreckend.

Der alarmierte Blick, mit dem sie ihn bei diesen Worten ansieht, kann ebenso wenig zurückgeholt werden wie ein Blitz. Sie hat nicht mehr an Jasper gedacht. Doch jetzt ist ihr, als sei er schlagartig unmittelbar neben ihr aufgetaucht. Rasch senkt sie den Blick, verwirrt und schnell atmend.

«Du bezweifelst doch nicht, dass es ein Schlag für ihn wird?», fragt Edwin.

«Nein, ich habe nur noch nicht über ihn nachgedacht. Was hat er überhaupt mit der ganzen Sache zu tun?»

«Liebes Kind! Wo er doch so vernarrt in mich ist! So drückt sich Mrs. Tope aus, nicht ich. Er muss zwangsläufig hart davon getroffen werden, wenn sich mein Leben schlagartig derart ändert.»

Sie nickt zwei-, dreimal, sagt aber nichts. Noch immer atmet sie rasch, aber ihre eigenartige Erregung fällt ihm nicht auf.

«Wie soll ich es ihm nur sagen? Er muss es erfahren, ehe es in der Stadt herumgeht. Morgen und übermorgen bin ich bei ihm zum Essen, aber ich würde ihm damit die Festtage verderben. So wie er sich immer um mich sorgt, wird ihn die Neuigkeit garantiert überfordern. Wie soll ich ihm das nur beibringen?»

«Mein Vormund hat mir versprochen zu kommen, wenn ich ihm schreibe. Ich könnte ihn fragen, ob er das übernimmt.»

«Eine großartige Idee», ruft Edwin. «Nichts wäre natürlicher. Er wird Jack unseren Fall klarer beschreiben, als wir beide zusammen es könnten. Er hat einfühlsam mit uns beiden gesprochen und jetzt wird er John die ganze Sache ebenso einfühlsam beibringen. Das ist es! Ich bin kein Feigling, Rosa, aber ich will dir ein Geheimnis erzählen: Ich fürchte mich ein wenig vor John.»

«Nein, nein! Du fürchtest dich nicht vor ihm!», ruft Rosa erbleichend aus und faltet die Hände vor ihrem Mund.

«Warum --- Schwester Rosa, Schwesterchen, was ist denn los? Mein liebes Mädchen!»

«Du hast mir Angst gemacht. Wenn sogar du dich vor ihm fürchtest ...»

«Es war nicht meine Absicht, dir Angst zu machen. Hast du wirklich geglaubt, ich würde mich vor dem lieben, guten Kerl fürchten?» Edwins Lachen hat etwas Gezwungenes. «Ich habe mich wohl unklar ausgedrückt. Er hat manchmal merkwürdige Krämpfe, die wie Anfälle über ihn kommen. Ich habe es einmal miterlebt und ich fürchte, dass eine Überraschung wie die von der Auflösung unserer Verlobung einen solchen Krampf auslösen könnte. Das habe ich gemeint, nichts weiter. Aber wenn dein Vormund die Sache überbringt, sieht alles anders aus, denn er wird Jack sofort beruhigen und seine Sorgen vertreiben. Jack ist mit mir immer so überbesorgt, fast weibisch.»

Rosa scheint überzeugt. Edwins Hand aber schließt sich noch einmal um die kleine Ringschachtel, ohne dass er es merkt, und fast hätte er sie hervorgezogen. Doch da schreckt er aus seinen Gedanken und lässt den Ring natürlich stecken. Nun ist es beschlossene Sache, dass er Rosa nicht heiraten wird, und der Ring wird an Mr. Grewgious zurückgehen, damit er in die Schublade zurückwandere. Den Bund der Ehe hat der Ring nicht besiegelt, aber er hat dazu beigetragen, ein kleineres Bündnis herzustellen, das lange halten kann. Also hat er seine Schuldigkeit getan.

Sie gehen weiter am Fluss entlang und unterhalten sich über ihre Pläne. Edwin wird seine Abreise nach Ägypten vorziehen und Rosa wird bleiben, wo sie ist, solange Helena sie braucht. Noch nie seit ihrer Verlobung haben sie sich so gut verstanden. Allerdings verschweigen sie einander auch ein paar Kleinigkeiten. So nimmt Rosa sich vor, Mr. Grewgious zu bitten, sie ihrem Musiklehrer zu entziehen. Und Edwin überlegt, ob es richtig wäre, sich nun für Miss Landless zu interessieren.

Darüber neigt sich der frostige Tag dem Ende entgegen. Die Sonne taucht in den Fluss hinter ihnen und die alte Stadt liegt rot vor ihnen, als ihr Spaziergang sich seinem Ende nähert. Sie kommen zu den Ulmen bei der Kathedrale, wo sie zuletzt beieinander gesessen haben, und bleiben hier wie auf ein Zeichen stehen. Rosa blickt zu Edwin auf, wie sie ihn nie zuvor angeblickt hat, und sie küssen sich innig.

«Jetzt bring mich bitte nach Hause, Eddy, und lass mich allein.»

«Gut, aber sieh dich bitte nicht um, Rosa. Hast du John gesehen?»

«Nein! Wo?»

«Unter den Bäumen. Er hat gesehen, wie wir uns verabschiedet haben. Armer Kerl! Er ahnt ja nichts. Es wird ein harter Schlag für ihn.»

Sie läuft eilig davon, bis vor das Tor des Nonnenhauses. Hier fragt sie: «Ist er uns gefolgt? Ist er hinter uns?»

«Nein. Doch, da ist er. Er kommt gerade aus dem Torweg. Der liebe, sympathische Knabe möchte uns im Blick behalten. Ich fürchte, er wird bitter enttäuscht sein.»

Eilig zieht sie am Griff der scheppernden alten Glocke und gleich darauf öffnet sich das Tor. Doch sie geht nicht hinein, ohne Edwin ein letztes Mal angesehen zu haben – mit großen, verwunderten Augen, als wolle sie fragen: Verstehst du denn nicht, was hier vorgeht? Doch er versteht ihren Blick nicht und so entschwindet er ihrer Sicht.

Ich nehme an, Sie bezogen hieraus weitere Verdachtsmomente gegen Mr. Jasper?

Ehrlich gesagt hegte ich zu diesem Zeitpunkt Verdacht gegen alles und jeden, nur nicht gegen Rosa und ihren Vormund.

Ach so? Nach Ihrer zuvor geäußerten Theorie bezüglich der Anhäufung falscher Spuren und Verdachtsmomente wären das also die Kandidaten, die für den Posten des Mörders infrage kämen.

Was?

Sie sagten doch, dass Neville und Helena Landless allein deswegen nicht als Mörder infrage kommen, weil sie dafür zu offensichtlich disponiert erscheinen. Gebe ich Ihre Meinung richtig wieder?

Schon, aber ...

Die Personen, die am wenigsten als Mörder infrage zu kommen scheinen, sind, wie Sie sagten, die heilige Rosa und der heilige Grewgious. Das heißt dann also wohl, dass einer von diesen beiden der Mörder ist.

Haben Sie Scholastik studiert oder so was? Aber warum nicht – grundsätzlich ist jedem alles zuzutrauen.

Ausgezeichnet. Das erweitert den Kreis der Verdächtigen auf alle Personen des Romans außer Neville und Helena Landless.

Und Edwin Drood.

Versteht sich. Sie werden zugeben, dass das die Last auf Mr. Jaspers Schultern doch erheblich verringert. Außerdem dürfte Ihr Verdacht entkräftet sein, dass Jasper ein Invertierter sei.

Nicht im Geringsten. Nur weil er Rosa hinterhersteigt – genauer gesagt: Rosa und Edwin!

Mr. Ablewhite, das ist doch albern. Sie wissen genau wie ich, wie sich die Geschichte weiterentwickelt. Warum beharren Sie auf Ihrer abwegigen These?

Sie greifen vor!

Bewusst, Mr. Ablewhite. Ich möchte das Thema ein für alle Mal erledigen. Wir gehen das große Werk jetzt zum vierten Mal durch, wir wissen beide genau, dass Jasper Rosa den Hof machen wird. Ihre Behauptung ist voll-

kommen absurd, ebenso wie Ihre übrigen Versuche, sodomitische Inhalte in das Werk hineinzuinterpretieren.

Ach, Cuff, stecken Sie die Keule wieder ein! Wollen Sie nicht etwas sensibler an die Sache herangehen? Mit ein bisschen mehr Fingerspitzengefühl? Dass Jasper Rosa hinterhersteigt, heißt noch lange nicht, dass er sie liebt.

Sondern?

Er belauert sie, denn er hält sie für das Objekt der Liebe seines Neffen. Er ist zutiefst gegen sie eingenommen, weil er zu wissen glaubt, dass sie ihm Edwin wegnehmen wird. Deswegen versucht er sich ihrer zu bemächtigen, so wie beim Klavierspiel im Haus des Hilfskanonikus. Wenn er sie in seiner Gewalt hat, kann er seinen lieben Jungen nicht verlieren. Es ist ein Machtspiel, verstehen Sie? Dass die beiden sich getrennt haben, kann er an dieser Stelle ja noch nicht wissen.

Aber er wird ihr gestehen, dass er sie liebt!

Das ist keine Liebe, das ist reine Gewalt, die er als Liebe bemäntelt.

Sie bleiben dabei, dass er ein Invertierter ist?

Alles ist möglich.

Was heißt das?

Vielleicht ist er schwul, vielleicht nicht. Er scheint zwei Gesichter zu haben.

Sie wollen sich darauf hinausreden, dass er womöglich verrückt ist?

Verrückt ist ein großes Wort. Sagen wir lieber, er ist ungewöhnlich.

Sie bringen diesem Charakter ziemlich viel Verständnis entgegen, finden Sie nicht?

Finden Sie denn, dass er mein Interesse nicht verdient?

Ich habe das Gefühl, dass wir uns im Kreis drehen. Wollen wir also lieber weitermachen?

Nein, wir klären das jetzt. Ich will Ihnen mal was sagen: Sie gehören offenbar zu den Menschen, für die die Welt nur dann in Ordnung ist, wenn alles eindeutig geregelt ist. So ist die Welt jedoch nicht. Es wundert mich, dass ausgerechnet ich Ihnen das sagen muss, einem vermeintlich großen Kriminalisten – und das, obwohl

Sie dem viktorianischen Zeitalter entspringen. Sie müssten doch wissen, dass es hetero und homo gibt und noch vieles dazwischen. Waren Sie nie auf einem Internat? Das war zu Ihrer Zeit doch üblich für Leute, die es sich leisten konnten, oder?

Ich wüsste nicht, was das zur Sache täte.

Irre ich mich oder hat da eine gewisse Röte Ihr Gesicht überzogen?

Sie irren sich. Das wäre höchstens dem Verdacht geschuldet, den ich hinter Ihren Worten vermute.

Ich habe Sie erwischt, stimmt's? Daher Ihre heftige Gegenwehr, Ihr Wunsch, das Thema endlich zu erledigen.

Mr. Ablewhite, ich fühle mich der Wahrheitsfindung verpflichtet, nichts weiter. Es betrübt mich, dass Sie alles auf dieses eine Thema zuzuspitzen versuchen.

Das muss Sie nur so lange betrüben, wie Sie darin ein Übel erkennen. Was ist damals geschehen? Nur eine kleine verbotene Wichserei hinter dem Geräteschuppen?

Ich werde den Teufel tun und Ihnen ...

Machen Sie sich nichts draus! So was ist stimmungsabhängig. Sie hatten Lust drauf, das ist doch ganz harmlos, selbst wenn es mehr gewesen sein sollte als nur eine Wichserei. Es ist überstanden und Sie haben die Kontrolle über sich behalten. Aber so läuft das eben nicht in jedem Fall. Manchmal gewinnt so was Macht. Es gibt Fälle, in denen bricht an einem bestimmten Punkt des Lebens plötzlich ein Gefühl über einen Menschen herein und er tut etwas, was er sich vorher nicht im Geringsten hätte vorstellen können. Es ist, als ob sich unerwartet eine Tür öffnet, die er vorher nicht wahrgenommen hat. Im Überschwang des Gefühls tritt er hindurch und findet sich plötzlich in einer anderen, größeren Welt wieder und dann will er natürlich nicht wieder zurück.

Rangiert so was bei Ihnen unter «große Gefühle»?

Spotten Sie nur, Cuff, aber ich sage Ihnen: So was gibt's. Ich habe es selbst erlebt. Ich wusste nicht, dass ich einen Mann liebte, bis er es mir sagte. Das Licht, das mir daraufhin aufging, strahlte heller als die Sonne.

Sehr schön. Und sicher auch sehr befriedigend. Nun, ich sehe, dass wir in diesem Punkt nicht weiterkommen. Fürs Protokoll: Der Häftling zeigt sich unbelehrbar.

Wenn ich einen Vorschlag äußern dürfte ...

Bitte sehr.

Jetzt kommen die wirklich wichtigen Kapitel – typisch Dickens, wenn Sie verstehen, was ich meine. Er schreibt Hunderte von Seiten voll, ehe er zur Sache kommt. Ich finde, wir sollten diese Befragung fortsetzen, wenn wir das Zentrum des Romans hinter uns haben.

Ich habe nichts dagegen.

11

WANN WERDEN DIESE DREI SICH WIEDER SEHN?

Heiligabend in Cloisterham. Einige wenige fremde Gesichter in den Straßen; einige halb fremde, halb vertraute Gesichter, einst die Gesichter Cloisterhamer Kinder, nunmehr die Gesichter von Männern und Frauen, die in großen Abständen aus der weiten Welt zurückkehren und feststellen, dass die Stadt auf wundersame Weise eingelaufen ist, als sei sie in der Zwischenzeit viel zu heiß gewaschen worden. Für jene sind das Glockengeläut der Kathedrale und das Krähengekrächze im Turm der Kathedrale wie Stimmen aus der Kindheit. Menschen wie jenen ist es in der Stunde ihres Todes, an weit entfernten Orten, widerfahren, dass sie den Fußboden ihrer Gemächer bedeckt sahen vom Herbstlaub der Ulmen im Kirchhof: So sehr wurden das Rascheln und die frischen Gerüche ihrer frühesten Impressionen zu neuem Leben erweckt, wenn der Kreis ihres Lebens sich schon fast geschlossen hatte und Anfang und Ende aufeinander zustrebten.

Weihnachtliches, wohin man schaut. In den Fensterläden des Hilfskanonikuswinkels leuchten hier und dort rote Beeren; Mr. und Mrs. Tope stecken mit großer Sorgfalt Stechpalmplätter in die Skulpturen und Wandleuchter des Chorgestühls der Kathedrale, als steckten sie sie in die Mantelknopflöcher des Herrn Dekans und seines Kapitels. In den Geschäften verschwenderische Fülle, vor allem an den Posten Korinthen, Rosinen, Gewürze, kandierte Orangenschalen und Muscovadozucker. Eine ungewöhnliche Neigung zu Galanterie und Verschwendung liegt in der Luft, welche sich in einem gewaltigen Mistelzweig über der Schwelle zur Obst- und Gemüsehandlung ausdrückt und in einem kümmerlich kleinen Dreikönigskuchen mit der Figur eines Harlekins obendrauf – einem so kümmerlich kleinen Dreikönigskuchen, dass man ihn gut und gern einen Sechskönigskuchen oder gar einen Zwölfkönigskuchen heißen möchte –, welchen es beim Konditor zu gewinnen gibt, ein Shilling das Los. An Unterhaltung mangelt es nicht. Die Wachsfiguren, welche auf den kontemplativen Geist des Kaisers von China einen so tiefen Eindruck machten, sind auf besondere Anweisung hin nur in der Weihnachtswoche zu besichtigen, und zwar in den Räumen des bankrotten

Mietstallbesitzers am oberen Ende der Gasse; am Theater kommt eine neue grandiose komische Weihnachtspantomime zur Aufführung, avisiert durch ein fast lebensgroßes und fast lebensecht jammervolles Portrait des Clowns Signore Jacksonini und den Text: «Wie geht es Ihnen morgen?» Kurz gesagt: Ganz Cloisterham ist auf den Beinen, lediglich das Gymnasium und Miss Twinkletons Einrichtung sind von dieser Beschreibung auszunehmen. Die Schüler erstgenannter Anstalt sind bereits gen Heimat abgereist, jeder einzelne verliebt in eine von Miss Twinkletons jungen Damen (welche davon nichts ahnt), in Letzterer zeigen sich nur gelegentlich die umherflatternden Dienstmädchen an den Fenstern. Nach und nach ist festzustellen, dass diese Mädchen, wenn dergestalt mit der konkreten Repräsentation ihres Geschlechtes betraut, innerhalb der Grenzen des Anstands deutlich übermütiger werden, als wenn sie diese Repräsentation mit Miss Twinkletons jungen Damen teilen.

Drei werden heute Abend im Torhaus zusammentreffen. Wie verlebt ein jeder dieser drei den Tag?

Neville Landless, welcher zurzeit durch Mr. Crisparkle – dessen robuste Natur für den Zauber der Festtage in keinster Weise unempfänglich ist – von seinen Büchern erlöst wurde, sitzt bis zwei Stunden nach Mittag lesend und schreibend mit konzentrierter Miene in seinem stillen Zimmer. Dann macht er sich daran, den Tisch aufzuräumen, seine Bücher zu ordnen und die verstreut liegenden Papiere zu zerreißen und zu verbrennen. Wo sich Unordnung angesammelt hat, räumt er auf, bringt sämtliche Schubladen in Ordnung und lässt keine Notiz und keinen Fetzen Papier unzerstört zurück, mit Ausnahme nur der Aufzeichnungen, die in unmittelbarem Zusammenhang mit seinen Studien stehen. Ist das erledigt, tritt er an den Schrank, wählt einige Stücke gewöhnlicher Alltagskleidung aus – darunter ein Paar derber Laufschuhe und Wandersocken zum Wechseln – und packt alles in einen Knappsack. Dieser Knappsack ist neu, er hat ihn am Vortag auf der Hauptstraße erworben. Außerdem hat er zur gleichen Zeit und im gleichen Geschäft einen schweren Wanderstock erstanden: mit kräftigem Knauf für den festen Griff und mit Eisenbeschlägen. Er probiert ihn aus, schwingt ihn durch die Luft, balanciert ihn auf der Hand und legt ihn zusammen mit dem Knappsack in eine Fensternische. Damit sind seine Vorbereitungen abgeschlossen.

Er zieht sich an, um aus dem Haus zu gehen, und ist bereits im Gehen begriffen – hat sein Zimmer schon verlassen und den Hilfskanonikus auf der Treppe angetroffen, welcher just aus seinem Schlafzimmer auf der gleichen Etage trat –, als er noch einmal zurückgeht, um seinen Wanderstock zu holen, da ihm der Gedanke gekommen ist, ihn schon jetzt mitzunehmen. Mr. Crisparkle, der auf der Treppe stehen geblieben ist, sieht, als er unverzüglich wieder erscheint, den Stock in seiner Hand, nimmt ihn und fragt mit einem Lächeln, wie er den Stock ausgewählt habe.

«Ich muss zugeben, dass ich nicht viel davon verstehe», antwortet dieser. «Ich habe ihn wegen seines Gewichts gewählt.»

«Viel zu schwer, Neville, viel zu schwer.»

«Um sich bei einer langen Wanderung darauf zu stützen, Sir?»

«Darauf stützen?», wiederholt Mr. Crisparkle und nimmt die Haltung eines Wanderers ein. «Man soll sich nicht darauf stützen, er dient lediglich dem Gleichgewicht.»

«Mit etwas Übung werde ich es wohl herausfinden, Sir. Wie Sie wissen, komme ich aus einem Land, in dem nicht viel gewandert wurde.»

«Wohl wahr», sagt Mr. Crisparkle. «Wenn Sie ein wenig in Form sind, wollen wir zwei ein paar Meilen zusammen gehen. Jetzt würde ich Sie nur in Grund in Boden laufen. Kommen Sie vor dem Abendessen noch einmal zurück?»

«Ich glaube nicht, wir essen früh.»

Mr. Crisparkle bedenkt ihn mit einem heiteren Nicken und einem fröhlichen «Auf Wiedersehen»: was (nicht von ungefähr) unbedingtes Vertrauen und Zuversicht ausdrücken soll.

Neville verfügt sich zum Nonnenhaus und bittet, Miss Landless zu melden, ihr Bruder sei wie verabredet eingetroffen. Er wartet am Tor, tritt nicht einmal über die Schwelle; denn er hat sein Wort gegeben, Rosa aus dem Wege zu gehen.

Seine Schwester ist mindestens ebenso sehr auf die gemeinsam übernommenen Auflagen bedacht, wie er nur immer sein könnte, und lässt ihn keinen Moment lang warten. Sie begrüßen einander herzlich, vermeiden jeden unnötigen Aufenthalt und gehen gemeinsam stadtauswärts davon.

«Ich will mich nicht auf verbotenes Terrain begeben, Helena», sagt Neville, als sie ein Stück gegangen sind und kehrtmachen. «Aber du wirst gleich verstehen, dass ich nicht umhinkann, meine – wie soll ich sagen? – meine Vernarrtheit anzusprechen.»

«Solltest du das nicht besser vermeiden, Neville? Du weißt, dass ich nichts davon hören darf.»

«Du darfst hören, meine Liebe, was Mr. Crisparkle gehört hat, mit Freuden gehört hat.»

«Ja, das darf ich wohl hören.»

«Nun, Folgendes. Nicht nur bin ich selbst unruhig und unglücklich, mir ist überdies bewusst, dass ich andere Menschen aus der Ruhe bringe und störe. Woher ich weiß, dass du und ... und ... der Rest der Gesellschaft von damals, unseren liebenswerten Vormund ausgenommen, ohne meine unselige Anwesenheit morgen Abend fröhlich im Hilfskanonikuswinkel miteinander speisen würdet? So wäre es doch zweifellos. Ich sehe nur allzu deutlich, dass ich bei der alten Dame nicht in hohem Ansehen stehe, und es liegt auf der Hand, welch hinderlichen Klotz ich für die Gastfreiheit ihres untadeligen Hauses darstelle – zumal in diesen Tagen –, wenn ich von bewusster Person fern gehalten werden muss und es solch gewichtige Gründe dafür gibt, mich nicht mit bewusster Person in Berührung zu bringen, und mir bei jener anderen bewussten Person ein solch ungünstiger Ruf vorauseilt, und so weiter. Ich habe Mr. Crisparkle dies äußerst behutsam dargelegt, denn du kennst sein aufopferungsvolles Wesen, aber dargelegt habe ich es. Dabei habe ich zugleich besonders hervorgehoben, dass ich einen schmachvollen Kampf mit mir selber führe und dass ein wenig Abwechslung und ein kleiner Ausflug mich womöglich instand setzen könnten, diesen umso besser zu bestehen. Da das Wetter strahlend und trocken ist, will ich morgen früh zu einer Wanderung aufbrechen, mit der Absicht, niemandem (auch mir selbst nicht, wie ich hoffe) im Wege zu stehen.»

«Wann kommst du zurück?»

«In vierzehn Tagen.»

«Und du gehst ganz allein?»

«Mir ist sehr viel wohler ohne Begleitung, selbst wenn es außer dir, liebe Helena, jemanden gäbe, der meine Begleitung ertrüge.»

«Mr. Crisparkle ist voll und ganz einverstanden, sagst du?»

«Voll und ganz. Ich hatte den Eindruck, dass er anfänglich geneigt war es für ein trübsinniges Vorhaben zu halten, einem grüblerischen Gemüte abträglich. Doch letzten Montag unternahmen wir einen Spaziergang im Mondlicht, um in aller Ruhe darüber zu sprechen, und ich führte ihm den Fall vor Augen, wie er sich wirklich darstellt. Ich zeigte ihm, dass ich entschlossen bin mich selbst zu überwinden und dass es, ist der heutige Abend erst glücklich überstanden, im Moment gewiss besser sei, wenn ich fort bin von hier, als hier. Ich würde es kaum vermeiden können, hier gewisse Personen beim gemeinsamen Spaziergang anzutreffen, und das würde wenig Gutes zeitigen und ist sicherlich nicht der richtige Weg zu vergessen. In vierzehn Tagen wird diese Möglichkeit nicht mehr bestehen, fürs Erste; und wenn sie zum letzten Male aufkommt, kann ich ja wieder fortgehen. Außerdem setze ich tatsächlich große Hoffnung in körperliche Ertüchtigung und rechtschaffene Erschöpfung. Du weißt, dass Mr. Crisparkle diesen Dingen beim Erhalt seines eigenen gesunden Geistes und seines eigenen gesunden Körpers allergrößtes Gewicht beimisst und dass sein Sinn für Gerechtigkeit ihm kaum gestatten dürfte für sich selbst andere Naturgesetze geltend zu machen als für mich. Er hat sich meine Sicht der Dinge zu Eigen gemacht, als er überzeugt war, dass es mir aufrichtig ernst damit war, und so mache ich mich morgen früh mit seinem vollen Einverständnis auf den Weg. Und zwar früh genug, um nicht nur aus der Stadt, sondern auch außer Hörweite der Glocken zu sein, wenn die guten Menschen in die Kirche gehen.»

Helena lässt sich die Sache durch den Kopf gehen und befindet sie für gut. Da Mr. Crisparkle sie für gut befindet, stand zu vermuten, dass auch sie das tun würde; doch sie tut es aus sich selbst heraus, aus eigener Urteilskraft, und hält es für ein gesundes Ansinnen, in dem sich ein aufrichtiges Bestreben und eine tätige Anstrengung zur Besserung äußern. Sie ist geneigt ihn zu bemitleiden, den armen Tropf, der am großen Weihnachtsfeste ganz allein fortgeht; doch sie hält es vielmehr für geboten, ihn zu ermutigen. Und das tut sie.

Wird er ihr schreiben?

Er wird ihr jeden zweiten Tag schreiben und ihr von all seinen Abenteuern berichten.

Schickt er Kleider voraus?

«Liebe Helena, nein. Ich will reisen wie ein Pilger, mit Beutel und Stock. Mein Beutel – oder vielmehr mein Knappsack – ist fertig gepackt und wartet darauf, auf den Rücken geschnallt zu werden, und hier ist mein Stock!»

Er reicht ihn ihr; sie macht die gleiche Bemerkung wie Mr. Crisparkle, dass er sehr schwer sei, und gibt ihn zurück mit der Frage, aus welchem Holz er bestehe. Hartholz.

Bis zu diesem Punkt ist er außerordentlich fröhlich gewesen. Vielleicht hat es ihn beflügelt, sie von seiner Sache überzeugen und diese somit in den leuchtendsten Farben schildern zu müssen. Vielleicht folgt der gelungenen Durchführung dessen der Umschwung auf dem Fuße. Als sich der Tag dem Ende neigt und vor ihnen die Lichter der Stadt aufblinken, wird er immer verzagter.

«Ich wünschte, ich müsste nicht zu diesem Essen gehen, Helena.»

«Lieber Neville, lohnt es denn, sich darüber den Kopf zu zerbrechen? Denk nur, wie schnell es vorüber sein wird.»

«Wie schnell es vorüber sein wird!», wiederholt er düster. «Ja. Aber es gefällt mir nicht.»

Womöglich werde ein Moment der Befangenheit eintreten, erklärt sie fröhlich, aber das könne nur ein Moment sein. Er sei sich seiner selbst doch sicher.

«Ich wünschte, ich wäre mir aller Dinge so sicher wie meiner selbst», antwortet er.

«Wie seltsam du redest, lieber Bruder! Was meinst du damit?»

«Helena, ich weiß es nicht. Ich weiß nur, dass es mir nicht gefällt. Wie seltsam drückend und tot die Luft heute Abend ist!»

Sie lenkt seine Aufmerksamkeit auf die kupferfarbenen Wolken jenseits des Flusses und sagt, dass der Wind auffrischt. Er spricht kaum noch ein Wort, bis er sich am Tor des Nonnenhauses von ihr verabschiedet. Sie geht nicht sofort hinein, nachdem sie sich getrennt haben, sondern bleibt stehen und blickt ihm nach, wie er die Straße hinuntergeht. Zweimal geht er am Torhaus vorbei, er scheut sich einzutreten. Endlich, als die Glocke der Kathedrale zur Viertelstunde schlägt, macht er schnell kehrt und eilt hinein.

Und so steigt er die Hintertreppe hinan.

Edwin Drood verbringt einen einsamen Tag. Es ist etwas aus seinem Leben gewichen, dessen Gewicht größer ist, als er vermutet hatte, und letzte Nacht hat er in der Stille seines Zimmers darum geweint. Zwar geistert ihm das Bild von Miss Landless noch immer durch den Kopf, doch das hübsche kleine, liebevolle Geschöpf, das so viel klüger ist, als er geahnt hat, behauptet wacker seine Stellung. Ein gewisses Unwohlsein ob seiner eigenen Unwürdigkeit beschleicht ihn, wenn er an sie denkt und daran, was sie füreinander hätten sein können, wäre er vor einiger Zeit nur etwas ernsthafter gewesen;

hätte er ihr nur mehr Wertschätzung entgegengebracht; hätte er, statt das Los seines Lebens als selbstverständliches Erbe hinzunehmen, vielmehr den richtigen Weg gesucht, es zu ehren und zu bessern. Und doch, trotz alledem und obgleich mit alledem ein starker Herzschmerz einhergeht, halten die Eitelkeit und die Launen der Jugend die hübsche Gestalt von Miss Landless in seinem Kopfe wach.

Dieser seltsame Blick Rosas, als sie sich am Tore trennten. Bedeutete er, dass sie unter die Oberfläche seiner Gedanken schaute, hinunter in die zwielichtigen Tiefen? Wohl kaum, denn es war ein verwunderter und überaus fragender Blick gewesen. Er kommt zu dem Schluss, dass er ihn einfach nicht versteht, obwohl er bemerkenswert ausdrucksvoll war.

Da er nur noch auf Mr. Grewgious wartet und unverzüglich aufbrechen wird, sobald er mit diesem gesprochen hat, schlendert er durch die alte Stadt und die Umgebung, um Abschied zu nehmen. Er denkt zurück an die Zeit, als Rosa und er hier oder dort entlangspazierten, noch Kinder und doch voll der Würde des Verlobtseins. Arme Kinder!, denkt er mit mitleidiger Trauer.

Er bemerkt, dass seine Uhr stehen geblieben ist, und geht zum Juwelier hinein, um sie aufziehen und stellen zu lassen. Der Juwelier plappert von einem Armband, das er ihm vorzulegen um die Erlaubnis bittet, ganz allgemein und unverbindlich. Einer jungen Braut würde es (so meint er) ganz wunderbar anstehen, zumal einer, deren Schönheit eher von der zierlichen Art sei. Er muss feststellen, dass das Armband kaum eines kühlen Blickes gewürdigt wird, und lenkt die Aufmerksamkeit auf ein Tablett mit Ringen für den Herren; dies hier nun sei eine Art von Ring, bemerkt er – ein ausgesprochen schlichter Siegelring –, welche viele Gentlemen gelegentlich der Änderung ihres Personenstandes zu erwerben geneigt seien. Ein Ring von recht gewichtigem Aussehen. Diesen Ring, mit dem Datum des Hochzeitstages innen eingraviert, haben viele Gentlemen allen anderen Erinnerungsstücken vorgezogen.

Die Ringe werden ebenso kühlen Blickes betrachtet wie das Armband. Edwin erklärt dem Verführer, dass er außer Uhr und Kette, die seinem Vater gehörten, keinerlei Schmuck trage, nur eine Krawattennadel.

«Das war mir wohl bekannt», lautet die Antwort des Juweliers, «denn erst neulich kam Mr. Jasper wegen eines Uhrenglases zu mir und zufällig zeigte ich auch ihm diese Artikel mit dem Hinweis, sollte er einem anverwandten Gentleman zu einer gewissen Gelegenheit ein Geschenk machen wollen ...

Doch er hat mit einem Lächeln geantwortet, im Kopf trage er ein Bestandsverzeichnis aller Schmuckstücke, welche bewusster anverwandte Gentleman jemals trage, nämlich Uhr und Kette und eine Krawattennadel.» Dennoch (so meint der Juwelier) müsse das nicht für alle Zeiten gelten, gelte es auch für den Moment. «Ich stelle Ihre Uhr auf zwanzig nach zwei, Mr. Drood. Und erlauben Sie mir Ihnen den Rat zu geben, sie niemals ganz ablaufen zu lassen.»

Edwin nimmt die Uhr entgegen, legt sie an und denkt beim Hinausgehen: «Der gute alte Jack! Wenn ich eine Extrafalte in mein Halstuch machte, würde er selbst das noch für bemerkenswert halten!»

Er schlendert ziellos umher, um sich die Zeit bis zum Abendessen zu vertreiben. Irgendwie geschieht es, dass ihm Cloisterham heute vorwurfsvoll begegnet; so manches an ihm auszusetzen findet, als habe er es nicht gut behandelt; jedoch eher nachdenklich als ärgerlich mit ihm ist. Seine übliche Sorglosigkeit ist einer Wehmut gewichen, mit der er all die alten Stätten betrachtet und bei ihnen verweilt. Bald wird er weit weg sein und sie vielleicht nie wieder sehen, denkt er. Armer Junge! Armer Junge!

In der Dämmerung spaziert er im Klosterweingarten umher. Der Glockenschlag der Kathedrale zeigt an, dass er eine volle halbe Stunde lang auf und ab gelaufen ist, der Garten liegt bereits ganz im Dunkeln, als er eine Frau bemerkt, die in einer Ecke neben einer Pforte auf dem Boden kauert. Die Pforte beschließt einen quer verlaufenden Seitenweg, der in der Dämmerung nur wenig benutzt wird; und die Frau muss schon die ganze Zeit über dort gesessen haben, obwohl er ihrer erst jetzt und erst nach und nach gewahr geworden ist.

Er schlägt diesen Weg ein und geht auf die Pforte zu. Im Lichte der nahebei stehenden Laterne sieht er, dass die Frau ausgemergelt aussieht, dass sie ihr spitzes Kinn auf die Hände stützt und dass ihre Augen ohne zu blinzeln, mit blindem festem Blick, vor sie hin stieren.

Stets freundlich, doch an diesem Abend zu besonderer Freundlichkeit angeregt, hat er für die meisten Kinder und alten Leute, denen er begegnet ist, ein freundliches Wort gehabt und beugt sich jetzt ohne zu zögern hinab und spricht die Frau an.

«Sind Sie krank?»

«Nein, Herzchen», antwortet sie ohne ihn anzusehen und ohne ihr seltsam blindes Stieren abzuschütteln.

«Sind Sie blind?»

«Nein, Herzchen.»

«Haben Sie sich verlaufen, einen Schwächeanfall, kein Obdach? Was ist los, dass Sie hier so lange in der Kälte sitzen ohne sich zu rühren?»

Langsam und mit Mühe scheint sie ihren Blick zu konzentrieren, bis er auf Edwin ruhen kann; dann zieht ein seltsamer Schleier über ihre Augen und sie fängt an zu zittern.

Er richtet sich auf, tritt einen Schritt zurück und blickt erschreckt und verwundert auf sie hinab; denn er glaubt sie zu kennen.

«Gütiger Himmel!», denkt er im nächsten Moment. «Genau wie Jack neulich!»

Während er auf sie hinabschaut, blickt sie zu ihm auf und wimmert: «Meine Lunge ist schwach; meine Lunge ist ganz schlecht. Ich Arme, ich Arme, und dieser knochentrockne Husten!» Und zur Bestätigung hustet sie ganz erbärmlich.

«Woher kommen Sie?»

«Aus London, Herzchen.» (Noch immer vom Husten geschüttelt.)

«Wohin wollen Sie?»

«Zurück nach London, Herzchen. Ich bin hergekommen und hab eine Nadel im Heuhaufen gesucht, aber hab sie nicht gefunden. Hör zu, Herzchen, gib mir drei Shilling Sixpence, dann brauchst du dir um mich keine Sorgen machen. Ich fahr zurück nach London und mach keinem Ärger. Ich hab 'n Geschäft dort – ach, ich Ärmste! 's läuft schlecht, ganz schlecht, die Zeiten sind schlecht! –, aber es reicht zum Leben.»

«Nehmen Sie Opium?»

«Ich rauch's», bringt sie, noch immer vom Husten geschüttelt, mühsam hervor. «Gib mir drei Shilling Sixpence, ich leg sie gut an und komme wieder. Drei Shilling Sixpence, weniger nutzt mir nichts. Wenn du mir drei Shilling Sixpence gibst, erzähl ich dir was.»

Er zählt das Geld ab und legt es ihr in die Hand. Sie schließt sofort fest die Finger darum und rappelt sich mit einem krächzenden, zufriedenen Lachen auf die Füße.

«Gott vergelt's! Gott vergelt's, guter Junge. Wie ist dein Vorname?»

«Edwin.»

«Edwin, Edwin, Edwin», wiederholt sie und scheint in die schläfrige Wiederholung des Wortes versunken; dann fragt sie plötzlich: «Ist die Kurzform davon Eddy?»

«Manche sagen es so», antwortet er und die Röte steigt ihm ins Gesicht.

«Liebende sagen das, richtig?», fragt sie nachdenklich.

«Wie soll ich das wissen!»

«Hast du kein Liebchen, bestimmt nicht?»

«Nein.»

Mit einem weiteren «Gott vergelt's und schönen Dank, Herzchen!» geht sie davon, als er sagt: «Sie wollten mir doch etwas erzählen!»

«Das wollt ich, das wollt ich. Also dann. Pscht. Sei froh, dass dein Name nicht Ned ist.»

Er sieht sie mit äußerst festem Blick an, als er fragt: «Warum?»

«Ein schlechter Name dieser Tage.»

«Wieso ein schlechter Name?»

«Ein bedrohter Name. Ein gefährlicher Name.»

«Das Sprichwort sagt doch, der bedrohte Mann lebt lang», sagt er leichthin.

«Dann müsste Ned – so bedroht ist er nämlich, wo immer er auch steckt, während wir zwei hier miteinander plauschen, Herzchen – wohl ewig leben!», antwortet die Frau.

Sie hat sich vorgebeugt, um ihm ins Ohr zu flüstern, und den Zeigefinger vor seinem Gesicht geschüttelt; jetzt kauert sie sich zusammen und stapft mit einem weiteren «Gott vergelt's und schönen Dank!» auf das Gasthaus zu.

Nicht gerade ein inspirierender Abschluss eines trübsinnigen Tages. Ist man allein an einem abgeschiedenen Ort, umgeben von den Relikten vergangener Zeiten und vom Verfall, ist so etwas vielmehr geeignet einem einen Schauder über den Rücken zu jagen. Er geht auf die besser beleuchteten Straßen zu und beschließt im Gehen, heute Abend nichts von dieser Begegnung zu erzählen, sondern Jack (der ihn als einziger Ned nennt) morgen davon als von einem komischen Zufall zu berichten; natürlich als komischen Zufall und nicht etwa als eine Begegnung, die der Erinnerung wert wäre.

Und doch lässt sie ihn nicht los, ganz anders als viele Dinge, die der Erinnerung weitaus mehr wert gewesen wären. Bis zur Essenszeit kann er noch ungefähr eine Meile spazieren; und als er über die Brücke und am Fluss entlangwandert, begegnen ihm die Worte der Frau im stärker werdenden Wind, in den wütenden Himmeln, im aufgewühlten Wasser, in den flackernden Lichtern. Ihr feierliches Echo schwingt noch im Glockengeläut der

Kathedrale mit, dessen erster Schlag sein Herz einen Moment lang stillstehen lässt, als er in den Bogengang zum Torhaus einbiegt.

Und so steigt er die Hintertreppe hinan.

John Jasper verbringt einen angenehmeren und fröhlicheren Tag als seine beiden Gäste. Da er in den Ferien keinen Musikunterricht zu geben hat, kann er bis auf die Gottesdienste in der Kathedrale frei über seine Zeit verfügen. Er ist früh in den Geschäften unterwegs und ordert kleine Delikatessen, die sein Neffe mag. Sein Neffe wird nicht lange bei ihm weilen, erzählt er seinen Lebensmittelhändlern, also muss er umso mehr verwöhnt und umsorgt werden. Während dieser gastlichen Besorgungen schaut er bei Mr. Sapsea vorbei und erwähnt, dass der liebe Ned und jener leicht entflammbare jugendliche Heißsporn des Mr. Crisparkle heute bei ihm im Torhaus miteinander speisen und ihre Differenzen beilegen wollen. Mr. Sapsea ist dem entflammbaren jugendlichen Heißsporn in keinster Weise freundlich gesonnen. Sein Teint, so sagt er, sei «unenglisch». Und hat Mr. Sapsea erst irgendetwas für unenglisch erklärt, so gilt es ihm bis in alle Ewigkeit als in den bodenlosen Abgrund gestürzt.

John Jasper ist aufrichtig betrübt diese Worte aus Mr. Sapseas Munde zu vernehmen, denn er weiß sehr gut, dass Mr. Sapsea nichts sagt, was nicht Hand und Fuß hat, und dass er die ungewöhnliche Fähigkeit besitzt, Recht zu behalten. Mr. Sapsea ist (welch erstaunlicher Zufall) ganz genau der gleichen Meinung.

Mr. Jaspers Stimme ist an diesem Tag wunderschön. Bei dem feierlichen Wunsche, sein Herz möge geneigt sein Seine Gebote zu achten, setzt er die Gemeinde mit der Kraft seines Vortrags in Erstaunen. Niemals hat er so schwierige Musik mit solcher Könnerschaft und solchem Wohlklang gesungen wie die heutige Kantate. Sein nervöses Temperament neigt bisweilen dazu, schwierige Musik ein weniges zu schnell zu singen; heute ist sein Tempo perfekt.

Erzielt wurden diese Ergebnisse aller Wahrscheinlichkeit nach durch tiefe geistige Ausgeglichenheit. Der bloße Mechanismus seiner Kehle scheint ein wenig gereizt, denn sowohl zu seinem Chorgewand als auch zu den normalen Kleidern trägt er einen langen schwarzen Schal aus fester, dicht gewebter Seide locker um den Hals geschlungen. Diese Ausgeglichenheit ist so augenfällig, dass Mr. Crisparkle ihn darauf anspricht, als sie aus der Vesper kommen.

«Ich möchte Ihnen für den Genuss danken, dass ich Ihnen heute lauschen durfte. Wunderschön! Großartig! Sicherlich konnten Sie sich nicht derart selbst übertreffen, ohne dass es Ihnen, wie ich hoffe, ganz wunderbar gut geht.»

«Es geht mir wunderbar gut.»

«Nichts ungenau», sagt der Hilfskanonikus mit einer eleganten Handbewegung, «nichts unsicher, nichts forciert, nichts ausgelassen; alles in durch und durch meisterhafter Weise vorgebracht, mit vollendeter Selbstbeherrschung.»

«Danke. Ich hoffe es, wenn das nicht zu viel gesagt ist.»

«Man könnte meinen, Jasper, Sie hätten eine neue Medizin für Ihre gelegentlichen Indisponiertheiten ausprobiert.»

«Ach, wirklich? Gut beobachtet, denn das habe ich tatsächlich.»

«Dann bleiben Sie dabei, mein Lieber», sagt Mr. Crisparkle und klopft ihm freundlich ermutigend auf die Schulter, «bleiben Sie dabei.»

«Das werde ich.»

«Ich kann Ihnen nur gratulieren», fährt Mr. Crisparkle fort, als sie aus der Kathedrale treten, «in jeglicher Hinsicht.»

«Nochmals danke. Ich würde Sie gern zum Hilfskanonikuswinkel begleiten, wenn Sie nichts dagegen haben; mir bleibt noch reichlich Zeit, bis meine Gäste kommen, und ich möchte Ihnen etwas sagen, das Sie sicherlich nicht ohne Freude hören werden.»

«Und das wäre?»

«Nun. Wir sprachen doch neulich über meine düsteren Anwandlungen.»

Mr. Crisparkle setzt ein betrübtes Gesicht auf und schüttelt mitfühlend den Kopf.

«Ich sagte, wie Sie wissen, dass Sie mein Gegengift für diese düsteren Anwandlungen sein sollten, und Sie sagten, Sie wünschten, ich würde sie den Flammen überantworten.»

«Und das wünschte ich noch immer, Jasper.»

«Mit allem Recht der Welt! Ich habe vor, mein diesjähriges Tagebuch am Jahresende zu verbrennen.»

«Weil Sie ...?» Mr. Crisparkles Miene erstrahlt sichtlich, als er derart anhebt.

«Sie ahnen es bereits. Weil ich spüre, dass ich nicht ich selbst war, düster, gallig, grüblerisch, wie auch immer. Sie sagten, ich hätte mich hineingesteigert, und das habe ich.»

Mr. Crisparkles strahlendes Gesicht strahlt noch mehr.

«Ich konnte es zu jenem Zeitpunkt nicht erkennen, da ich tatsächlich nicht ich selbst war; aber mein Zustand jetzt ist ein gesünderer und ich gestehe es mit aufrichtiger Freude. Ich habe viel Geschrei gemacht um wenig Wolle, das ist alles.»

«Es freut mich ungemein», ruft Mr. Crisparkle, «dass Sie das sagen!»

«Wenn ein Mann ein eintöniges Leben führt», fährt Jasper fort, «und ihm etwas auf die Nerven oder auf den Magen schlägt, mag er über einer Idee brüten, bis sie jegliche Proportionen verliert. Genau das war bei mir mit besagter Idee der Fall. Also werde ich den Beweis für meinen Fall verbrennen, wenn das Buch voll ist, und den nächsten Band mit klarerem Blick beginnen.»

«Das klingt besser», sagt Mr. Crisparkle und bleibt an der Treppe zu seiner Haustür stehen, um Jasper die Hand zu schütteln, «als ich zu hoffen wagte.»

«Natürlich», entgegnet Jasper. «Sie hatten wenig Grund zur Hoffnung, dass ich mehr so wie Sie werden könnte. Sie üben sich unablässig darin, in Geist und Körper klar wie ein Kristall zu sein, und das sind Sie immer und verändern sich nie; ich hingegen bin ein trübes, einsames, kümmerliches Gewächs. Doch die Zeit des Trübsalblasens ist vorbei. Soll ich warten, während Sie fragen, ob Mr. Neville schon zu mir aufgebrochen ist? Wenn nicht, könnten er und ich zusammen gehen.»

«Ich glaube», sagt Mr. Crisparkle und schließt die Eingangstür auf, «dass er schon vor einer Weile gegangen ist; vielmehr weiß ich, dass er gegangen ist, und ich glaube, er ist nicht zurückgekehrt. Aber ich werde nachsehen. Möchten Sie nicht hereinkommen?»

«Meine Gäste warten», sagt Jasper mit einem Lächeln.

Der Hilfskanonikus verschwindet im Haus und kommt nach wenigen Augenblicken zurück. Wie er angenommen hatte, ist Mr. Neville nicht zurückgekehrt; tatsächlich erinnert er sich jetzt, dass Mr. Neville gesagt habe, er werde vermutlich geradewegs zum Torhaus gehen.

«Was für ein schlechter Gastgeber!», sagt Jasper. «Meine Gäste werden vor mir da sein! Was wetten Sie, dass ich meine Gäste nicht gerade in herzlicher Umarmung antreffen werde?»

«Ich wette – oder ich würde wetten, wenn ich es jemals täte», entgegnet Mr. Crisparkle, «dass Ihre Gäste heute Abend einen fröhlichen Gesellschafter haben werden.»

Jasper nickt und wünscht lachend gute Nacht!

Er geht den gleichen Weg zurück zur Tür der Kathedrale und wendet sich danach zum Torhaus. Im Gehen singt er mit leiser Stimme und zartem Ausdruck vor sich hin. Noch immer scheint es, dass er an diesem Abend schlichtweg nicht in der Lage ist, eine falsche Note zustande zu bringen, und dass nichts ihn zur Eile antreiben oder ihn aufhalten könnte. So erreicht er den überwölbten Eingang zu seiner Wohnung und bleibt für einen Moment in dessen Schutze stehen, um den langen schwarzen Schal abzunehmen und wie eine Schlaufe über den Arm zu hängen. Für diesen kurzen Moment ist sein Gesicht verkniffen und ernst. Doch es hellt sich unverzüglich auf, als er seinen Weg und seinen Gesang wieder aufnimmt.

Und so steigt er die Hintertreppe hinauf.

Den ganzen Abend über brennt ruhig das rote Licht im Leuchtturm am Rande der Wogen des geschäftigen Lebens. Gedämpfte Geräusche und das Summen des Verkehrs branden daran vorbei und schwappen hin und wieder in das einsame Geviert; doch sonst passiert außer einigen wütenden Windstößen nur wenig den Torbogen. Ein tosender Sturm kommt auf.

Dieses Geviert ist nie besonders gut erleuchtet; doch als die starken Windböen viele Lampen ausblasen (manchmal auch die Rahmen zerstören und das Glas klirrend auf den Boden schleudern), liegt es in dieser Nacht ganz besonders dunkel da. Die Dunkelheit wird noch verdüstert durch wirbelnden Staub von der Erde, dürre Zweige von den Bäumen und große Stücke der Krähennester oben im Turm. Die Bäume selbst, ein greifbares Element der Dunkelheit, schütteln sich und knarren derart, dass sie in Gefahr scheinen, aus der Erde gerissen zu werden: wobei immer wieder ein Krachen und ein Rauschen anzeigen, dass ein starker Ast sich dem Sturme ergeben hat.

Seit vielen Winternächten hat kein Sturm von solcher Gewalt mehr getobt. Schornsteine stürzen auf die Straße und die Menschen halten sich an Pfeilern und Hausecken und aneinander fest, um auf den Beinen zu bleiben. Die wütenden Böen lassen nicht nach, sondern nehmen bis Mitternacht, als alle Straßen leer gefegt sind, an Häufigkeit und Schärfe zu, und der Wind tobt durch die Straßen, rüttelt an den Klinken und zerrt an den Fensterläden, als wolle er die Menschen auffordern aufzustehen und mit ihm davonzufliegen statt abzuwarten, bis ihnen das Dach über den Köpfen zusammenbricht.

Noch immer brennt ruhig das rote Licht. Nichts ist ruhig, nur das rote Licht.

Die ganze Nacht über bläst der Wind und lässt nicht nach. Früh am Morgen jedoch, als es im Osten noch kaum hell genug ist, dass die Sterne verblassen, beginnt er sich zu legen. Von diesem Moment an kommt es noch zu gelegentlichen wilden Stößen, wie bei einem verwundeten Ungeheuer, das im Sterben liegt, doch er flaut ab und ermattet; als es ganz hell ist, ist er abgestorben.

Jetzt ist zu sehen, dass die Zeiger der Kathedraluhr abgerissen wurden; dass sich Bleiplatten der Dachabdeckung gelöst haben und aufgerollt in den Kirchhof geweht sind; dass von ganz oben aus dem großen Turm mehrere Steine heruntergefallen sind. Weihnachtsmorgen hin oder her, es müssen Handwerker hinaufgeschickt werden, um das Ausmaß der Schäden festzustellen. Unter Durdles Führung steigen sie nach oben; während sich Mr. Tope und mehrere frühe Müßiggänger unten beim Hilfskanonikuswinkel versammeln, mit der Hand die Augen abschirmen und nach den Männern dort oben Ausschau halten.

Plötzlich bahnt sich Mr. Jasper mit den Händen einen Weg durch diese Ansammlung und löst sie auf; alle Blicke wandern zurück zur Erde, als er lautstark Mr. Crisparkle anspricht, der im offenen Fenster steht: «Wo ist mein Neffe?»

«Hier war er nicht. Ist er nicht bei Ihnen?»

«Nein. Er ist in der vergangenen Nacht zusammen mit Mr. Neville hinunter zum Fluss gegangen, um sich den Sturm anzuschauen, und er ist nicht zurückgekommen. Rufen Sie Mr. Neville!»

«Er ist heute Morgen frühzeitig aufgebrochen.»

«Aufgebrochen, heute früh? Lassen Sie mich rein, lassen Sie mich rein!»

Niemand schaut mehr hinauf zum Turm. Alle anwesenden Augen sind auf Mr. Jasper gerichtet, der sich bleich, halb angezogen, keuchend, an das Geländer vor dem Haus des Hilfskanonikus' klammert.

12
Beschuldigt

Neville Landless ist so früh aufgebrochen und so kraftvoll ausgeschritten, dass er sich schon acht Meilen von Cloisterham entfernt hat, als dort die Glocken zum Morgengottesdienst bitten. In einem Gasthaus mit dem bezeichnenden Namen «Zum Planwagen» ist er eingekehrt und hat im Qualm eines Kaminfeuers aus feuchtem Reisig inmitten der Privatwäsche der Inhaber, die an quer durch den Raum gespannten Leinen hing, ein rustikales Frühstück aus Brot und Käse eingenommen. Gestärkt ist er aufgebrochen, doch nur eine Viertelmeile weiter entdeckt er einige Männer hinter sich, die rasch aufholen. Da er es nicht eilig hat, tritt er beiseite, um sie passieren zu lassen. Aber nur vier von ihnen gehen vorbei, vier andere bleiben vor ihm stehen und der Rest, etwa ein halbes Dutzend, kehrt auf der Stelle um und entfernt sich hastig. Er versucht weiterzugehen, aber sie umzingeln ihn.

«Seid ihr Wegelagerer?», fragt er. «Ich habe nichts von Wert bei mir.»

«Am besten, wir antworten nicht», sagt einer aus der Gruppe.

«Was soll das?»

Niemand antwortet ihm.

«Ihr sagt nichts, wie? Feiglinge!» Neville wird wütend. «Ich erlaube nicht, dass man mich in dieser Weise mit Übermacht einschließt. Ich werde jetzt gehen und ihr werdet mich durchlassen!»

Doch die acht stehen still und er rührt sich ebenfalls nicht.

«Acht gegen einen!», ruft er. «Was bleibt mir da übrig als wenigstens ein paar von euch meine Handschrift spüren zu lassen? Genau das werde ich nämlich tun, wenn ihr mich noch länger aufhaltet!»

Entschlossen schultert er seinen schweren Stock und marschiert los, aber der größte und stärkste der Männer springt ihm in den Weg und reißt ihn zu Boden, allerdings nicht ohne harte Bekanntschaft mit dem Stock zu machen.

«Ich erledige das!», ruft er, während sie im Gras kämpfen. «Er hat die Statur eines Mädchens. Ich schaff das schon.»

Doch ganz so einfach scheint es nicht zu sein, denn als er Neville endlich überwältigt hat, ist sein Gesicht genauso blutverschmiert wie das des Unterlegenen. Zwei seiner Kollegen packen Neville und zerren ihn auf die Beine.

«Ob wir Diebe sind, Mr. Landless», sagt der Mann und spuckt ein wenig Blut aus, «werden Sie bald feststellen können. Ich hätte Sie ja nicht angerührt, aber Sie haben mich dazu gezwungen. Wir bringen Sie jetzt runter zur Landstraße. Da werden Sie so viel Beistand gegen Diebe erhalten, wie Sie wollen, da werden Sie Freunde wieder sehen. Wischt ihm das Blut ab!»

Der Mann – es ist Joe, der Kutscher aus Cloisterham – nimmt den Wanderstock an sich, zwei Männer halten den völlig verwirrten Neville an den Armen fest und so geht es hinab zur Landstraße, wo sie schon erwartet werden. Das halbe Dutzend Männer, das vorhin umgekehrt ist, hat den Freunden Bescheid gesagt, von denen Joe gesprochen hat – Mr. Crisparkle und Mr. Jasper.

«Was soll das alles, Sir?», ruft Neville. «Ich glaube, ich verliere gleich den Verstand!»

«Wo ist mein Neffe?», fragt Jasper wild.

«Ihr Neffe? Warum fragen Sie ausgerechnet mich?»

«Weil Sie der letzte Mensch waren, der mit ihm zusammen war. Seitdem ist er verschwunden.»

«Verschwunden», wiederholt Neville entgeistert.

«Erlauben Sie, Mr. Jasper», schaltet sich Crisparkle ein, «Neville, Sie sind verwirrt. Es wäre von größter Wichtigkeit, dass Sie Ihre Gedanken ordnen. Hören Sie auf mich! Ordnen Sie Ihre Gedanken!»

«Ich will es versuchen, Sir, aber es kommt mir recht konfus vor.»

«Sie haben Mr. Jasper vergangene Nacht zusammen mit Edwin Drood verlassen?»

«Ja.»

«Wann?»

«War es gegen neun?», fragt Neville verwirrt und sieht Jasper flehend an. «Oder um zehn?»

«Mr. Jasper sagt, es sei zwölf gewesen», sagt Crisparkle.

«Dann wird es so gewesen sein.»

«Sie gingen gemeinsam zum Fluss?»

«Ja, um das Toben des Sturms zu beobachten.»

«Was geschah dann? Wie lange blieben Sie?»

«Vielleicht zehn Minuten, nicht länger. Wir gingen dann zu Ihrem Haus. Vor Ihrer Tür hat er sich von mir verabschiedet.»

«Ich habe von Ihrer Heimkehr nichts mitbekommen.»

«Ich war sehr leise, Sir, ich wollte Sie nicht wecken.»

«Hat Mr. Drood etwas darüber gesagt, wohin er nun gehen wollte? Wollte er noch einmal zum Fluss?»

«Nein, er war müde und wollte schlafen gehen.»

Die Umstehenden tauschen Blicke untereinander und mit Crisparkle. Jasper, der Neville scharf beobachtet hat, fragt mit leiser, misstrauischer Stimme: «Was sind das für Flecken auf seinem Mantel? Und hier sind dieselben Flecken auf seinem Wanderstock! Das ist sein Stock, ich erkenne ihn wieder, er hatte ihn gestern Nacht dabei. Was bedeutet das?»

«In Gottes Namen, sagen Sie es uns!», drängt Crisparkle.

Doch der Ursprung dieser Flecken kann geklärt werden. Joe, der Kutscher, gibt zu, dass ein Kampf zwischen Neville und ihm stattgefunden hat.

«Wir müssen zurück nach Cloisterham», sagt Crisparkle. «Sie werden natürlich froh sein mitzukommen und die Sache zu klären.»

«Natürlich, Sir.»

Sie machen sich auf den Rückweg. Neville geht zwischen Crisparkle und Jasper, der Neville keine Sekunde aus den Augen lässt. Der Kantor ist still, während Crisparkle seine Fragen wiederholt ohne neue Antworten zu erhalten, er ist still, während die beiden verschiedene Erklärungsversuche wagen, er schweigt, obwohl Cris-parkle ihn durch seine Art spürbar auffordert, an der Diskussion teilzunehmen. Nichts kann seine starren Züge erweichen, und als der Hilfskanonikus vor Cloisterhams Toren vorschlägt, direkt zum Bürgermeister zu gehen, nickt er nur finster.

Erst als Mr. Sapsea über alles informiert ist, bricht er sein Schweigen und erklärt, indem er sein Vertrauen in Mr. Sapseas Scharfsinn kundtut, dass er keinen nachvollziehbaren Grund erkennen könne, warum sein Neffe sich verbergen sollte. Auch sei es unwahrscheinlich, dass er zum Fluss zurückgekehrt und im Dunkeln ertrunken sei. Er, Jasper, wolle jedoch niemanden verdächtigen, es sei denn, es wolle Mr. Sapsea erscheinen, dass jener, der zuletzt mit Edwin zusammen gewesen sei, zumindest nicht ganz unverdächtig sei.

Mr. Sapsea befindet, dass der Fall dunkel, um nicht zu sagen: unenglisch wirke, wobei seine Augen auf Neville ruhen. Von diesem Hauptpunkt ausgehend verheddert er sich in einem dichteren Wust von Unsinn, als sogar von einem Bürgermeister zu erwarten gewesen wäre, und macht schließlich die brillante Entdeckung, dass jemanden das Leben zu nehmen bedeute sich etwas zu nehmen, was einem nicht gehöre. Er schwankt, ob er Neville nicht wegen schwer wiegenden Verdachts sofort ins Gefängnis werfen lassen soll, und vielleicht wäre es dazu gekommen, wenn der Hilfskanonikus nicht protestiert hätte: Er bürge für den jungen Mann, der in seinem Haus verbleiben solle! Der Verdacht reiche nicht aus, zumal ja noch längst nicht sichergestellt sei, ob man es hier tatsächlich mit einem Gewaltverbrechen zu tun habe.

In der Frühe machen sich Freiwillige an die Arbeit, die Ufer des Flusses abzusuchen. Mit Booten, Schleppnetzen und allen denkbaren Hilfsmitteln wird die Suche den ganzen Tag über fortgesetzt und noch in der folgenden Nacht ist das Wasser mit Laternen gesprenkelt und horchen Beobachter am Ufer auf den Klang der Wellen, ob sie nicht eine Last an den Strand tragen. Bis hinab zur See werden alle Stellen abgesucht, an denen sich im Zug der Gezeiten Strudel und starke Strömungen entwickeln, doch von Edwin Drood kommt nicht die geringste Spur ans Licht der Sonne.

Am folgenden Tag geht die Suche weiter. Jetzt ist es vor allem John Jasper, der sie vorantreibt, indem er im Schlamm watet und im Wasser liegende Steine umdreht. Er ist unermüdlich, nicht einmal zum Essen macht er eine Pause und die Männer, die er ständig anzutreiben versucht, damit sie nicht im Eifer erlahmen, schütteln den Kopf über ihn und sagen: «Es ist ein schwerer Verlust für ihn.»

Am Ergebnis ändert sich jedoch nichts. Zutiefst erschöpft geht Jasper am Abend schließlich nach Hause, von oben bis unten voller getrockneter Schlammspritzer und mit teilweise zerfetzten Kleidern. Gerade hat er sich in seinen Lehnstuhl sinken lassen und die Augen geschlossen, als es klopft. Es ist Mr. Grewgious.

«Ich höre seltsame Neuigkeiten», sagt der Advokat zur Begrüßung.

«‹Schrecklich› wäre das richtige Wort.» Jasper öffnet nur kurz die schweren Augenlider und aus seiner Stimme spricht Erschöpfung. «Wie geht es Ihrem Mündel?»

Mr. Grewgious streicht sich über Kopf und Gesicht und sieht dabei ins Feuer.

«Armes kleines Ding! Sie können sich vorstellen, in welcher Verfassung sie ist.»

«Haben Sie seine Schwester gesehen?»

«Wessen Schwester?»

Die Kürze dieser Gegenfrage und die kühle, langsame Art, mit der Mr. Grewgious seine Blicke vom Feuer auf das Gesicht seines Gegenübers lenkt, hätten diesen normalerweise verärgert. Doch Jasper in seiner Erschöpfung öffnet kaum die Augen, als er antwortet: «Die des verdächtigen jungen Mannes.»

«Verdächtigen Sie ihn denn?»

«Ich weiß nicht, was ich denken soll.»

«Ich auch nicht», sagt Mr. Grewgious, «aber mir schien, Sie würden in einer Art von ihm sprechen, als seien Sie sich über ihn völlig klar. Nun, ich sah Miss Landless vorhin.»

«Wie ist ihr Zustand?»

«Sie weist jeden Verdacht gegen ihren Bruder empört zurück.»

«Armes Ding!»

«Wie auch immer – ich kam nicht ihretwegen zu Ihnen, sondern wegen meines Mündels. Ich habe Ihnen eine Eröffnung zu machen, die Sie überraschen wird. Zumindest hat sie mich überrascht.»

Mit einem Seufzer des Leidens wälzt Jasper sich im Lehnstuhl herum.

«Vielleicht sollten wir das auf morgen verschieben», sagt Mr. Grewgious. «Ich warne Sie, es wird Sie wirklich überraschen. Es könnte Sie überfordern.»

Nun ist Jaspers Aufmerksamkeit geweckt. Er versucht sich auf Mr. Grewgious zu konzentrieren, der wieder in das Feuer blickt, und setzt sich aufrecht.

«Was ist los?»

«Ich hätte es eigentlich früher wissen müssen», antwortet Mr. Grewgious provozierend langsam. «Es gab Anzeichen. Aber ich bin ein derart hölzerner Mann, dass ich dachte, es sei alles ausgemacht.»

«Worum geht es also?»

Mr. Grewgious öffnet und schließt seine Hände am Feuer, um sie zu wärmen, und fixiert Jasper fest von der Seite, als er antwortet: «Das junge Paar, der verschwundene junge Mann und Miss Rosa, mein Mündel, haben, obwohl so lange verlobt und so dicht vor der Hochzeit» – Mr. Grewgious blickt in aufgerissene Augen in einem kreideweißen Gesicht, er sieht bebende Lippen und zwei Hände, die sich um die Armlehnen krampfen – «diese jungen Leute haben allmählich entdeckt, und zwar von beiden Seiten her, wie ich glaube, dass sie jetzt und später glücklicher und zufriedener sein werden, wenn sie nicht heiraten, sondern als Freunde einander verbunden bleiben, oder sagen wir: als Bruder und Schwester.»

Mr. Grewgious sieht ein bleifarbenes Gesicht, auf dem schreckliche Tröpfchen wie aus Stahl erscheinen.

«Das junge Paar traf sich kürzlich, um diesen heilsamen Entschluss zu fassen. In einem unschuldigen, edlen Gespräch stimmten sie überein, ihr bestehendes Verhältnis für immer aufzulösen.»

Mr. Grewgious sieht eine geisterhafte Gestalt mit offenem Mund, die sich aus dem Lehnstuhl erhebt und mit den Händen an den Kopf fasst.

«Einer der beiden, Ihr Neffe nämlich, fürchtete, dass Sie in Ihrer Zartheit der Zuneigung zu ihm von dieser Änderung seiner Lebenspläne bitter enttäuscht sein könnten, so dass er sich nicht traute, es Ihnen selbst zu sagen. Rosa bat mich das zu übernehmen. Hiermit habe ich ihrem Wunsch entsprochen.»

Mr. Grewgious sieht, wie die geisterhafte Gestalt ihren Kopf zurückwirft, sich die Haare rauft und sich windend von ihm fortdreht.

«Ich habe gesagt, was zu sagen war», fährt er fort. «Nur eins noch: Das junge Paar trennte sich – nicht ohne Tränen – an jenem Abend, als Sie die beiden zum letzten Mal zusammen sahen.»

Mr. Grewgious hört einen schrecklichen Aufschrei und sieht keine geisterhafte Gestalt mehr, sondern nur noch einen Haufen zerrissener, schmutziger Kleider auf dem Fußboden. Er blickt darauf hinab, während er fortfährt, seine Hände am Feuer zu öffnen und zu schließen, um sie zu wärmen.

13

Hingegeben

Als John Jasper aus seiner Ohnmacht erwacht, findet er sich betreut von Mr. und Mrs. Tope, die sein Besucher zu Hilfe gerufen hat. Mr. Grewgious sitzt steif auf einem Stuhl und verfolgt die Szene, doch nachdem die Topes dem Geschwächten unter manchen Vorwürfen, weil er seit dem Morgen das Essen verweigert hat, auf den nächsten Stuhl geholfen haben, kommentiert er das Gesehene in einem Tonfall, als wiederhole er eine auswendig gelernte Lektion: «Auch der Stärkste kann nicht ohne Schlaf auskommen, sich zugleich den Geist zermartern und den Körper überbeanspruchen, ohne eine Quittung für diesen Raubbau zu erhalten.»

«Ich hoffe, ich habe Sie nicht beunruhigt?», fragt Jasper mit schwacher Stimme, während er zusieht, wie Mrs. Tope kaltes Huhn und selbst gemachtes Gelee aufträgt; denn es ist beschlossene Sache: Er muss endlich etwas essen, ob er will oder nicht. Gehorsam trinkt er einen Schluck von dem Wein, den Mr. Tope ihm einschenkt.

«Nicht im Mindesten», antwortet Mr. Grewgious.

«Sie sind sehr rücksichtsvoll.»

«Nicht im Mindesten», wiederholt Mr. Grewgious.

«Essen Sie mit mir?»

«Vielen Dank, aber ich würde keinen Bissen herunterbekommen.»

Jasper isst und trinkt beinahe gierig, offensichtlich darum bemüht, einem weiteren Schwächeanfall vorzubeugen; der Geschmack der Speisen scheint ihm weitgehend gleichgültig zu sein. Mr. Grewgious, immer noch sehr aufrecht sitzend, sieht ihm mit ausdrucksloser Miene zu.

«Wissen Sie», sagt Jasper, nachdem er den Teller weggeschoben und ein paar Minuten nachdenklich dagesessen hat, «wenn ich über die Mitteilung nachdenke, mit der Sie mich vorhin überrascht haben, finde ich sogar ein Bröckchen Trost darin.»

«So, finden Sie?»

«Ja, nachdem ich mich von dem Schock erholt habe, der alle Träume, die ich für Edwin hatte, zerstört hat, und nachdem ich ein wenig darüber nachgedacht habe: Ja, ich finde Trost darin.»

«Ich werde Ihr Bröckchen gern aufpicken», sagt Mr. Grewgious trocken.

«Von einem gewissen Standpunkt aus wird die Sache dadurch vielleicht sogar erst plausibel. Könnte es nicht möglich sein, dass mein Neffe sich einfach der lästigen Pflicht entziehen wollte, überall und jedem erklären zu müssen, dass die Verlobung gelöst wurde?»

«Halten Sie ihn für ausreichend faul und feige?», erwidert Mr. Grewgious.

«So was ist schon vorgekommen», fährt Jasper fort, ohne auf den Einwand einzugehen; und je länger er nun die neue Spur verfolgt, desto enthusiastischer wird er. «Jetzt verstehe ich, was in ihm vorgegangen sein muss. Wissen Sie, bevor Sie mit Ihrer Neuigkeit zu mir kamen, konnte ich ja nicht wissen, dass er einen Grund haben könnte, einfach ohne ein Wort zu verschwinden. Aber jetzt verstehe ich, er könnte diesen Grund gehabt haben, ja, es könnte sein, dass er freiwillig fortgegangen ist, dass er noch lebt, dass er nicht ermordet wurde, wie ich bisher annehmen musste. Natürlich macht das sein merkwürdiges Verschwinden nicht weniger grausam für mich, aber Edwin wusste ja, dass Sie zu mir kommen würden, um mich zu informieren. Er konnte es mir nicht ins Gesicht sagen, aber er wusste, dass ich die richtigen Schlüsse aus den Neuigkeiten ziehen würde, er wusste, ich würde beruhigt sein. Ja, ich bin sicher, dass er das vorausgesehen hat! Sagen Sie, halten Sie das nicht für möglich?»

«Es könnte möglich sein», stimmt Mr. Grewgious vorsichtig zu.

«Ich hatte meine Zweifel», sagt Jasper, «schreckliche Zweifel. Aber Ihre Enthüllung, übermächtig, wie sie im ersten Augenblick war – denn ich musste erkennen, dass mein eigener lieber Junge Geheimnisse vor mir hatte –, lässt mich nun glauben, dass es möglich ist, dass Edwin uns freiwillig verlassen hat und dass er am Leben ist!»

Gerade ist Mr. Crisparkle hereingekommen. Überrascht fragt er, während er sich einen Stuhl zurechtrückt: «Wie das?»

Jasper wiederholt seine Argumente und rennt damit bei Crisparkle offene Türen ein, denn dem Hilfskanonikus ist alles recht, was seinen Schützling entlasten kann. So stimmt er der Überlegung zu, dass die Situation, in der sich Edwin befunden haben muss, ausreichen könnte, sein Verschwinden zu erklären.

«Vor Mr. Sapsea habe ich ausgesagt», führt Jasper fort, «dass der Streit zwischen den beiden jungen Männern an jenem Weihnachtsabend beigelegt worden ist. Aber mir ist aufgefallen, dass mein lieber Junge nicht so umgänglich wie üblich war. Er schien sogar etwas deprimiert. Ich konnte mir keinen Reim darauf machen, aber jetzt verstehe ich ihn natürlich besser, vor allem wenn ich mir vorstelle, dass er zu jenem Zeitpunkt mit dem Gedanken gespielt haben könnte, uns alle zu verlassen.»

«Ich bete, dass es sich so herausstellt», ruft Mr. Crisparkle aus.

«Und wie ich erst bete!», sagt Jasper. «Auch Mr. Grewgious soll es nun erfahren: Ich war voreingenommen gegenüber Mr. Landless wegen seines wütenden Benehmens bei jener verhängnisvollen ersten Begegnung und fürchtete deswegen für meinen lieben Jungen. Meine dunklen Vorahnungen prägen mehrere Einträge in meinem Tagebuch; Sie wissen das alles, Mr. Crisparkle. Ich sage das deswegen, damit auch Mr. Grewgious versteht, warum die Neuigkeit, die er überbracht hat, für mich ein echter Anlass zur Hoffnung ist.»

Der Hilfskanonikus ist verwirrt von so viel Aufrichtigkeit, er spürt, dass er selbst längst nicht so offen gewesen ist. Sonst ist er einer der aufrechtesten Menschen der Welt, aber hier hat er zwei Dinge verschwiegen, die seinen Schützling belasten könnten: dessen zweiten Zornesausbruch und seine Eifersucht wegen Rosa. Mr. Crisparkle ist überzeugt von Nevilles Unschuld, aber es sprechen so viele kleinere Umstände gegen ihn, dass der Reverend gezögert hat ihr Gewicht um zwei weitere zu vergrößern.

Doch jetzt zögert er nicht länger. Vor Mr. Grewgious, der noch steifer dasitzt als bisher, weil er spürt, dass ihm in dieser Sache von nun an der Rang einer Autoritätsperson beigemessen werden wird, berichtet er von seiner Entdeckung, dass Mr. Neville in die frühere Verlobte von Mr. Edwin verliebt sei. Jasper hält dieser unerwarteten Eröffnung stand, ja, er reagiert genau, wie Crisparkle gehofft hat: Jasper wiederholt, dass er sich so lange, wie das Gegenteil nicht erwiesen sei, an die Hoffnung klammern werde, dass sein lieber Junge aus eigenem wildem Willen verschwunden sei.

So könnte Crisparkle eigentlich beruhigt sein, als er diese Konferenz kurz darauf wieder verlässt. Doch er ist im Gegenteil noch immer unruhig und besorgt wegen des jungen Mannes, den er wie einen Gefangenen in seinem Haus hält. Dorthin zieht es ihn jetzt keineswegs. Wie immer, wenn ihm der Kopf schwer ist, unternimmt er einen Spaziergang zum Cloisterham-Wehr, obwohl es schon spät ist.

Fast automatisch finden seine Füße den Weg. Als er ankommt, ist er tief in seinen unruhigen Gedanken versunken, so dass er sich der Nähe des Wehrs erst bewusst wird, als er das Rauschen des Wassers hört. Die Nacht ist sternenklar. Das Wehr befindet sich volle zwei Meilen flussaufwärts von dem Ort, an dem die beiden jungen Männer Nevilles Aussage zufolge den Sturm beobachtet haben. Niemand hat hier gesucht, da das Wasser, das zu jener Zeit am Weihnachtsabend gerade am Abfließen gewesen ist, jeden Körper flussabwärts mitgerissen hätte; keine Macht der Welt hätte eine Leiche, die irgendwo unten ins Wasser gelassen worden wäre, hier heraufgespült.

Das unsichtbare Wasser gurgelt mit demselben Geräusch über das Wehr, das es immer in diesen kalten Sternennächten verursacht. Trotzdem hat Crisparkle das Gefühl, dass etwas Ungewöhnliches an diesem Platz ist. Er ist sich nicht sicher, welcher seiner Sinne da angesprochen wird; er strengt sich an und findet nichts. Da beginnt er zu ahnen, dass seine Einbildungskraft am Werk ist; als färbe das Mysteriöse des Falls, mit dem Crisparkle innerlich die ganze Zeit beschäftigt ist, unheimlicherweise von jenem Ort auf diesen überfärben. Er späht und horcht, geht näher ans Wehr, sieht hinab ins Wasser – nichts Ungewöhnliches. Da beschließt er, lieber nach Hause zu gehen, morgen aber gleich zurückzukehren, um hier bei Tageslicht nach dem Rechten zu sehen.

Doch das Wehr beschäftigt ihn die ganze Nacht während seines unruhigen Schlafs und so ist er schon bei Sonnenaufgang zurück und sieht erneut ins dunkle Wasser. Es ist ein klarer, frostiger Morgen, der alle Details enthüllt.

Da werden Crisparkles Augen von einem Punkt im Wasser angezogen. Der Reverend wendet sich ab, blickt in die Ferne, dann zur Erde und schließlich wieder ins Wasser und da ist er sicher: Etwas liegt dort, etwas Glitzerndes, was sich nicht von der Stelle rührt.

Seine Hände beginnen seinen Rock aufzuknöpfen, er reißt sich die Kleider vom Leib, springt in das eisige Wasser und schwimmt zu dem Punkt hinüber. Er zieht sich an den Balken des Wehrs empor und zerrt aus den Lücken eine goldene Uhr, die mit ihrer Kette hier dicht unterhalb des Wasserspiegels hängen geblieben ist. Auf ihrem Rücken sind die Buchstaben E und D eingraviert. Rasch bringt er die Kette zum Ufer, schwimmt zurück und beginnt zu tauchen. Jeden Zentimeter des Grunds kennt er hier am Wehr, alles sucht er ab, taucht wieder und wieder, bis er die Kälte nicht mehr aushält. Er hat erwartet, eine Leiche zu finden, aber er holt nichts weiter hervor als eine Krawattennadel, die im Schlamm gesteckt hat.

Mit diesen beiden Fundstücken kehrt er rasch nach Cloisterham zurück und geht, indem er Neville Landless mitnimmt, direkt zum Bürgermeister. Mr. Jasper wird geholt, die Uhr und die Krawattennadel werden identifiziert, Neville Landless wird festgenommen, und sofort beginnen die wildesten und albernsten Gerüchte über ihn zu kursieren, die man sich vorstellen kann.

Plötzlich weiß ganz Cloisterham, dass Neville Landless früher, bevor er nach England gekommen ist, Eingeborene hat zu Tode peitschen lassen – Nomaden also, die mal in Afrika, mal in der Karibik und mal am Nordpol kampieren, immer schwarz sind und immer ein gewisses Kauderwelsch sprechen, das wohl Englisch sein soll, worin aber nur die Wörter «Missie» und «Massa» verständlich sind. Außerdem hat Neville die grauen Haare der Mrs. Crisparkle fast ins Grab gebracht (diese originelle Formulierung geht auf Mr. Sapsea zurück), indem er wiederholt gesagt hat, er wolle Mr. Crisparkle umbringen, ja, überhaupt wolle er alles und jeden umbringen, um als Einziger übrig zu bleiben.

Diesen Geistesblitzen aus den Donnerbüchsen von Hohlköpfen folgt Feuer aus Präzisionswaffen, mit dem die Indizien aufbereitet werden. Neville hat den jungen Drood bedroht, er hat sich vor jenem Abend eine Offensivwaffe in Gestalt eines Wanderstocks zugelegt, er hat das stärkste denkbare Motiv – Eifersucht! – und er hat versucht, früh am Morgen nach jener Nacht aus Cloisterham zu verschwinden. Eine Durchsuchung seines Zimmers ergibt, dass er am Nachmittag vor seinem Aufbruch seine Papiere vernichtet und sein Zimmer aufgeräumt hat. Warum? Und dann die Sache mit der Uhr. Der Juwelier, der sie damals gestellt und aufgezogen hat, ist der entschiedenen Meinung, dass sie stehen geblieben ist, bevor sie ins Wasser geworfen worden ist; niemand hat sie danach noch aufgezogen. Sie zeigt genau 20 nach zwei – viel zu spät also, wenn man annimmt, dass das Abendessen bei Mr. Jasper um Mitternacht zu Ende gewesen ist. Die beiden jungen Männer müssten dann also noch mehr als zwei Stunden am Fluss spazieren gegangen sein. Nein, als viel wahrscheinlicher dürfte gelten, dass Mr. Landless Mr. Edwin recht bald umgebracht, die Uhr aber erst viel später ins Wasser geworfen hat, vielleicht zunächst angetrieben von dem Wunsch, sich dieses schmucke Stück anzueignen. Zweifellos hätte es bessere Stellen gegeben, sie loszuwerden, als gerade jene, an der Mr. Crisparkle täglich taucht; aber immerhin ist das Wasser hier tief und wahrscheinlich hat Mr. Landless, der bekanntlich aus einer wärmeren Weltgegend stammt, nicht daran gedacht, dass Mr. Crisparkle auch im Eiswasser bis auf den Grund zu tauchen imstande sein könnte. Was nun aber die Theorie betrifft, Mr. Drood könne freiwillig verschwunden sein, so hat seine ehemalige Verlobte zu Protokoll gegeben, Mr. Drood habe unbedingt die Ankunft ihres Vormunds Mr. Grewgious abwarten wollen. Und doch ist er vorher verschwunden!

Auf der Grundlage dieser Verdachtslage wird Neville also verhaftet. Die Suche wird intensiviert, Mr. Jasper arbeitet Tag und Nacht, doch es kommen keine weiteren Neuigkeiten an den Tag. Vor allem wird keine Leiche gefunden; und ohne Leiche kein Mord. Nach Stand der Dinge hat der Verdächtige nicht gemordet und muss daher entlassen werden; auch Mr. Sapsea kann dies nicht verhindern, da die englische Verfassung und Rechtsprechung in dieser Hinsicht eindeutig ist.

Das bringt Mr. Crisparkle in eine schwierige Lage, denn ebenso wenig wie er wünschen kann, dass sein Schützling des Mordes überführt wird, kann er zulassen, dass Mr. Landless nun in sein Zimmer im Hilfskanonikuswinkel zurückkehrt. Die Porzellanschäferin hätte sich zu Tode geängstigt und auch der Dekan ist dagegen: «Mr. Crisparkle, dieser junge Mann darf bei uns kein Asyl mehr bekommen. Ich beanspruche keine Hoheit über Ihr Haus und ich will auch seinen Fall nicht vorgreifend beurteilen, aber wie ich immer sage: Da kann man nichts machen. Wir Geistlichen dürfen keine Partei ergreifen.»

So muss Neville Landless den Hilfskanonikuswinkel verlassen.

Erst jetzt kehrt John Jasper schweigend an seinen Platz im Chor der Kathedrale zurück, hohlwangig und rotäugig. Zwei Tage zuvor hat er in sein Tagebuch geschrieben – und Mr. Crisparkle hat den Eintrag gelesen -:

«Mein lieber Junge ist ermordet worden. Die Entdeckung seiner Uhr und Krawattennadel überzeugen mich endgültig davon. Sie sind von seinem Körper entfernt worden, damit er nicht identifiziert werden kann. Meine Hoffnungen, die sich auf seine Trennung von Rosa gründeten, schreibe ich in den Wind. Ich schwöre jetzt – und halte diesen Eid auf diesen Seiten fest –, dass ich das Geheimnis um sein Verschwinden mit keiner menschlichen Kreatur mehr diskutieren werde, ehe ich nicht den Schlüssel zu dem Rätsel in Händen halte. Ich werde nicht ruhen, bis ich den Mörder meines lieben Jungen kenne. Und dann werde ich ihn vernichten.»

Dennoch behaupten Sie, Neville könne es nie und nimmer gewesen sein.

Was soll das? Lassen Sie doch diese Ablenkungsmanöver. Wir wissen inzwischen beide, dass meine Lösung des Falls Drood die richtige ist. Darum bin ich ja schließlich hier. Ihre Versuche, mich zu verunsichern, sind überflüssig.

Mr. Ablewhite, in jener Nacht im Traveller's Twopenny, als Sie erstmals mit dem Roman und den Fakten konfrontiert wurden – war Mr. Jasper damals an dieser Stelle des Romans noch immer ihr Hauptverdächtiger?

Ehrlich gesagt, ich war mir nicht mehr ganz sicher. Mein Bild von ihm war etwas differenzierter geworden, ich hatte begriffen, dass er zwei Seiten hat.

Was meinen Sie damit?

Er rackert bis zum Umfallen auf der Suche nach seinem Neffen. Dazu kann ihn seine verzweifelte Liebe getrieben haben, weil er Gewissheit brauchte, dass der Geliebte noch lebt. Aber ebenso gut kann man diesen Aktionismus als Versuch deuten, den Verdacht von ihm abzulenken.

Niemand sonst verdächtigt Mr. Jasper zu diesem Zeitpunkt.

Merkwürdig, nicht wahr? Selbst die Leute in seiner nächsten Umgebung, die doch ein recht genaues Bild von ihm haben müssen, sehen in ihm nur das arme Würstchen, das einen schweren Verlust erlitten hat. Aber dann kommt sein merkwürdiger Zusammenbruch, als Mr. Grewgious ihm die Neuigkeit enthüllt. Jasper ist natürlich mit den Nerven am Ende, aber dieser Kollaps ist trotzdem nicht ohne weiteres verständlich.

Während er auf der Suche nach dem heiligen Drood war, konnte er sich natürlich kein Opium zuführen.

Ja, der Kollaps könnte auch eine Folge des Entzugs sein. Aber da ist noch etwas anderes. Man könnte auch annehmen, dass ihm während der Rede von Mr. Grewgious – die ja offensichtlich in ihrer Breite darauf angelegt ist, Jasper zu quälen – bewusst wird, dass er einen schrecklichen Fehler gemacht hat.

Einen Fehler? Sie meinen den Mord?

Genau. Mr. Grewgious könnte ihm mit seiner Rede bewusst gemacht haben, dass der Grund für den Mord zu jenem Zeitpunkt, als Jasper ihn beging, bereits nicht mehr bestand. Jasper wird also klar, dass der Mord völlig umsonst gewesen ist. Da kann man schon mal zusammenklappen.

Der Grund für den Mord – Sie meinen das Verlobungsverhältnis mit der heiligen Rosa Bud?

So schwebte es mir vor.

Aber das würde bedeuten, dass Jasper den heiligen Drood wegen der heiligen Rosa umgebracht hat, dass Jasper also die Stelle des heiligen Drood bei der heiligen Rosa ...

Dürfte es vielleicht ein «heilig» weniger sein?

... einnehmen wollte.

Das wäre doch ein Motiv, finden Sie nicht?

Aber das passt nicht zu Ihrer früheren Einschätzung der Persönlichkeit Jaspers. Sie sagten, er sei in seinen Neffen verliebt, er sei invertiert.

Ich gebe zu, dass Jasper ein gespaltenes Bild abliefert. Deswegen war ich mir auch nicht mehr ganz klar über ihn. Stattdessen wurde mir nun doch Mr. Grewgious verdächtig.

Aha, also doch. Selbst vor dem heiligen Grewgious machen Sie nicht Halt!

Nun, Sie müssen zugeben, diese Episode am Kamin ist eine eigentümliche Sache. Er legt es offensichtlich darauf an, Jasper zu quälen, er prüft ihn, als ob er etwas weiß.

Vielleicht hat er den gleichen Verdacht wie Sie?

Möglich, aber diese Quälerei passt nicht zu dem sonst so verständigen Grewgious. Wissen Sie, er mag ja andauernd von sich behaupten, dass er zu hölzern für dies und das sei, aber in Wirklichkeit kann er sich besser in die Menschen hineinversetzen als mancher andere. Ich schätze, er ist sich dieser Fähigkeit weit stärker bewusst, als er nach außen zugibt. Er wird offenbar gern unterschätzt.

Sie meinen, er habe seine Fähigkeit missbraucht?

Vielleicht – um Jasper zu manipulieren. Jasper soll glauben, fürchterliche Schuld auf sich geladen zu haben.

Mr. Ablewhite, krauser geht es nun wirklich nicht mehr. Der große Mani-

pulator Jasper soll seinerseits manipuliert worden sein? Wie viel Raffinesse trauen Sie diesen zweifellos großartigen Romanfiguren eigentlich noch zu?

Du liebe Zeit, man wird ja noch seine Vermutungen anstellen dürfen!

Hätte der heilige Grewgious nicht über ein immenses Vorwissen verfügen müssen, um Jasper tatsächlich manipulieren zu können? Hätte er nicht unter anderem wissen müssen, dass Jasper sich schuldig fühlt? Dass er sich schuldig fühlt wegen seines Neffen, dem heiligen Drood, dem er etwas angetan hat? Wenn er ihm nämlich nichts angetan hätte, dann hätte Mr. Jasper auch kein schlechtes Gewissen zu haben brauchen und Mr. Grewgious hätte keinerlei Basis für seine Manipulationen vorgefunden. Das bedeutet, der heilige Grewgious müsste Zeuge der Gewalttat gewesen sein. Oder aber sein Einfühlungsvermögen hat göttliche Ausmaße.

Wie auch immer – jedenfalls zeichnet Dickens von Mr. Grewgious zwei Gesichter. Zum einen ist er der wohlwollende Menschenkenner, zum anderen ein fast sadistischer Quälgeist. Und genauso äußerte ich mich damals auch im Traveller's Twopenny, nachdem wir über dieses Kapitel hinweg waren. Was, glauben Sie, geschah daraufhin?

Nachdem Sie diesen Punkt zur Debatte stellten? Mr. Ablewhite, eigentlich bin ich hier derjenige, der die Fragen stellt.

Dann haben Sie Ihre Pflicht sträflich vernachlässigt. Statt sich über mich lustig zu machen sollten Sie sich darauf konzentrieren, das Geschehen zu rekonstruieren. Ich will Ihnen sagen, was dann geschah: Mr. Grewgious' Stimme erklang aus der dunklen Ecke und fragte: «Liegt dies wirklich im Bereich meiner Möglichkeiten?»

An wen war diese Frage gerichtet?

An den Rentner mit dem Rauschebart. Der fing auch sofort an mit Mr. Grewgious über diesen Punkt zu beraten. Sie kamen zu dem Schluss, dass eine solche Abgefeimtheit eigentlich nicht zu Mr. Grewgious passe.

Hochinteressant. War Ihr Verdacht damit zerstreut?

Wo denken Sie hin? Da kann ja jeder alte Knabe kommen und seinen Bart in den Senf tunken. Nein, der Bursche wurde mir immer suspekter. Im Übrigen war das ja eigentlich kein richtiger Verdacht, den ich gegen Mr. Grewgious hatte.

Lassen Sie mich raten – er kam Ihnen ein bisschen suspekt vor?

Sein Verhalten war rätselhaft, das müssen Sie zugeben.

Meinetwegen. Gestatten Sie, dass ich den Stand der Ermittlungen kurz zusammenfasse: Zu jenem Zeitpunkt an der Theke des Traveller's Twopenny verdächtigten Sie so gut wie alle Romanfiguren – außer Miss Rosa, die Ihrer Logik zufolge also die wahre Mörderin sein muss.

Sparen Sie sich den Spott! Machen wir weiter, damit wir endlich fertig werden.

14

Ein Leben im Schatten

Ein gutes halbes Jahr später ist der Ausbau der Bahnlinie, die einst London und Cloisterham verbinden wird, gut vorangekommen und für Mr. Crisparkle ist es leichter geworden, nach London zu fahren. Leider lassen seine Verhältnisse keine täglichen oder auch nur wöchentlichen Besuche zu; es gibt viel zu tun für einen Hilfskanonikus in Cloisterham. Doch alle zwei bis drei Wochen schafft er es, nach London zu fahren. Dann begibt er sich ohne Umschweife direkt zum Staple Inn, jedoch nicht zu PJT und Mr. Grewgious, sondern zu einem jungen Mann, der gegenüber eine Dachkammer bezogen hat, viele knarrende Stufen über dem Straßenniveau. Hier hinauf geht er, dreht oben einen Türknauf und steht neben dem Schreibtisch von Neville Landless.

Der junge Mann lebt hier zurückgezogen und einsam wie ein Eremit. Die schrägen Decken, die schweren hölzernen Balken und die rostigen Kamingitter geben den Räumen das Aussehen eines Gefängnisses, obwohl die Sonne durch das hässliche Dachfenster hereinscheint, und der Insasse hat das dazu passende verhärmte Gesicht. Auf dem rauchgeschwärzten Vordach hüpfen ein paar Spatzen wie rheumatische Krüppel, die ihre Krücken in den Nestern vergessen haben. Die Räume sind spärlich möbliert, doch reichlich mit Büchern ausgestattet, wie die Behausung eines armen Studenten. Mr. Crisparkle hat diese Bücher ausgesucht, geschenkt oder geliehen, und entsprechend freundlich betrachtet er sie beim Eintreten.

«Wie geht's, Neville?»

«Ich bin guten Mutes, Mr. Crisparkle, und arbeite viel.»

«Ich wünschte nur, Ihre Augen wären nicht ganz so groß und nicht ganz so glänzend. Das gefällt mir nicht.»

«Sie glänzen bei Ihrem Anblick», erwidert Neville. «Wenn Sie mich fallen ließen, wären meine Augen bald trüb.»

«Nur Mut!», versucht Crisparkle den jungen Mann aufzumuntern.

«Ein einziges Wort von Ihnen würde mich selbst dann wieder aufrichten, wenn ich im Sterben läge, Sir, und eine Berührung von Ihnen würde genügen mein Herz weiterschlagen zu lassen. Doch es geht mir gut und ich komme voran.»

«Nur würde ich gern hier etwas mehr Farbe sehen», sagt Crisparkle und deutet auf seine eigenen rosigen Wangen zur Veranschaulichung, während Nevilles Wangen bleich sind.

Neville senkt den Kopf und erwidert leise: «Dafür ist es noch zu früh. Wenn Sie durch die Straßen von Cloisterham gegangen wären so wie ich, wenn Sie diese abgewandten Blicke gesehen hätten, wenn Sie erlebt hätten, wie die Leute Ihnen ausweichen, dann würden Sie es nicht länger unvernünftig finden, dass ich nicht bei Tageslicht hinausgehen kann.»

«Armer Junge», sagt der Hilfskanonikus und legt ihm seine kräftige Hand auf die Schulter. «Ich habe nicht gesagt, dass ich es unvernünftig finde. Ich wünschte nur, Sie gingen manchmal ein wenig hinaus in die Sonne.»

«Und dieser Wunsch allein wäre für mich schon Grund genug, es zu tun, wenn ich es könnte. Doch bei jedem Blick der Menschen habe ich das Gefühl, verdächtigt zu werden, ich fühle mich gezeichnet und schmutzig. Nur bei Nacht gehe ich ein wenig hinaus, im Schutz der Dunkelheit fasse ich Mut. Vielleicht hätte ich doch meinen Namen ändern sollen. Ich weiß, Sie haben mir davon abgeraten; es sähe wie das Eingeständnis meiner Schuld aus und damit haben Sie vollkommen Recht. Aber es ist hart, so angebunden und doch schuldlos zu sein.»

«Halten Sie aus, Neville. Die Zeit wird Ihnen Recht geben.»

«Hoffentlich erlebe ich das noch.»

Doch als er spürt, dass seine niedergeschlagene Stimmung auf den Hilfskanonikus übergreift – dessen Hand scheint nicht mehr mit ihrer ganzen natürlichen Kraft auf Nevilles Schulter zu ruhen –, reißt der junge Mann sich zusammen und sagt: «Exzellente Bedingungen für meine Studien, Sir! Sie wissen ja, wie dringend ich Ausbildung brauche. Ich habe mich auf das Studium des Rechts konzentriert, wie Sie mir geraten haben, denn natürlich lasse ich mich gern vom Rat eines so guten Freundes leiten!»

Er nimmt die Hand, die ihn ermutigen will, von seiner Schulter und küsst sie, aber Mr. Crisparkle sieht trotzdem nicht mehr ganz so zuversichtlich aus wie bei seinem Eintreten.

«Habe ich Sie verstimmt?», fragt Neville besorgt.

«Keineswegs. Ich musste nur gerade an Ihren früheren Vormund denken. Ich war vorhin bei Mr. Honeythunder. Er hat mir deutlich zu verstehen gegeben, dass er nichts von Ihnen hält, auch nicht im Zusammenhang mit dem Studium der Rechte. Aber das soll Sie nicht kümmern. Mr. Honeythunder ist ein durch und durch unvernünftiger Mensch und arm sind alle, die von ihm abhängen. Seien Sie froh, dass das hinter Ihnen liegt, jetzt, da Sie volljährig sind. Kommen Sie, Neville, wir wollen ein wenig arbeiten.»

Und Neville schlägt seine Bücher auf und setzt seine Studien fort und Crisparkle sitzt daneben und berät, erläutert und korrigiert.

Später stehen sie an die Fensterlaibung gelehnt und blicken durch das Dachfenster in den winzigen Garten im Innenhof hinab.

«Zum Glück wird Ihre Einsamkeit hier nächste Woche zu Ende sein», sagt Crisparkle.

«Ja, aber ich fürchte, dies ist ein unpassender Ort für meine Schwester. Die Gegend ist so düster. Helena wird hier keine passende Gesellschaft finden.»

«Ich kann Ihnen nicht zustimmen. Ein wenig weibliches Gefühl steht diesem Ort gut an. Helena wird Sie hier hinausführen – bei Tageslicht, Neville. Erinnern Sie sich noch, wie Sie mir sagten, Ihre Schwester habe alle Schwierigkeiten Ihres Lebens viel besser gemeistert als Sie? Ich habe das damals für eine Übertreibung gehalten, ich dachte, Sie würden Ihre Schwester idealisieren. Aber so viel stimmt daran: Ihre Schwester hat besser als Sie gelernt ihren Stolz zu beherrschen. Sie hat mit den gleichen Schwierigkeiten zu kämpfen gehabt wie Sie, Neville – ich denke nur an die Blicke der Menschen in Cloisterham. Doch sie hat sich nicht entmutigen lassen, sie hat immer an Sie und an die Wahrheit geglaubt und so hat sie sich ihren Weg durch jene Straßen erkämpft, in denen Sie beide gelitten haben. Bosheiten und Dummheiten ist sie immer tapfer entgegengetreten. Ein schwächerer Mensch wäre längst zerbrochen, aber sie hat sich im Griff, nie gewinnt ihr Stolz die Oberhand über sie.»

Nevilles bleiche Wange errötet unter diesem Vergleich und er sagt: «Ich werde tun, was ich kann, um ihrem Vorbild zu folgen.»

«Tun Sie das. Seien Sie ein tapferer Mann, so wie sie eine tapfere Frau ist», erwidert Crisparkle. «Es wird dunkel. Wollen Sie mich ein Stück begleiten?»

Neville ist einverstanden, aber Mr. Crisparkle muss Mr. Grewgious, der gegenüber wohnt, rasch noch einen Höflichkeitsbesuch abstatten. Sie verabreden, dass Crisparkle auf einen Sprung hinübergehen und anschließend unten vor der Haustür auf Neville warten wird.

Mr. Grewgious sitzt kerzengerade an seinem Klapptisch, als Crisparkle eintritt, denn des Tages Arbeit ist längst abgeschlossen. Vor ihm steht ein Glas Wein. Das Fenster ist weit geöffnet. Die beiden Männer begrüßen sich herzlich und Mr. Grewgious erkundigt sich nach dem Befinden von Mr. Neville, dem er das Zimmer im Haus gegenüber hat vermitteln können.

«Das freut mich», sagt er, «denn ich habe den jungen Mann gern unter meinen Augen. Und wie befand sich Mr. Jasper, als Sie ihn verließen?»

«Recht gut, denke ich.»

«Und *wo* befand sich Mr. Jasper, als Sie ihn verließen?»

«In Cloisterham natürlich.»

«Und wann haben Sie ihn verlassen?»

«Heute Morgen erst. Darf ich fragen ---»

«Ich frage das alles, weil ich ihn schon eine ganze Weile beobachte. Hat er gesagt, dass er herkommen wollte?»

«Kein Wort.»

«Aber da ist er. Sehen Sie selbst --- Stellen Sie sich hinter mich und beobachten Sie das Treppenfenster im zweiten Stock des Hauses dort drüben. Erkennen Sie ihn?»

«Sie haben Recht», ruft Crisparkle verblüfft. «Was macht er da?»

«Nun, es sieht so aus, als ob er herumschleicht.»

Sofort muss Crisparkle an die letzte Passage aus Jaspers Tagebuch denken, die dieser ihm zu lesen gegeben hat, und er fragt: «Könnte es sein, dass er Neville überwachen will?»

«Sie meinen, er ist immer noch nicht über den Verlust hinweg?»

«Ja, Sir, das ist mein Eindruck. Seine Nachforschungen sind Stadtgespräch in Cloisterham. Er vertritt unbeirrbar den Standpunkt, dass ein Verbrechen geschehen sein muss.»

«Nun, wenigstens insofern muss man ihm wohl Recht geben, als man nach einem halben Jahr – und so lange ist es ja her, dass diese unselige Geschichte passiert ist – wohl kaum mehr von einem freiwilligen Verschwinden ausgehen kann», erwidert Mr. Grewgious. «Der junge Drood ist wahrscheinlich tot, wenn ich das so klar aussprechen darf.»

«Das ist die allgemeine Anschauung in Cloisterham», bestätigt Crisparkle. «Das Problem liegt woanders, bei Mr. Jasper selbst. Er hat sich in den Gedanken verbissen, den Mörder trotzdem zu finden, gewissermaßen um jeden Preis. Es gibt nicht wenige Menschen in Cloisterham, die bereits um Mr. Jaspers Gesundheit fürchten.»

«Besonders gesund wirkt er tatsächlich nicht», sagt Mr. Grewgious, während er nach draußen blickt. «Übrigens ist Ihr Schützling gerade aus dem Haus gekommen.»

«Er wartet auf mich. Wir wollen uns ein wenig die Beine vertreten und gemeinsam etwas essen.»

«Dann haben Sie bitte die Güte, mich zu entschuldigen, wenn ich mich Ihnen nicht anschließe. Ich würde lieber unseren gemeinsamen Freund im Auge behalten. Und bitte tun Sie mir den Gefallen und geben nicht zu erkennen, dass Sie von Jaspers Anwesenheit hier wissen.»

Crisparkle empfiehlt sich. Gleich darauf erscheint er draußen und geht mit seinem Schützling davon. Mr. Grewgious verfolgt jede Bewegung Jaspers, doch als Neville allein zurückkehrt, taucht Jasper nicht wieder auf. Um Mitternacht zieht Mr. Grewgious die Gardine ein letztes Mal zurück, aber das Dachgeschoss des Hauses mit Nevilles Kammer liegt ruhig und völlig dunkel, der Bewohner scheint bereits zu schlafen. So wandern seine Blicke hinauf zu den Sternen, die klar über London leuchten, und er murmelt: «Wie gern würde ich eure Sprache verstehen. Aber wenige Sprachen können gelesen werden ohne ihr Alphabet zu kennen.»

Doch eigentlich meint er nicht die Sterne.

15

Cloisterhams neuer Bürger

Zu jener Zeit erscheint ein Fremder in Cloisterham, der das merkwürdige Projekt verfolgt, für ein paar Monate hier leben zu wollen, ein Junggeselle, ein Müßiggänger, ein imposanter Mann mit schwarzen Augenbrauen und weißem Haar, das er schütteln kann wie ein Neufundländer. Eventuell will er sich auch vollständig hier niederlassen, je nachdem, wie Cloisterham ihm gefällt, und abhängig auch davon, ob er eine passende Wohnung findet. Dick Datchery nennt sich dieser Mann und der Erste, dem er von seinem Projekt erzählt, ist der Kellner, der ihn beim Essen im Hotel «Zum Krummstab» bedient.

«Etwas Altes wäre mir sehr recht», erklärt Mr. Datchery, «architektonisch soll es sein und unbequem.»

«Unbequeme Unterkünfte gibt es reichlich hier», gibt der Kellner zurück, «aber architektonische?»

«Es darf auch was Kathedralisches sein.»

«Dann wenden Sie sich am besten an Mr. Tope, unseren Küster. Seine Frau hat früher Wohnungen von der Art, die Sie ansprechen, zur Miete angeboten.»

Dass niemand diese Wohnungen hat mieten wollen, muss er nicht hinzufügen. Das Pappschild, das dafür geworben hat, ist lange Zeit eine feste Institution in Cloisterham gewesen, aber irgendwann vor geraumer Zeit ist es verschwunden; wahrscheinlich ist es einfach heruntergefallen und niemand hat es aufgehoben.

So macht sich Mr. Datchery nach dem Essen auf den Weg zu Mrs. Tope. Doch leider hat die Beschreibung des Kellners den Fehler, fatal genau zu sein, so dass Datchery sich schon bald nicht mehr zurechtfindet und ständig mit dem irritierenden Gefühl, hier irgendwo in der Nähe müsse sich die gesuchte Adresse befinden, durch die Gassen rund um die Kathedrale irrt.

Schließlich kommt er zu einem derzeit nicht bewirtschafteten

Stückchen Friedhof, auf dem ein unglückliches Schaf grast – unglücklich deshalb, weil es unter Bewurf eines hüpfenden Bengels steht, der durch das Gitter Steine nach ihm schleudert und ihm schon ein Bein gelähmt hat. Gerade trifft er erneut und hüpft vor Begeisterung über die Straße.

«Lass das bleiben!», sagt Mr. Datchery. «Siehst du nicht, dass du das arme Tier schon gelähmt hast?»

«Volle Lüge», erwidert der Sportsmann, «is schon vorher lahm gewesen.»

«Komm doch mal her!»

«He, warum denn? Da müssen Se mir schon fang'n.»

«Kannst du mir den Weg zu Mrs. Topes Wohnung zeigen?»

«Nee, is mir zu kompliziert, is auffe andere Seite von die Kahteraale und über sonne Kreuzung und um noch 'n Haufen Ecken rum.»

«Zeig mir, wo das ist, und ich geb dir was.»

Mit einem Schlag hat Datchery das Herz des Jungen gewonnen, der ihn nun auch ohne Umschweife zu dem Torhaus führt, vor dem er in einiger Entfernung stehen bleibt.

«Da wohnt Mrs. Tope?», fragt Datchery.

«Nee, aber Mr. Jahsper, aber da geh ich nich dichter ran, weil der hat gedroht, wenn er mir zu fassen kriegt, wird er mir inne Luft zerreißen. Mrs. Tope wohnt auf die andere Seite, da wo die Treppe is und die niedrige Tür und das ovale Schild mitm Namen drauf.»

«In Ordnung. Sieh her.» Datchery zieht einen Shilling hervor. «Du schuldest mir die Hälfte davon.»

«Lüge!», platzt der Bengel heraus. «Ich schuld Sie gar nix, ich hab Sie noch nie nich gesehn.»

«Ich hab leider keinen halben Shilling bei mir, aber ich gebe dir diesen ganzen, wenn du versprichst mir später noch mal zu helfen.»

«Sag'n Sie das doch gleich, Mann!» Er nimmt die Münze.

«Wie heißt du?»

Er heißt Deputy und arbeitet im Traveller's Twopenny, einer Kneipe hinter dem Park. Nach dieser Auskunft saust er davon und Datchery geht, wohin ihn der Junge gewiesen hat.

Die Wohnung, um die es geht, ist eine ehemalige Dienstbotenwohnung und erinnert eher an ein kaltes Verlies. Die beiden Zimmer wirken, als seien sie direkt aus dem Stein herausgehauen, und ihr Grundriss wäre nur mit den Finessen modernster Vermessungstechnik feststellbar, da keine der Ecken einen der gängigen Winkel bildet, keine der Wände gerade und keiner der Böden eben ist. Sogar die Decken sind leicht gewölbt. Zudem sind die kleinen Fenster in den dicken Mauern sichtlich damit überfordert, ausreichend Tageslicht ins Innere zu befördern. Dennoch mietet Mr. Datchery diese beiden Räume, zu Mrs. Topes freudiger Überraschung.

«Wenn man die Eingangstür offen hält, kommt genug Helligkeit herein», sagt Mr. Datchery, was Mrs. Tope nicht bestreitet. «Alles ist so stimmungsvoll unbequem, wie man es sich nur wünschen kann.» Auch dies wird von Mrs. Tope nicht infrage gestellt. Nun ist es kein weiter Weg mehr zur Einigung über die Miete, die Mr. Datchery auf der Stelle entrichtet, da er schon am folgenden Abend einziehen will – allerdings unter der Bedingung, vorher Mr. Jaspers Einverständnis einzuholen, denn er wolle niemanden durch unvorhergesehene Änderungen im Lebensumfeld inkommodieren. Aber diesbezüglich hat Mrs. Tope keine Sorgen. Mr. Jasper werde froh sein über die neue Nachbarschaft, denn er sei sehr einsam; vielleicht habe Mr. Datchery von den Vorfällen des vergangenen Winters gehört?

Mr. Datchery hat nur eine sehr ungenaue Vorstellung von diesen Vorfällen, lässt sich aber gern von Mrs. Tope auf den aktuellen Stand bringen. So gewappnet lässt er sich anschließend anmelden und wird kurz darauf von Mr. Jasper empfangen. Zufällig ist auch Mr. Sapsea anwesend, der Bürgermeister; ganz so einsam, wie Mrs. Tope gesagt hat, kann Jasper also nicht sein.

«Ich bitte um Verzeihung wegen der Störung», sagt Datchery und deutet tatsächlich einen höfischen Kratzfuß an, wie er in diesen Räumen noch nie gesehen worden ist, «doch sie dient der Vermeidung weiterer Störungen, denn falls diese nicht erwünscht sind, werden die Konsequenzen eindeutig sein. Ich darf mich vorstellen: Dick Datchery, Ihr neuer Nachbar, falls Sie nichts dagegen einzuwenden haben. Ein alter, friedlicher Junggeselle, der von seinen Einkünften lebt und sich mit dem Gedanken trägt, sich an diesem freundlichen Ort für den Rest seines Lebens niederzulassen.»

Mr. Jasper gibt ohne Umschweife zu erkennen, dass er nichts gegen diese Nachbarschaft einzuwenden hat, und Mr. Sapsea lobt Datcherys Vorhaben mit den Worten: «Wir sind, Sir, eine alte und sehr kirchliche Stadt. Wir sind, wie es sich gehört, eine verfassungstreue Stadt und schätzen unsere ruhmreichen Privilegien. Eine gute Stadt, Sir, für ein Vorhaben wie das Ihre.»

«Euer Ehren bestärken mich in meinem Vorhaben, mich hier niederzulassen, sowie in meinem Bestreben, mich näher über diese Stadt zu informieren.»

«Offizier im Ruhestand?»

«Euer Ehren erweisen mir zu viel Ehre», erwidert Datchery.

«Royal Navy, Sir?»

«Nochmals erweisen mir Euer Ehren zu viel Ehre.»

«Ich gebe zu, dass ich dies nur mit den Mitteln der Diplomatie herausgefunden habe», sagt Mr. Sapsea und Mr. Jasper, der zu dieser Unterhaltung bisher nichts beigetragen hat, nickt automatisch Beifall.

«Und ich gebe unumwunden zu, dass mir Euer Ehren auf diesem Gebiet weit überlegen sind», erwidert Datchery, indem er sich erneut verbeugt. «Selbst der diplomatischste Vogel muss Ihro Geschütz erliegen.»

Das ist Balsam für Mr. Sapseas geschundene Seele, die sich tagaus, tagein mit niederen Geistern plagen muss. Hier hat er es endlich einmal mit einem Gentleman von adligen Sitten zu tun, der mit Leuten von gehobener Position zu verkehren weiß.

«Ich bitte um Vergebung, Euer Ehren», sagt Mr. Datchery nun, «– ich habe Ihre Geduld und Ihre Zeit beansprucht und dabei vergessen, dass bestimmte Ansprüche, die mein Hotel, der «Krummstab», auf mich erhebt, unbedingt berücksichtigt sein wollen.»

«Aber nicht doch», erwidert Mr. Sapsea. «Ich bin soeben im Begriff aufzubrechen. Gern sehe ich mich in der Lage, Ihnen auf dem Weg das Äußere unserer Kathedrale zu zeigen.»

«Euer Ehren Bürgermeister sind mehr als freundlich zu mir.»

Mr. Datchery empfiehlt sich, ist dann aber nicht dazu zu bewegen, den Raum vor Ehrwürden zu verlassen. In Ehrwürdens Gefolge steigt er die Treppe hinab, den Hut unter dem Arm. Seine weiße Mähne weht im Abendwind.

«Dürfte ich Euer Ehren fragen», sagt Mr. Datchery, «ob der Gentleman, den wir gerade verlassen haben, jener ist, von dem ich in der Nachbarschaft hörte, er leide schwer unter dem Verlust seines Neffen und versuche mit aller Kraft, ihn zu rächen?»

«Er ist es, Sir. John Jasper.»

«Erlaubt Euer Ehren die Frage, ob es schon einen Verdächtigen gibt?»

«Ja, Sir, und er ist gewissermaßen bereits überführt.»

«Es gibt noch Gerechtigkeit in der Welt», ruft Mr. Datchery aus.

«Aber der Beweis muss Schritt für Schritt geführt werden», sagt der Bürgermeister. «Denn erst das Ende krönt das Werk, wie ich zu sagen pflege. Die Justiz muss sich nicht nur moralisch sicher sein, sondern auch immoralisch, ich meine gesetzlich.»

«Euer Ehren erinnert mich an die Natur des Gesetzes. Immoralisch. Wie wahr!»

«Der Arm des Gesetzes ist lang und stark, Sir. Das ist meine Meinung. Lang und stark. Und ohne etwas von den Geheimnissen des Gefängnisses zu verraten – das ist eine Formulierung, die ich als Richter verwende ...»

«Und welche andere Formulierung träfe es besser!»

«... ohne davon etwas zu verraten kann ich Ihnen prophezeien, da ich den eisernen Willen des Mannes kenne, den wir gerade verlassen haben – denn ich erkühne mich ihn eisern zu nennen auf Grund seiner Stärke –, dass der lange Arm den Schuldigen erreichen und der starke Arm ihn dingfest machen wird. – Dies ist unsere Kathedrale, Sir. Die bedeutendsten Fachleute sind erfreut sie bewundern zu dürfen.»

Als Mr. Sapsea das Gefäß, in das er seine ganze Weisheit ergießt, jetzt am Arm berührt, wird Mr. Datchery blitzartig von der Vorstellung überwältigt, er habe seinen Hut vergessen. Er langt sich an den Kopf in der sonderbaren Erwartung, einen anderen Hut dort vorzufinden, doch dann merkt er, dass sich sein Hut noch dort befindet, wohin er ihn zuvor geklemmt hat: unter dem Arm.

«Bedecken Sie sich doch, Sir», bittet Mr. Sapsea. «Ich versichere Ihnen, ich werde es Ihnen nicht verübeln.»

«Euer Ehren sind äußerst großzügig, aber ich trage meinen Kopf gern kühl.»

Nun bewundert Mr. Datchery die Kathedrale, wobei Mr. Sapsea ihn auf die Details hinweist, als habe er sie selbst gebaut. Anschließend führt er den Besucher auf den Friedhof, wo er die Schönheit des Abends preist, als sie sich rein zufällig in der Nähe von Mrs. Sapseas Grabmal befinden.

«Ach, nebenbei», sagt er und sieht dabei aus wie Apollon, der vom Olymp herabschießt, um die Leier zu holen, die er unten vergessen hat, «hier sehen Sie eine unserer kleineren Sehenswürdigkeiten, die einen gewissen Ruhm erlangt hat. Ich kann kaum darüber urteilen, ob sie die Aufmerksamkeit wert ist, da sie mein eigenes Werk ist. Es war nicht ganz einfach, diese Eleganz hinzubekommen.»

Mr. Datchery ist so entzückt über Mr. Sapseas Komposition, dass er sofort begonnen hätte sie abzuschreiben, wenn er etwas zum Notieren dabeigehabt hätte und wenn nicht in diesem Moment ihr materieller Erzeuger und Bewahrer aufgetaucht wäre. Mr. Sapsea ruft Durdles heran, nicht unglücklich darüber, dem Steinmetz ein strahlendes Beispiel dafür zeigen zu können, wie man sich Höhergestellten gegenüber zu benehmen hat. Er macht Durdles und Mr. Datchery miteinander bekannt und fügt hinzu: «Dieser Gentleman möchte sich hier niederlassen.»

«Das würde ich nicht tun», brummt Durdles. «Wir sind ein übler Haufen hier.»

«Sie meinen sicher nicht sich selbst, Mr. Durdles», gibt Mr. Datchery zurück, «und auch nicht Euer Ehren.»

«Wer ist Euer Ehren?»

«Euer Ehren, der Bürgermeister.»

«Dem bin ich nie vorgestellt worden», sagt Durdles und der Blick, den er der Exzellenz widmet, ist alles andere als unterwürfig, «und ich weiß nicht, ob ich ihn ehren werd, wenn ich ihm begegne. Bis dahin kenn ich nur einen Auktschionater namens Mr. Sapsea.»

Da erscheint Deputy, angekündigt durch eine vorausfliegende

Austernschale, und fordert auf der Stelle drei Pennys von Durdles. Während der Steinmetz, das Bündel unter dem Arm, langsam die Münzen zutage fördert und abzählt, informiert Mr. Sapsea seinen Gast gründlich über Durdles' Gewohnheiten und Ruf.

«Dürfte ein neugieriger Fremder Sie gelegentlich besuchen und Ihre Werke besichtigen, Mr. Durdles?», fragt Mr. Datchery daraufhin.

«Jeder Gentleman ist mir jederzeit willkommen, wenn er Schnaps genug für zwei mitbringt», erwidert Durdles, einen Penny zwischen den Zähnen und einige halbe in den Fingern. «Und wenn er zweimal für zwei mitbringt, ist er doppelt willkommen.»

«Ich nehme Sie beim Wort. Meister Deputy, was schuldest du mir?»

«Einen Job.»

«Dann wirst du mir zeigen, wo Mr. Durdles wohnt, wenn ich zu ihm gehen möchte.»

Mit einer gellenden Breitseite von Pfiffen aus seiner Zahnlücke verschwindet der Bursche und die verehrte Exzellenz geht mit dem ihn Verehrenden weiter, bis sie sich vor des Verehrten Tür trennen. Selbst jetzt noch trägt der Verehrende seinen Hut unter dem Arm und setzt sein Haar der Brise aus.

An diesem Abend schüttelt Mr. Datchery sein weißes Haar, als er sich im Gaslicht des krummstäblichen Speisesaals in einem Wandspiegel betrachtet, und sagt zu sich selbst: «Für einen alten Kauz, der bequem von seinen Mitteln lebt, hatte ich heute eine Menge Arbeit.»

VERHÖR G. ABLEWHITE

Ich nehme an, Datcherys Auftauchen im Roman verblüffte Sie?

Nicht wirklich, Sir. Es war ja schon jede Menge wirres Zeug passiert, und irgendwann stumpft selbst der größte Staunepeter ab. Außerdem war das Traveller's Twopenny schon lange vorher erwähnt worden. Insgeheim hatte ich damit gerechnet, dass auch der Wirt irgendwann auftauchen würde. Und wie das so ist – eine Fähre braucht einen Fährmann. Die Beschreibung passt übrigens haargenau auf ihn.

Ich weiß. Wir nehmen ihn ungefähr jeden zweiten Tag fest und jedes Mal schüttelt er seine weiße Mähne, dass die Schuppen nur so fliegen.

Sie nehmen ihn fest?

Natürlich. Er ist schließlich der Wirt des Traveller's Twopenny, einer stadtbekannten Opiumhöhle.

Merkwürdig, dass in diesem Universum der Literatur bewusstseinserweiternde Drogen wie Opium verboten sind. Es könnte doch sein, dass das Zeug die Inspiration fördert.

Mr. Ablewhite, wir schreiben nicht, wir lesen nur. Zum Lesen braucht man keine Inspiration.

Aha. Und wer schreibt das Zeug, das Sie lesen?

Die Dichter natürlich.

Ausgezeichnet. Eine klare, vernünftige Auskunft! Hätte ich Ihnen in dieser Brillanz nicht zugetraut.

Übrigens muss ich jetzt doch einmal heftig gegen Ihre Art protestieren, diesen großartigen Roman wiederzugeben. Sie unterschlagen ja ganze Figuren!

Sie meinen Mr. Tartar – oh, bitte um Entschuldigung: den heiligen Tartar.

Ebenjenen.

Ich werde Ihnen verraten, warum ich das tue: Ihr heiliger Mr. Tartar ist für den Fortgang der Geschichte weitgehend überflüssig. Dickens hat ihn nur erfunden, weil er mit seinem Plot ins Schwimmen gekommen ist.

Ins Schwimmen? Wie darf ich mir das vorstellen?

So wie ich es sage. Nein, im Ernst: Er hat irgendwelche Probleme mit seiner Geschichte bekommen. Vielleicht haben ihn Zweifel befallen, ob das wirklich so funktioniert, wie er es sich zurechtgelegt hat. Oder er hat sich schon weiter vorn vergaloppiert. Die Kapitel wurden ja immer gleich veröffentlicht, der Roman erschien monatlich in Fortsetzungsheftchen und das bedeutet, dass er die älteren Teile der Geschichte nicht mehr zurückholen und umarbeiten konnte.

Diese Umstände sind mir bekannt.

Deswegen hat er Mr. Tartar erfunden: um Zeit und Platz zu schinden. Er hat gehofft, dass ihm die zündende Idee noch kommen möge. Jedenfalls hat er seine frühere Lösung verworfen.

Das ist reine Spekulation, Mr. Ablewhite. Spekulation, die zudem noch auf falschen Annahmen basiert. Ich werde Ihnen sagen, was es mit dem heiligen Mr. Tartar auf sich hat und warum die Figur keineswegs überflüssig ist: Mr. Tartar ist für Rosa Bud bestimmt. Dickens hatte etwas mit den beiden vor. Wenn Sie Dickens gelesen hätten, wüssten Sie, dass es dem großen Dichter widerstrebt, seine Figuren im Elend zu belassen. Charles Dickens liebt das gute Ende.

Das mag stimmen, aber bezüglich Mr. Tartar trifft es gewiss nicht zu. Ich behaupte, Mr. Tartar fiel Dickens erst ein, als ihm bewusst wurde, dass er seinen ursprünglich geplanten Plot lieber doch nicht umsetzen wollte. Im Übrigen habe ich das bereits bewiesen, denn ich sitze ja hier. Und zwar ohne Mr. Tartar benötigt zu haben – weitgehend jedenfalls. Wir haben ihn dann ja doch noch verwendet. Also beruhigen Sie sich.

Sie sollten sich diese fixe Idee langsam aus dem Kopf schlagen, Sie seien hier, weil Sie die Wahrheit herausgefunden hätten. Sie haben ein ungeheuerliches Verbrechen begangen, ein Verbrechen an diesem Roman, und wenn Sie jetzt nicht höllisch aufpassen und sich zusammenreißen, überantworte ich Sie morgen früh unserem Fackelmeister. Ein Wort von mir, und der Holzstoß wird aufgetürmt, auf dem Sie morgen brennen könnten.

Gut, ich nehme mich zusammen. Nur eins noch: Wie erklären Sie sich, dass ich den Fall lösen konnte, obwohl ich die erste Passage mit Mr. Tartar überhaupt nicht mitbekommen habe?

Wo waren Sie zu dieser Zeit?

Raten Sie mal.

Heiliger Dichter!

Er hat mich dazu genötigt, ich kann nicht das Geringste dafür. Schüttelt dauernd seine Kiste vor meinen Augen, zwinkert mir ständig zu und lässt seine Zunge hinter seiner Zahnlücke sehen. Was hätte ich machen sollen?

Was sagte Mr. Blake dazu?

Diesmal gar nichts, weil nämlich auf der Toilette nichts passierte. Jedenfalls nichts, weswegen Frank sich hätte aufregen müssen und was Sie natürlich gleich wieder von mir denken. Nein, in Wahrheit war es so, dass Deputy mir etwas sagen wollte. Nur ganz kurz. Deswegen lockte er mich auf die Toilette und deswegen war die Passage, die ich verpasst habe, diesmal auch nicht so lang.

Er wollte Ihnen etwas sagen? Worum ging es?

Sagen wir es so: Er machte mich auf etwas aufmerksam. Mehr verrate ich nicht, weil sonst die ganze Spannung raus ist, aber es war nur eine Kleinigkeit. Eine wichtige Kleinigkeit.

Sieh mal einer an. Mr. Ablewhite, Sie können mich ja doch noch überraschen. Haben Sie vorhin nicht gesagt, ich würde auch beim zehnten Durchgang keine Neuigkeiten mehr von Ihnen hören? Wir gehen diese Geschichte jetzt erst zum vierten Mal durch, und was kommt zum Vorschein? Eine Neuigkeit! Von diesem Intermezzo haben Sie früher nichts berichtet.

Hoppla, Sie können Italienisch?

Wie bitte?

Intermezzo. Das ist Italienisch.

Lenken Sie nicht ab, Mr. Ablewhite. Warum haben Sie vorher verschwiegen, dass Sie ein zweites Mal mit Deputy auf der Toilette waren?

Ich hab's vergessen. Soll nicht wieder vorkommen.

Mr. Ablewhite, so geht das aber nicht. Wir hätten uns eine Menge Arbeit sparen können, wenn Sie ...

Kommen Sie runter, Mann. Ich mach's nicht wieder, okay?

Was wollte Deputy Sie denn Wichtiges wissen lassen?

Das verrate ich nicht.

Er gab Ihnen einen Tipp?

Hören Sie endlich auf zu labern und lassen uns weitermachen.

Kein Grund, ausfällig zu werden!

Und damit Sie es gleich wissen: Ich werde noch eine weitere Romanfigur rabiat einkürzen. In diesem Fall finde ich das zwar selbst ein bisschen bedauerlich, weil diese Billickin eine putzige Figur ist, aber ...

Sie wollen die heilige Billickin weglassen? Ich muss protestieren!

Wir haben verabredet, dass wir es auf meine Tour machen. Also machen wir es ohne die Billickin.

Ich muss darauf bestehen, dass Sie die Billickin wenigstens einmal erwähnen. Fürs Protokoll, gewissermaßen. Und wenn Sie das für den heiligen Tartar bitte noch nachholen könnten, damit alles seine Richtigkeit hat ...

Kann ich jetzt endlich weitermachen?

16

Schatten auf der Sonnenuhr

Cloisterham liegt so hell und sonnig da, dass die dicken Mauern der Kathedrale und der Klosterruine transparent erscheinen, als entströme ihnen ein sanfter Glanz. Die Gärten der Stadt sind voller reifender Früchte und um die öffentlichen Brunnen haben sich die Tagelöhner versammelt, die zwischen Heu- und Getreideernte ohne Beschäftigung sind, und kühlen sich die nackten Füße. Die Cloisterhamer Polizisten beobachten sie argwöhnisch und sind froh, wenn sie die Stadt wieder verlassen, haben ansonsten aber nicht viel zu tun.

Am Nachmittag dieses Sommertages, ein Weilchen nach dem letzten Gottesdienst in der Kathedrale, kommt eine Bedienstete zu Rosa und meldet, dass Mr. Jasper unten warte und das Fräulein zu sehen wünsche. Er hätte sich keine bessere Zeit aussuchen können, denn Rosa ist völlig allein, abgesehen von den Bediensteten. Das Semester ist vorbei; die Mädchen haben das Nonnenhaus verlassen, nachdem wieder einmal Kekse und Weißwein gereicht worden sind, Helena Landless kümmert sich in London um ihren Bruder und Miss Twinkleton hat sich mit einer Kalbspastete zu einem Picknick verfügt.

«Oh, warum! Warum! Warum hast du gesagt, dass ich zu Hause bin!», fährt Rosa in ihrer Hilflosigkeit das Mädchen an.

«Er hat nicht danach gefragt», lautet die Antwort. «Er wusste, dass Sie im Haus sind.»

«Was soll ich nur tun! Was soll ich nur tun!» Dann hat Rosa eine verzweifelte Idee: «Sag ihm, er soll im Garten auf mich warten.»

Sie schaudert bei dem Gedanken, mit Jasper in einem Zimmer des Hauses eingeschlossen zu sein. Der Garten dagegen kann von zahlreichen Fenstern aus eingesehen werden und sie kann schreien und weglaufen, wenn sie es nicht mehr aushält.

Seit ihrer Aussage beim Bürgermeister vor einem halben Jahr hat sie Jasper nicht gesehen. Mit düsterer Aufmerksamkeit hat er damals ihre Worte verfolgt, brennend nach Rache für seinen Neffen. Jetzt lehnt er im Garten an der alten Sonnenuhr, und kaum sieht sie ihn aus den Fenstern der Halle, als das schreckliche altbekannte Gefühl, von ihm beherrscht zu werden, wieder von ihr Besitz ergreift. Trotzdem geht sie zu ihm hinaus, als würden ihre Füße vorangezogen, setzt sich auf die Bank und hält ihren Kopf gesenkt, die Blicke auf das Beet neben der Sonnenuhr gerichtet. Sie kann ihn nicht ansehen, sie weiß aber, dass er sie ansieht. Er trägt Trauerkleidung, so wie sie selbst, denn der Verschwundene gilt längst als tot, da nicht die geringste Spur von ihm aufgetaucht ist.

Jasper versucht Rosas Hand zu berühren, aber sie spürt, was er vorhat, und zieht ihre Hand zurück.

«Ich habe erwartet», beginnt er, «zu meinen Pflichten bei Ihnen zurückgerufen zu werden.»

«Pflichten, Sir?» Ihre Stimme ist leise, die paar Worte kosten eine unerhörte Kraft.

«Die Pflichten des Musiklehrers.»

«Ach, ich habe die Musikstunden aufgegeben.»

«Dann sollte die Mitteilung Ihres Vormunds, Sie wollten Ihre Studien unterbrechen, in Wahrheit bedeuten, dass Sie aufhören wollen?»

«Ja», antwortet Rosa kurz entschlossen. «Mein Vormund war zu höflich, um es so unmissverständlich auszudrücken. Ich sagte ihm, dass ich aufhören wollte, und dieser Entschluss steht fest.»

«Noch immer?»

«Noch immer, und ich bitte Sie, jetzt nicht länger danach zu fragen. Ich werde mich nicht rechtfertigen. Immerhin dies steht in meiner Macht.»

Sie spürt die glühende Bewunderung seiner Blicke so stark, dass ihr Mut, der sich nur mühsam erhoben hat, sofort wieder in sich zusammenfällt. Eine Mischung aus Scham und Furcht lähmt sie, genau wie damals am Klavier.

«Gut, ich werde nicht mehr danach fragen, da Ihr Entschluss feststeht. Ich werde Ihnen etwas gestehen.»

«Ich will nichts hören!», ruft Rosa und springt auf, doch diesmal berührt er sie mit seiner ausgestreckten Hand unmittelbar unterhalb ihres Halses und sofort sinkt sie auf ihren Platz zurück.

«Manchmal müssen wir gegen unseren Willen handeln», sagt er mit leiser Stimme. «So ergeht es Ihnen jetzt. Sie werden mir zuhören oder es geschieht ein Unglück, das Sie nie wieder gutmachen können.»

«Was für ein Unglück?»

«Gleich, gleich. Finden Sie es nicht unfair, dass Sie mir Fragen stellen, mir dasselbe Recht aber verweigern? Nun, trotzdem will ich Ihre Frage beantworten. Liebste Rosa! Bezaubernde Rosa!»

Sie springt erneut auf. Diesmal berührt er sie nicht, aber sein Gesicht sieht so böse und bedrohlich aus, während er an der Sonnenuhr lehnt, dass er dem schönen Tag damit seinen schwarzen Stempel aufdrückt. Vor Schreck bricht sie ihre Flucht ab.

«Ich vergesse nicht, dass man uns sehen kann», sagt er und blickt zu den Fenstern hinauf. «Ich werde dich nicht mehr berühren und ich werde dir nicht näher kommen, als ich jetzt bin. Setz dich wieder hin! Niemand wird etwas daran finden, wenn dein Musiklehrer zwanglos mit dir spricht, denn jeder weiß, dass wir einen Verlust teilen. Setz dich hin, meine Geliebte.»

Sie will endlich fliehen, doch wieder hält sie sein dunkel drohendes Gesicht zurück. Mit erfrierenden Zügen blickt sie ihn an, während sie sich wieder setzt.

«Rosa, selbst als mein lieber Junge noch mit dir verlobt war, liebte ich dich wahnsinnig; selbst als ich sicher war, dass er der Glückliche sein würde, der dich zur Frau haben sollte, liebte ich dich wahnsinnig; selbst als er mir das Portrait deines schönen Gesichts gab, das so nachlässig gemalt war und das ich vorgeblich ihm zuliebe aufhängte, innerlich zerrissen in Qualen wegen dir – da liebte ich dich wahnsinnig; bei der ekelhaften Arbeit des Tages, im Elend meiner schlaflosen Nächte, während der Paradiese und Höllen meiner Visionen – immer liebte ich dich wahnsinnig.»

Wenn etwas seine Worte noch abscheulicher machen konnte, als sie es von sich aus schon waren, dann war es der Kontrast zwischen der Gewalttätigkeit seines Blicks und seiner lässigen Haltung.

«Ich habe das alles still ertragen. Solange du sein warst, solange ich glaubte, du wärst sein, versteckte ich mein Geheimnis aus Loyalität zu ihm.»

Diese Lüge, obwohl in wahren Worten ausgesprochen, ist mehr, als Rosa ertragen kann. Mit aufflammender Entrüstung antwortet sie: «Sie waren die ganze Zeit so falsch, wie Sie es jetzt wieder sind, Sir! Sie waren falsch zu ihm, täglich, stündlich. Sie wussten, dass sie mich unglücklich machten, indem Sie mich verfolgten. Sie wussten, dass ich ihm die Augen nicht öffnen würde, weil ich Angst vor Ihnen hatte, und dass Sie mich zwangen dem guten, guten Jungen die Wahrheit vorzuenthalten – die Wahrheit, dass Sie ein böser, böser Mann sind!»

Er ändert nichts an seiner lässigen Haltung, aber seine erregten Züge und das konvulsivische Zucken seiner Hände wirken absolut teuflisch, als er in unbändiger Bewunderung zurückgibt: «Wie wunderschön du in deiner Wut bist! Ich fordere nicht deine Liebe. Gib mir dafür dich und deinen Hass; gib mir dich und diese süße Wut; das wird mir reichen.»

Tränen des Ekels steigen der zitternden kleinen Schönheit in die Augen und ihr Gesicht wird flammend rot; doch als sie erneut aufstehen will, um ihn endlich zu verlassen und Schutz im Haus zu suchen, streckt er seine Hand in Richtung der Tür der Halle, als wolle er sie geradezu dazu einladen.

«Ich sagte vorhin, du hübsche Hexe, dass ein Unglück geschieht, wenn du mich nicht anhörst. Bleib, und ich werde dir sagen, was ich vorhabe. Geh, und ich werde es tun!»

Und erneut bleibt Rosa. Ihr keuchender Atem geht, als müsse sie ersticken, aber sie presst eine Hand auf ihre Brust und bleibt. Ein Schleier legt sich über ihre Augen, als sie kurz zu ihm aufblickt.

«Ich habe bereits gestanden, dass meine Liebe wahnsinnig ist – so wahnsinnig, dass ich selbst meinen lieben Jungen von deiner Seite weggewischt hätte, wenn das Band zwischen uns nur wenig schwächer gewesen wäre. Ja, sogar ihn! Rosa, du hörst und siehst mich hier neben dir. Beurteile selbst, ob irgendein anderer Bewunderer dich lieben und mit dir leben könnte, dessen Leben in meiner Hand ist.»

«Was meinen Sie damit, Sir?»

«Ich will dir zeigen, wie wahnsinnig meine Liebe ist. Mr. Crisparkle sagte mir, dass der junge Landless ihm gestanden habe ein Rivale meines verschwundenen Jungen gewesen zu sein. Das ist in meinen Augen ein unvorstellbares Verbrechen! Ich habe mein Leben der Entdeckung und Vernichtung des Mörders geweiht und ich war entschlossen, die Lösung zu finden und das Netz langsam um den Mörder zusammenzuziehen. Seitdem habe ich geduldig daran gearbeitet, es enger und enger zu ziehen, und während ich hier spreche, zieht es sich langsam weiter zu.»

«Mr. Crisparkle glaubt nicht, dass Mr. Landless ein Krimineller ist», versetzt Rosa erbleichend. «Und Mr. Crisparkle ist ein guter Mensch.»

«Aber ich glaube es und dabei bleibe ich auch, Angebetete meines Herzens. Die Umstände können auch gegen einen Unschuldigen derart stark sprechen, dass sie ihn, wenn man sie nur wenig zuspitzt, vernichten können. Und gegen einen Schuldigen genügt es, einen einzigen schlagenden Beweis zu erbringen, und er muss sterben. So oder so – der junge Landless ist in tödlicher Gefahr.»

«Wenn Sie wirklich glauben, dass ich Mr. Landless erhört habe oder dass er deswegen in irgendeiner Form an mich herangetreten ist, dann irren Sie sich.»

Er verwirft den Einwand mit einer verächtlichen Handbewegung.

«Ich war dabei, dir zu zeigen, wie wahnsinnig ich dich liebe – jetzt noch mehr als je zuvor. Ein zweites Objekt ist in meinem Leben aufgetaucht und trennt es von deinem und das werde ich künftig nicht mehr hinnehmen. Miss Landless ist deine beste Freundin geworden. Liegt dir etwas an ihrem Seelenfrieden?»

«Ich liebe sie sehr.»

«Du hast Acht auf ihren guten Namen?»

«Wie ich schon sagte – ich liebe sie sehr. Was soll das?»

«Ich habe dich wohl ungewollt durch mein Nachfragen verärgert», sagt er lächelnd, während er seine Hände über der Sonnenuhr faltet und sein Kinn darauf legt, so dass ihr Gespräch von den Fenstern aus, wo gelegentlich Gesichter auftauchen, einen völlig harmlosen Eindruck machen muss. «Ich werde von nun an nur noch Feststellungen machen und keine Fragen mehr stellen. Du sorgst dich um deine Freundin – also nimm den Schatten des Galgens von ihr, mein Schatz! Es liegt in deinen Händen.»

Rosa stockt der Atem. Lange Sekunden vergehen, bis sie versteht, was Jasper damit sagen will. Dann aber bricht es aus ihr heraus: «Sie wagen es, mir einen Heiratsantrag zu machen?»

«Ja, Geliebte, ich wage es. Warte! Wenn es schlecht ist, dich anzubeten, bin ich der schlechteste aller Männer; wenn es gut ist, der beste. Meine Liebe zu dir ist größer als jede andere Liebe. Lass mich hoffen und ich werde jeden Meineid für dich schwören!»

Rosa hebt ihre Hände zu den Schläfen, streicht aufgewühlt ihr Haar zurück und sieht ihn voller Abscheu an, während sie den tieferen Sinn seiner Rede, den er ihr nur in Stücken präsentiert hat, zusammenzusetzen versucht.

«Ich lege dir Opfer vor deine teuren Füße, ich würde mich jederzeit vor dir in den abscheulichsten Dreck werfen. Nimm die Treue, die früher meinem lieben Jungen gehörte. Trample darauf herum!»

Eine Handbewegung, als würfe er ihr etwas Wertvolles vor die Füße.

«Da hast du das unvorstellbare Verbrechen meiner Anbetung für dich. Gib ihm einen Fußtritt!»

Er wiederholt die Handbewegung.

«Da meine Mühen für gerechte Vergeltung – zertrümmere sie! Da mein verwüstetes Leben! Da die Öde meines Herzens und meiner Seele! Da meine Verzweiflung! Stampfe sie in den Staub, aber nimm mich – und wenn du mich tödlich hasst!»

Das furchtbare Feuer dieses Mannes, das nun seinen Höhepunkt erreicht, entsetzt Rosa so sehr, dass der Bann zerbricht, der sie zurückgehalten hat. Hastig eilt sie zur Tür der Halle, aber sofort ist er an ihrer Seite und flüstert in ihr Ohr: «Rosa, ich beherrsche mich wieder. Ich gehe ruhig neben dir zum Haus. Ich werde auf ein Zeichen der Hoffnung von dir warten. Hast du mich verstanden?»

Sie bewegt gezwungenermaßen ihre Hand ein wenig.

«Kein Wort darüber zu einem anderen Menschen, oder ich werde tun, was ich gesagt habe, so sicher wie die Nacht dem Tag folgt. Hast du verstanden?»

Nochmals bewegt sie ihre Hand.

«Ich liebe, liebe, liebe dich! Du wirst mich nicht mehr los. Nichts und niemand wird zwischen uns treten. Ich würde dich bis in den Tod verfolgen.»

Die Bedienstete kommt, um das Tor für ihn zu öffnen. Er zieht ruhig seinen Hut und geht davon, ohne irgendein Anzeichen von Erregung. Rosa jedoch wird auf der Treppe ohnmächtig und wird vorsichtig nach oben getragen und auf ihr Bett gelegt. Es ziehe wohl ein Gewitter auf, sagen die Hausmädchen.

17

Flucht mit Folgen

Als Rosa wieder zu sich kommt, ist ihr sofort jede Einzelheit des Gesprächs mit Jasper gegenwärtig, als habe es sie bis in ihre Bewusstlosigkeit hinein verfolgt. Sie weiß, dass sie etwas unternehmen muss, aber der einzige klare Gedanke, den sie fassen kann, ist: Weg, nur weg von diesem furchtbaren Mann!

Wohin kann sie fliehen? Alles drängt sie an Helenas Seite, aber vielleicht bringt sie die Freundin damit in Gefahr? Helena ist die Einzige, der sie von ihrer Angst vor Jasper erzählt hat, doch sie traut Jasper jetzt einfach alles zu. Er wird seine Drohung wahr machen, wenn sie ihm nicht gehorcht, er wird seine Boshaftigkeit an Helenas Bruder kühlen. Was Rosa auch tut oder lässt – sie lädt Verantwortung auf sich.

Seit Edwins Verschwinden hat sie ein Wechselbad der Gefühle durchlebt, Hoffnung und Verzweiflung kurz nacheinander, durchsetzt von einem nie ausgesprochenen Verdacht, der mal aufgetaucht, dann wieder in der Tiefe versunken ist. Jetzt aber steht er klar vor ihr und sie fragt sich, ob es etwa allein ihrer Verdorbenheit zuzuschreiben ist, dass sie sich etwas vorstellen kann, was allen anderen offenbar entgeht. Doch welche Beweise hat sie? Welches Motiv könnte Jasper haben? Die Antwort bestürzt sie: das Motiv, sie zu gewinnen.

Rasch geht sie noch einmal alles durch, was er an der Sonnenuhr gesagt hat. Edwins Verschwinden erklärt er sich unverändert mit Mord; doch wenn er selbst der Mörder wäre, würde er dann nicht versuchen, die Theorie vom freiwilligen Verschwinden zu stützen, wie er es früher auch getan hat? Er hat gesagt, dass er Edwin eigenhändig von ihrer Seite gewischt hätte, wenn die Bande zwischen ihm und seinem Neffen weniger stark gewesen wären – sagt einer so was, der es wirklich getan hat? Sollte er seinen ganzen verzweifelten Einsatz während der vergangenen sechs Monate nur vorgetäuscht haben? Er hat ihr sogar die Treue angetragen, die vorher seinem lieben Jungen gegolten hat.

Nein, gegen diese Bedenken hat ihr formloser Verdacht keine Chance. Und doch ist Jasper ein schrecklicher Mann, schrecklicher kann sie sich keinen vorstellen und sie muss vor ihm fliehen, am besten jetzt gleich! Das Gefühl, das sie Helena in der ersten Nacht anvertraut hat, lastet jetzt so stark auf ihr, dass sie keinen anderen Weg sieht, dem Schrecken zu begegnen. Damals hat sie Helena gestanden, dass sie sich selbst hinter den starken Mauern des alten Klosters nicht sicher vor Jasper fühlt. Offenbar ist sie von ihrem eigenen Widerwillen gegen ihn eine Weile fasziniert gewesen, aber jetzt muss sie nur in den Garten hinausblicken, zur alten Sonnenuhr, an der er vorhin noch gelehnt hat, um zu spüren, dass die Sache einen düsteren Gipfel erreicht hat. Entscheidungen sind fällig.

Es gibt nur einen, zu dem sie gehen kann, ohne ihn in Gefahr zu bringen: ihren Vormund. Damit ist die Sache entschieden. Rasch schreibt Rosa eine Nachricht an Miss Twinkleton: Sie habe dringenden Anlass, ihren Vormund auf der Stelle zu besuchen, aber es sei alles in Ordnung mit ihr. Dann packt sie hastig ein paar völlig überflüssige Dinge in eine wirklich sehr kleine Tasche, deponiert die Nachricht an einem Ort, der ins Auge springt, und schließt das Tor des Nonnenhauses sanft hinter sich, um zum ersten Mal völlig allein hinauszugehen.

Sie eilt direkt zur Haltestelle, wo die Kutsche abfährt, und kommt gerade noch rechtzeitig. Eine Minute später ist sie unter dem Schutz von Joe, dem Kutscher, auf dem Weg zur Eisenbahn nach London. Er hilft ihr auch in den Waggon und verstaut für sie die sehr kleine Tasche, als ob es sich um einen enormen Koffer handelt, und zum Schluss verspricht er ihr Miss Twinkleton zu benachrichtigen, dass sie sicher nach London abgefahren sei.

Doch als sie endlich im Zug nach London sitzt und der Abend dunkler und dunkler wird, kommen ihr Zweifel, ob die Entscheidung richtig war. Ihr Aufbruch war vielleicht zu hastig; was soll sie machen, wenn Mr. Grewgious nicht zu Hause ist? Sie wird ganz allein sein zwischen all den fremden Menschen in der riesigen

Stadt. Vielleicht hätte sie warten und sich erst Rat holen sollen. Diese und noch mehr quälende Gedanken verstören sie zutiefst, aber dann erreicht der Zug London mit seinen aschgrauen Straßen, in denen schon die Laternen brennen, obwohl es ein warmer, heller Sommerabend ist, und da beschließt sie, dass sie es wenigstens versuchen wird.

«Hiram Grewgious, Esquire, Staple Inn, London», sagt sie zum Kutscher, als sie in die Droschke steigt. Das ist alles, was Rosa über ihr Ziel weiß, aber der Kutscher kennt sich aus. Die Fahrt geht vorbei an Massen von sich drängenden schäbigen Menschen, die Luft zu schnappen versuchen. Hier und da ist Straßenmusik zu hören, aber keine Drehorgel, keine noch so große Pauke vertreibt den Eindruck von Sorge, der über allem lastet. Selbst die Kirchenglocken, die hier und da geschlagen werden, scheinen nur Staub aufzuwirbeln und die Blasinstrumente scheinen vor Sehnsucht nach freier Luft und ländlicher Umgebung schier zu vergehen.

Die scheppernde Droschke setzt sie vor einem geschlossenen Tor ab, dessen Besitzer früh zu Bett gegangen zu sein scheinen; vielleicht haben sie auch Angst vor Einbrechern. Rosa klopft zaghaft und wird mitsamt ihrer kleinen Tasche von einem Wachmann eingelassen.

«Lebt Mr. Grewgious hier?», fragt sie.

«In der Tat.»

Rosa wird der Weg gewiesen. Schlag zehn steht sie vor PJTs Tür und liest den Namen ihres Vormunds auf einem Schild. Sie geht hinauf und klopft mehrmals leise an die Tür, aber es kommt keine Antwort. Da drückt sie die Klinke hinab und tritt ein. Mr. Grewgious sitzt am offenen Fenster und blickt hinaus in die Nacht. Einzige Lichtquelle im Zimmer ist eine gedämpfte Lampe, die auf einem Tisch in der Ecke steht.

Rosa tritt näher zu ihm im Zwielicht des Zimmers. Da sieht er sie, zuckt zusammen und sagt mit schwacher Stimme: «Gütiger Himmel! Im ersten Moment dachte ich, du wärst deine Mutter.»

Rosa fällt ihm weinend um den Hals. Er erwidert die Umarmung.

«Was ist geschehen? Liebes, was führt dich hierher? Wer brachte dich?»

«Niemand. Ich bin allein gekommen.»

«Großer Gott!», stößt Mr. Grewgious aus. «Allein! Warum hast du mir nicht geschrieben, dass ich dich abholen soll?»

«Ich hatte keine Zeit, ich habe mich schnell entschieden. Armer, armer Eddy!»

«Oh ja, armer Kerl, armer Kerl!»

«Sein Onkel ist in mich verliebt. Ich ertrage das nicht!», sagt Rosa und bricht gleichzeitig in Tränen aus und stampft wütend mit ihrem Fuß auf. «Ich zittere vor ihm und ich komme zu Ihnen, damit Sie mich und uns alle vor ihm beschützen. Werden Sie das tun?»

«Natürlich werde ich», ruft Mr. Grewgious. «Durchkreuzt seine Pläne! Vereitelt seine Schurkentricks! Auf dich hat er sich gespitzt? Verdammt soll er sein!»

Nach diesem äußerst ungewöhnlichen Ausbruch läuft Mr. Grewgious kopflos im Zimmer auf und ab, offensichtlich unentschlossen, ob er seine eigenen Worte als Ausdruck seiner leidenschaftlichen Treue oder als kämpferische Warnung verstehen soll. Schließlich bleibt er stehen und sagt, während er sich über das Gesicht wischt: «Entschuldige, Liebes, aber du wirst dich freuen zu hören, dass es mir jetzt besser geht. Berichte mir jetzt noch nichts! Du brauchst Erfrischung und Aufmunterung. Was hast du zuletzt gegessen und was möchtest du jetzt essen?»

Die respektvolle Zärtlichkeit, mit der er ihr hilft den Hut abzunehmen und ihr schönes Haar davon zu lösen, hat etwas Ritterliches an sich, das niemand, der nur Mr. Grewgious' Oberfläche kennt, von ihm erwartet hätte.

«Wir müssen auch für deine Unterkunft sorgen», fährt er fort. «Es soll das schönste Zimmer im Furnival's Inn sein. Du sollst alles haben, was eine grenzenlose Kammerzofe bewerkstelligen kann – ich meine ein Zimmermädchen, dem in Sachen Auslagen keine Grenzen gesetzt sind. Ist das da eine Tasche?» Er fixiert Rosas Tasche scharf und wirklich muss man scharf hinsehen, um sie bei dem Dämmerlicht überhaupt erkennen zu können. «Ist das dein Eigentum, Liebes?»

«Ja, Sir. Ich habe sie mitgebracht.»

«Sie ist nicht gerade ausladend», bemerkt Mr. Grewgious, «aber sicher hervorragend geeignet die Tagesration eines Kanarienvogels aufzunehmen. Hast du vielleicht einen Kanarienvogel dabei?»

Rosa schüttelt lächelnd den Kopf.

«Er wäre willkommen gewesen», sagt Mr. Grewgious. «Er wäre sicher erfreut gewesen an einem Nagel vor dem Fenster zu hängen und den Spatzen von Staple Inn zu zeigen, was Gesang ist; deren Darbietung hinkt nämlich hinter ihrem guten Willen her. Was aber auch bei den meisten von uns der Fall ist! Du hast nicht gesagt, was du essen willst, Liebes, also werden wir von allem etwas haben.»

Rosa bedankt sich und sagt, sie möchte nur eine Tasse Tee. Mr. Grewgious macht sich sofort auf den Weg, um drüben seine Anweisungen zu geben und die Bestellung aufzugeben, kommt aber mehrmals zurück, um sich nach den Beilagen zu erkundigen: Marmelade, Eier, Brunnenkresse, gesalzener Fisch und gebratener Schinken. Bald darauf ist der Tisch gedeckt.

«Gott steh mir bei!», ruft Mr. Grewgious, als er sich Rosa gegenüber niederlässt. «Das ist wirklich ein ungewohntes Gefühl für einen alten hölzernen Junggesellen.»

Rosas ausdrucksvolle kleine Augenbrauen fragen ihn, wie er das meint.

«Das Gefühl von süßer junger Gesellschaft, die diesen Ort mit ihrer Gegenwart schmückt, als wäre er frisch gestrichen und mit Stuck verziert und neu und großartig. Oh je, oh je!»

Etwas Trauriges liegt in diesem Seufzer und Rosa wagt es, ihren Vormund mit ihrer kleinen Hand zu berühren.

«Leben Sie ständig hier, Sir?»

«Ja, Liebes.»

«Und immer allein?»

«Immer. Tagsüber habe ich allerdings Gesellschaft durch meinen Sekretär, Mr. Bazzard.»

«Er wohnt nicht hier?»

«Nein, nach der Arbeit geht er seiner Wege. Es ist sonst nicht meine Art, so frei und ungezwungen zu sprechen, aber deine ungewohnte Gegenwart löst mir die Zunge, Liebes, und so will ich dir etwas erzählen: Mr. Bazzard hat nämlich etwas angestellt.»

«Großer Gott!», ruft Rosa. «Hoffentlich nichts Schlimmes?»

«Er hat ein Theaterstück geschrieben», antwortet Mr. Grewgious verschwörerisch flüsternd. «Eine Tragödie. Und jetzt hofft er, dass das Stück an einem unserer Theater zur Aufführung gelangt, aber es sieht nicht gut dafür aus. Ich fürchte, niemand wird je erfahren, wovon das Stück handelt. So, damit ist das Geheimnis heraus.»

«Aber das ist doch nichts Großartiges», gibt Rosa zurück. «Jeder kann ein Theaterstück schreiben.»

«Ich gewiss nicht.»

«Nicht einmal ein schlechtes?»

«Nein. Selbst wenn ich verurteilt wäre, enthauptet zu werden, und in letzter Sekunde käme der Gnadenerlass unter der Bedingung, dass ich ein Stück schriebe – selbst dann, Liebes, müsste ich meinen Kopf wieder aufs Schafott sinken lassen.»

«Hat Mr. Bazzards Tragödie einen Namen?»

«Aber du musst es für dich behalten», antwortet Mr. Grewgious. «Es ist ein grauenhaft treffender Name. Es heißt ‹Der Stachel der Sorge›. Ich hoffe wirklich, dass das Stück noch aufgeführt werden wird.»

Es ist offensichtlich, dass Mr. Grewgious diese kleine Geschichte nur präsentiert hat, um Rosa vom Grund ihres Hierseins abzulenken. Und das scheint ihm gelungen zu sein, denn Rosa lacht leise; so komisch findet sie Mr. Grewgious' Sorge um Mr. Bazzards Geheimnis.

«Und nun, Liebes», sagt er an diesem Punkt, «erzähl mir von dem, was dir heute passiert ist – aber nur, wenn du nicht zu müde bist und wenn du dich dazu in der Lage siehst.»

Rosa hat sich so weit beruhigt, dass sie ihm einen gewissenhaften Bericht von ihrem Gespräch mit Mr. Jasper geben kann. Mr. Grewgious streicht sich mehrmals über den Kopf, während er zuhört, und bittet anschließend um eine Wiederholung jener Passage, die Helena und Neville betrifft. Als Rosa endet, sitzt er eine Weile ernst und nachdenklich da.

«Klar erzählt» ist seine erste Reaktion, «und hoffentlich auch klar hier drin gespeichert.» Er streicht sich wieder über den Kopf. Dann führt er Rosa ans Fenster. «Schau, Liebes, da drüben wohnen sie.»

«Dürfte ich morgen zu Helena gehen?», fragt Rosa.

«Über diese Frage möchte ich lieber eine Nacht schlafen», antwortet er voller Zweifel. «Aber jetzt wollen wir nach deinem Zimmer sehen. Du musst müde sein.»

Mr. Grewgious hilft ihr, den Hut wieder aufzusetzen, hängt sich die sehr kleine Tasche über den Arm, die auf Erden von keinerlei Nutzen ist, und führt Rosa unbeholfen, als schreite er zu einem Menuett, am Arm über die Straße ins Hotel. Hier übergibt er sie der grenzenlosen Kammerzofe, wartet aber an der Treppe, ob alles zur Zufriedenheit geregelt ist. Rosas Zimmer ist luftig, sauber und behaglich, fast heiter. Die Grenzenlose hat alles hingelegt, was der sehr kleinen Tasche an Ausstattung fehlt, also so gut wie alles, und Rosa trippelt die vielen Stufen wieder hinunter, um sich bei ihrem Vormund für die liebevolle Fürsorge zu bedanken.

«Aber nicht doch, Liebes», sagt Mr. Grewgious unendlich befriedigt, «ich bin derjenige, der zu danken hat – für dein Vertrauen und deine bezaubernde Gesellschaft. Das Frühstück wird in einem hübschen kleinen Salon serviert und morgen früh um zehn Uhr komme ich wieder zu dir. Ich hoffe, du fühlst dich nicht allzu fremd hier an diesem Platz.»

«Oh nein, ich fühle mich so sicher, auch vor ihm.»

«Es gibt hier ein kräftiges Eisengitter, das ihn fern halten wird», erwidert Mr. Grewgious lächelnd. «Furnival's ist gut bewacht und beleuchtet und außerdem wohne ich gleich über die Straße!»

Besonders der letzte Punkt ist natürlich bedeutsam und so stellt der mannhafte Ritter dem Portier eine Krone in Aussicht, falls in der Nacht ein Bote geschickt werden müsse, um eine Nachricht über die Straße zu tragen. Und mannhaft-ritterlich geht Mr. Grewgious draußen noch fast eine Stunde vor dem Eisengitter auf und ab und wirft gelegentlich einen Blick durch die Gitterstäbe, als habe er eine Taube auf eine hohe Hühnerstange in einem Löwenkäfig gesetzt und fürchte nun, dass sie herunterfalle.

Nichts geschieht in dieser Nacht, was die müde Taube gestört hätte; frisch erwacht sie am Morgen. Schlag zehn kommt Mr. Grewgious herein, zusammen mit Mr. Crisparkle, der auf einen Sprung aus dem Fluss von Cloisterham aufgetaucht ist. Er berichtet, dass Miss Twinkleton so nervös gewesen sei, als sie Rosas Notiz gelesen habe, dass sie gestern noch Mr. Crisparkle und seine Mutter aufgesucht habe.

«Ich habe ihr versprochen, dass ich den ersten Zug nehme, um nach Ihnen zu sehen», fährt er fort. «Zuerst wünschte ich, Sie wären gestern zu mir gekommen, aber jetzt glaube ich, dass es richtig war, wie Sie es gemacht haben.»

«Ich habe an Sie gedacht», erwidert Rosa, «aber Ihr Heim ist zu nah bei ihm.»

«Ich verstehe. Es war ganz natürlich.»

«Ich habe Mr. Crisparkle über alles informiert, Liebes», sagt Mr. Grewgious. «Sein Besuch kommt für uns sehr günstig – und ist überdies außerordentlich freundlich, da er erst kürzlich hier gewesen ist.»

«Dann haben Sie vielleicht auch einen Vorschlag, was wir für Helena und ihren Bruder tun können?», fragt Rosa, an beide gerichtet.

«Ehrlich gesagt, ich bin ziemlich ratlos», gesteht Mr. Crisparkle. «Selbst Mr. Grewgious ist ja unentschlossen, obwohl sein Kopf viel klarer ist als meiner und obwohl er mir eine Nacht voraushat.»

In diesem Moment steckt die Grenzenlose ihren Kopf herein, vergewissert sich, dass ihr gewährt wird vorstellig zu werden, und gibt bekannt, dass ein Gentleman einen anderen Gentleman namens Crisparkle zu sprechen wünsche, falls ein solcher anwesend sei. Falls nicht, bitte er um Entschuldigung.

«Handelt es sich um einen dunklen Mann?», fragt Rosa und drückt sich an ihren Vormund.

«Nein, Miss, eher braun», lautet die Antwort.

«Sie sind sicher, dass sein Haar nicht schwarz ist?»

«Ziemlich sicher, Miss. Er hat braune Haare und blaue Augen.»

«Dann kann er hereinkommen.»

Bei dem Gentleman handelt es sich tatsächlich nicht um Jasper, sondern um einen gut aussehenden, gebräunten jungen Mann mit breiten Schultern und breitem Lächeln. Er sieht, dass Crisparkle nicht allein ist, entschuldigt sich für die Störung und wendet sich dann an den Reverend.

«Wer bin ich?», fragt er lächelnd.

«Der Gentleman, den ich vorhin unter den Bäumen rauchen sah.»

«Richtig. Da sah ich Sie auch. Wer bin ich noch?»

Mr. Crisparkle konzentriert sich auf das angenehme Gesicht und die Erinnerung an einen lange vergessenen Jungen steigt langsam in ihm auf.

«Warten Sie einen Moment!», ruft er. «Ich hab's – Tartar!»

Die beiden schütteln sich mit größter Herzlichkeit die Hände, ja, gehen sogar bis zum Äußersten, was männlichen Engländern gegeben ist, um sich öffentlich Zuneigung zu signalisieren: Sie legen einander die Hände auf die Schultern und blicken sich freudig und tief in die Augen.

«Mein alter Fuchs», sagt Crisparkle und Mr. Tartar erwidert: «Mein alter Master!»

«Du hast mich einmal vor dem Ertrinken gerettet.»

«Worauf du bald schwimmen gelernt hast.»

Erneut schütteln sie sich herzlich die Hände.

«Stellen Sie sich vor, Miss Rosa und Mr. Grewgious», ruft Mr. Crisparkle mit glänzenden Augen, «stellen Sie sich vor, wie der kleinste der Junioren nach mir taucht, mich greift, einen großen schweren Senior, und mich an den Haaren zum Ufer zieht wie ein Meeresriese!»

«Ich konnte ihn doch nicht untergehen lassen – immerhin war ich sein Fuchs und er mein Master, mein großer Beschützer und bester Freund.»

«Erlauben Sie mir die Ehre zu haben, Sir», sagt Mr. Grewgious und tritt mit ausgestreckter Hand vor. «Ich bin stolz Ihre Bekanntschaft zu machen und hoffe, Sie haben bei dieser Betätigung nicht zu viel Wasser geschluckt. Wie ist es Ihnen seitdem ergangen?»

«Gut, Sir. Ich ging zur See und befuhr einige Jahre die Meere.»

«Ausgezeichnet. Berichtigen Sie mich bitte, wenn ich mich irre, aber ich glaube, ich hatte bereits das Vergnügen, Sie einige Male bemerkt zu haben. Bewohnen Sie nicht die Dachwohnung in dem Haus neben dem Eckhaus dort drüben?»

«Ja, Sir», antwortet Mr. Tartar, «das stimmt.»

«Es stimmt. Haken wir das ab.» Mit dem rechten Daumen zeichnet Mr. Grewgious einen Haken auf seine linke Handfläche. «Ich glaube, ich habe eine Idee. Ist Ihnen der Name Ihres Nachbarn in der Dachwohnung des Eckhauses geläufig?»

«Landless.»

«Haken wir das ab. Ich schätze, Sie sind nicht persönlich bekannt?»

«Geringfügig.»

«Der Charakter dieser geringfügigen Bekanntschaft, Mr. Tartar?»

«Er wirkte wie ein junger Bursche, dem es nicht gut ging, und da schlug ich ihm vor, meine Blumen mit ihm zu teilen, soll heißen: den Blumengarten vor meinen Fenstern zu seinen auszudehnen.»

«Würden Sie die Güte haben, Platz zu nehmen?», sagt Mr. Grewgious. «Ich sagte vorhin, ich hätte eine Idee. Nun, ich habe wirklich eine.»

Doch Mr. Grewgious hat seinerseits nicht die Güte, es kurz zu machen, im Gegenteil: Vor allem Rosa spannt er gehörig auf die Folter, bis sie endlich merkt, dass seine Idee dem Problem gilt, wie mit Helena Kontakt aufzunehmen wäre, ohne das Haus zu betreten, in dem sie mit ihrem Bruder wohnt.

«Man kann nicht sicher sein», sagt Mr. Grewgious, «ob unser spezieller Freund – auf den ich mit der Erlaubnis des Herrn Reverend einen herzhaften Fluch ausstoßen möchte – nicht dort draußen herumschleicht und das Haus beobachtet. Er kann auch einen Informanten dafür bezahlen, dass der den Eingang im Auge behält. Es wäre also nicht gut, wenn Miss Rosa geradewegs hineinspazieren würde. Unser spezieller Freund wüsste dann, wo sie sich aufhält, und das könnte die Sache eskalieren lassen. Aber auf der anderen Seite wünscht Miss Rosa natürlich, ihre Freundin zu sehen, und für Miss Helena und ihren Bruder wäre es wichtig, zu erfahren, was geschehen ist – am besten von Miss Rosas Lippen selbst.»

Alle stimmen ihm zu und Mr. Tartar sagt: «Ich habe zwar keine Ahnung, worum es eigentlich geht, doch stehen Ihnen meine Zimmer zur uneingeschränkten Verfügung.»

«Ich glaube», sagt Mr. Grewgious und streicht sich triumphierend über den Kopf, «jetzt haben alle meine Idee begriffen. Du auch, Liebes?»

«Ich glaube schon», antwortet Rosa und errötet.

«Siehst du. Du gehst jetzt mit Mr. Crisparkle und Mr. Tartar und unterrichtest Miss Helena durch das Fenster davon, dass du in der Nähe bist, und kein Spion kriegt etwas davon mit.»

«Ich habe nur Angst, ich könnte ...»

«Du könntest?», fragt Mr. Grewgious, als sie zögert. «Dich fürchten, Liebes?»

«Nein, nicht doch», sagt Rosa schüchtern. «Es kommt mir nur so vor, als ob wir zu frei über Mr. Tartars Wohnung verfügen.»

«Mitnichten», erwidert der Gentleman. «Ich werde mich noch wohler dort fühlen, nachdem Ihre Stimme einmal zwischen meinen Wänden erklungen ist.»

Er reicht ihr den Arm und führt sie über die Straße und sie fragt sich, was die Mädchen wohl sagen würden, wenn sie sie jetzt sehen könnten. Aber sie fühlt sich sicher neben diesem großen, starken Mann, dessen klare blaue Augen jede Gefahr schon von weitem sehen können, und so steigt sie ein bisschen verwirrt mit ihm zu seinem Garten in der Höhe.

Mr. Tartars Wohnung ist anzusehen, dass sie von einem Seemann bewohnt wird. Die Dielen sind so gründlich geschrubbt und poliert, als gebe es keinen Londoner Ruß auf der Welt. Inmitten seines Schlafzimmers schaukelt eine Hängematte im sanften Luftzug und im Wohnzimmer gibt es seemännische Utensilien wie Seekarten und Teleskope sowie eine Menge Andenken aus fernen Weltgegenden zu besichtigen. Das Wichtigste ist aber im Moment der Blumengarten vor dem offenen Fenster, auf die jene Hand, die Mr. Crisparkles Leben gerettet hat, Rosa nun hinweist.

«Helena! Helena Landless! Bist du zu Hause?»

«Wer spricht da? Doch nicht etwa Rosa?»

Am Nachbarfenster über Eck erscheint das schöne, dunkle Gesicht von Helena.

«Doch, Schätzchen.»

«Warum – wie kommst du denn hierher, Liebste?»

«Ach, ich glaube, ich träume», sagt Rosa errötend.

Warum errötet sie? Schließlich sind die beiden Gesichter allein mit den Blumen.

«Aber ich träume nicht», erwidert Helena lächelnd. «Wie kommt es, dass wir uns so unerwartet nahe sind?»

Unerwartet, ja, aber unter dem Schutz von PJT und den Blumen des Kapitänsgartens, in dem Rosa nun rasch erzählt, was geschehen ist. Helena hört aufmerksam zu und schweigt anschließend ein paar Sekunden, wobei sie jemanden zu bedauern scheint.

«Mein armer Neville liest in seinem Zimmer, weil ihm hier bei mir die Sonne zu heiß brannte. Meinst du, er sollte erfahren, was du mir erzählt hast? Frag doch bitte Mr. Crisparkle um Rat, Schatz.»

Rosa wendet sich ins Innere des Kapitänszimmers und gibt die Frage weiter. Der Hilfskanonikus meint, Helena solle verfahren, wie sie es für richtig halte.

«Ich frage mich», sagt Helena, nachdem sie den Rat erhalten hat, «ob wir abwarten sollen, bis der Elende seine Drohung wahr macht, oder ob wir versuchen sollten, ihm zuvorzukommen. Ich wünschte, ich wüsste, was uns da im Dunklen bedroht. Was meint Mr. Crisparkle?»

Im Kapitänszimmer kommt man zu dem Schluss, dass man jeden Vorteil nutzen solle, den man gegenüber einem Übeltäter habe. Helena denkt einen Moment über diesen Rat nach, ehe sie fragt: «Können wir auf die Hilfe von Mr. Tartar rechnen?»

Sie können.

«Es ist nämlich so», fährt Helena fort, «dass Neville hier niemanden außer ihm kennt. Wenn Mr. Tartar ihn gelegentlich besuchen käme, am besten jeden Tag, dann könnte dabei etwas herauskommen.»

«Was sollte dabei denn herauskommen, Liebes?»

«Wenn Neville tatsächlich überwacht wird und wenn er wirklich von seinen Freunden isoliert werden soll, dann wird der Feind irgendwann an Mr. Tartar herantreten, um ihn zu warnen. Dann wissen wir mehr – falls Mr. Tartar zustimmt, unseren Agenten zu spielen.»

Mr. Tartar erklärt sich bereit, diese Aufgabe auf der Stelle zu übernehmen.

«Ich danke ihm von Herzen», sagt Helena. «Und jetzt, Schätzchen, wollen wir vorsichtig sein und unser Gespräch beenden. Fährst du zurück zu Miss Twinkleton?»

«Oh, ich könnte es dort nicht aushalten, nach diesem furchtbaren Tag.»

«Aber wo wirst du unterkommen?»

«Darüber habe ich noch nicht nachgedacht», antwortet Rosa. «Aber meinem Vormund wird sicher etwas einfallen. Mach dir keine Sorgen.»

«Könnte Mr. Tartar mich über meine Rosenknospe auf dem Laufenden halten?»

«Ja, das wäre sicher möglich.» Rosa blickt hastig ins Zimmer, wobei sie rot wird. «Aber sag mir noch eins, liebste Helena: Sag mir, ob du sicher, ganz sicher bist, dass ich es nicht verhindern konnte.»

«Verhindern, Liebste? Was denn?»

«Dass er so böse und rachsüchtig geworden ist. Oder hätte ich mich mit ihm einlassen sollen, um es zu verhindern?»

«Du weißt, wie sehr ich dich liebe, Schätzchen», antwortet Helena empört, «aber lieber sähe ich dich tot zu seinen verfluchten Füßen.»

«Das ist ein Riesentrost für mich. Kannst du das auch deinem Bruder sagen? Er soll mich bitte nicht hassen!»

«Mach dir keine Sorgen», gibt Helena traurig zurück, wirft zwei Kusshände von Fenster zu Fenster und tritt ins Zimmer zurück.

Tatsächlich hat Mr. Grewgious bereits über die Frage nachgedacht, wo Rosa unterkommen könnte, und als sich alle wieder in seinem Arbeitszimmer eingefunden haben, unterbreitet er eine weitere Idee.

«Nachdem dies abgehakt ist, Liebes», sagt er, «kommen wir zum nächsten Punkt. Oder um den Gedanken etwas anders auszudrücken: Was soll jetzt mit dir werden? Bei mir kannst du nicht bleiben, denn hier wird unser spezieller Freund dich als Erstes vermuten, wenn er herausgefunden hat, dass du nicht mehr in Miss Twinkletons lobenswerter Institution weilst. Kannst du mir so weit folgen?»

Rosa kann, aber sie kommt sich vor, als ob sie allen nichts als Mühen bereitet.

«Ausgezeichnet. In diesem Zusammenhang erinnerte ich mich, dass die überaus respektable Miss Twinkleton im Sommer gelegentlich nach London reist, um ihre Bekanntschaften zu pflegen. Ich würde an dieser Stelle gern abgestandene Bilder vermeiden; reden wir also nicht von den zwei Fliegen. Kurzum, Liebes: Ich werde Mr. Crisparkle bitten, nach seiner Rückkehr noch heute bei Miss Twinkleton vorzusprechen und sie einzuladen, zu uns zu kommen und einen Monat bei dir zu bleiben.»

«Aber wo soll ich denn bleiben, Sir?»

«Sprach ich diesen Punkt noch nicht an? Ich dachte, ich hätte das abgehakt.» Mr. Grewgious mustert seine linke Handfläche, auf die er mit dem rechten Daumen die Haken zu zeichnen pflegt, und stutzt. «Ich war fest davon überzeugt. Na so was, ich werde wohl alt. Aber diese Lücke lässt sich leicht nachträglich schließen, denn wie du aus dem Zustand dieses Zimmers unschwer schließen kannst, habe ich für heute Urlaub von meinen üblichen Geschäften genommen, um nicht zu sagen: Ich habe die Zeit anderweitig genutzt, um mich nach einer Bleibe für dich umzutun.» In der Tat ist das Zimmer so perfekt aufgeräumt wie sonst nur abends, nachdem die Arbeit des Tages erledigt ist. «Mr. Bazzard war mir behilflich und so fand ich eine hübsche kleine Wohnung in der Southampton Street, am Bloomsbury Square, bei einer Dame, die sicher nicht ganz so respektabel wie Miss Twinkleton ist – aber es wird schon gehen. Sie heißt Billickin. Sobald wir von Miss Twinkleton gehört haben, was sie zu unternehmen beliebt, kannst du dort einziehen.»

«Erlauben Sie, dass ich mich auf der Stelle verabschiede, um alles Nötige in die Wege zu leiten», ruft Mr. Crisparkle. «Wir haben keine Zeit zu verlieren.»

Zwei Tage später treffen zuerst Miss Twinkleton samt dem Gepäck einer hochrespektablen Dame und zweitens ein Brief von Miss Twinkleton ein, in dem sie erklärt auf der Stelle kommen zu wollen, möglichst sogar schneller als die Post. Noch am gleichen Abend wird das Quartier in der Southampton Street bezogen, wobei Mrs. Billickin sogleich einen Pflock einrammt: Auf Wegen, die nicht einmal der Polizei gegeben sind, hat sie Erkundigungen eingezogen und herausbekommen, dass die Gouvernante eine Schule leitet, und das hat sie die Schlussfolgerung ziehen lassen, dass Miss Twinkleton anfangen könnte, *sie* etwas zu lehren.

«Aber nicht mit mir!», sagt sie daher mit aller Entschlossenheit, kaum dass Miss Twinkleton die Schwelle überschritten hat. «Ich bin nicht Ihre Schülerin, das ist höchstens die Kleine da, das arme Ding. An die halten Sie sich gefälligst!»

Der Eindruck, den Mrs. Billickin durch diesen Einstand erweckt, bestätigt sich fortan Tag für Tag. Doch Miss Twinkleton weiß sich zu behaupten: Sie erklärt einfach rundheraus, dass sie es für unter ihrer Würde hält, ein Geschöpf wie die Billickin überhaupt wahrzunehmen. Das wiederum reizt die Hausbesitzerin, die sich in ihrer Respektabilität beschädigt sieht, und mündet in einen munteren Stellungskrieg. Trotzdem geht es beiden besser als zuvor, denn Miss Twinkleton kann sich voll und ganz dem Unterricht ihrer einzigen Schülerin verschreiben und Rosa fühlt sich seit Monaten erstmals wieder richtig sicher, denn der spezielle Freund lässt sich nicht blicken. Es herrscht Ruhe an der Jasper-Front.

18

UND WIEDER DIE MORGENDÄMMERUNG

Obwohl Mr. Crisparkle und John Jasper tagtäglich unter dem Dach der Kathedrale aufeinander trafen, ist seit jenem Tag vor mehr als einem halben Jahr, als Jasper dem Hilfskanonikus schweigend Schlussfolgerung und Entschluss in seinem Tagebuch zeigte, zu keinem Zeitpunkt mehr irgendetwas zwischen ihnen angeklungen, das an Edwin Drood erinnert hätte. Es ist wenig wahrscheinlich, dass sie jemals aufeinander trafen, und sei es noch so oft, ohne dass die Gedanken eines jeden von ihnen zu diesem Gegenstand zurückgewandert wären. Es ist wenig wahrscheinlich, dass sie jemals aufeinander trafen, und sei es noch so oft, ohne das Gefühl auf beiden Seiten, dass der andere ein verwirrendes Geheimnis bleibe. Jasper als der Ankläger und Verfolger von Neville Landless und Mr. Crisparkle als dessen getreuer Anwalt und Beschützer mussten wenigstens so weit in Opposition zueinander stehen, um mit lebhaftem Interesse Spekulationen über die Standhaftigkeit des anderen und dessen nächste Schritte anzustellen. Doch keiner von beiden schnitt je das Thema an.

Da es nicht in der Natur des Hilfskanonikus lag, sich zu verstellen, gab er ohne Zweifel offen zu verstehen, dass er zu jedem Zeitpunkt das Thema aufleben zu lassen bereit wäre und sogar darüber zu sprechen wünschte. Die entschiedene Verschlossenheit Jaspers jedoch war damit nicht zu überwinden. Zurückhaltend, mürrisch, einzelgängerisch, entschlossen, auf eine einzige Idee fixiert und auf den damit verbundenen festen Entschluss, sie mit keiner lebenden Seele zu teilen, führte er ein Leben abseits der Menschen. Angesichts seiner konstanten Ausübung einer Kunst, welche ihn in mechanische Harmonie mit anderen brachte und welcher er nicht hätte nachgehen können, ohne dass er und jene in schönsten mechanischen Beziehungen und Gleichklang standen, mutet es seltsam an, dass sich der Geist dieses Mannes mit nichts, das ihn umgab, in moralischem Einklang oder Austausch befand. Dies hatte er seinem verschwundenen Neffen anvertraut, bevor der Anlass seiner gegenwärtigen Starrsinnigkeit eingetreten war.

Dass er von Rosas plötzlicher Abreise wusste und dass er den Grund hierfür erahnte, daran konnte es keinen Zweifel geben. Glaubte er, sie so weit geängstigt zu haben, dass sie Verschwiegenheit wahrte, oder glaubte er, sie habe irgendjemandem – Mr. Crisparkle selbst zum Beispiel – die Einzelheiten seiner letzten Unterredung mit ihr anvertraut? Mr. Crisparkle wurde sich darüber nicht schlüssig. Doch dessen ungeachtet konnte er als gerechter Mensch nicht umhin einzuräumen, dass es an sich kein Verbrechen war, sich in Rosa zu verlieben, ebenso wenig wie es ein Verbrechen war, die Liebe über die Rache stellen zu wollen.

Den schrecklichen Verdacht gegen Jasper, dem Rosa mit solchem Entsetzen Einlass in ihre Vorstellungswelt gewährt hatte, schien Mr. Crisparkle nicht zu hegen. Und falls er jemals Helenas Gedanken heimsuchte oder Nevilles, so verlieh doch keiner von beiden ihm mit einem einzigen Worte Ausdruck. Mr. Grewgious machte sich nicht die Mühe, seine unversöhnliche Abneigung gegen Jasper zu verbergen, führte sie jedoch niemals, auch nicht im Entferntesten, auf diesen Ursprung zurück. Doch er war ebenso sehr ein verschwiegener wie ein exzentrischer Mensch; und er erwähnte mit keinem Worte jenen Abend, als er seine Hände am Feuer des Torhauses gewärmt und unverwandt auf einen Haufen zerrissener und schlammbeschmutzter Kleider auf dem Fußboden geblickt hatte.

Wann immer das verschlafene Cloisterham erwachte, um sich noch einmal flüchtig mit jener Geschichte zu befassen, die inzwischen sechs Monate alt und vom Gericht abgewiesen worden war, war es in der Frage, ob John Jaspers geliebter Neffe von seinem heißblütigen Rivalen hinterrücks ermordet oder doch in einem offenen Kampfe getötet worden sei oder ob er sich selbst, aus ganz privaten Gründen, davongemacht habe, zu gleichen Teilen gespalten. Dann hob es den Kopf, konstatierte, dass der untröstliche Jasper sich noch immer ganz seinen Nachforschungen und der Rache verschrieben hatte, und nickte wieder ein. Dies war alles in allem der Stand der Dinge zu jenem Zeitpunkt, bei dem unsere Erzählung nunmehr angelangt ist.

Die Türen der Kathedrale haben sich für die Nacht geschlossen; und der Chorleiter, der für zwei oder drei Messen beurlaubt ist, wendet sein Gesicht gen London. Er reist auf dem gleichen Wege, auf dem auch Rosa gereist ist, und trifft, genau wie Rosa, an einem heißen, staubigen Nachmittag dort ein.

Sein Reisegepäck ist leicht zu tragen und er macht sich damit zu Fuß auf zu einem hybriden Hotel an einem kleinen Platz hinter Aldersgate Street nahe dem Hauptpostamt. Es fungiert als Hotel, Pension oder Fremdenheim, ganz nach Wunsch des Gastes. Im neuen Eisenbahnanzeiger stellt es sich selbst als Neueröffnung vor, wie sie zurzeit schüchtern aus dem Boden sprießen. Verschämt, fast entschuldigend gibt es dem Reisenden zu verstehen, dass mitnichten von ihm erwartet werde, in guter alter englischer Hoteltradition eine Flasche billigen schwarzen Porters zu bestellen, um ihn dann wegzuschütten; sondern deutet an, dass er sich vielmehr die Stiefel als den Magen schwärzen lassen könne und dass ihm gegen eine bestimmte feste Gebühr Bett, Frühstück, Bedienung und Nachtportier zur Verfügung stehen. Angesichts dieser und ähnlicher Lokalitäten sind zahlreiche aufrechte Briten voll der Betrübnis zu der Konklusion gelangt, dass man in Zeiten platt walzender Gleichmacherei lebe, was allein für die Landstraßen nicht gelte, von welchen es in ganz England bald keine einzige mehr geben werde.

Er isst ohne Appetit und bricht bald wieder auf. Ostwärts und immer weiter ostwärts führt ihn sein Weg durch die modrig riechenden Straßen, bis er am Ziel ist: einem elenden Innenhof, einem der elendsten zwischen zahllosen seinesgleichen.

Er erklimmt eine brüchige Treppe, öffnet eine Tür, blickt in einen dunklen Raum mit erstickend schlechter Luft und sagt: «Bist du allein?»

«Mutterseelenallein, Herzchen; schlecht für mich, aber umso besser für dich», antwortet eine krächzende Stimme. «Komm rein, komm rein, wer immer du sein magst: Ich seh dich nicht, muss erst ein Streichholz anreißen, aber ich glaub, ich erkenn deine Stimme. Ich kenne dich, stimmt's?»

«Reiß dein Streichholz an und sieh selbst.»

«Das werd ich, Herzchen, das werd ich; aber meine Hand zittert so, dass ich grad kaum ein Streichholz halten kann. Und bei meinem Husten kann ich die Streichhölzer hinlegen, wo ich will, ich find sie nie an der gleichen Stelle wieder. Sie hüpfen und springen, wenn ich huste und huste, als wär'n sie lebendig. Bist du auf Landgang, Herzchen?»

«Nein.»

«Kein Seemann?»

«Nein.»

«Nun, es gibt Landkundschaft und Wasserkundschaft. Ich bin beiden eine Mutter. Nicht so wie Jack Chinaman drüben auf der anderen Seite. Er ist für keinen ein Vater. Liegt ihm einfach nicht. Und er kennt nicht das wahre Geheimnis der richtigen Mischung, dabei kassiert er genauso viel wie ich, die ich's kenne, und mehr, wenn er kann. Hier haben wir ein Streichholz, aber wo ist die Kerze? Wenn der Husten mich packt, huste ich zwanzig Streichhölzer aus, bevor die Kerze an ist.»

Doch sie findet die Kerze und entzündet sie, bevor der Hustenanfall kommt. Er packt sie just im Moment des Erfolgs, sie setzt sich hin und schaukelt sich vor und zurück, ab und an schnappt sie nach Luft: «Oh, meine arme Lunge, meine arme Lunge, das reinste Sieb!», bis der Anfall vorüber ist. Solange er anhält, ist ihr die Sehkraft und jede andere Kraft vom Hustenkrampfe benommen; doch als er nachlässt, strengt sie ihre Augen an, und kaum dass sie wieder sprechen kann, schreit sie: «Du bist es!»

«So überrascht mich zu sehen?»

«Ich dachte, ich würd dich nie wieder zu Gesicht kriegen, Herzchen. Ich dachte, du bist längst tot und im Himmel.»

«Warum?»

«Ich hätte nicht gedacht, dass du so lange über die Runden kommst ohne dich bei der armen Seele blicken zu lassen, die das wahre Rezept der richtigen Mischung kennt! Und du bist in Trauer! Warum biste nicht gekommen, um dich mit ein, zwei Pfeifchen zu trösten? Oder haben sie dir Geld hinterlassen, so dass du keinen Trost gebraucht hast?»

«Nein!»

«Wer war's denn, der gestorben ist, Herzchen?»

«Ein Verwandter.»

«Woran gestorben, Süßer?»

«Am Tod vermutlich.»

«Oh, wir sind kurz angebunden heute!», ruft die Frau mit einem versöhnlichen Lachen. «Wortkarg und schnippisch sind wir! Aber wir können nichts dafür, wir brauchen ein Pfeifchen. Weltschmerz, stimmt's, Herzchen? Aber hier bist du genau richtig, um den zu kurieren; das hier ist der richtige Ort, den Weltschmerz in Rauch aufgehen zu lassen.»

«Dann mach eine fertig», sagt der Besucher, «sobald du so weit bist.»

Er zieht sich die Schuhe aus, lockert das Halstuch und legt sich übers Fußende des breiten Bettes, den Kopf auf die linke Hand gestützt.

«Jetzt bist du langsam wieder der Alte», sagt die Frau lobend. «Jetzt erkenne ich meinen alten Kunden langsam wieder! Und hast du die ganze Zeit über für dich selbst gemixt, Schätzchen?»

«Hin und wieder habe ich es auf meine Art genommen.»

«Nimm's nie auf deine Art. Ist nicht gut fürs Geschäft und ist nicht gut für dich. Wo ist mein Tintenfass und wo ist mein Fingerhut und wo ist mein kleiner Löffel? Jetzt kriegt er ein Pfeifchen, wie es sich gehört, mein Herzchen!»

Während sie sich an ihre Arbeit macht und anfängt auf den schwachen Funken in ihrer hohlen Hand zu blasen, spricht sie hin und wieder in zufrieden näselndem Ton ohne ihre Tätigkeit zu unterbrechen; wenn er spricht, sieht er sie nicht an und scheint in Erwartung des Kommenden mit seinen Gedanken schon an einem anderen Ort.

«Von der ersten bis zur letzten hab ich dir so einige Pfeifchen gemacht, Süßer, stimmt's nicht?»

«So ist es wohl.»

«Als du das erste Mal hier warst, warst du ziemlich neu dabei, stimmt's?»

«Ja, ich war recht schnell bedient damals.»

«Aber du hast dich gemacht in dieser Welt und nach und nach konntest du deine Pfeife zusammen mit den Besten rauchen, war's nicht so?»

«Ja. Und mit den Schlimmsten.»

«Ist schon fast fertig. Und so ein süßer Sänger warst du am Anfang! Hast den Kopf zurückgelegt und dir selbst was vorgeträllert, wie ein Vöglein! So, jetzt ist sie fertig für dich, Herzchen.»

Mit großer Sorgfalt nimmt er die Pfeife von ihr entgegen und das Mundstück zwischen die Lippen. Sie setzt sich neben ihn, um die Pfeife bei Bedarf aufzufüllen. Nachdem er schweigend einige Züge inhaliert hat, wendet er sich vorwurfsvoll an sie mit den Worten: «Ist sie genauso stark wie früher?»

«Was meinst du, Herzchen?»

«Was soll ich schon meinen, was habe ich denn wohl im Mund?»

«Sie ist genau wie immer. Ganz genau wie immer.»

«Sie schmeckt anders. Und es wirkt langsamer.»

«Du hast dich einfach dran gewöhnt.»

«Das mag der Grund sein, sicher. Sag mal ...» Er hält inne, blickt verträumt drein und scheint vergessen zu haben, dass er sie etwas fragen wollte. Sie beugt sich über ihn und spricht ihm ins Ohr.

«Ich bin bei dir. Hast du nicht grad ‹sag mal› gesagt? Und ich sage, ich bin bei dir. Grad haben wir noch drüber gesprochen, dass du dran gewöhnt bist.»

«Das weiß ich doch alles. Ich hab nur nachgedacht. Sag mal. Wenn dir was im Kopf herumgeht, etwas, das du vorhast zu tun ...»

«Ja, Herzchen; etwas, das ich vorhabe zu tun?»

«Aber noch nicht fest entschlossen bist zu tun.»

«Ja, Herzchen.»

«Was du vielleicht tun wirst, aber vielleicht auch nicht, verstehst du.»

«Sicher.» Mit einer Nadelspitze rührt sie den Inhalt des Gefäßes um.

«Tust du es in deiner Vorstellung, wenn du hier so liegst?»

Sie nickt. «Ein ums andre Mal.»

«Genau wie ich! Ich habe es ein ums andere Mal getan. Ich habe es Hunderttausende von Malen hier in diesem Zimmer getan.»

«Da kann man nur hoffen, dass es was Schönes war, Herzchen.»

«Das war es.»

Er sagt das mit wildem Ausdruck und macht eine jähe Geste auf sie zu. Sie fährt ungerührt fort, den Inhalt des Pfeifenkopfes mit einem kleinen Spatel aufzulockern und nachzufüllen. Als er sie in ihre Tätigkeit vertieft sieht, sinkt er wieder in seine vorherige Haltung zurück.

«Eine Reise, eine schwierige und gefährliche Reise. Das war es, was mir im Kopf herumging. Eine tollkühne und riskante Reise über Abgründe, wo einmal Stolpern das Verderben bedeutet. Sieh runter, sieh runter! Siehst du, was dort unten am Boden liegt?»

Bei diesen Worten schießt er nach vorn, um auf den Boden zu zeigen, als sähe er dort tief unten irgendetwas liegen. Die Frau blickt ihn an, als er sein verzerrtes Gesicht dicht vor ihres bringt, und nicht auf die Stelle, auf die er deutet. Sie scheint zu wissen, wie ihre vollkommene Ruhe auf ihn wirken wird, und sie hat sich nicht getäuscht, denn er lässt sich wieder aufs Bett sinken.

«Nun, wie gesagt. Ich hab's getan, hier, wohl hunderttausend Mal. Ach, was sag ich? Millionen und Milliarden Mal hab ich's getan! Ich hab's so oft getan und über so lange Zeit, dass es, als ich's wirklich getan hab, das Tun nicht wert schien, so schnell war's getan.»

«Die Reise, die du gemacht hast?», fragt sie leise.

Mit stechendem Blick starrt er sie an, während er an der Pfeife zieht, und als seine Augen glasig werden, antwortet er: «Genau, die Reise.»

Danach wird es still. Er hat die Augen manchmal geschlossen und manchmal geöffnet. Die Frau hockt neben ihm und lässt die Pfeife nicht aus den Augen, die er die ganze Zeit über zwischen den Lippen hält.

«Ich schätze», bemerkt sie, nachdem er sie einige Momente lang mit jenem eigenartigen Blick, als sähe er sie in weiter Ferne statt so nah vor sich, fest *angeschaut hat: «Ich schätze, du hast viele unterschiedliche Reisen gemacht, wenn du so oft gereist bist?»*

«Nein, immer die gleiche.»

«Immer ganz genau die gleiche?»

«Ja.»

«Die gleiche, die du am Ende tatsächlich gemacht hast?»

«Ja.»

«Und du hast immer wieder die gleiche Freude dran gehabt?»

«Ja.»

Er scheint zurzeit keiner anderen Antwort fähig als dieser trägen, einsilbigen Zustimmung. Wohl um sicherzugehen, dass es keine rein automatische Zustimmung ist, dreht sie ihre nächste Frage um.

«Warst du es denn nie leid, Herzchen, und hast versucht dir zur Abwechslung was andres vorzustellen?»

Er kämpft sich in eine sitzende Position und entgegnet: «Was redest du? Was wollte ich denn wohl? Wofür bin ich wohl hergekommen?»

Sie drückt ihn sanft zurück auf die Matratze, und bevor sie ihm die Pfeife zurückgibt, die er hat fallen lassen, bläst sie das Feuer darin an; dann sagt sie mit schmeichlerischer Stimme: «Richtig, richtig, richtig! Ja, ja, ja! Jetzt versteh ich. Du warst zu schnell für mich. Jetzt hab ich's kapiert. Du bist hergekommen, um die Reise zu machen. Klar, hätt ich mir denken können, wo sie dich die ganze Zeit beschäftigt hat.»

Seine Antwort beginnt mit einem Lachen und endet in verbissenem Zähneknirschen: «Natürlich, bin doch nicht einfach so hergekommen. Wenn ich mein Leben nicht mehr ertragen konnte, bin ich hierher gekommen, um Linderung zu finden, und die hab ich gefunden. Und wie! Und wie!» Die Wiederholung mit außerordentlichem Nachdruck und einem Knurren wie dem eines Wolfes.

Sie betrachtet ihn, als sondiere sie im Geiste vorsichtig das Terrain für die nächste Bemerkung. Die lautet: «Du bist nicht allein gereist, Herzchen.»

«Ha ha ha!» Ein schallendes Gelächter, oder vielmehr ein schallender Aufschrei.

«Schon die Vorstellung», ruft er, «wie oft er mit mir gereist ist ohne es zu wissen! Die Vorstellung, wie oft er die Reise gemacht hat ohne ein einziges Mal die Straße zu sehen!»

Die Frau kniet sich auf den Boden, legt die Arme dicht neben ihm auf die

Tagesdecke und das Kinn auf die Arme. In dieser kauernden Haltung beobachtet sie ihn. Die Pfeife fällt ihm aus dem Mund. Sie steckt sie zurück, legt ihm eine Hand auf die Brust und schaukelt ihn ganz leicht von links nach rechts. Daraufhin hebt er an zu sprechen, als habe sie gesprochen.

«Genau! Ich habe immer zuerst die Reise gemacht, danach haben sich die Farben verändert und ich hab die überwältigenden Landschaften und die funkelnden Prozessionen gesehen. Sie konnten erst anfangen, wenn ich die Reise aus dem Kopf hatte. Solange war kein Platz für irgendetwas anderes.»

Wieder versinkt er in Schweigen. Wieder legt sie ihm die Hand auf die Brust und schaukelt ihn leicht hin und her, wie eine Katze, die eine halb tote Maus aufwecken will. Wieder hebt er an zu sprechen, als habe sie gesprochen.

«Was? Ich hab's dir doch gesagt. Wenn es endlich wahr wird, geht es so schnell, dass es einem zum ersten Mal unwirklich vorkommt! Hör zu!»

«Ja, Herzchen, ich höre.»

«Zeit und Ort sind günstig.»

Er ist aufgestanden und spricht im Flüsterton, als stehe er im Dunkeln.

«Zeit, Ort und Mitreisender», sagt sie im gleichen Tonfall und hält ihn sanft am Arm.

«Wie soll die Zeit auch reif sein, wenn's der Mitreisende nicht ist? Aber still! Die Reise ist gemacht. Es ist vorbei.»

«So schnell?»

«Das hab ich doch gesagt. So schnell. Aber warte mal. Es ist eine Vision. Ich sollte sie wegschlafen. Es war zu schnell und zu einfach. Ich brauche eine bessere Vision als diese; dies ist die schlechteste von allen. Kein Kampf, kein Bewusstsein der Gefahr, kein Flehen ... aber das habe ich noch nie gesehen!» Er zuckt zusammen.

«Was denn, Herzchen?»

«Sieh doch! Sieh, wie arm und gewöhnlich und elendig es ist! Es muss echt sein. Es ist vorbei!»

Er hat seine unzusammenhängenden Worte mit wilden, bedeutungslosen Gesten unterstrichen; doch in der fortschreitenden Bewegungslosigkeit der Betäubung werden sie immer schlaffer und schließlich liegt er wie ein Baumstamm auf dem Bett.

Die Neugier der Frau jedoch ist noch nicht befriedigt. Sie wiederholt ihre katzenhafte Gebärde und bewegt seinen Körper erneut leicht hin und her und horcht; bewegt ihn noch einmal und horcht; flüstert auf ihn ein und horcht. Sie muss einsehen, dass er für den Moment nicht wachzubekommen ist, steht mit enttäuschter Miene auf und gibt ihm mit dem Handrücken einen Klaps auf die Wange, bevor sie sich abwendet.

Doch sie entfernt sich nicht weiter als bis zu dem Lehnstuhl vorm Kamin. Dort setzt sie sich, einen Ellbogen auf der Lehne, das Kinn in der Hand, und lässt ihn nicht aus den Augen. «Einmal», sagt sie mit leiser, krächzender Stimme, «einmal, als ich da lag, wo du jetzt liegst, und du deine Spekulationen über mich angestellt hast, hab ich dich sagen hören: ‹Unverständlich!› Und ich hab gehört, wie du das noch von zwei anderen gesagt hast. Aber sei dir da nicht immer so sicher, Süßer, sei dir da nicht zu sicher!»

Mit katzenhaftem, gebanntem Blick, ohne zu blinzeln, fügt sie alsbald hinzu: «Nicht so stark wie früher? Ha! Am Anfang vielleicht nicht. Da könntest du Recht haben. Aber Übung macht den Meister. Womöglich habe ich das Geheimnis gefunden, dich zum Sprechen zu bringen, mein Herzchen.»

Ob dem so ist oder nicht, er spricht nicht mehr. Er liegt schwer und still da, von Zeit zu Zeit fährt ihm ein hässliches Zucken übers Gesicht und in die Glieder. Die billige Kerze brennt herunter; die Frau nimmt den schwindenden Stumpen zwischen die Finger und entzündet daran eine neue, steckt den flackernden, knisternden Klumpen tief in den Leuchter und drückt ihn mit der neuen Kerze fest, als wolle sie eine übel riechende, abstoßende Hexenwaffe laden; auch die neue Kerze brennt herunter; und er liegt noch immer besinnungslos da. Schließlich wird der verbleibende Rest der letzten Kerze ausgeblasen und Tageslicht schaut ins Zimmer.

Es hat noch nicht lang geschaut, als er sich, durchgefroren und zitternd, aufsetzt, sich langsam bewusst wird, wo er ist, und sich zum Gehen anschickt. Mit einem dankbaren «Gott vergelt's, Gott vergelt's, Herzchen» nimmt die Frau entgegen, was er ihr gibt, und scheint sich, selbst völlig übermüdet, bettfertig zu machen, als er den Raum verlässt.

Doch ein jeder Anschein kann trügen oder richtig sein. In diesem Falle trügt er, denn sobald die Stufen nicht mehr unter seinen Schritten knarren, huscht sie ihm hinterdrein, entschlossen flüsternd: «Ein zweites Mal entwischst du mir nicht!»

Es gibt keinen anderen Ausgang aus dem Hinterhof als den Eingang. Mit wildem Blick sieht sie ihm aus dem Hausflur nach, ob er sich umschaut. Er schaut sich nicht um, bis er schwankenden Schrittes aus dem Blickfeld entschwindet. Sie folgt ihm, späht aus dem Hinterhof hinaus, sieht ihn taumelnd weitergehen, ohne sich umzuschauen, und lässt ihn nicht mehr aus den Augen.

Er geht zur Rückseite der Aldersgate Street, wo auf sein Klopfen hin unverzüglich eine Tür geöffnet wird. Sie hockt sich in einen anderen Eingang und behält die Tür im Blick, denn sie hat sofort verstanden, dass er in jenem Haus abgestiegen ist. Ihre Geduld wird auch von stundenlangem Warten nicht erschöpft. Zum Essen kann sie, was sie auch tut, wenige Hundert Meter weiter Brot kaufen und Milch, die vorbeigetragen wird.

Gegen Mittag kommt er wieder heraus, er hat sich umgezogen, trägt jedoch nichts in der Hand, auch wird ihm nichts getragen. Demnach fährt er noch nicht zurück aufs Land, noch nicht. Sie folgt ihm ein Stückchen, zögert einen Moment, wendet sich dann entschlossen um und spaziert schnurstracks auf das Haus zu, das er soeben verlassen hat.

Ist der Gentleman aus Cloisterham zu sprechen?

Ist gerade eben ausgegangen.

So ein Pech. Wann fährt der Gentleman zurück nach Cloisterham?

Um sechs heute Abend.

Danke und Gott segne Sie. Möge Gott dem Hause viel Erfolg und Segen geben, in dem eine freundliche Frage, selbst von einer armen Seele, so freundlich beantwortet wird!

«Ein zweites Mal entwischst du mir nicht!», wiederholt die arme Seele auf der Straße, und das nicht gar so freundlich. «Beim letzten Mal hab ich dich bei diesem Omnibus verloren, in den du kurz vorm Ziel deiner Reise gestiegen bist, der Bus, der zwischen Bahnhof und Stadt verkehrt. Ich war nicht mal sicher, ob du überhaupt in die Stadt gefahren bist. Jetzt weiß ich's. Mein Gentleman aus Cloisterham, ich werd vor dir da sein und auf dich warten. Ich hab mir geschworen, dass ich dich kein zweites Mal entwischen lass!»

Und so steht die arme Seele am gleichen Abend auf Cloisterhams Hauptstraße, betrachtet die vielen malerischen Giebel des Nonnenhauses und bringt die Zeit bis neun Uhr, so gut es geht, herum; sie hat Grund zu der Annahme, dass die zu dieser Stunde eintreffenden Passagiere des Omnibusses für sie von Interesse sein könnten. In der gnädigen Dunkelheit um diese Stunde ist es ein Leichtes, festzustellen, ob dies der Fall ist oder nicht; und es ist der Fall, denn jener Passagier, welcher kein zweites Mal entwischen soll, ist unter den Ankömmlingen.

«So, wollen wir mal sehen, was du für einer bist. Geh schon los!»

Die Worte wurden in die Luft gesprochen. Und doch könnten sie ebenso gut zu besagtem Passagier gesprochen sein, so gehorsam wandert er die Hauptstraße entlang bis zu einem Torbogen, in welchen er unerwarteterweise entschwindet. Die arme Seele beschleunigt ihre Schritte; sie ist schnell, biegt dicht hinter ihm in den Torbogen ein und sieht doch nichts weiter als an einer Seite eine Hintertreppe und auf der anderen Seite einen uralten, gewölbten Raum, worin ein grauhaariger Gentleman mit großem Kopfe schreibend sitzt, seltsamerweise mit zum Durchgang geöffneter Türe, und alle Vorübergehenden mustert wie ein Zolleinnehmer an einem Schlagbaum: Dabei ist Durchgang frei.

«Holla!», ruft er mit leiser Stimme, als sie so plötzlich stehen bleibt: «Wen suchen wir denn?»

«Da war so ein Gentleman, der ist gerade eben hier reingegangen, Sir. Ein Gentleman in Trauerkleidern.»

«Natürlich ist er das. Was wollen Sie von ihm?»

«Wo wohnt er, Herzchen?»

«Wo er wohnt? Die Treppe hoch.»

«Schönen Dank! Und noch 'ne Frage. Wie heißt er, Herzchen?»

«Nachname Jasper, Vorname John. Mr. John Jasper.»

«Hat er auch einen Beruf, Herzchen?»

«Einen Beruf? Sicher. Er singt im Chor.»

«Im Tor?»

«Im Chor.»

«Was 'n das?»

Mr. Datchery erhebt sich von seinen Papieren und tritt an die Tür. «Wissen Sie, was eine Kathedrale ist?», fragt er in humorvollem Ton.

Die Frau nickt.

«Und was?»

Sie blickt verwirrt drein und wühlt in ihrem Kopf nach einer Erklärung, bis ihr in den Sinn kommt, dass es leichter ist, mit dem Finger auf das fragliche Objekt zu deuten, das sich massig vor dem dunkelblauen Himmel und den ersten Sternen abzeichnet.

«Ganz genau. Gehen Sie morgen früh um sieben rein und Sie können Mr. John Jasper sehen und sogar hören.»

«Danke! Danke!»

Die triumphierende Freude, mit der sie ihm dankt, entgeht nicht der Aufmerksamkeit des müßig von seinen Mitteln lebenden eigenbrötlerischen alten Knaben von schlichtem Gemüte. Er betrachtet sie, faltet die Hände im Rücken, wie solch alte Knaben es zu tun pflegen, und schlendert an ihrer Seite über den hallenden Kirchplatz.

«Oder», schlägt er vor und machte eine Kopfbewegung nach hinten, «Sie gehen gleich jetzt hoch zu Mr. Jaspers Wohnung.»

Die Frau betrachtet ihn mit verschmitztem Lächeln und schüttelt den Kopf.

«Ach! Sie wollen gar nicht mit ihm sprechen?»

Sie wiederholt ihre stumme Antwort und formt mit den Lippen ein tonloses «Nein».

«Sie können ihn drei Mal am Tag aus der Ferne bewundern, wann immer Sie wollen. Ist aber ein weiter Weg, nur so zum Gucken.»

Die Frau wirft ihm einen hastigen Blick zu. Doch wenn Mr. Datchery glaubt, er könne ihr so leicht entlocken, woher sie kommt, ist er von weit schlichterem Gemüte als sie. Doch wie er so neben ihr einhertrottet, ganz der konzessionierte Kauz der Stadt, wie ihm das unbedeckte graue Haar um den Kopf weht und seine Hände unbedarft mit den losen Münzen in seinen Hosentaschen klimpern, spricht sie ihn frei von solcher Hinterlist.

Das Klimpern der Münzen lässt ihre gierigen Ohren aufhorchen. «Wollen Sie mir nicht helfen, Herzchen, mein Bett für die Nacht zu zahlen, und die weite Reise? Ich bin eine arme Seele, das bin ich wirklich, und von schrecklichem Husten geplagt.»

«Sie kennen die hiesige Herberge, wie ich sehe, Sie marschieren stracks drauf zu», lautet Mr. Datcherys höfliche Antwort, wobei er noch immer mit den Münzen klimpert. «Schon oft hier gewesen, gute Frau?»

«Erst einmal in meinem Leben.»

«Ach ja?»

Sie haben den Eingang zum Klosterweingarten erreicht. Der Anblick ruft im Geiste der Frau eine willkommene Erinnerung wach, die ein beispielhaftes Vorbild zur Nachahmung liefert. Sie bleibt am Tor stehen und sagt mit Nachdruck: «Ob Sie's glauben oder nicht, an dieser Stelle hat mir ein junger Gentleman drei Shilling Sixpence gegeben, als ich mir just hier auf dem Gras die Lunge aus dem Hals gehustet hab. Ich hab ihn um drei Shilling Sixpence gebeten und er hat sie mir gegeben.»

«War es nicht ganz schön unverfroren, eine Summe zu nennen?», bemerkt Mr. Datchery, noch immer klimpernd. «Lässt man den Betrag nicht in der Regel offen? Könnte es für den jungen Gentleman nicht den Anschein gehabt haben – nur den Anschein –, dass ihm die Summe regelrecht befohlen wurde?»

«Ich sag Ihnen was, Herzchen», antwortet sie in vertraulichem und schmeichlerischem Ton, «ich wollte das Geld für eine Medizin, die mir hilft und die ich selbst vertreibe. Das hab ich dem jungen Gentleman gesagt und er hat's mir gegeben und ich hab's ehrlich bis auf den letzten Pence dafür angelegt. Jetzt brauch ich die gleiche Summe für den gleichen Zweck; und wenn Sie's mir geben, werd ich's wieder bis auf den letzten Pence ehrlich anlegen, das schwör ich!»

«Was ist das für eine Medizin?»

«Ich will ehrlich zu Ihnen sein, vorher genauso wie nachher. 's ist Opium.»

Mr. Datchery wirft ihr mit plötzlich verändertem Gesichtsausdruck einen kurzen Blick zu.

«Opium, Herzchen. Nicht mehr und nicht weniger. Und's ist damit wie mit 'nem menschlichen Wesen, man hört immer nur, was es dagegen vorzubringen gibt, aber selten, was man alles Gutes sagen kann!»

Mr. Datchery macht Anstalten, sehr gemächlich die von ihm verlangte Summe abzuzählen. Sie schaut ihm gierig auf die Finger und plappert weiter von dem gutem Exempel, das ihm gesetzt ward.

«Es war letztes Jahr zu Heiligabend, das erste Mal, dass ich hier war, es war grad dunkel geworden, als der junge Gentleman mir die drei Shilling Sixpence gegeben hat.»

Mr. Datchery hält im Zählen inne, stellt fest, dass er sich verzählt hat, schüttet die Münzen wieder zusammen und beginnt von neuem.

«Und der Name des jungen Gentleman», fügt sie hinzu, «war Edwin.»

Mr. Datchery lässt ein paar Münzen fallen, beugt sich nieder, um sie aufzuheben, läuft rot an ob der Anstrengung und fragt: «Woher wissen Sie, wie der junge Gentleman hieß?»

«Ich hab ihn gefragt und er hat's mir gesagt. Ich hab ihm nur zwei Fragen gestellt, mehr nicht, nach seinem Vornamen und ob er ein Liebchen hätte. Und er hat gesagt Edwin und kein Liebchen.»

Mr. Datchery hält mit den abgezählten Münzen in der Hand inne, als sei er in eine tiefsinnige Betrachtung ihres Wertes versunken und könne es nicht ertragen, sich von ihnen zu trennen. Die Frau sieht ihn misstrauisch und mit bereits gärender Wut an, für den Fall, dass er es sich mit seiner Spende anders überlegt haben sollte; doch er überreicht sie ihr, als wolle er sein Opfer rasch aus dem Sinn haben, und mit zahlreichen untertänigen Dankeschöns geht sie ihres Weges.

John Jaspers Lampe ist entzündet und sein Leuchtturm leuchtet, als Mr. Datchery allein darauf zugeht. Wie ein Seemann auf gefährlicher Fahrt vor einer felsigen Küste am Strahl des Warnlichts entlang zum jenseits liegenden Hafen blicken mag, den er womöglich nie erreichen wird, so ist Mr. Datcherys wehmütiger Blick zu jenem Leuchtfeuer und noch darüber hinaus gerichtet.

Seine Behausung sucht er allein deshalb auf, um sich den Hut aufzusetzen, welcher in seiner Garderobe so gänzlich überflüssig wirkt. Die Glocke der Kathedrale schlägt halb elf, als er wieder in den Hof hinaustritt; er bleibt stehen und schaut sich um, als hege er nun, da die verwunschene Stunde geschlagen hat, zu welcher Mr. Durdles für gewöhnlich nach Hause gesteinigt wird, die Hoffnung, den Satansbraten ausfindig zu machen, dem die Aufgabe des Steinewerfens zukommt.

Und tatsächlich treibt jener böse Geist sein Unwesen. Da es derzeit nichts Lebendiges mit Steinen zu bewerfen gibt, erwischt Mr. Datchery ihn bei dem unheiligen Geschäfte, durch den Friedhofszaun die Toten mit Steinen zu bewerfen. In des Satansbratens Augen ein Genuss bringendes und anregendes Unterfangen; zum Ersten, da ihre Ruhestätte für heilig gilt, und zum Zweiten, da die hohen Grabsteine ausreichend Ähnlichkeit mit den Toten selbst aufweisen, um die köstliche Vorstellung zu erlauben, dass sie Schmerzen leiden, wenn sie getroffen werden.

Mr. Datchery ruft ihn an mit: «Hallo, Holzauge!»

Dieser erwidert den Gruß mit: «Hallo, Dick!» Sie sind offensichtlich auf recht vertrautem Fuße.

«Aber eins sach ich Ihnen», schimpft er, «gehn Se bloß nich rum und erzähl'n Se allen meinen Namen. Ich hab nich vor, in irgend'nem Namen zu schwören, klar. Wenn se mich im Knast fragen: ‹Wie heißt du?›, damit se mich ins Buch schreiben können, dann sach ich: ‹Finden Se's raus.› Genauso wie wenn se fragen: ‹Welche Religion biste?›, sach ich: ‹Finden Se's raus.›»

Was, nebenbei bemerkt, dem Staat, allen Statistiken zum Trotz, enorm schwer fallen dürfte.

«Außerdem», fügt der Junge hinzu, «gibt's keine Familie Holzauge.»
«Die muss es doch geben.»
«Lüge, gibt's nich. Die Zimmergäste ham mir den Namen gegeben, weil ich nie keinen vernünftigen Schlaf kriech und die ganze Nacht in einer Tour rausgeklingelt werd, so dass ich das eine Auge schon wieder offen hab, bevor's andre zu ist. Deshalb Holzauge. Deputy ist schon eher der richtige Name, wenn mich einer anklagen will, aber Se werd'n nich sehn, wie ich auf diesen Namen schwör, Sir.»
«Dann also für alle Zeiten Deputy. Wir zwei sind dicke Freunde, stimmt's, Deputy?»
«Das will ich meinen.»
«Ich habe dir die Schulden erlassen, die du bei mir gemacht hast, als wir uns kennen lernten, und seither sind viele Sixpence von mir in deine Hände gewandert, stimmt's nicht?»
«Kann man wohl sagen! Und vor allem sind Se kein Freund von Jarsper. Was fällt dem ein, mich vonne Beine zu heben?»
«Recht hast du! Aber vergiss ihn einfach. Heute Abend könnte ein Shilling von mir in deine Hände wandern, Deputy. Bei euch ist eine Frau abgestiegen, mit der ich ein paar Worte gewechselt habe, eine kränkliche Frau mit Husten.»
«Paffen tut se», bestätigt Deputy mit wissendem Grinsen und zieht an einer imaginären Pfeife, den Kopf sehr weit auf die Seite gelegt und die Augen sehr weit nach oben gerollt: «Hopium pafft se.»
«Wie heißt sie?»
«Ihre Könichliche Hoheit Prinzessin von und zu Paff.»
«Sie hat doch wohl auch einen richtigen Namen. Woher kommt sie?»
«Aus London. Vonne Teerjacken.»
«Seeleuten?»
«Sach ich doch, Teerjacken. Und Tschineesen. Und andern Messerstechern.»
«Ich wüsste gern genau, wo sie lebt, wenn du das rausfinden kannst.»
«Klar. Geb'n Se rüber.»
Ein Shilling wechselt den Besitzer; und in jenem Geiste gegenseitigen Vertrauens, von welchem alle geschäftlichen Transaktionen zwischen Ehrenmännern durchdrungen sein sollten, gilt die Angelegenheit für erledigt.
«Aber jetzt kommt's!», schreit Deputy. «Was glaub'n Se, wo Ihre Könich-

liche Hoheit morgen früh hingeht? Halten Se sich fest: Se geht inne Kathraaa-le!» Vor Freude zieht er das Wort gewaltig in die Länge, schlägt sich auf die Schenkel und biegt sich in einem Anfall schrillen Gelächters.

«Woher weißt du das, Deputy?»

«Weil se's mir gesagt hat. Morgen muss se früh raus, hat se gesagt, weil se noch was vorhat. ‹Deputy›, sagt se, ‹morgen muss ich mich ganz früh waschen und mich so fein machen wie möglich, denn ich geh inne Ka-thraaa-le!›» Wieder betont er jede Silbe mit der gleichen Inbrunst wie zuvor, und da er seiner Belustigung durch bloßes Herumstampfen auf dem Pflaster nicht ausreichend Luft verschaffen kann, hebt er langsam und würdevoll zu tanzen an, wie es vermeintlich der Dekan tun würde.

Mr. Datchery nimmt die Mitteilung mit sehr zufriedener, wenn auch nachdenklicher Miene entgegen und beendet die Zusammenkunft. Zurück in seiner kuriosen Behausung sitzt er lange beim Abendessen aus Brot und Käse und Salat und Bier, das Mrs. Tope für ihn bereitet hat, und bleibt noch sitzen, als sein Abendessen schon verspeist ist. Schließlich erhebt er sich, öffnet die Tür eines Eckschranks und betrachtet die dicken Kreidestriche auf der Innenseite derselben.

«So lob ich's mir», sagt Mr. Datchery. «Die gute alte Wirtshausart, Buch zu führen. Lesbar nur für den, der Buch führt. Der Buchführer lässt sich nicht in die Karten schauen, dem Schuldner wird angerechnet, was er schuldet. Aber ach! Ein kleines Konto ist das hier, ein ganz armseliges Konto!»

Er seufzt in Anbetracht dieser Armseligkeit, nimmt ein Stück Kreide von einem der Schrankbretter und hält mit der Kreide in der Hand inne: Er ist nicht sicher, was er dem Konto hinzufügen soll. «Ein mittlerer Strich, würde ich sagen», beschließt er. «Mehr darf ich wohl nicht anrechnen.» Er tut, wie er gesagt, schließt den Schrank und geht zu Bett.

Ein herrlicher Morgen erstrahlt über der alten Stadt. Ihre altehrwürdigen Stätten und Ruinen sind von überwältigender Schönheit, der kräftige Efeu glänzt in der Sonne und die dicht belaubten Bäume wiegen sich in der linden Luft. Reflexe wundervollen Lichts von schaukelnden Ästen, das Singen der Vögel, die Düfte der Gärten, Wälder und Felder – oder vielmehr: jenes einen gewaltigen Gartens der ganzen kultivierten Insel zur Blütezeit – dringen in die Kathedrale, überdecken ihren erdigen Geruch und verkündigen die Auferstehung und das Leben. Jahrhundertealte, kalte Grabsteine werden warm, und strahlendes Licht schießt bis in die gestrengsten Marmorwinkel des Gebäudes, flatternd wie Schwingen.

Es erscheint Mr. Tope mit seinen großen Schlüsseln, schließt gähnend auf und öffnet die Türen. Es erscheint Mrs. Tope und ihr Gefolge dienstbarer Geister. Es erscheinen, zu gegebener Zeit, der Organist und der Balgtreterjunge, die durch die roten Vorhänge dort oben hinabschauen und sorglos aus ihrer großen Höhe den Staub von den Büchern schütteln und von Registerknöpfen und Pedalen wischen. Es erscheinen mehrere Krähen, die aus allen Winkeln des Himmels zum großen Turme zurückfliegen und von denen zu vermuten steht, dass sie eine Vorliebe für Schwingungen hegen und wissen, dass Glocken und Orgel ihnen diese alsbald verschaffen werden. Es erscheint eine wirklich sehr kleine und verstreute Schar: hauptsächlich aus dem Hilfskanonikuswinkel und den Klostergebäuden. Es erscheint Mr. Crisparkle, frisch und munter; und seine Amtsbrüder, nicht ganz so frisch und munter. Es erscheinen, in Eile, die Chorknaben (stets in Eile, stets kämpfen sie sich im letzten Moment in ihre Nachtgewänder, wie Kinder, die nicht ins Bett wollen) und es erscheint John Jasper, der den Zug anführt. Als Letzter erscheint Mr. Datchery, lässt sich auf einem der zahlreichen leeren und zu seiner freien Verfügung stehenden Kirchstühle nieder und schaut sich nach Ihrer Königlichen Hoheit Prinzessin von und zu Paff um.

Die Messe ist bereits recht weit fortgeschritten, bevor Mr. Datchery Ihre Königliche Hoheit entdeckt. Doch zu guter Letzt hat er sie im Schatten ausgemacht. Sie sitzt hinter einem Pfeiler, den Blicken des Chorleiters wohlweislich entzogen, und lässt ihn dennoch nicht aus den Augen. Wenn er mit besonderer Hingabe singt, grinst sie und – ja, Mr. Datchery hat es gesehen! – schüttelt, vom Pfeiler gnädig verborgen, die Faust gegen ihn.

Mr. Datchery sieht noch einmal hin, um sicherzugehen. Ja, da wieder! Hässlich und verwittert wie die irrsinnigen Schnitzereien an den unteren Konsolen des Kirchengestühls, argwillig wie der Böse selbst, hart wie der große Messingadler, der die heiligen Schriften auf den Schwingen trägt (und doch, aus der Darstellung der Attribute seiner Wildheit durch den Bildhauer zu schließen, in keinster Weise von diesen bekehrt wurde), schlägt sie die dürren Arme um sich und schüttelt von Zeit zu Zeit beide Fäuste gegen den Chorleiter.

Just in diesem Moment späht von jenseits des Eisengitters zum Chorraum Deputy, der mit findiger Schläue, in der er Meister ist, Mr. Topes Wachsamkeit umgangen hat, durch die Stangen und blickt verwundert von der Drohenden zum Bedrohten.

Der Gottesdienst ist zu Ende und die Gläubigen streben auseinander, um zu frühstücken. Mr. Datchery lauert seiner neuen Bekanntschaft draußen auf, nachdem die Chorknaben (mit derselben Eile, die Nachthemden wieder auszuziehen, mit der sie sie gerade eben übergezogen haben) davongerannt sind.

«Hallo, Mistress, guten Morgen. Haben Sie ihn gesehen?»

«Ich habe ihn gesehen, Herzchen, ich habe ihn gesehen.»

«Und Sie kennen ihn?»

«Ob ich ihn kenne? Besser als all die hochehrwürdigen Leutchen zusammen!»

Die fürsorgliche Mrs. Tope hat ihrem Mieter ein sehr adrettes, ordentliches Frühstück hingestellt. Bevor er sich an den Tisch setzt, öffnet er den Eckschrank, nimmt das Stück Kreide vom Brett, fügt dem Konto einen dicken Strich hinzu, der von oben bis unten über die ganze Tür reicht; und macht sich mit Appetit über das Essen her.

Verhör G. Ablewhite

Das war's, Mr. Ablewhite. Nachdem er dies geschrieben hat, ist Charles Dickens gestorben und hat so gut wie alles in der Schwebe gelassen. Was sagen Sie nun – ist das nicht meisterlich?

Ja, meisterlich schlapp. Aber Sie haben schon Recht – vieles hat er in der Schwebe gelassen. Nicht alles ist wirklich Teil des großen Rätsels. Man erfährt zwar nicht, was in Datcherys Kopf vor sich geht, aber zum Beispiel hinter den Kreidestrichen steckt kein großes Geheimnis.

So? Belieben Sie, mich über dieses Detail aufzuklären?

Sie hätten Dick Datchery nur mal im Twopenny sehen sollen, dann wüssten Sie es. Da hat er nämlich ebenfalls ständig Kreidestriche gemalt, und zwar immer dann, wenn er sich einen eingeschenkt hat.

Sie meinen, er führte gewissermaßen Buch über seinen Alkoholkonsum?

Sie sagen es. Wie viele Wirte ist er Alkoholiker. Außerdem ist er nicht mehr der Jüngste, vielleicht hat er zu hohen Blutdruck oder ist zuckerkrank, was weiß ich. Die Striche sind ein Versuch, die Geschichte einigermaßen im Griff zu behalten, eine Art Maso-Strafaktion. Ich vermute aber, dass er jeden Abend zu betrunken gewesen sein dürfte, um angesichts seiner Tagesbilanz zur Vernunft zu kommen.

Ich finde Ihre Erklärung dieses Rätsels enttäuschend profan.

Das liegt nur daran, dass Sie das Rätsel im Lauf der letzten 133 Jahre hoffnungslos überhöht haben. Sie hätten mal im Twopenny hinüberfahren sollen ins Universum der Realität, dann hätte sich so manches geklärt. Vielleicht hätte Datchery Ihnen sogar ein paar Fragen beantwortet. «Seit damals bin ich hier», sagte er. «Ich kam nach Cloisterham alias Rochester – nennen Sie es, wie Sie wollen – um Ermittlungen aufzunehmen, doch als diese erstarben, wurde ich Wirt. Seit damals fahre ich hin und her.» Ich vermute, sein Menschenverstand prädestinierte ihn für diesen Job.

Sie scheinen eine hohe Meinung vom Beruf des Wirts zu haben. Nun, vermutlich haben Sie geraume Zeit an den Theken des Königreichs zugebracht.

Muss ich auf diese Frage antworten?

Was meinen Sie damit: «Seit damals fahre ich hin und her»?

Ich folgerte daraus, dass Frank und ich nicht die Ersten waren, die auf diesen Trip in den Roman mitgenommen wurden. Mehr war leider nicht aus Datchery herauszubekommen. Der Rentner mit dem Rauschebart sah ihn ziemlich scharf an. Datchery hatte sich wohl verplappert.

Dieser Rentner war immer noch anwesend?

Ja, aber er hielt jetzt den Mund. Die ganze Zeit über hat er ständig Kommentare abgelassen und wusste alles besser. Selbst Frank hatte ihn allmählich auf dem Kieker. Aber jetzt ließ er uns machen.

Und was machten Sie also? Packten Sie die Lösung des Falls Drood an?

Na ja, zuerst saßen Frank und ich ein bisschen belämmert an der Theke, als der Wirt die Tür aufschloss. Wir waren nicht auf den Anblick dessen gefasst, was dort draußen zu sehen war. Aber dann sagte Mr. Datchery: «Willkommen in Cloisterham.» Und da begriffen wir, dass die Reise zu Ende war. Der Teil von Cloisterham, der jetzt dort draußen war, hatte mit dem Rochester, in dem wir zugestiegen waren, nichts gemein.

Kein Wunder – das eine ist Cloisterham, das andere Rochester.

Ja, und das eine liegt in der Realität, das andere in der Literatur. Sauberer können zwei Universen nicht geschieden sein. Die Sonne schien herein und von draußen roch es nach feuchter Erde. Die Gasse vor dem Traveller's Twopenny war nicht asphaltiert oder wenigstens gepflastert und stand voller Pfützen. Kurz zuvor musste es geregnet haben. Gerade fuhr eine Droschke vorbei, die von einem mageren, struppigen Gaul gezogen wurde. Zum Glück fuhr sie nicht besonders schnell, sonst wäre der Schlamm bis zu uns an die Theke gespritzt. Und die Häuser der gegenüberliegenden Straßenseite waren niedrig und heruntergekommen.

Sie beschreiben das Viertel, in dem das Traveller's Twopenny liegt, recht genau, Mr. Ablewhite – genau so, wie es jetzt dort draußen liegt, hinter den Mauern dieses Gefängnisses. Wir haben stets ein waches Auge auf das Lokal.

Ja, es kamen auch gleich ein paar Typen rein und fingen an zu rauchen.

Das ist uns nichts Neues. Wie gingen Sie also vor?

Wie gesagt, erst mal saßen wir nur verwirrt da, doch dann sagte der Rentner mit dem Rauschebart: «Ihr Fall, meine Herren!» Da blickten wir uns an und ich spürte deutlich, dass Frank dasselbe dachte wie ich.

Sie verstehen sich offenbar prächtig ohne Worte.

Sagen Sie es doch gleich – wie ein altes Ehepaar. Ich geb's zu. Aber das ist im Moment nicht weiter von Interesse. Ich wollte noch einen Blunderbuss bestellen, aber Frank meinte, wir sollten lieber einen klaren Kopf bewahren. Alle blickten uns neugierig an, der Rentner, der Wirt, sein Gehilfe und all die Dickens-Typen, die jetzt übrigens nicht mehr in der Dunkelheit saßen. Das Lokal war ja nun taghell erleuchtet. Ich kann Ihnen sagen, das war ein reichlich komischer Anblick, wie die da alle zusammenhockten – ein einziger gordischer Knoten nach Laune des Chefs, wenn Sie verstehen, was ich meine. Es war an Frank und mir, diesen Knoten nun zu lösen. Also gingen wir ans Werk. Zuerst fällten wir eine Grundsatzentscheidung: Machen wir genau da weiter, wo Dickens aufgehört hat, oder drücken wir dem Ganzen unseren eigenen Stempel auf? Frank war nämlich der Meinung, dass das letzte Kapitel, das Dickens geschrieben hat, nicht vollständig ist. Er meinte, Dickens würde immer versuchen, wohlklingende Schlussworte für seine Kapitel zu finden. Hier setzt sich Datchery aber einfach hin und fängt an zu essen.

Das war Ihnen nicht wohlklingend genug?

Nein.

Sie verfolgten also den ersten Ansatz und gaben dem Kapitel einen neuen Schluss?

Genau genommen verfolgten wir beide Ideen. Nach allem, was Sie von mir inzwischen wissen, dürfte es Sie nicht wundern, wenn ich nur so darauf brannte, der ganzen Geschichte meinen eigenen Stempel aufzudrücken.

Großer Dickens!

Kriegen Sie sich wieder ein. Wollen Sie nun wissen, wie wir es machten, oder nicht?

Selbstverständlich.

Also, wir standen auf und gaben den Figuren Regieanweisungen, genau wie der Rauscherentner es mit Jasper und Grewgious vorexerziert hat. Wir sagten Ihnen, was sie machen sollten. Dann schickten wir sie hinaus und spielten es in den Originalkulissen durch und der Rentner sah uns dabei mit einer Mischung aus Interesse und offensichtlicher Skepsis zu. Je weiter wir kamen, desto stärker wurde in mir der Eindruck, dass ihm nicht gefiel, was wir da machten.

Sie wollen sagen, dass Sie in dem Moment, da dieser ominöse Rentner «Ihr Fall, meine Herren!» zu Ihnen sagte – dass Sie zu diesem Zeitpunkt schon genau wussten, wie Sie den Fall zu lösen hatten?

Nein, eigentlich nicht. Jedenfalls nicht bewusst. Die Frage ist schwer zu beantworten. Vielleicht kann man sagen: Wir folgten unserem Instinkt.

Sie wollen behaupten, Sie hätten die Lösung des Falls Drood allein mithilfe Ihres einzigartigen Instinkts gefunden?

Ich will überhaupt nichts behaupten, aber wenn es anders wäre, säße ich jetzt ja wohl nicht hier, oder? Außerdem soll man den Instinkt nicht zu gering bewerten. Ich will Ihnen sagen, worauf unser instinktives Vorgehen beruhte: auf den Indizien, die Dickens selbst geliefert hat – denn alles, was man zur Lösung des Falls Drood braucht, steht in seinem Fragment –, zweitens auf Franks Wissen über Dickens' Werke und drittens aus meiner kriminalistischen Schulung, gewonnen durch zahllose Kriminalromane.

Ausgezeichnet, ganz ausgezeichnet. Dabei kann ja nichts herauskommen.

Sie versuchen immer noch, mich zu verunsichern, wie? Sparen Sie sich das. Wir haben die Lösung gefunden, das ist doch sonnenklar. Im Nachhinein leuchtet alles vollkommen ein.

Und wie machten Sie das nun endlich?

Wir gingen kapitelweise vor, Schritt für Schritt. Sie werden es ja hören. Jeder weitere Schritt brachte uns näher an die Lösung. Nach jedem Kapitel gab es neue Regieanweisungen für die Handelnden und so lösten wir das Rätsel. Der erste Schritt galt natürlich John Jasper, dem Hauptverdächtigen, und darum gaben wir dem letzten Kapitel aus Dickens' Feder einen neuen Schluss.

Dann erzählen Sie mal!

19

Schluss

Zur Erinnerung: Mrs. Tope hat Frühstück hingestellt, aber bevor Mr. Datchery sich setzt und die Köstlichkeiten genießt, malt er einen dicken Kreidestrich in den Eckschrank. Dann darf er endlich seinem Appetit nachgeben – und seinem schrecklichem Durst, aber das vergessen wir gleich wieder. Dabei überlegt er, wie er das Kunststück schaffen kann, sich die Zeit bis zum Abend zu vertreiben. Denn auch dies lässt sich über Cloisterham sagen: Die Zeit ist sich hier selbst dermaßen zu Bewusstsein gekommen, dass sie fast absolut in sich ruht. Was an Sehenswürdigkeiten herzeigbar ist, hat Mr. Datchery am ersten Tag abgehakt und für die winkligen Giebel des Nonnenhauses würde er sich selbst dann nicht interessieren, wenn er noch ein junger Mann wäre. Dick Datchery entscheidet sich für eine andere Variante des Müßiggangs: Er steigt zur Ruine hinauf, lässt den Blick über die heißen Getreidefelder der Downs schweifen und geht anschließend hinab zum Fluss, wo seine Blicke lange auf dem Wehr ruhen.

Am Abend sitzt er allein in seiner architektonischen Wohnung am Tisch. Die Eingangstür steht offen und lässt Luft und das letzte Tageslicht herein und mancher Passant, der inzwischen Gelegenheit hatte, sich an den Kauz im Gewölbe zu gewöhnen, lüftet grüßend den Hut – eine Geste, die Mr. Datchery natürlich nicht erwidern kann, da er beim Essen keinen Hut zu tragen pflegt; so was ist Königinnen vorbehalten. Allmählich wird es draußen dunkel und drinnen finster, da Mr. Datchery darauf verzichtet, ein Licht anzuzünden. Wer jetzt noch auf der Straße vorbeiginge, könnte ihn nicht mehr erkennen; doch die Zahl der Nachtschwärmer pflegt in Städtchen wie diesem naturgemäß gering zu sein. Schade, denn der hypothetische Passant würde entdecken, dass sich mit einer für Mr. Datchery typischen Zurückhaltung eine eigentümliche Spannung auf seinem Gesicht bemerkbar macht. Dieser Mann trägt seine Seelenzustände selbst dann nicht vor der Welt zu Markte, wenn er allein ist. Sagen wir, er wirkt, als ob er einen mittelwichtigen Geschäftsbrief erwartet.

Die Stunde rückt vor und es wird still in der Stadt. Nur die beiden Steinkäuze, die in der Klosterruine neben der Kathedrale leben, lassen ihre klagenden Rufe hören. Der Wind ist schlafen gegangen, der Mond wird erst am frühen Morgen aufstehen. Hinter den Fenstern gehen nach und nach die Lichter aus. Mr. Datchery sitzt drei Meter von der offenen Tür entfernt. Da wird irgendwo in der Nähe leise eine Tür geöffnet und wieder geschlossen, so dass das Geräusch nicht auszumachen gewesen wäre, wenn seine Quelle nur wenige Meter weiter entfernt wäre. Dann werden Schritte hörbar. Auf leisen Sohlen steigt jemand eine Treppe hinab – jemand, der genau weiß, welche Stufe knarrt und welche nicht. Mr. Datchery hat diese Treppe selbst schon benutzt ohne ihr Knarren vermeiden zu können. Dem Unbekannten gelingt das leicht.

Mr. Datchery verharrt im Dunkeln, bis der Unbekannte den Fuß der Treppe erreicht hat und sich entfernt; seine Schritte auf dem Pflaster werden rasch leiser. Dann erhebt sich Datchery behände, setzt den Hut auf, wobei er darauf achtet, dass seine hellen Haare weitestgehend davon bedeckt werden, schleicht zur Tür und tritt hinaus. Gerade noch kann er am Ende der Gasse eine Gestalt ausmachen, die fast mit der Nacht zu verschmelzen scheint. Der Unbekannte hat sich für seinen Spaziergang dunkle Kleider angezogen – falls er nicht ohnehin Trauerkleidung trägt.

So flink und leise er kann, huscht Datchery der Gestalt hinterher. Er gelangt zum Kirchplatz. Hier bleibt er im Sichtschutz der Häuser zurück und verfolgt, wie der Mann zur Kathedrale hinüberstrebt und in ihrem tiefen Schatten, so dass Datchery Mühe hat, ihn noch auszumachen, an der Wand des Längsschiffs entlanggeht. Im Winkel mit dem Querschiff hält er inne. Etwas schimmert matt im Sternenlicht und Datchery vernimmt ein leises Klirren oder Klimpern, gleich darauf ein rostiges Quietschen. Dann ist der Unbekannte verschwunden.

Mr. Datchery wartet eine Minute, ehe er sich anschickt den Platz zu überqueren. Er tut dies mit einer Geschwindigkeit, die man dem behäbigen Mann nicht zugetraut hätte, und folgt drüben dem Weg des Unbekannten bis in den Winkel von Längs- und Querschiff. Hier befindet sich eine schmale, hohe Tür, die wohl nur selten benutzt wird – vielleicht sogar nur bei Gelegenheiten wie dieser. Datchery legt die Hand auf die kühle, eiserne Klinke und drückt sie vorsichtig hinab, damit sie nicht quietscht, aber die Tür lässt sich nicht öffnen. Wer auch immer der Unbekannte ist – er hat sich eingeschlossen.

Mr. Datchery tritt zwei Schritte von der Mauer zurück und blickt zum Turm hinauf, der sich düster, fast drohend vor dem Sternenhimmel abzeichnet.

«Was macht er da drin?», fragt er leise, als erwarte er, dass ihm die Antwort von dort oben herab zuteil wird. «Er wird doch um diese Uhrzeit nicht singen wollen? Und wo hat er den Schlüssel her?»

Zumindest Letzteres wird sich leicht herausfinden lassen.

20

Jetzt geht's los!

Wollen mal resümieren. Da wäre: eine urenglische Stadt in den Downs, in der sich jeder wohl fühlen kann, der nicht gerade Wert auf eine gewisse Bardichte legt. Diese Stadt befindet sich nicht weit von allem, was irgendwie wichtig ist, könnte aber kaum weiter vom Zentrum der Welt entfernt sein. Sie heißt auf dem einen Ufer Rochester, auf dem anderen Cloisterham, weil sich das einer mal so ausgedacht hat, der auf beiden Ufern zugleich gelebt hat, und auf dem einen Ufer ist sie noch nicht an das nationale Eisenbahnnetz angeschlossen, weil sie sich im Jahr achtzehnhundertsowieso befindet. Sagen wir mal: 1848, damit wenigstens ein Minimum an Umsturz in diese Geschichte kommt.

Zu einer Stadt gehört eine Kirche. Keine Debatte – so ist das nun mal. Und ohne den Bürgermeister fragen zu müssen kann ich auch gleich sagen, wie diese Kirche aussieht: normannisch. Vor allem ihr Turm, von dem alle paar Jahre mal einer runterspringt, der nichts Besseres mehr vom Leben erwartet als Matsch. So gehört sich das für Kirchen. In den Fundamenten liegen etliche Knochen von Krummstäblern kreuz und quer durcheinander – das reinste Sodom. Hab ich was vergessen? Ja, da wäre noch die rätselhafte janusköpfige Statue, die in einer Nische der Empore steht. Über ihre Herkunft ist nichts bekannt und über ihre Bedeutung kann man höchstens spekulieren. Nur eines scheint festzustehen: Sie stellt gewiss nicht den Römergott Janus dar, denn ein solches Götzenbild würde die Kirche nie in einem ihrer Gotteshäuser dulden.

Zu einer Kirche gehören Krähen, die vom Turm scheißen, und ein paar Kleriker, die in Sachen Würde mit diesen Viechern mitzuhalten versuchen. Gerade stelzen zwei von ihnen im schwarzen Dress über den hallenden Kirchplatz und unterhalten sich: der Dekan und sein Hilfskanonikus. Sie warten auf Mr. Tope, den inzwischen jedermann als Küster kennt. Er befindet sich noch mit Mr. Jasper im Innern der Kathedrale. Niemand will wissen, was sie da machen.

«Ich sorge mich um Mr. Jasper», sagt der Dekan. «Schon von früheren Gelegenheiten kann man behaupten, dass er den Ton nicht traf, aber heute war es besonders schlimm.»

Ach ja, seit dem letzten Kapitel sind ein paar Tage vergangen.

«Es fiel mir ebenfalls auf», gibt Mr. Crisparkle zurück. «Man brauchte kein gutes Ohr dafür. Er sang dissonant.»

«Sie bringen es auf den Punkt, Crisparkle. Dissonant. Das Wort fiel mir nicht ein.»

«Vielleicht hat er zu viel Britten gehört», sagt der Reverend.

«Mag sein.» Der Dekan hat allerdings noch nie von Britten gehört, aber das würde er niemals zugeben. «Was schlagen Sie vor? Schicken wir ihn mal zum Ausspannen auf die Malediven?»

«Meint Ihr, das bringt was?»

(An dieser Stelle unterbricht Frank die Darbietung und sagt, ich solle mir überlegen, inwiefern solche Ausschmückungen von mir zweckdienlich seien. Ich möge mich bitte auf die Sache konzentrieren, da für uns einiges auf dem Spiel stehe. Na gut.)

«Ich wollte von Euch die Erlaubnis erbitten», fährt Crisparkle fort, «mich für den Rest des Tages von meinen Pflichten zu entbinden. Dringende Familienangelegenheiten erfordern meine Anwesenheit in London.»

«Ist jemand gestorben?»

«Wer kann das mit Gewissheit ausschließen?» Crisparkle versucht ein sphinxhaftes Lächeln. «Es geht um eine Angelegenheit von gewichtiger Menschenfreundlichkeit.»

«Ah, ich verstehe: Sie müssen sich mit Ihrem Bekannten schlagen, diesem Philanthropen, nicht wahr?»

«Ich hoffe, dass es nicht so weit kommt», antwortet Crisparkle.

«Machen Sie, was Sie wollen», sagt der Dekan. «Ich hab einen dringenden Termin!»

Und er schwebt davon und scheißt drauf, denn zu Hause steht das Essen auf dem Tisch.

Septimus Crisparkle lächelt seinem Chef noch eine Sekunde hinterher, ehe er sich auf den Weg zur Kutsche macht. Dass in diesem Moment Tope und Jasper aus der Kathedrale kommen, entgeht ihm, so eilig und kraftvoll schreitet er aus.

«Aber Mr. Jasper, so kann es doch nicht weitergehen», sagt Tope.

«Jetzt hören Sie endlich auf, Tope», ruft Jasper und bleibt mitten auf dem Kirchplatz stehen. «Diese Bemutterung ist ja kaum noch zu ertragen!»

Die Passanten drehen sich nach ihnen um und Tope duckt sich instinktiv. Hat er es verdient, öffentlich abgebürstet zu werden? Und woher kommt auf einmal diese jähe, wilde Wut in Jaspers Augen? Vorhin war er noch ganz klein und hilfsbedürftig.

Jasper merkt, dass er zu weit gegangen ist, und versucht ein Lächeln und einen versöhnlichen Ton, aber das strengt ihn sichtlich an.

«Ich weiß ja, dass Sie es nur gut meinen. Danke für Ihre Hilfe. Es muss mit der Kathedrale zu tun haben. Ja, das wird es sein. Es ist immer so klamm dort, so kühl. Ich hoffe nur, Sie werden mir wieder beistehen, falls sich meine ... meine Schwäche wiederholt.»

«Gut, gut, wie Sie wollen», murrt der Küster. «Aber essen Sie wenigstens die guten Sachen, die meine Frau Ihnen mit solcher Mühe und Hingabe kocht. Sie lassen ja immer die Hälfte stehen. Und ein bisschen mehr Schlaf könnte auch nicht schaden.»

Da dreht Jasper sich ohne ein weiteres Wort um und lässt den Küster einfach stehen. Der hat gerade noch hinterherschicken wollen: Und suchen Sie sich endlich eine hübsche, nette Frau. Doch Jaspers Pensum an Patentrezepten ist für heute bereits ausgereizt.

Derweil ist Mr. Crisparkle schon auf dem Weg nach London. Allerdings fährt er nicht zu Mr. Honeythunder; er wäre ja mit dem Klammerbeutel gepudert! Der Grund für die kurzfristig angesetzte Reise ist ein Brief, der ihn heute Morgen erreicht hat. Diesem Schreiben hat er die Formulierung von der «gewichtigen Menschenfreundlichkeit» entnommen. Er brennt darauf, zu erfahren, was es damit auf sich hat.

Staple Inn ist heute Abend für Überraschungen gut. Den hier ansässigen Spatzen hat es glatt die Stimmen verschlagen vor Staunen. Sie sind durchaus an Schwalben gewöhnt, auch an solche, die gelegentlich in Bodenhöhe die Straße queren, etwa vom Furnival's Inn hinüber zu PJTs Schwelle. Doch was ist heute nur in diese Bodenschwalbe gefahren? Schwarz und weiß, wie Schwalben nun einmal sind, stürzt sie fortwährend wie eine Rasende schräg über die Straße vorm Furnival's Inn und zurück und bei jedem ihrer Sturzflüge rüber zu PJT hat sie eine Menge Krempel dabei: einen Tisch, mehrere Stühle, Tischdecken, Besteck, Geschirr und Gläser, später Schüsseln, Schalen und Tabletts. Beim ersten Mal ist ihr eine fette, fast flugunfähige Oberschwalbe vorangetrudelt. Durch ein geöffnetes Fenster können die Spatzen sie im Innern von Staple Inn erkennen, wie sie dirigiert und kommandiert und reklamiert, während die Unterschwalbe hin- und herfliegt, und es ist absolut offensichtlich, dass die ganze Flugshow ohne die Oberschwalbe niemals so glimpflich abgegangen wäre.

Doch der Blick durchs Fenster gibt den Spatzen noch mehr Anlass zum Staunen, denn das Arbeitszimmer von Mr. Grewgious bietet einen ungewohnten Anblick. Anstelle des kontemplativ in seine Akten versunkenen Advokaten können sie eine Menge Menschen sehen, mehr als je zuvor in diesem Raum zusammengekommen sind. Es herrscht drangvolle Enge wie sonst nur in Spatzennestern. Geschirr klappert, Gläser klirren und eben erhebt sich Mr. Grewgious und will einen Trinkspruch ausbringen. Da ist es aus mit dem Staunen der Spatzen. Dergleichen haben sie schon reichlich gesehen in ihrem Großstadtleben, das interessiert sie nicht. Außerdem hat kürzlich einer der Mieter auf der anderen Straßenseite einen Kanarienvogel im Käfig ans Fenster gehängt und das widerliche Vieh macht allen hier die Hölle heiß. Da muss Kontra gesungen werden, was die Kehlen nur hergeben!

Mr. Grewgious hat gewartet, bis alle mit dem Essen fertig sind. Jetzt steht er steif an der Tafel, das Glas in der Hand. Die Tischgespräche ersterben. Der Hausherr blickt in die Runde, und wie immer ist seinem grob geschnitzten Gesicht nicht anzumerken, was in den Räumlichkeiten dahinter vorgeht. Seine Ansprache wird gespannt erwartet, denn Mr. Grewgious hat den Anlass, aus dem er zum Dinner geladen hat, wie ein Staatsgeheimnis gehütet. Mr. Crisparkle und Mr. Tartar sitzen nebeneinander, ihnen gegenüber

Miss Rosa und Miss Twinkleton, und am anderen Ende der Tafel hat ein Besucher Platz genommen, ein würdiger, behäbiger Gentleman mit einer wilden weißen Mähne auf dem Kopf, den Mr. Grewgious als «Mr. Dick Datchery, Pensionär» vorgestellt hat.

«Ich hoffe, dass mir die Worte so über die Lippen kommen, wie ich sie mir eine ganze Nacht über zurechtgelegt habe», beginnt Mr. Grewgious, «denn wie Sie wissen, bin ich ein recht hölzerner, um nicht zu sagen: ungelenker Mensch, und es zählt nicht zu meinen leichtesten Übungen, vor einem großen Plenum wie diesem mit Worten um mich zu schwingen. Nun ja, die Einleitung ist mir hiermit einigermaßen glücklich über die Lippen gekommen und für den Rest gilt: Immer sachlich bleiben! Bitte erheben Sie das Glas und trinken Sie mit mir: Auf dass die Wahrheit endlich ans Licht kommen möge!»

«Auf dass die Wahrheit endlich ans Licht kommen möge», schallt es aus der Runde zurück und die Spannung steigt. Es scheint, dass Mr. Grewgious etwas vorhat, was das Dunkel erhellen soll, das eine immer noch schwebende Angelegenheit verhüllt.

«Zuerst eine Sache, die ich abhaken möchte. Erlauben Sie, dass ich es kurz mache: Mr. Datchery ist mir von einem befreundeten Advokaten als Ermittler empfohlen worden. Ich habe ihn engagiert, um unserem speziellen Freund ein wenig auf die Finger zu schauen.»

«Ein Detektiv?», staunt Mr. Crisparkle. «Sie sind mir in Cloisterham aufgefallen, aber das hätte ich Ihnen nicht zugetraut.»

«Unterschätzt zu werden kann in meinem Beruf überaus wichtig sein, Reverend», gibt Mr. Datchery lächelnd zurück.

«Tatsächlich, Sie wirken überhaupt nicht wie ein Polizist», sagt Rosa.

«Ein Punkt, den ich aufgreifen möchte», schaltet sich Mr. Grewgious wieder ein. «Unsere Rosa hat ein waches Auge. In der Tat ist Mr. Datchery kein Polizist, sondern ein geschulter Privatmann mit der Lizenz zum Ermitteln, wenn ich das so sagen darf. Meinem Freund, dem Advokaten John Herncastle, hat er bereits mehrfach in kniffligen Fällen geholfen und ich denke, jeder hier wird mir zustimmen, dass unser Fall einer der kniffligsten überhaupt ist. Mr.

Datcherys Qualifikation ist jedoch nicht rein kriminalistischer Natur, sondern ... wie soll ich mich möglichst sachlich ausdrücken? Vielleicht möchten Sie das selbst erläutern, Mr. Datchery?»

Dazu ist der Angesprochene gern bereit.

(Aber nicht sofort. Wir mussten die Szene vier Mal durchspielen, bis er es so machte, wie Frank und ich uns das vorstellten. Er wandte ein, der «Meister» habe das unmöglich so im Sinn gehabt, der «Meister» habe gewollt, dass Datchery bis zum Schluss rätselhaft bleibe und dann als der große Enthüller aufkreuze. Datchery wollte partout nicht einsehen, dass es für die ganze Menschheit längst offensichtlich ist, dass er in Cloisterham ermittelt. Wozu also ein Geheimnis draus machen? Ich wollte die Dinge beim Namen nennen. Also hob ich ihn aus der Sphäre seiner vermeintlichen Rätselhaftigkeit. – Außerdem, mal im Ernst: Wenn das hier ein Krimi sein soll, braucht dieses Buch endlich einen Ermittler! Auch wenn Dickens das so nicht vorgehabt haben sollte – das ist jetzt mein Fall, verdammt!)

Mr. Datchery ist gern bereit, dem Plenum zu erläutern, warum er der Richtige für diesen Job ist: «Meine Qualifikation beruht auf meinem tiefen Interesse für das Menschliche und ich bin Spezialist für das, was die Opiumsucht aus einem Menschen macht. Es wird Sie vielleicht wundern, ein derart offenes Bekenntnis zu hören, aber Sie sollen erfahren, woher ich diese Kenntnisse beziehe: Ich war selbst opiumsüchtig, konnte mich aber aus den Klauen der Droge befreien.»

Vier Augenpaare mustern ihn erstaunt, schwankend zwischen Abscheu und Interesse. Miss Twinkleton ist die Erste, die ihren Gefühlen Ausdruck verleiht.

«Das ist ein abscheuliches Laster!», ruft sie. «Wohlgemerkt: Ich sage nicht, dass der Mensch nicht gelegentlich über die Stränge schlagen soll. Gegen eine feine Kalbspastete hin und wieder wird niemand etwas einwenden. Aber Opium gehört verboten.»

«Ich bin froh, eine derart respektable Kämpferin für das Menschliche an meiner Seite zu wissen», gibt Mr. Datchery zurück. «Leider ist die Opiumsucht ein grassierendes Übel und ich weiß nicht, ob demjenigen, um den es hier geht, überhaupt noch geholfen werden kann. Er scheint auf seinem Weg ziemlich weit fortgeschritten zu sein.»

«Jasper ist opiumsüchtig?», ruft Mr. Crisparkle aus. «Das erklärt natürlich eine Menge. Jasper erschien mir immer launenhafter, er wirkte angegriffen und von Tag zu Tag düsterer. Weiß er, wie es um ihn bestellt ist?»

«Vermutlich.» Mr. Datchery nickt. «Aber wahrscheinlich will er es nicht wahrhaben und es steht keineswegs fest, dass er sich helfen lassen wird. Niemand kann ihn zwingen es aufzugeben, wenn er von der Notwendigkeit nicht im Innersten überzeugt ist. Der Weg, den er dann gehen muss, gehört zum Härtesten, was Menschen auf Erden widerfahren kann.»

«Ich frage mich, warum mir das nicht selbst schon früher aufgefallen ist», überlegt Mr. Crisparkle. «Jetzt scheint es so klar, so einleuchtend.»

«Süchtige verstehen es, sich zu tarnen», erwidert Mr. Datchery. «Sie verstecken sich auch vor sich selbst. Aber irgendwann können sie die Maskerade nicht mehr aufrechterhalten.»

«Verzeihung, aber habe ich das richtig verstanden – ihm soll *geholfen* werden?», fragt Miss Twinkleton schaudernd, die Hand beruhigend auf Rosas Schulter. «Muss es nicht eher darum gehen, ihm das Handwerk zu legen? Er hat Morddrohungen gegen die jungen Landlesses ausgestoßen und er hat zugegeben, dass er in der Lage gewesen wäre, Mr. Drood umzubringen. Er gehört hinter Gitter.»

«Genau darum geht es, sachlich gesehen», sagt Mr. Grewgious und nimmt die Zügel wieder fest in die Hand. «Morddrohungen auszustoßen ist allerdings für sich genommen kein Straftatbestand, sonst säße wohl halb England hinter Gittern. Völlig anders stellt sich die Lage dar, falls er seinem Neffen wirklich etwas angetan haben sollte. Um das herauszufinden, habe ich Sie zu mir gerufen, auch wenn der Verdächtigte meiner unmaßgeblichen Meinung nach dadurch weniger verdächtig erscheint, dass er mit der Tat prahlt. Und nochmals völlig verändert würde sich die Lage darstellen, falls die Droge dabei eine Rolle gespielt haben sollte – wovon auszugehen wäre, wenn er es wirklich getan hat. Ich weiß nicht, ob ich mich verständlich ausdrücke, aber in diesem Fall wären das Opium und die Tat nur in Einheit zu denken, nicht wahr, Mr. Datchery?»

«So ist es, Sir, und ich möchte Ihnen gern bestätigen, dass Sie sich weitgehend verständlich ausgedrückt haben», sagt der Detektiv. «Ich halte es nicht für ausgemacht, dass Mr. Jasper die Tat begangen hat, falls es eine Tat gegeben hat, aber wenn er sie begangen hat, dann hat die Droge dabei auf jeden Fall eine Rolle gespielt.»

«Ein Musterbeispiel an verständlicher Rede», applaudiert Mr. Grewgious.

«Sie wollen sagen, dass er nicht bei sich war, als er es getan hat?», fragt Rosa mit schwacher Stimme.

«Nein, so will ich es nicht sagen, denn ich möchte mich ungern auf eine Deutung festlegen. Doch ich habe Mr. Jasper geprüft. Er erlebt Schübe von Verwirrtheit, und wenn er sich unbeobachtet wähnt, wirkt er meist abwesend und zutiefst erschöpft. Er hat inzwischen Mühe, die Fassade zu wahren. Das ist ein schwieriges Stadium der Sucht, aber ich bin der Meinung, dass wir ihn noch retten können.»

«Sie glauben nicht, dass er es getan hat?», fragt Rosa und ihre Stimme klingt noch schwächer als zuvor. Fast erstirbt sie zu einem Murmeln.

(Zuerst haben wir das anders gespielt. Im weiteren Verlauf des Romans wurde uns klar, dass diese erste Version nicht zu halten ist, und änderten sie, so dass aus Rosas Stimme ein Stimmchen wurde. Den Grund dafür will ich noch nicht verraten, aber ich komme nachher darauf zurück. Es hat mit einem bestimmten Gegenstand zu tun.)

«Nicht so fest, wie Sie anscheinend daran glauben», gibt Datchery zurück.

«Einer muss es ja getan haben», versetzt Miss Twinkleton.

«Übrigens ist es Mr. Datchery zu verdanken, dass wir überhaupt von Mr. Jaspers Sucht wissen», fährt Mr. Grewgious fort, «obwohl ich, ohne mich ins Rampenlicht drängen zu wollen – nichts läge mir ferner –, bereits vor einem halben Jahr einen vagen Verdacht hegte. Doch Verdacht allein ist nicht Wissen. Mr. Datchery, wollen

Sie bitte einen kurzen Bericht über Ihre bisherigen Ermittlungen geben?»

Mr. Datchery erzählt von seiner Begegnung mit der hustenden Prinzessin vor einigen Tagen, wobei er auch erwähnt, dass diese Person zu den letzten Menschen zählt, die Edwin Drood lebend gesehen haben, sowie dass die betreffende Dame offenbar einen Verdacht gegen Mr. Jasper hat. Wenigstens scheint sie eine offene Rechnung mit ihm zu haben. Mithilfe von Deputy, der ihr in Datcherys Auftrag nach London gefolgt ist, konnte die Opiumhöhle ausfindig gemacht werden.

«Dieses – ähem – Haus wurde daraufhin unter Beobachtung gestellt», fügt Mr. Grewgious hinzu. «Wir wollten auf dem Laufenden sein, wenn unser spezieller Freund wieder in London auftaucht. Wie Sie wissen, hegten wir den Verdacht, dass er häufiger in der Stadt ist, als uns lieb sein kann. Dieser Verdacht hat sich inzwischen bestätigt. Vorgestern war es wieder so weit. Und vorgestern war auch der Tag, an dem mein respektabler Nachbar, der Kapitän, eine merkwürdige Begegnung hatte. Wollen Sie bitte erzählen, Mr. Tartar?»

***

Zwei Tage zuvor kommt Mr. Tartar von einer kleinen Ruderpartie auf der Themse sowie einem anschließenden Umtrunk mit Freunden, welcher in einem behaglichen Gasthaus in der Nähe des Tempels stattgefunden hat, nach Hause zurück. Den ganzen Tag über hat eine heiße, stickige Luft über der Stadt gelegen, die auch auf dem Fluss nicht leichter zu ertragen gewesen ist, und jetzt tauchen finstere Gewitterwolken die Welt ins Zwielicht. Trotzdem ist Mr. Tartar ausgesprochen guter Stimmung und er beschließt spontan, den beiden Landlesses noch einen kleinen Besuch abzustatten, obwohl es bereits nach neun Uhr am Abend ist. Deswegen zögert er vor dem Eingang des Hauses; vielleicht wäre es besser, erst in seine eigene Wohnung hinaufzusteigen und sein Kommen über den Blumengarten hinweg anzukündigen?

Da wird er in respektloser Weise von einem Mann angesprochen, der auf der anderen Straßenseite in einer Mauernische steht. Mr. Tartar hat ihn beim Vorübergehen nicht bemerkt, aber das ist kein Wunder, denn das schwindende Tageslicht unter den Gewitterwolken ist mehr als ungewiss und zudem trägt der Mann schwarze Kleidung, als sei er in Trauer. Mr. Tartar tritt näher, um den Fremden für seine ungehobelten Worte zurechtzuweisen, doch dann stockt er. Der Backenbart, die dunklen Haare, das bleiche Gesicht – könnte es sich bei dem Unbekannten um jenen speziellen Freund handeln? Mr. Tartar ist ihm noch nie begegnet. Er beschließt, vorsichtig zu sein, denn er bemerkt ein wildes Feuer in den Augen des Mannes, das ihn an eine nachtjagende Raubkatze im Dschungel denken lässt.

«Ich würde da nicht reingehen», sagt der Mann und deutet auf den Eingang des Hauses, in dem die Landless-Zwillinge wohnen. «Diese Menschen – nein, diese Tiere, zu denen Sie immer gehen – sind Ihrer Freundschaft nicht würdig und zudem sind sie gefährlich. Sie haben bereits unausdenkliches Leid über andere Menschen gebracht. Ich möchte Sie nur warnen: Sie sind in Gefahr! Insbesondere vor dem jungen Mann muss ich Sie warnen. Er ist ein Raubtier, er hat gemordet!»

Im ersten Moment erschrickt Mr. Tartar, obwohl er diese Beschuldigung erwartet hat, denn er spürt, dass der Mann vollständig von seinen Worten überzeugt ist. Doch dann besinnt er sich und fragt: «Haben Sie Beweise?»

Da zuckt ein Blitz aus dem Herzen der finsteren Wolken. Mr. Tartar und sein Gegenüber, dessen Gesicht blendend weiß aufleuchtet, schrecken zusammen und ducken sich unter einem ohrenbetäubenden Donnerschlag. Gleich darauf beginnt es aus Kübeln zu gießen, wie Mr. Tartar es sonst nur aus den Tropen kennt.

«Sehen Sie das hier?», ruft der Mann, aber seine Stimme hört sich nach dem Donner und im Prasseln des Wassers wie ein Flüstern an.

Mr. Tartar erblickt mattgrauen Stahl in der Hand des Fremden – ein Dolch! Im Reflex springt der Kapitän zwei Schritte zur Seite, was ihm sicher das Leben gerettet hätte, wenn der Kerl wirklich ein Attentat geplant hätte.

«Ich rufe die Polizei!», schreit Mr. Tartar.

«Es handelt sich um die Tatwaffe», gibt der Mann unbeeindruckt zurück und lässt das Messer wieder verschwinden. «Mit diesem Dolch wurde das Opfer ermordet. Ein einziger Stich ins Herz hat genügt, um ein hoffnungsvolles, junges Leben zu beenden – sehen Sie?, an dieser Stelle zwischen den Rippen hindurch.»

«Wenn das die Tatwaffe ist – was macht sie dann in Ihren Händen?», entgegnet Mr. Tartar, der sich rasch wieder gefangen hat.

«Das zu erklären würde zu weit führen und ich wüsste auch nicht, was Sie das angeht. Doch hören Sie auf meinen Rat, Sir: Meiden Sie diese jungen Wilden in der Dachwohnung. Es ist zu Ihrem Besten.»

Nach diesen Worten dreht der Mann sich um und verschwindet in den Fluten des Wolkenbruchs.

***

Rosa hat leise aufgeschrien, als die Sprache auf das Messer gekommen ist, hat sich die Ohren zugehalten und ihren kleinen Kopf an Miss Twinkletons großes Herz gedrückt. Die Herrin des Nonnenhauses streichelt sie sanft, aber gedankenlos, denn sie ist vollauf damit beschäftigt, den heldenhaften Kapitän zu bewundern. So einer hätte ihr früher begegnen sollen, dann wäre sie keine Miss mehr.

«Dem Herrn sei gedankt», ruft sie nun, «dass Ihnen nichts geschehen ist! Ich wäre auf der Stelle ohnmächtig geworden.»

Rosa nimmt ihren Kopf wieder hoch und fragt erschüttert und verwirrt: «Er hat Sie nicht erstochen?», in einem Ton, als sei der augenblickliche Tod die selbstverständliche Folge einer Begegnung mit John Jasper. Die Anwesenden lächeln ihr beruhigend und rücksichtsvoll zu und Miss Twinkleton sagt: «Wenn du zugehört hättest, wüsstest du die Antwort jetzt.»

Mr. Grewgious streicht sich übers Haar, ehe er wieder zu sprechen beginnt.

«Diese Begegnung meines geschätzten Nachbarn mit unserem speziellen Freund – denn bei aller Sachlichkeit muss man wohl zugeben, dass es sich um diesen handelt ... Ich denke, ich drücke mich klar genug aus, doch man möge mich verbessern, falls dies nicht der Fall sein sollte ... um diesen Punkt abzuhaken.»

«Sie drücken sich mit der gebotenen Klarheit aus, Sir», sekundiert Mr. Datchery. «Es kann sich in der Tat nur um Mr. Jasper gehandelt haben.»

«Helena hat es vorausgesehen!», ruft Rosa dazwischen. «Sie hat gesagt, er werde sich an Mr. Tartar heranmachen, um die Zwillinge zu isolieren. Verzeihen Sie, Mr. Tartar, dass wir Sie in Gefahr gebracht haben.»

«Ich glaube nicht, dass ich nur eine Sekunde in ernsthafter Gefahr war», widerspricht Mr. Tartar beruhigend. «Er wollte mich nicht erstechen, er wollte mir nur den Dolch zeigen.»

«Genau das wollte ich sagen», fährt Mr. Grewgious fort. «Es ging um das Messer und dieses Messer ist auch der eigentliche Grund dafür, dass ich Sie zusammengerufen habe, denn wenn mich nicht alles täuscht, Ladies und Gentlemen, hat sich die Sachlage dadurch entscheidend verändert. Ihre Frage, Mr. Tartar, die Sie an Mr. Jasper richteten, zielt ins Schwarze: Wenn es sich bei dem Messer um die Tatwaffe handelte, wie kam sie dann in die Hände dieses Mannes?»

«Weil er es selbst war!», ruft Miss Twinkleton und wäre fast in Tränen ausgebrochen. «Der arme Mr. Drood!»

«Ich glaube, ich spreche im Sinne unseres Gastgebers», sagt Datchery, «wenn ich zur Sachlichkeit mahne. In der Kriminalistik geht nichts ohne Motiv. Die Frage, die wir uns jetzt zu stellen haben, lautet: Welches Motiv könnte der Mörder haben, die Tatwaffe offen zu präsentieren? Vordergründig scheint er Mr. Tartar erschrecken und die Geschwister Landless isolieren zu wollen, doch erreicht er damit etwas völlig anderes: Er belastet sich selbst.»

«Sie wollen sagen», fragt Mr. Crisparkle, «er habe Mr. Tartar bedroht, um gewissermaßen ein Schuldbekenntnis abzulegen?»

«Es hat den Anschein, finden Sie nicht? Es handelt sich um einen scheinbar nach außen gerichteten Akt der Aggressivität, der in Wirklichkeit aber dem Verdächtigen selbst gilt. Deswegen war Mr. Tartar auch nicht in Gefahr. Wenn ein Dolchstoß in der Luft lag, dann galt er Mr. Jasper selbst.»

«Gestatten Sie mir», sagt Crisparkle, «Ihre Theorie zu deuten: Demnach wäre dieser Auftritt von Mr. Jasper eine Art Aufforderung – entlarvt mich endlich, ich halte die Heimlichtuerei nicht mehr aus!»

«In der Tat, so könnte man das verstehen», bestätigt Mr. Datchery.

«Warum nimmt man ihn nicht endlich gefangen?», ruft Miss Twinkleton. «So einer gehört ins Loch. Oder am besten gleich in die Anstalt, und alle anderen Opiumsüchtigen mit ihm.»

Sie schaudert und ist zugleich froh, dass die Anstalt, die sie zu leiten hat, von freundlicherer Natur ist – auch wenn sie manchmal den Eindruck hat, dass es in ihrem Haus irre zugeht. Doch es braucht in der Regel nur ein oder zwei Dichterworte und schon spuren die Kinderchen wieder.

«Ihre Frage, Miss Twinkleton, ist leicht zu beantworten», sagt Mr. Grewgious, «denn das Gesetz ist in dieser Hinsicht absolut klar. Ich sage es mit einem Wort: Beweise!»

«Ein Messer allein ist noch kein Beweis», fügt Mr. Datchery hinzu. «Wer sagt uns, dass es sich wirklich um die Tatwaffe handelt? Mr. Jasper kann behaupten, was er will – solange der Nachweis nicht geführt ist, hätte eine Anklage bei derart dürftiger Beweislage vor Gericht keinen Bestand.»

«Was haben Sie vor?», fragt Mr. Crisparkle.

«Mr. Datchery hält es für möglich, unseren speziellen Freund zu einem Geständnis zu bewegen», antwortet der Hausherr. «Damit wäre in jeder Hinsicht alles klar. So mögen es die Gerichte. Mr. Datchery hat einen Plan.»

Alle Blicke richten sich auf den Detektiv.

«Bei meinen Ermittlungen in Cloisterham habe ich herausgefunden, dass der Verdächtige ein merkwürdiges kleines Geheimnis hat, das uns einen Hebel in die Hand gibt. Ich konnte beobachten, wie er sich zu mitternächtlicher Stunde in die Kathedrale schlich. Ein geheimnisvoller Zwang scheint ihn dorthin zu ziehen. Ich versicherte mich, dass er nicht in seiner Funktion als Kantor Zugang suchte, etwa um im nächtlichen Schweigen der Kirche in aller Ruhe neue Gesänge einzustudieren. Doch was tut er dort, was hinreichend abwegig ist, um die Heimlichtuerei zu rechtfertigen? Und wo hat er den Schlüssel her? Dies herauszufinden war im Grunde eine Kleinigkeit, auch wenn es mich mehrere Flaschen Schnaps und einen ziemlich dicken Kopf am folgenden Morgen gekostet hat.»

«Durdles!», ruft Mr. Crisparkle.

«Jawohl, der Steinmetz ist dafür verantwortlich – allerdings nur indirekt, insofern nämlich, als er sich bei einer nächtlichen Exkursion mit Jasper dermaßen hemmungslos besoff, dass er in der Gruft der Kathedrale ein Nickerchen machen musste. Er meint wahrgenommen zu haben, dass Mr. Jasper sich in dieser Zeit an Durdles' Schlüsselbund zu schaffen gemacht hatte. Der Bund ist allerdings vollständig; vermutlich hat Jasper sich einen Abdruck von einem der Schlüssel oder auch von mehreren gemacht, von dem er sich dann einen Zweitschlüssel anfertigen ließ.»

«Aber was macht er denn Grauenvolles in der Kathedrale?», ruft Rosa.

«Es sieht so aus, Miss Rosa, als ob er in einer Bank auf der Empore sitzt und einer Statue huldigt. Ich kann Ihnen sagen, es hört sich schauerlich an, wie dieser Laut leise durch die Kirche raunt. Ich habe selten etwas Qualvolleres gehört. Mr. Jasper ist eine gepeinigte Kreatur.»

Rosa reißt die Augen vor Entsetzen weit auf, sagt aber nichts. Das übernimmt Crisparkle.

«Sie wollen sagen, er sitzt einfach in der Kirche und stöhnt und lauscht auf das Echo seines Stöhnens?»

«Mr. Durdles kann es bezeugen. Mit seiner Hilfe und in seiner Begleitung legte ich mich um Mitternacht in der Kathedrale auf die Lauer.»

«Wie unheimlich!», ruft Rosa.

«Niemand in dieser Runde würde Ihre Beobachtung bezweifeln, Mr. Datchery», sagt Mr. Grewgious, «aber es war zweifellos gut, Mr. Durdles für die Sache zu gewinnen.»

«Mr. Durdles brennt nun darauf, Mr. Jasper einen Streich zu spielen, wie er es nennt», fügt Datchery hinzu. «Ich habe einen kleinen Plan ersonnen, wie wir uns die Umstände zunutze machen können, um das gewünschte Geständnis von Mr. Jasper zu bekommen. Dazu brauche ich mindestens einen Zeugen – und Miss Rosas Unterstützung.»

«Meine Unterstützung?», haucht Rosa erschrocken.

«Ja, denn um es gleich klar zu sagen: Sie sollen Mr. Jasper noch einmal begegnen – allerdings unter Umständen, die ganz auf Ihrer Seite sind. Ich verspreche Ihnen, dass Ihnen kein einziges Haar gekrümmt werden wird.»

Rosa aber blickt zu Boden und streicht sich gedankenschwer durch die Locken.

21

Alle auf einen

Mutter Natur ist Urheberin zahlloser grundsätzlicher, einsamer Entscheidungen, gegen die selbst Eingaben beim Obersten Gerichtshof nichts bewirken. In einem ihrer schrulligsten Momente hat sie befohlen, dass der Mond einmal in 27,321 Tagen um die Erde kreise, so dass er jeden Tag einen Tick später aufstehen muss. Mond, hat sie gesagt, du sollst dich nicht um das Geschrei der Menschen kümmern, die in dir allein ein Nachtgestirn sehen; du scheinst am Tag wie in der Nacht, je nach Position auf deiner Bahn. Die Menschen würden dich gern nach Belieben anknipsen, um Licht zu haben in dunklen Kirchenschiffen. Aber nicht mit uns, Mond, nein, wir werden ihre kleine Inszenierung nicht bescheinen!

Trotzdem gibt es genug Licht in der Kathedrale von Cloisterham – jedenfalls wenn man schon eine Weile hier sitzt und seinen Augen Zeit gelassen hat, sich an die Verhältnisse zu gewöhnen. Draußen auf dem Kirchplatz brennen vier Laternen, deren Licht durch die Oberfenster ins hohe Gewölbe des Hauptschiffs und auf die grauen Köpfe der Heiligen fällt, die dort oben, wo niemand sie richtig sehen kann, seit langem zu einer Galerie versammelt sind. Vom Gewölbe herab verteilt sich der fahle, schwache Widerschein in der Kirche, dringt jedoch nicht bis in den Winkel, den Dick Datchery sich ausgesucht hat – eine Bank im undurchdringlichen Schatten des nördlichen Seitenschiffs, vor Blicken geschützt durch eine wuchtige, kalte Säule, durch seine dunkle Kleidung und seinen Hut, den er diesmal auf dem Kopf trägt. Wenn er sich ein Stück vorbeugt, kann er den Platz auf der Empore, den Jasper einnehmen wird, bequem beobachten.

Er hat sich heute Nachmittag dort oben mit Durdles umgesehen. Es ist ein merkwürdiger Ort, man fühlt sich den Dingen entrückt und hält sich instinktiv am Geländer fest, als werde man sonst von den Gewölbebögen in die Höhe gesogen. Die Empore ist breit genug für eine Bankreihe, aber Durdles hat ihm erklärt, dass sie nur an Ostern und Weihnachten benutzt wird, wenn die Kirche besonders voll ist. An den übrigen Tagen sind die Aufgänge durch massive Eisengitter gesperrt.

Die Statue, die es Jasper angetan hat, steht abseits in einer Nische.

«Is irgend 'n alter Gott», lautet Durdles' These. «An den haben die Menschen hier früher geglaubt. Dann is die Kirche gekommen und hat ihn sich geschnappt. Seitdem steht er hier, und wer noch an ihn glauben will, muss in die Kirche gehen.»

Zweifellos handelt es sich um eine sehr alte Statue. Sie ist verwittert, als habe sie lange im Freien gestanden. Doch obwohl ihre beiden Gesichter, die in entgegengesetzte Richtungen blicken, unter der Zeit gelitten haben, kann man doch erkennen, dass eines freundlich, fröhlich und zugleich ein wenig debil wirkt, während das andere vor Schmerz oder Wut verzerrt ist. Das ist jedenfalls der erste Eindruck, aber dann hat sich Datchery ein anderer Gedanke aufgedrängt: Nicht Schmerz oder Wut verzerren das zweite Gesicht, sondern Ekstase, Rausch, vielleicht sogar Wahn. Je länger er die Statue betrachtet hat, umso mehr Gegensätze hat er in den groben Zügen erkennen können. Das eine Gesicht ist zufrieden mit sich und der Welt, es ist bescheiden in Anspruch und Geist und dadurch weitgehend glücklich, während das andere die Herrschaft des Ich symbolisiert, sein «Ich will!» aggressiv in die Welt hinausschreit, maßlos fordernd und notorisch unglücklich. Diese beiden Gegenpole scheinen unvereinbar. Ihr Anblick hat Datchery mit einer tiefen Sehnsucht nach Ausgleich und Harmonie erfüllt. Es mag sein, dass er viel zu viel in die steinernen Züge hineingelesen hat – viel zu viel von sich selbst vor allem –, aber er glaubt verstanden zu haben, welchen Reiz die Statue für Jasper hat.

Und noch etwas ist ihm aufgefallen: Es ist nicht zu erkennen, welchen Geschlechts die Statue ist. Durdles hat von «ihm» gesprochen wie von einem Gott oder Heiligen, aber für einen Mann sind die Schultern ziemlich schmal und unter dem archaischen Faltenwurf des Gewands deutet sich ein unmännlicher Hüftschwung an. Doch eine Frau ist es ebenfalls nicht, sie entbehrt aller typischen Attribute.

«Alles ist in der Schwebe», hat Datchery zu Durdles gesagt. «Da war ein Meister seiner Zeit am Werk.»

Dieser Statue also huldigt John Jasper in nächtlichen Stunden. Gleich müsste der Kantor eintreffen, es ist fast Mitternacht. Datchery reibt in der Kirchenbank fröstelnd seine klammen Hände aneinander, denn die Temperatur ist dem Anlass gemäß gruseliggruftig, und summt die Melodie von *Puppet on a String* ohne sich bewusst zu sein, soeben den Schlager des 20. Jahrhunderts erfunden zu haben. (Frank meinte, er solle lieber irgendein Trinklied summen, aber Sandy Shaw trifft die Stimmung viel besser, denn gruftiger geht es kaum noch.) Auf diese Weise versucht Datchery das hohle, fast ätherische Säuseln zu übertönen, das seine angespannten Nerven reizt, jenen Ton, der unter den Gewölbebögen wie das ersterbende Echo der letzten Orgelklänge des Abendgottesdiensts hin- und herschwirrt, als antworte das Gemäuer auf das leise Pfeifen des Windes draußen um Turm und Strebepfeiler.

Da kündet das ferne, leise Quietschen eines rostigen Schlosses vom Nahen des nächtlichen Besuchers.

«Jetzt werden wir sehen, welche Art von Gottesdienst du hier feierst», murmelt Datchery und ist von nun an absolut still.

Jasper benutzt dieselbe Pforte, durch die Durdles die Kirche betritt, wenn er sich auf die Jagd nach alten Knaben begibt. Man kommt in einen Nebenraum der Sakristei und muss dann durch eine Tür, die leise quietscht. In nächtlicher Stille hört sich das Quietschen allerdings viel lauter an, als Jasper eintritt und die Tür wieder hinter sich schließt. Mit seinen an die Dunkelheit angepassten Augen kann Datchery einen Schatten durch das südliche Seitenschiff wandern sehen. Es klirrt leise, als Jasper den Schlüssel für das Gitter sucht, das den Aufstieg zur Empore versperrt. Gleich darauf erscheint der Kantor oben, geht zur Statue und setzt sich. Für Sekunden ist nichts zu hören als ein Rascheln, das Datchery nicht zuordnen kann. Dann ratscht etwas laut, so dass es wie Donner durch die Kathedrale rollt, ein Zischen folgt und Licht springt auf – Jasper hat ein Zündholz angerissen, mit dem er eine Kerze ansteckt, um die Statue zu beleuchten. Datchery kann Jaspers kreidebleiches Gesicht erkennen, das im Kerzenschein von innen heraus zu leuchten scheint. Das Profil des Kantors ist wie gemeißelt. Nur sein Kiefer bewegt sich leicht und seine Lippen scheinen Worte zu formen, vielleicht ein Gebet.

Datchery versucht angestrengt etwas davon zu verstehen, aber der Kantor spricht zu leise, zu traut mit dem Stein, die Worte verklumpen zu einem amorphen Wispern, das sich mit dem Säuseln unter den Bögen vermischt. Nur den Tonfall meint Datchery nach einer Weile deuten zu können, er glaubt Klage herauszuhören, vielleicht einen Vorwurf, vielleicht eine verzweifelte Bitte, eine Bitte um Verzeihung – er wird sich nicht schlüssig.

Doch als Jasper plötzlich zu seufzen anfängt, weiß Datchery: Eigentlich ist es Qual. Jetzt spricht der Kantor nicht mehr, jetzt seufzt, ja, stöhnt er nur noch. Er hat sich zurückgelehnt, sein weißes Gesicht ist gegen das Gewölbe gerichtet, seine Hände krallen sich an die Kante der Bank, sein Mund ist halb geöffnet und er stößt Seufzer aus, die Datchery einen kalten Schauer den Rücken hinunterjagen. Er glaubt das Leiden hinter diesen Seufzern zu erkennen, dieses Stöhnen aus tiefster Brust, diese abgründige Qual, ein leiser Donner, der durch das Kirchenschiff rollt bis hinauf zu den Jochbögen, bis hinein in den düsteren Chor; es ist der Ton der Einsamkeit am Rand des Abgrunds. Dort hat Datchery selbst auch einmal gestanden und am liebsten hätte er Jasper zugerufen: Fang endlich an zu weinen, bitte, weine endlich! Doch Jasper tut ihm diesen Gefallen nicht.

Datchery will aufspringen und den Plan durchkreuzen, den er selbst ausgedacht hat, denn er spürt plötzlich, dass für Jasper sonst das Schlimmste zu befürchten ist. Der Mann ist über alle Grenzen hinaus und man darf ihn nicht noch weitertreiben, wenn man ihn eigentlich zurückholen will. Er muss auf der Stelle von der Statue getrennt werden, an der sein Schmerz kondensiert! Doch Datchery verspürt auch eine gewisse Freude darüber, dass er Recht gehabt hat mit seiner Theorie, dass er sich klug in Jaspers Lage hineinversetzt hat, und das drückt ihn wieder auf die Bank zurück.

Und dann ist es zu spät, um das Weitere zu verhindern, denn die Inszenierung beginnt. Ein lauter Knall zuckt durch die Kathedrale, so jäh und scharf, dass Datchery zusammenzuckt, obwohl er es erwartet hat. Auch Jasper zuckt zusammen, verstummt und erstarrt in seiner Haltung. Schritte werden laut, jemand stolpert, jemand flucht und schreit und ein Licht scheint auf. Seitlich vor dem Chor steigt es aus der Tiefe, zuckt zuerst ins Querschiff, verströmt sich dann, als es in die Höhe gehalten wird – Laterne in schwieliger Hand. Auch ihr Träger wird beschienen: Es ist Durdles. Er lässt seine Augen irr rollen, will in die eine Richtung rennen, macht dann kopflos kehrt und stürzt in die andere. Dass er dabei auf Jasper zuhält, ist keineswegs Zufall. Der Steinmetz sieht das Licht auf der Empore, sieht den Sitzenden, hält inne und ruft aus: «Mr. Jarsper ...»

Jetzt würde Datchery gern das Jasper'sche Gesicht aus der Nähe sehen. Doch er kann nur verfolgen, wie sich der Jasper-Kopf langsam ins Kirchenschiff hinab dem Steinmetzen zuwendet.

«Mr. Jarsper, Sie müssen mir helfen!», stößt Durdles aus – etwas weniger kraftvoll und urgesteinig, als Datchery es sich gewünscht hätte. Offenbar ändert der Blick in das Jasper'sche Gesicht etwas an Durdles' Intensität.

Doch dann findet der Steinmetz zu alter Form zurück und stürmt die Treppe zur Empore hinauf. Gleich darauf steht er vor dem Kantor.

«Ich bin grad inne Krypta gewesen», ruft er. «Sie wissen schon – abklopfen. Tock, tock, alter Knabe – kennen Sie doch! Ist die beste Zeit dafür. Schreie sind da schon immer gewesen, ich hab's Ihnen ja mal erzählt, Schreie und Gespenster von Schreien, aber jetzt war da noch mehr ... noch viel mehr ...»

Er macht seine Sache gut, er schaudert sichtlich zusammen.

«Schreie?», fragt Jasper mit sonderbar krächzender Stimme.

«Und noch viel mehr. Die Schreie hatten einen Namen. Ach, ich rede Quatsch – 'tschuldigung, ist wegen der Verwirrung. Sie hat einen Namen gerufen. Und das war wirklich furchtbar, Mr. Jarsper, selbst für mich – und ich kann einiges vertragen. Sie können das bezeugen, Mr. Jarsper, sie kennen mich gut: Wenn einer was vertragen kann, dann der alte Durdles. Aber das war trotzdem zu viel. Wer denkt sich so was schon aus, dass die da unten plötzlich schreit: ‹Ned, Ned!› Immer wieder ‹Ned!›. Komisch, nicht wahr? So haben Sie doch immer Ihren Neffen genannt. Und was glauben Sie, wie mir zumute wurde, als die da unten plötzlich nach Mr. Drood zu rufen angefangen hat!»

«Die da unten?»

Jaspers Stimme klingt immer noch eigenartig tonlos, gewinnt aber an Kraft.

«Ja, sie stieg einfach aus dem Boden, als ich gerade am Klopfen war!», ruft Durdles. «Direkt aus'm Boden, ich versichere. Ich sah sie aufsteigen und konnte mich nich rühren, nich weglaufen und nix. Sie war über und über weiß und leuchtend, aber ihre Augen waren dunkel, richtig schwarz, als ob da überhaupt keine Augen wären, und trotzdem guckte sie mich an. Dann streckte sie ihre Arme nach mir aus und rief: ‹Ned!› Eine merkwürdige Stimme, sag ich Ihnen, die ging mir durch und durch, ich zitter ja jetzt noch wie ... Hier, fühlen Sie mal!»

Er reicht Jasper die Hand, damit der fühlen kann, wie Durdles zittert, aber Jasper weicht erschrocken zurück und starrt die Hand böse an.

«Ich konnt nix machen, nich weglaufen, und da hab ich zu der weißen Frau gesagt: Ich kenn keinen Ned, nur den Neffen vom Kantor, aber der heißt eigentlich Edwin und ist ermordet worden. Doch das hat die Gestalt nich interessiert. Angeguckt hat die mich, als wüsste sie das längst. ‹Ned!›, stöhnt sie und dann schwebt sie auf mich zu und sagt: ‹Ich werde dich rächen, mein Sohn!› Und ich denk, jetzt macht die mich kalt, sie hält mich für den Mörder, und da bin ich losgerannt und hab mir erst mal tüchtig die Stirn blutig gestoßen. Ist das nich verrückt?»

«‹Mein Sohn›?», wiederholt Jasper.

Ein Moment des Schweigens folgt und aus tiefer Gruft dringt der Ruf einer leisen, klagenden Stimme heran: «Ned!»

Durdles schaudert sichtbar zusammen und schweigt einen Tick zu lang, als habe er seinen Text vergessen. Doch er muss sich erst von dem Anblick losreißen, den das verwüstete Jasper'sche Gesicht bietet, ehe er weitermachen kann. Ausweichend fixiert er jetzt die Kerze vor der Statue und dann die Statue selbst.

«Das fällt mir auch gerade auf, Mr. Jarsper», sagt er, «sie hat gesagt: ‹Ich werde dich rächen, mein Sohn!› Wörtlich hat sie das so gesagt, dafür leg ich meine Hand ins Feuer. Merkwürdig, was bedeutet das? Dass sie der Geist von Mr. Edwins Mutter ist? Von Ihrer Schwester? Aber das ist ja auch egal. Ich frag mich nur, warum ...»

Jasper springt plötzlich auf und rennt los, hinüber zum Eingang der Krypta.

«... die ausgerechnet da unten spukt und nich am Tatort», beendet Durdles seinen Satz und ruft dann: «Warten Sie, Mr. Jarsper – Sie brauchen doch Licht!»

Auch Datchery erhebt sich. Er könnte zufrieden sein, denn Durdles hat eine reife Leistung geboten. Allerdings übertrifft Jaspers Reaktion seine Erwartung. Datchery spürt, dass höchste Vorsicht geboten ist. Im Sichtschutz der Säule verfolgt er, wie Jasper die Treppe hinunterstürmt und zum Einstieg der Krypta läuft. Durdles folgt ihm keuchend. Datchery heftet sich leise an seine Fersen.

In der Krypta ist es dunkel, als Jasper kopflos hinabstürzt. Erst als Durdles herabkommt, verbreitet sich eigentümlich milchiges Laternenlicht.

«Wo bist du?», ruft er so laut, wie noch niemand hier unten zu rufen gewagt hat. «Zeig dich!»

Doch zunächst hört man die Stimme nur stöhnen: «Ned!»

Da taucht in einem Winkel der Krypta ein schimmerndes, gleichsam überirdisches Licht auf und eine Gestalt erscheint, eine Frau ganz in Weiß, die aus sich heraus leuchtet und eine Handbreit über dem Boden zu schweben scheint. Sie wendet sich langsam Jasper zu, der mitten in der Bewegung erstarrt, fasst ihn in ihren dunklen, leeren Blick und fragt mit hohler Stimme, die zwischen den wuchtigen Säulen dumpf gerinnt: «Bist du es, John Jasper?»

Als er nicht gleich antwortet, beginnt sie langsam auf ihn zuzuschweben. Dabei wird ein merkwürdiges leises Quietschen und Rasseln hörbar.

«Bist du es – Mörder meines Sohns? Ja, du bist es! Ich weiß, dass du es bist. Gestehe!»

«Rosa!», haucht Jasper.

Für einen Moment glaubt Mr. Datchery, der auf halber Treppe

verharrt – sein Auftritt soll erst noch kommen –, dass Jasper den Trick durchschaut hat. Er hat Rosa erkannt! Das war nicht geplant. Wie lässt sich die Situation jetzt noch retten?

Und auch Rosa ist ratlos. Für diesen Fall hat sie keinen Text. Sie soll Edwins tote Mutter spielen, Jaspers Schwester, und nicht sich selbst. Sie hat sich alle Mühe gegeben, wie eine andere auszusehen, um nur nicht erkannt zu werden. Was soll sie jetzt machen? Also stöhnt sie nochmals, so gruselig es ihr gegeben ist: «Ned!»

John Jasper fällt auf die Knie. Seine Augen sind weit aufgerissen, er reißt die Arme hoch, als wolle er nach der weißen Gestalt greifen, seine Finger zucken in der Luft und er ruft: «Rosa, du bist tot?»

Dem Gespenst verschlägt es die Sprache. Datchery hält den Atem an. Nur Durdles versteht nicht, was hier geschieht, und versucht die Sache zurechtzubiegen: «Aber Mr. Jarsper, das is doch nich die kleine Rosa oder ihr Geist, das is doch der Geist von ...»

«Wehe!», schreit Jasper. «Wenn du tot bist, warum lebe ich dann noch?»

Ein qualvolles Stöhnen entringt sich seiner Kehle, wie keiner der Anwesenden es jemals von einem Menschen gehört hat.

Da tauchen zwischen den Säulen zwei schwarze Gestalten auf und nähern sich Jasper langsam und drohend.

«Ihr kommt mich holen?», ruft dieser. «Ja, ja, ich war's, ich war's, ich habe ihn umgebracht. Und jetzt soll Ruhe sein, endlich Ruhe. Rosa, ich komme zu dir!»

Jasper springt auf, wirft sich herum und stürzt aus der Krypta. Auf halber Treppe prallt er gegen Mr. Datchery, wirft ihn mit unmenschlicher Kraft nieder und stürmt über ihn hinweg. Datchery bleibt nur ein flüchtiger Eindruck von letzter Entschlossenheit auf dem Jasper'schen Gesicht und von einem wilden Flackern in den tief liegenden Augen. Dann sieht er zunächst nur Sterne, denn er ist mit dem Hinterkopf auf einer der Stufen aufgeschlagen.

«Du liebe Zeit, helft mir doch», hört er Rosa dringlich rufen. «Ich verbrenne!»

Das Erste, was Datchery danach wieder sieht, ist eine Szene, die auf jeder Schundbühne einen Lachorkan des Publikums erzeugt hätte: Rosa tanzt in der Krypta herum, während die beiden schwarzen Gestalten sich gegenseitig bei dem Versuch ins Gehege kommen, die Lampen unter Rosas Nachthemd hervorzuholen. Eben stolpert eine der beiden über den niedrigen Leiterwagen, in dem Rosa gestanden hat. Die Konstruktion, mit der die Lampen unter dem Nachthemd befestigt sind, wurde von Durdles ersonnen und ist entsprechend stabil; schließlich musste sie gewährleisten, dass die Laternen weder mit Rosa selbst noch mit dem Gewand in Kontakt kamen. Sie haben ihren Zweck erfüllt. Eines hat sich jedoch nicht verhindern lassen: dass die Lampen Hitze entwickeln.

«Gütiger Himmel, ist das fest!», schimpft eine der schwarzen Gestalten – es ist Mr. Crisparkle. «Durdles, kommen Sie mal her und machen Sie das selbst!»

«Vielleicht solltest du das Nachthemd zuerst ausziehen, Rosa», sagt die zweite, bei der es sich um Mr. Grewgious handelt.

Durdles jedoch ist dem Kantor nach oben gefolgt und kann daher nicht helfen. Man hört ihn in der Kirche rufen: «Hilfe, Mr. Datchery, Hilfe! Er rennt zum Turm. Er will sich vom Turm stürzen!»

Mr. Datchery steht auf und geht nach oben, so schnell er kann. Der Kopf dröhnt ihm noch und er merkt, dass er blutet, aber das muss im Moment gleichgültig sein.

Durdles steht am Aufgang zur Empore, durch den Jasper nach oben verschwunden ist, und winkt.

«Einen Moment», ruft Datchery und tut das einzig Richtige: Er steigt wieder in die Krypta hinab und sagt: «Mr. Crisparkle, Ihr jugendlicher Sportsgeist ist gefordert. Halten Sie Mr. Jasper davon ab, sich vom Turm zu stürzen – und zwar schnell. Anscheinend ist unser spezieller Freund schon halb oben.»

So schnell hat noch niemand den Hilfskanonikus davonstürmen sehen.

«Ich stelle fest», sagt Mr. Grewgious, «dass uns die Sache aus dem Ruder gelaufen ist. Das ist nicht akzeptabel. So können wir das nicht abhaken.»

Mr. Datchery stimmt ihm zu und gemeinsam machen sie sich daran, Rosa von den heißen Lampen zu befreien.

«Vielleicht sollten wir einen Eimer Wasser holen», schlägt Mr. Grewgious vor.

«Hilfe!», schreit Rosa.

Inzwischen hat Mr. Crisparkle schon Durdles überholt, der die enge Wendeltreppe hinaufschnauft wie das allererste Dampfross. Doch auch der Reverend merkt, dass dies hier ein wenig anstrengender ist als die Ruine, die er sportlich zu erstürmen gewohnt ist. Er kann nicht aus voller Kraft laufen, ohne dass selbst ihm schwindlig wird vor lauter Dreherei. Außerdem muss er aufpassen, wohin er seine Füße setzt, denn die Stufen sind alles andere als gleichmäßig. Trotzdem glaubt er Jasper näher zu kommen, er kann ihn über sich keuchen hören. Der Kantor hat nie Sport getrieben. Bei diesem Tempo müsste er eigentlich auf halber Höhe schlapp machen. Doch die Macht, die ihn dort hinauftreibt, nimmt keine Rücksicht auf ein bisschen Schwindelgefühl oder ein überfordert pochendes Herz. Warum auch, wenn doch ohnehin gleich alles vorbei sein soll!

Atemlos erreicht Crisparkle die Plattform, sieht, wie Jasper auf die Brüstung steigt, packt ihn im letzten Moment und zerrt ihn zurück. Gemeinsam rollen sie zu Boden, doch Jasper ist sofort wieder auf den Beinen, schlägt nach dem Reverend, der sich gerade erheben will, und trifft ihn mit der geballten Faust am Kinn. Es kracht vernehmlich und Crisparkle schmeckt Blut auf seiner Zunge und weiß für ein paar Sekunden nicht mehr, wo er ist. Diese Frist nutzt Jasper, um wieder auf die Brüstung zu steigen.

«Jasper, lassen Sie das!», ruft Crisparkle, springt auf und reißt ihn zum zweiten Mal zurück.

Das Haar hängt Jasper wild ins Gesicht, seine Züge sind vor Wut verzerrt und Schaum steht ihm vor dem Mund. Doch Crisparkle ist jetzt absolut ruhig. Er hat alles unter Kontrolle.

«Ich werde verhindern, dass Sie springen, Jasper», sagt er und überzieht seinen Gegner mit einer schwungvollen Rechts-Links-Rechts-Kombination. Der letzte Schwinger schickt den aufkeuchenden Jasper erneut zu Boden. Wer hätte auch gedacht, dass Cloisterham einen boxenden Hilfskanonikus hat?

«Sie Cerberus der Bürgerhölle!», ruft Jasper und versucht wieder auf die Beine zu kommen.

«Warum sind Sie so versessen darauf, Ihrem Leben ein Ende zu bereiten – und noch dazu ein solches?», versetzt Crisparkle. «Sie werden Matsch sein, wenn Sie unten ankommen. Kein schönes Ende!»

«Wie wollen Sie das verstehen?», schnappt Jasper zurück. Jetzt steht er wieder. «Sie haben nie das Geringste verstanden. Sie sind das dümmste Geschöpf der Stadt. Es war leicht, Sie zu täuschen. Und jetzt bringe ich Sie um!»

Er versucht einen Schlag, aber Crisparkle tänzelt seitwärts und die Faust trifft ins Nichts.

«Sie meinen, Sie bringen mich um, wie Sie ihn umgebracht haben?», fragt Crisparkle.

«Ja, zum Teufel, ich tu's!»

Crisparkle verpasst ihm einen Treffer an der rechten Schulter, um Jaspers Wut am Kochen zu halten. Er soll reden, alles gestehen.

«Ich verstehe Sie nicht, Jasper. Sie haben Ihren Jungen doch so geliebt!»

«Meinen Jungen!», höhnt der Kantor und spuckt aus. «Soll ich Ihnen was sagen: Er war nichts weiter als ein verzogenes Frettchen, dessen höchste Leistung darin bestand, das Maul aufzusperren, wenn die gebratenen Hühner geflogen kamen. Wenn jemand noch dümmer war als Sie, Crisparkle, dann er.»

«Aber das ist doch kein Grund, ihn umzubringen!»

«Alles hat sich nur um ihn gedreht. Edwin hier, Edwin da. Und das Schlimmste: Er war daran gewöhnt, dass sich alles um ihn drehte, nur um ihn, er hat das absolut selbstverständlich gefunden.»

«Daran sind Sie selbst schuld, Jasper. Sie haben ihn umsorgt, sie haben ihn gehätschelt und an jenem Abend, als er mit der Kutsche abfuhr, sind Sie halb verrückt gewesen vor Angst um ihn – wissen Sie noch? Sie haben mir Ihre Tagebucheintragungen gezeigt.»

«Was reden Sie denn da?»

«Warum leugnen Sie? Natürlich waren Sie es», sagt Crisparkle und verpasst dem Kantor eine Kopfnuss, die ihn halb rasend macht.

«Endlich war er still!», ruft er. «Ich habe das herrliche Geräusch noch im Ohr, mit dem das Messer an seinen Rippenknochen entlangschrammt, ehe es ins Herz eindringt. Wissen Sie, wie sich das anfühlt? Weich, elastisch, ein bisschen Widerstand – und dann sind Sie durch und Sie können mit der Hand am Heft spüren, wie es da drinnen in der Brust zerplatzt. Endlich war Ruhe, Ruhe, himmlische Ruhe.»

«Himmlisch wohl nicht gerade», versetzt Crisparkle und landet vor Schreck über Jaspers Worte einen wütenden Haken.

Jasper schwankt rückwärts, doch dann stürzt er sich mit einer plötzlichen Wucht, die Crisparkle nicht erwartet hat, auf den Reverend, durchbricht seine Deckung und umklammert ihn fest mit beiden Armen. Gemeinsam torkeln die beiden Männer zur Brüstung.

«Ich werde Sie mitnehmen!», schreit Jasper. «Im Tod vereint – wir beide ... Zwei Seiten einer Medaille ... Ihr dummes, freundliches Lächeln wird Matsch auf dem Kirchhofpflaster!»

Doch Crisparkle hat noch was vor im Leben und er wehrt sich, indem er mit beiden Fäusten auf Jaspers Rücken trommelt. Der Kantor stößt ein meckerndes Lachen aus und drückt Crisparkle mit übermenschlichen Kräften gegen die Brüstung. Der Reverend gerät in Panik, er hat das Gefühl, hintenüberzukippen in die leere Luft.

«Sie sind nichts weiter als ein rosa Seidenäffchen», keucht der Kantor. «Immer gut, immer schön und immer dumm. Aber damit ist jetzt Schluss. Ihre Frau Mutter wird sich freuen: Endlich ist der Sohn aus dem Haus.»

Während Crisparkle um sein Gleichgewicht kämpft, sieht er, wie eine dunkle, schwerfällige Gestalt aus dem Einstieg zur Wendeltreppe auftaucht.

«Sie gehen mit mir, Crisparkle, ich nehm Sie mit in die ewige Stille, aber der Unterschied zwischen uns ist ...»

Weiter kommt er nicht, denn in diesem Moment stößt die Gestalt einen wütend knarrenden Laut aus, packt Jasper, reißt ihn von Crisparkle los und schleudert ihn mit einer solchen Wucht zu Boden, dass er benommen liegen bleibt.

«Wehe, du wagst dich zu rühren!», droht Durdles und spannt seine Muskeln, die es mit jedem Stein aufnehmen können. «Ich zertrümmer deine Knochen, dass sie wüster durcheinander geraten als bei den alten Knaben im Doppelgrab!»

Doch die Drohung ist überflüssig. In dem Moment, als Durdles ihn von Crisparkle losreißt, weicht alle Kraft aus Jaspers Leib und er ist nur noch ein zuckender Haufen, der am Boden liegend hemmungslos zu schluchzen anfängt. Tränen strömen ihm ins Haar, seine Lippen beben und er presst Worte aus seiner gequälten Brust: «Ich wollte es nicht, ich wollte es nicht. Er war es!»

Crisparkle hat sich wieder gefangen. Er zieht seinen Gürtel aus dem Hosenbund und schlingt ihn provisorisch um Jaspers Handgelenke. Doch der Kantor versucht nicht mehr, sich zu wehren.

«Schaffen wir ihn nach unten», sagt Crisparkle.

«Kein Problem», gibt Durdles zurück, zerrt den Liegenden hoch, als sei er ein Bündel Stroh, und wirft ihn sich über die Schulter. «Es wird ein bisschen Zeit brauchen. Durdles ist nicht schnell, aber dafür ist Durdles sicher. Hauptsache, Mr. Jarsper nimmt nicht den direkten Weg.»

Wobei Durdles' Tonfall keinen Zweifel daran lässt, dass er den direkten Weg eigentlich für den richtigen hält.

«Ist das nicht zu schwer für Sie, Durdles?»

«Keine Spur. Ist 'n Fliegengewicht, Sir. Wundert mich, dass Sie den nich einfach aus den Latschen gehauen haben.»

Worauf Crisparkle beschließt, dem Steinmetz lieber nicht vom Boxkampf zu berichten, den er Jasper geliefert hat.

21
ER UND ICH

Etwa eine Stunde später, es ist halb zwei in der Nacht, stehen sie vor dem Schreibtisch im bürgermeisterlichen Amtszimmer und Mr. Sapsea sitzt dahinter und bemüht sich eine gute Figur zu machen. Wenn doch alle Bürgermeister Ihre Morgenmäntel linksherum tragen würden! Vor wenigen Minuten erst hat ihn der Ruf ereilt, seine Amtswürde sei gefragt. Nur mühsam hat er seinem Traum entsagt – Queen Victoria wollte ihn gerade für die Komposition patriotischer Lieder zum Ritter schlagen – und jetzt sitzt er hier und blickt von einem zum anderen und zwischendurch auch immer wieder auf den Gegenstand, der vor ihm auf dem Schreibtisch liegt.

«Das ist ein Messer», stellt er zutreffend fest.

«Die Tatwaffe, Sir», sagt Mr. Crisparkle, der vor dem Schreibtisch steht, die Spuren des Kampfes noch im Gesicht. «Mit diesem Dolch wurde Edwin Drood erstochen.»

«Das ist ja grauenhaft. Wer behauptet das?»

«Der Täter selbst. Er hat gestanden.»

«Man führe ihn vor! Er wird auf der Stelle ins Gefängnis geworfen!»

«Hier sitzt er.»

Crisparkle deutet auf Mr. Jasper, der bleich und in sich zusammengefallen als Einziger außer dem Bürgermeister sitzt. Er ist nur noch ein Schatten seiner selbst, er wirkt wie einer, der alles hinter sich hat, dem nichts mehr passieren kann, und er scheint jetzt keinen Widerstand mehr leisten zu wollen. Mit tonloser Stimme hat er Mr. Datchery den Ort beschrieben, an dem er den Dolch in seiner Wohnung aufbewahrt, so dass Datchery ihn leicht hat finden und herbringen können. Dennoch steht Durdles wachsam neben dem Kantor, Mr. Datchery und Mr. Grewgious stehen dahinter und Rosa wiederum hinter Mr. Grewgious, so dass sie Jasper nicht ständig ansehen muss. Vor dem Flammentod konnte sie gerettet werden, aber das Ganze ist ihr doch schrecklich nahe gegangen und Jasper tut ihr jetzt sogar Leid – allerdings nicht genug, um sich nicht länger vor ihm zu fürchten. Sie hat geweint und auch jetzt noch wird ihr zarter Körper manchmal von Wellen von Schluchzern geschüttelt.

«Warum sollte ich Mr. Jasper ins Gefängnis werfen lassen?», ruft Mr. Sapsea.

«Weil Ihro Durchgeistigkeit zu dem Schluss kommen werden, dass er ein geständiger Mörder ist, nehme ich an», versetzt Crisparkle und berichtet, was Mr. Tartar neulich mit Jasper erlebt hat und was vorhin in der Krypta und auf dem Turm der Kathedrale geschehen ist. Teile davon können von den übrigen Anwesenden bezeugt werden, aber es ist Mr. Sapsea anzusehen, dass er seinen Ohren dennoch nicht traut.

«Ausgeschlossen!», ruft er, als Crisparkle fertig ist. Die Breitseite des Reverend hat ihn nicht versenkt. «Ich kenne Mr. Jasper nur als angenehmen, aufmerksamen Zuhörer. Dieser Mann, Herrschaften, hat einen untrüglichen Blick für die Qualitäten seiner Mitmenschen.»

«Vielleicht wäre es sachdienlich, ihn selbst zu fragen», merkt Mr. Grewgious an.

«Das werde ich auf der Stelle tun! Mr. Jasper, Sie sind mir als ein Mann mit gutem Geschmack und feinem Gespür bekannt, Sie sind ein aufrechter Engländer. Niemand hier beschuldigt Sie im Ernst einer solchen ...»

«Mr. Jasper, haben Sie Ihren Neffen Edwin Drood umgebracht?», unterbricht Crisparkle, indem er sich direkt an Jasper wendet.

Dem Bürgermeister ist anzusehen, dass er diesen Mangel an Ehrfurcht vor seinem Amt normalerweise verurteilen würde; vermutlich liegt es nur an der ungewohnten Tageszeit, dass er still bleibt und gespannt in das Gesicht des Kantors blickt. Der scheint sich von der ganzen Angelegenheit nicht länger betroffen zu fühlen. Er nickt und sagt: «Ja, Sir, so war es wohl.» (In einem Ton, der eher klingt wie «Was soll's!».)

«Sie haben Edwin Drood erstochen?», hakt Crisparkle nach.

«Ja, Sir, bestimmt fünf oder sechs Mal.» (Die pure Selbstverständlichkeit!)

«Sie meinen, mit fünf oder sechs Stichen?» Crisparkle ist verwundert, weil Jasper auf dem Turm nur von einem Stich gesprochen hat, vom Ratschen an den Rippen und dem Widerstand in der Brust.

«Nein, Sir, ich meine, ich habe ihn fünf oder sechs Mal umgebracht. Eher sechs Mal, will mir scheinen.» (Beim Kricket werden kleine Bälle in nicht ganz so kleine Tore geworfen. Das ist höllisch mitreißend.)

«Da haben wir es!», ruft Mr. Sapsea. «Wie kann man einen Menschen sechs Mal umbringen? Mir scheint, Mr. Jasper ist ein wenig verwirrt.»

«Eine äußerst geistreiche Theorie, Euer Ehren», schaltet sich Mr. Datchery ein. Er tritt einen Schritt vor und tauscht einen Blick mit Crisparkle, der sofort von der Position des Verhörenden zurücktritt. «Erlauben Sie, dass ich dem Verdächtigen einige Fragen stelle?»

«Bitte sehr – sofern sie der Wahrheit dienlich sind.»

«Das will ich hoffen, Euer Ehren.» Datchery wendet sich nun an den Kantor. «Mr. Jasper, können Sie mich hören?»

«Natürlich, Sir. Ich lebe nicht auf dem Mond.» (Hält der mich für blind?)

«Erkennen Sie mich?»

«Ja, Sie sind Mieter bei Mrs. Tope, Sie haben das alte Verlies bezogen – Mr. Dactari, stimmt's?»

«So ähnlich, Mr. Jasper. Wollen Sie mit mir reden?»

«Warum nicht? Bitte sehr, vertreiben wir uns ein wenig die Zeit.» (Hab sowieso gerade nichts Besseres vor.)

«Es geht um den Fall Drood. Was meinten Sie damit, Sie hätten Ihren Neffen sechs Mal umgebracht?»

«Das meinte ich so, wie ich es sagte, Sir. Und es war mir jedes Mal eine Wonne.» (Letzte Woche habe ich schon wieder nicht im Lotto gewonnen.)

«Dann stand Mr. Drood wohl jedes Mal wieder auf, nachdem Sie ihn umgebracht hatten?»

«Nein, Sir, er blieb natürlich liegen.» (Vorletzte Woche auch nicht.)

«Benutzten Sie immer das Messer?»

«Meistens, aber einmal habe ich ihn auch ertränkt. Das war unten am Wehr. Wir gingen spazieren, und als er in seiner typischen liederlichen Weise über seine Verlobung mit Rosa zu sprechen begann, da hat er ihn ins Wasser gestoßen und so lange hinabgedrückt, bis er ertrunken war.»

«War das das erste Mal, dass Sie ihn umbrachten?»

«Nein, das zweite oder dritte Mal.» (In Italien machen sie gutes Eis.)

«Wie machten Sie es vorher?»

«Von hinten, Sir, denn ich hatte Angst, dabei in sein Gesicht zu sehen. Das hat er erst später gelernt.» (Polier ihm die Fresse!)

Datchery registriert den plötzlich veränderten, aggressiveren Tonfall, der mit einer Anspannung des Jasper-Körpers einhergeht, und fixiert den Kantor aus seinen wässrig-trüben Augen.

«‹Er›?», fragt er. «Von wem sprechen Sie?»

«Von dem Mann, der meinen lieben Jungen erstach.»

«Sagten Sie nicht gerade eben, Sie seien es selbst gewesen?»

«Nein, Sir, er war es.» (Will hier einer mal mit *ihm* Bekanntschaft machen?)

Natürlich sind alle Blicke während des Verhörs auf Mr. Jasper gerichtet. Mr. Sapsea lächelt jetzt triumphierend, da sich sein fester Glaube an den Kantor zu bestätigen scheint. Mr. Grewgious ist keine Regung anzumerken, er mustert Jasper nahezu leidenschaftslos, während Rosa ihn mit offenem Abscheu betrachtet. Durdles dagegen sieht so aus, als verstehe er kein Wort, und Crisparkle lächelt grimmig und scheint zu glauben, dass Jasper geistige Verwirrtheit zu simulieren versucht.

Mr. Datchery steht mit verschränkten Armen vor Jasper und fragt mit ruhiger, kraftvoller Stimme: «Gibt es einen Unterschied zwischen Ihnen und ‹ihm›?»

«Natürlich, Sir. Er ist nicht ich.» (Addiere zwei Äpfel und sieben Birnen.)

«Worin liegt dieser Unterschied?»

«Ich denke, das dürfte klar sein, nicht wahr?» (Geteilt durch 13 Pflaumen.)

«Sagen Sie es uns trotzdem.»

«Nun, er ist ein Mörder.» (Subtrahiere sieben Melonen.)

«Und Sie nicht?»

«Natürlich nicht.» (Zucker und Salz, Pfeffer und Schmalz.)

«Wer hat auf dem Turm der Kathedrale mit Mr. Crisparkle gekämpft – er oder Sie?»

«Er. Er hätte Mr. Crisparkle fast vom Turm gestoßen.»

«Sie erinnern sich daran?»

«Natürlich, Sir, ich war ja dabei.» (Gib alles in die Saftpresse.)

«Sie sahen, was geschah, und haben nichts dagegen unternommen?»

«Das ist mir leider nicht gegeben. Ich kann dann nichts machen.» (Macht Obstmatsch.) «Im Übrigen habe ich es genossen. Ich kann Mr. Crisparkle nicht ausstehen. Ständig versucht er mich zu bessern.»

«‹Dann› – Sie meinen, wenn *er* da ist?»

«Genau.»

«Erlauben Sie mir erneut die Frage, Mr. Jasper: Haben *Sie* Ihren Neffen umgebracht?»

«Nein, natürlich nicht. Wie könnte ich meinen lieben Jungen ...»

«Aber eben haben Sie doch ...», fährt Crisparkle dazwischen, aber Mr. Datchery legt ihm eine Hand auf die Schulter, worauf der Reverend sofort abbricht.

«Mr. Drood war stets ziemlich liederlich, nicht wahr?» Der Detektiv bedenkt Jasper mit einem sanften Lächeln, worauf dieser verächtlich die Mundwinkel herabzieht. «Er hat nachlässig über seine Verlobte gesprochen und man kann ihn sogar als verzogenes Frettchen bezeichnen, dessen höchste Leistung darin besteht, sein Maul aufzusperren, wenn die gebratenen Hühner geflogen kommen. Ist es nicht so?»

«Oh ja, Sir, genau so ist es und er hat den Tod wirklich verdient.» (Schlagt ihn tot, schlagt ihn tot, wenn er nicht schon längst tot ist!)

Jaspers Körper spannt sich erneut an, er wird nur von Durdles' kräftiger Hand auf seiner Schulter am Aufstehen gehindert und in sein Gesicht ist ein zorniger Geist gefahren.

«Sie mussten es tun, nicht wahr?», fragt Datchery.

«Es war einfach unausweichlich, Sie haben völlig Recht. Und dennoch wäre alles anders gekommen, wenn *sie* nicht gewesen wäre.» (In manchen Kirchen stehen Statuen.)

«Von wem sprechen Sie?»

«Ich will keine Namen nennen, Sir, das werden Sie verstehen, denn das würde bedeuten, sie anzurufen. Aber wenn Sie über meine Schulter blicken, können Sie ihren Geist sehen. Passen Sie nur auf, dass Sie nicht zu lange hinschauen. Sie ist eine Hexe, sie hat schon viele unbescholtene Männer zugrunde gerichtet und in anderen Zeiten hätte man sie auf dem Scheiterhaufen verbrannt. Ich bitte Sie wirklich, Sir: Sehen Sie nicht zu lange hin. Sie behext Sie sonst. Unter anderem hat sie das aus mir gemacht, was Sie hier vor sich sehen. Aber jetzt ist es ja zum Glück vorbei. Endlich bin ich frei! Sie ist tot, wussten Sie das? Ich weiß es sicher, denn ich habe ihren Geist mit eigenen Augen gesehen. Sie ist dazu verdammt, auf ewig in der Gruft der Kathedrale umzugehen. Recht geschieht der Hexe! Und ich kann endlich wieder aufatmen.»

Rosa hat mit Mühe einen Aufschrei unterdrückt, als sie verstanden hat, von wem Jasper spricht, und hält sich nun wieder die Ohren zu.

«Sie machen Miss Rosa für Ihren Verfall verantwortlich?»

«Bitte, wenn Sie es so nennen wollen ... Wen sonst?» (Rosa ist keine Statue.)

«Vielleicht niemanden, vielleicht aber auch einen gewissen John Jasper aus Cloisterham.»

«Dieser Mann ist mir bekannt, aber er kann nichts dafür», gibt Jasper zurück.

«Und mir ist bekannt, dass dieser John Jasper einem gewissen Kraut zuneigt, das durchaus für eine Persönlichkeitsspaltung verantwortlich sein kann.»

«Ich weiß nicht, wovon Sie sprechen.»

Mr. Datchery verbeugt sich Richtung Jasper und sagt: «Ich bedanke mich für dieses Gespräch, Mr. Jasper.»

«Bitte sehr», gibt dieser ungerührt zurück, als habe er John Jasper nicht soeben noch als einen seiner Bekannten bezeichnet.

Der Detektiv wendet sich an Mr. Sapsea.

«Hochwürden, ich halte es für angeraten, Mr. Jasper bis zur endgültigen Klärung dieser Angelegenheit in Gewahrsam zu nehmen. Zur Begründung verweise ich darauf, dass der Verdächtige sich selbst mehrfach belastet hat, auch wenn er seine Geständnisse jeweils sofort wieder zurückzog. Außerdem besteht Fluchtgefahr. Ich würde sagen, die Befragung hat eindeutig ergeben, dass der Verdächtige nicht zurechnungsfähig ist. Verfügt Ihre herrliche Stadt über ein Behältnis, in dem er einige Tage bequem untergebracht werden könnte?»

«Selbstverständlich», antwortet der Bürgermeister. «Allerdings werden dort eher unenglische Subjekte verwahrt.»

«Dann wird ein einziges äußerst englisches Subjekt kaum in die Waagschale fallen, nicht wahr? Mr. Durdles, könnten Sie bitte dafür sorgen, dass der Verdächtige unverzüglich überstellt wird?»

«Mr. Dactari, noch bin ich hier der Bürgermeister», protestiert Mr. Sapsea. «Es steht Ihnen frei, sich bei der nächsten Wahl als Kandidat aufstellen zu lassen, aber bis dahin gebe *ich* die nötigen Anweisungen. Mr. Durdles, hätten Sie bitte die Freundlichkeit, den Verdächtigen unverzüglich zu überstellen – Sie wissen schon, wohin?»

Durdles hat die Freundlichkeit, und da die nötigen Anweisungen nun also gegeben sind, löst sich die Runde auf.

«Bis zur Wahl, Euer Ehren!», ruft Mr. Datchery dem Bürgermeister zu und dieser greift zum Kopf, als wolle er seinen Hut ziehen, und gibt zurück: «Sehr erfreut!»

«Wollen Sie wirklich in Cloisterham kandidieren?», fragt Mr. Crisparkle, als sie draußen auf der Straße stehen.

«Warum eigentlich nicht?», antwortet Datchery.

«Zurück zur Sache!» Mr. Grewgious hat sich eben noch das Haar glatt gestrichen. Jetzt setzt er sich den Hut auf. «Gehe ich recht in der Annahme, dass Sie eine Vermutung haben, und wenn ja, wäre es zu viel verlangt, wenn Sie uns damit bekannt machten? Entschuldigen Sie bitte, wenn ich mich ungeschickt ausdrücke.»

«Kurz gesprochen», fügt Crisparkle hinzu: «War er es nun oder war er es nicht?»

«Er war es nicht», antwortet Datchery. «Jedenfalls nicht wirklich. Doch lassen Sie mir ein paar Tage Zeit, die Sache zu überdenken, Mr. Crisparkle. Ich möchte einen befreundeten Arzt konsultieren und den Fall mit ihm besprechen. Ich versichere, ich werde Ihnen dann ausführlich erklären, was ich meine.»

«Aber Sie glauben, dass er unschuldig ist?»

«Ja, das glaube ich und ich denke, ich werde das auch beweisen können. Ich veranschlage hiermit drei Tage bis zur Lösung des Falls Drood.»

«Sie wissen, wer der Mörder ist?»

«Ich weiß, wer *nicht* der Mörder ist», antwortet Mr. Datchery und im Schein der nächsten Laterne kann man erkennen, dass er fein lächelt. «Und ich glaube, in drei Tagen kann ich den Übeltäter fassen. Aber jetzt, meine Herren, könnte ich einen Schlaftrunk vertragen. Es war ein aufregender Tag und wir sollten außerdem nicht vergessen, dass unsere jugendliche Begleiterin ihren Schönheitsschlaf braucht. Sehen Sie nur, Sie schläft ja fast schon im Stehen.»

Das ist zwar nicht ganz wahr, denn Rosa ist viel zu aufgewühlt und sie weiß schon jetzt, dass sie eine unruhige Nacht mit schrecklichen Bildern und Stimmen vor sich hat. Aber anders als in früheren Nächten dieser Art kann sie heute beruhigt sein, denn der gefürchtete Mann ist hinter Schloss und Riegel.

22
WERDEN DIESE DREI JE WIEDER RUHIG SCHLAFEN?

Wenn eine Welt zusammenbricht, kam bei ihrer Errichtung meist zu wenig Sorgfalt oder zu viel Einbildung zum Tragen. Sechs Tage müssen als absolutes Minimum gelten, um ein einigermaßen akzeptables Ergebnis zu erzielen. Doch nun hat Mr. Datchery angekündigt, den Fall Drood in nur drei Tagen lösen zu wollen, von denen ein halber allein für die Rückfahrt nach London draufgeht; bleiben also zweieinhalb Tage für das Mammutwerk – zweieinhalb Tage, einen Roman zu Ende zu bringen und eine neue Welt zu erschaffen, zweieinhalb Tage bis zur Klärung des Falls Drood.

Kein Wunder, dass Mr. Crisparkle, Mr. Grewgious und Rosa Bud in dieser Nacht kein Auge zutun. Wenn Mr. Datchery wenigstens andeuten würde, wie die neue Welt aussehen wird! Doch ihm ist nichts zu entlocken.

«Kommen Sie übermorgen zum Abendessen nach Staple Inn», sagt er am nächsten Morgen an der Kutschenstation zu Mr. Crisparkle. «Dann wird sich alles aufklären.»

Spricht's, steigt ein und fährt ab.

Rosa versucht es während der Fahrt noch einmal, doch der Mann ist ein Bollwerk. Merkwürdigerweise scheint er seine Recherchen in London fortsetzen zu wollen. Wozu braucht er Deputys Hilfe? Der Irrwisch mit der Zahnlücke, der nach allem Möglichen duftet, nur nicht nach Wasser und Seife, fährt auf dem Kutschbock mit und darf später im Zug sogar neben Mr. Datchery sitzen.

«Wir sind Freunde geworden», sagt Datchery – eine Erklärung, die niemanden außer Deputy befriedigt. «Geben Sie es auf, Miss Rosa. Gedulden Sie sich bis übermorgen.»

«Es wird sicher eine große Überraschung, oder?», versucht Rosa es zum letzten Mal, doch Mr. Datchery lächelt nur und sagt keinen Ton mehr.

Am Londoner Bahnhof begleitet Datchery den Anwalt und sein

Mündel zur Droschke, die sie nach Hause bringen wird, verabschiedet sich mit sibillynischem Lächeln und verschwindet in der Menschenmasse. Mr. Grewgious nimmt den Hut ab und streicht sich über die Haare, während er Mr. Datchery hinterhersieht und sagt: «Nun, man darf gespannt sein.»

Drei Menschen also sind unruhig und mindestens ein weiterer – nicht wahr? – hätte allen Anlass dazu. Werden diese drei je wieder ruhig schlafen können? Und wie verbringt jeder von ihnen die gezählten Tage der alten Welt?

Mr. Grewgious wird gelegentlich von der Furcht vor seniler Bettflucht gebeutelt, obwohl er dafür eigentlich noch zu jung ist. Er schläft schlecht und unruhig und wacht früh auf, auch wenn er spät zu Bett geht. In diesen zwei Nächten ist es besonders schlimm. Am ersten Abend sitzt er lange steif und gerade am Fenster und blickt über die Straße. Von hier aus hat er die Dinge immer recht gut im Blick gehabt. Dieser Blick wird jetzt mitunter ein wenig glasig und dann hat es den Anschein, dass Mr. Grewgious weilchenweise wegtritt.

Dabei runzelt sich manchmal seine schartige Stirn, als trage er schwere Sorge und denke darüber nach, dass in dieser Geschichte bisher nichts Gutes passiert ist. Eine Verlobung ist aufgelöst worden, ein junger Mensch ist verschwunden, die Zukunft eines anderen jungen Menschen ist von einem schwer wiegenden Verdacht bedroht und schließlich ist ein begabter Kantor irre geworden, nachdem er alle verrückt gemacht hat. Vielleicht denkt Mr. Grewgious daran, dass das ein bisschen zu viel des Üblen ist. Doch was kann er tun? Rosa neu verloben? Das liegt nicht bei ihm; es wird sich jemand finden, wenn sie den Zeitpunkt für gekommen hält. Für Neville Landless kann Mr. Grewgious gleichfalls nichts tun – außer zu hoffen, dass sein Ruf nicht dauerhaft beschädigt sein wird, wenn sich die Aufregung gelegt hat. Edwin Drood ist und bleibt leider ganz und gar verschwunden; hier wäre es schon ein Gutes, wenn wenigstens seine Leiche gefunden würde. Und schließlich der arme Kantor ... Vielleicht kann Mr. Grewgious später etwas für Jasper tun, wenn Mr. Datchery Recht behält und er unschuldig ist. Mr. Grewgious kennt einige gute Ärzte, auch solche, die sich auf Nervendinge verstehen.

Doch das ist Zukunftsmusik, das lindert Mr. Grewgious' Ungeduld nicht. Er hat das Bedürfnis, etwas Gutes zu tun, am besten sofort. Und so fasst er einen Entschluss, dessen Ausführung er allerdings auf morgen vertagen muss; jetzt ist es zu spät in der Nacht, um noch dergleichen in Angriff zu nehmen.

Am nächsten Abend, dem Vorabend der großen Enthüllung, beendet Mr. Grewgious seine Arbeit früher als gewohnt, so dass Mr. Bazzard verwundert aufblickt, nimmt seinen Hut und verlässt Staple Inn zielstrebig. Er geht ostwärts, immer weiter ostwärts durch schmutzige Straßen bis zu einem elenden Hof, einem der elendsten unter vielen ähnlichen. Hier steigt er eine morsche Treppe hinauf, wobei er sich eigentümlich ruckartig bewegt, als treibe ihn ein Holzhammer Stufe für Stufe voran, öffnet oben eine Tür und blickt in einen stickigen, abgedunkelten Raum, aus dem ihm ein Schwall abgestandener Luft entgegenströmt.

«Komm rein, Schätzchen», sagt eine schläfrige weibliche Stimme, «immer rein in die gute Stube.»

Ein letzter Stoß, und Mr. Grewgious tritt ein und zieht die Tür hinter sich zu.

Auf einem großen, schmutzigen Bett, dessen Gestell zusammengebrochen ist, liegen zwei Männer so dicht beieinander, dass es den Anschein hat, sie hielten sich umarmt. Der eine, ein Seemann, grunzt hin und wieder und zeigt ein unruhiges Mienenspiel, wie Mr. Grewgious erkennen kann, nachdem sich seine Augen an das Zwielicht gewöhnt haben, der andere liegt still und friedlich lächelnd. Daneben döst, den Kopf durch Kissen erhöht, ein menschliches Wesen, dessen Lungen so löchrig sind, dass sie bei jedem Atemzug laut rasseln.

«Komm nur», sagt das Wesen ohne die Augen zu öffnen, «such dir einen Platz, es wird schon noch was frei sein, was, Süßer? Mutter macht dir gleich 'ne Mischung, muss nur erst mal die Klüsen aufkriegen.»

«Ich bin eigentlich nicht hier, um Ihre Dienste in Anspruch zu nehmen, Madam», sagt Mr. Grewgious so nüchtern, wie in diesem

Raum noch nie gesprochen wurde. Seine Worte durchschneiden die laszive Dämmerung wie eine Säge und tragen erheblich dazu bei, dass das menschliche Wesen seine Augen schneller als angekündigt öffnet.

«Biste von der Polente?», fragt die Prinzessin. «Siehst aber nicht so aus.»

«Ihr wacher Blick wurde bereits von anderer Seite gerühmt», versetzt er, worauf sie zu kichern beginnt und ausruft: «Wie du redest!»

Doch ihre Erheiterung wird durch einen jähen Hustenanfall unterbrochen, der Mr. Grewgious einen Schritt zurückweichen lässt.

«Keine Bange, Alterchen», keucht die Prinzessin zwischendurch, «das vergeht wieder. Siehst du, schon wird's besser. Meine Lungen! Löchriger als das löchrigste Sieb, sag ich immer.»

«Hört sich nicht gut an, Madam.»

«Willst du mit mir über meine Lungen plaudern, Sir? Ich sag dir, vergiss es. Ich bin stolz auf meine Lungen. Ich hab nicht viel erreicht in meinem Leben, aber meine Lungen sind einzigartig. Ich hab sie sogar schon verkauft. Jawohl, Sir, da staunst du, was? Drei Shilling Sixpence hab ich dafür gekriegt, dass die Dinger irgendwann aus mir rausgeschnitten werden dürfen, zu Forschungszwecken. Drei Shilling Sixpence, Sir! Keine Ahnung, was die damit wollen – vielleicht Rosinen sieben.»

Sie lacht wiehernd, als habe sie den besten Witz der Welt erzählt, und bekommt einen weiteren fürchterlichen Hustenanfall.

«Sie rechnen wohl damit, dass Ihr Leben irgendwann in näherer Zukunft endet?», versetzt Mr. Grewgious trocken.

Sie stockt, reißt die Augen auf und fährt ihn an: «Willst du mir moralisch kommen, Alter? Dann raus mit dir, auf der Stelle raus. Moralisch hat hier nichts zu suchen.»

Doch anstatt zu gehen zieht Mr. Grewgious seine Brieftasche, holt einen Zehnpfundschein zur Hälfte hervor, hält dann allerdings inne und mustert die Prinzessin, deren Züge sofort einen gierigen, lauernden Ausdruck angenommen haben.

«Sie wissen sicher», sagt er, «dass die Philosophen streiten, ob der Tod moralisch vertretbar oder doch eher ein wesensmäßig unmoralischer Zustand ist. Ich neige dazu, ihn als unmoralisch zu bezeichnen, weil man sich mit dem Tod jeglicher weiterer Moralausübung begibt, aber insgesamt gesehen halte ich diese Diskussion für überflüssig, denn über Moral kann man streiten, über den Tod jedoch nicht. Insofern würde ich mich freuen, wenn Sie mein Angebot als geradezu unmoralisch betrachten würden, das ich Ihnen ...»

«Kannst du auch Englisch, Schätzchen?», fährt sie dazwischen und deutet auf den Geldschein. «Was willst du dafür haben? Dafür kannst du so gut wie alles von mir kriegen, Süßer.»

«Ich will überhaupt nichts von Ihnen, Madam!», erwidert er ungelenk.

Mit zusammengekniffenen Augen fixiert sie den Schein, den er mit spitzen Fingern festhält. Doch da sieht sie seinen kleinen Finger, der eigenwillig abgewinkelt in die Höhe steht, und ein Ausdruck des Verstehens huscht über ihr ausgezehrtes Gesicht.

«Ach so, *das* suchst du», sagt sie. «Natürlich, warum komm ich da nicht gleich drauf! So'n Alterchen hat schon mal Lust auf was Junges, Frisches – klar, versteht doch jeder. Das ist überhaupt nicht ungewöhnlich, das steht schon in der Bibel, das hab ich hier so gut wie jeden Tag. Ach, wenn du wüsstest! Sieh mal, die beiden Hübschen da im Bett. Die sind noch eine Weile hinüber. Wenn du willst, überlass ich sie dir und du kannst mit ihnen machen, was du willst.»

«Madam!», ruft Mr. Grewgious überrascht aus und für Sekunden kann man seine Haltung wie alte Rinde bröckeln sehen. Doch dann hat er sich wieder unter Kontrolle. «Ich würde es für durch und durch unmoralisch halten, mich in dieser Weise gegen einen Menschen zu vergehen – ich meine: ihn zu ... zu *benutzen*!»

«Was soll daran unmoralisch sein? Das machen doch alle die ganze Zeit.»

«Im Übrigen geht es hier nicht um mich. Und damit komme ich auf den Grund meines Besuchs zurück. Wollen Sie dieses Geld, Madam?»

Er zieht den Geldschein nun vollständig hervor und wedelt damit in der Luft.

«Erst verklickerst du mir endlich mal, was ich dafür machen muss!»

«Sie bekommen es, wenn Sie sich davon einen Arztbesuch leisten. Halt, lassen Sie mich ausreden! Ihr Leiden wurde mir in Farben geschildert, die ich für grell hielt und die doch von der Wirklichkeit noch übertroffen werden. Gehen Sie zu einem Arzt, einem anerkannten Lungenfachmann – hier haben Sie die Adresse. Es wird noch genug von dem Geld für Sie übrig bleiben. Und falls sich herausstellen sollte, dass in Ihrem Fall entgegen Ihrer eigenen Ansicht noch etwas zu machen ist, wird sich ein Weg für Sie finden.»

«Für mich? Was soll sich für mich noch finden?»

«Um genau dies herauszufinden, bitte ich Sie diesen Arzt aufzusuchen. Sagen Sie ihm, Hiram Grewgious habe Sie geschickt. Alles Weitere wird sich ergeben. Ich glaube, das wäre zu Ihrem Besten.»

Er zieht seinen Hut und will sich verabschieden. Ihr Wutausbruch trifft ihn völlig unvorbereitet.

«Du Arschloch, du alter Wichser!», schreit die Prinzessin. «Was bildest du dir eigentlich ein? Erst kommst du mir moralisch und dann schickst du mich zum Doktor? Ich bin gesund, ich bin kerngesund, gesünder geht's überhaupt nicht, ich ...»

Mr. Grewgious schließt die Tür hinter sich und steigt die morsche Treppe wieder hinab, doch als er unten im Hof steht, kämpft er mit sich. Soll er noch mal hinaufgehen? Hat sein Besuch das Gute bewirkt, das er im Sinn hatte? Aber dann kommt er zu dem Schluss, dass seine Worte klar genug gewesen sind, und macht sich auf den Heimweg.

Septimus Crisparkle hat mit der quälenden Eigengesetzlichkeit schlafloser Nächte bisher wenig Erfahrung. Er ist gesund, er sorgt für körperlichen Ausgleich und normalerweise fallen ihm die Augen zu, sobald sein Kopf das Kissen berührt. Nun gut, früher hat es Gelegenheiten gegeben, wo er keine Ruhe gefunden hat, aber das lag daran, dass er an einen anderen Menschen hat denken müssen, dem er nahe sein wollte, das war Qual wie Wonne zugleich. Er hat es überwunden. Das hier ist anders, das ist nichts als Qual, das ist immer wieder die Situation auf dem Turm der Kathedrale, und sobald Crisparkle einnickt, spürt er, wie er das Gleichgewicht verliert und vom Turm stürzt, und das Jasper'sche Gesicht ist direkt vor seinen Augen und sofort ist Crisparkle wieder hellwach.

Am Morgen sitzt er müde und mit rot geränderten Augen am Frühstückstisch. Seine Mutter wundert sich nicht wenig, weil er keine Lust zeigt, vor dem Spiegel zu boxen oder die Ruine in Angriff zu nehmen. Sie will ihm eines ihrer Mittelchen aus dem Schrank verabreichen, aber er will nichts nehmen, er sagt nur: «Lass, Mama – das hilft nichts in meiner Lage.»

«In deiner Lage? Sept, was meinst du damit?»

Doch das würde sie nicht verstehen.

Nach drei Nächten voller Stürze, am Morgen vor der groß angekündigten Enthüllung, bittet er den Dekan nach dem Frühgottesdienst um Dispens für den Rest des Tages. Da offensichtlich ist, dass es dem Reverend nicht gut geht, wird ihm der Wunsch gewährt. Doch Crisparkle geht nicht nach Hause und legt sich schlafen, um das Versäumte nachzuholen, sondern er geht einen ungewohnten Weg – nach Osten, immer weiter nach Osten, bis die Straßen elend werden und er vor einer hohen Mauer mit vergitterten Fenstern steht. Wenig später sitzt er in einer Zelle an einem Tisch. Ihm gegenüber steht ein zweiter Stuhl, der noch unbesetzt ist, als er ankommt. Doch dann wird Mr. Jasper hereingeführt.

«Wie geht es Ihnen, Jasper?», fragt Crisparkle, nachdem der Kantor sich gesetzt hat. Der Wärter schließt die Zellentür hinter ihm und stellt sich wartend in eine Ecke.

«Sieht man das nicht?», gibt dieser zurück, eher gelangweilt als angriffslustig. Sein Gesicht ist noch immer blass – ein Eindruck, der durch den Kontrast zu seinen schwarzen Haaren verstärkt wird –, aber er wirkt gefasst und nicht mehr so angegriffen wie zuletzt. Crisparkle hat den Eindruck, dass die Umgebung ihn eher stabilisiert, jedenfalls nicht quält.

«Ich bin nicht mehr sicher, was man Ihnen ansehen kann, John», antwortet Crisparkle. «Sie haben uns allzu lange an der Nase herumgeführt.»

Jasper schweigt dazu, so dass Crisparkle sich gezwungen sieht fortzufahren: «Es geht Ihnen besser hier drin, nicht wahr?»

«Ich begrüße klare Verhältnisse», antwortet der Kantor.

«Und Sie begrüßen die Bestrafung, habe ich Recht?» Jasper schweigt wiederum. «Nun, ich hoffe, dass sich dieser Zustand bald beenden lässt. Ich kann den Gedanken nicht ertragen, dass Sie unschuldig hier sitzen.»

Unruhe taucht auf dem Jasper'schen Gesicht auf und wie auf ein Kommando erscheinen feine Schweißperlen auf seiner bleichen Stirn. Crisparkle sieht es und deutet es als Anzeichen des Entzugs.

«Ich bin gekommen, um Sie etwas zu fragen, Jasper», sagt er und seine Stimme klingt bedrückt, beinahe traurig. «Ich weiß nicht, wie ich anfangen soll ... Es geht mir seitdem im Kopf herum. Sie erinnern sich noch an unseren Kampf auf dem Turm, nicht wahr?»

«Natürlich, Mr. Crisparkle.»

«Sie wollten mich mit sich in die Tiefe reißen – auch das wissen Sie noch?»

Jasper bestätigt.

«Ich habe versucht es zu verstehen», fährt der Reverend fort, «aber ich muss zugeben, dass ich dabei an Grenzen gestoßen bin. Im Verhör beim Bürgermeister sagten Sie, *er* habe mich hinunterstoßen wollen, Sie als Zuschauer hätten nichts dagegen unternehmen können. Das ist aber nicht der Punkt, auf den ich hinauswill. Doch was ich eigentlich wissen und verstehen will, ist dies: Wenn Sie gekonnt hätten, Jasper – ich weiß, Sie konnten nicht, Sie haben es ja deutlich gesagt –, aber *wenn* Sie es gekonnt hätten, hätten Sie dann zu verhindern versucht, dass *er* mich mit sich hinabreißt?»

Jasper blickt zur Seite und versucht sich zu konzentrieren, aber damit hat er offensichtlich Probleme.

«Ich weiß es nicht», antwortet er schließlich. «In dieser Situation dort oben ... Ich erinnere mich, dass mir alles egal war. Aber wenn Ihre Frage darauf zielt, ob ich Mordgelüste gegen Sie habe, dann – nein, ich habe keine mehr.»

«Ich aber, Jasper», versetzt Crisparkle und schafft es, dass Jasper erstaunt die Augen aufreißt. «Ja, ich würde Sie am liebsten auf der Stelle umbringen, denn Sie haben mir die Unschuld geraubt.»

«Solche Worte von Ihnen?», erwidert der Kantor.

«Warten Sie, es kommt noch mehr!» Septimus Crisparkle versucht ein Lächeln, aber er ist bis in die letzte Faser angespannt und seine Stimme klingt düster. «Ja, der gute Mensch, der liebe Sohn – er hat Mordgelüste! Machen Sie sich keine Sorgen, meine zivilisierte Seite ist stark genug diese Lust unter Kontrolle zu halten. Ich wollte Ihnen nur sagen, dass ich Sie verstanden habe, Jasper.»

«Verstanden, Crisparkle?»

«Wissen Sie nicht mehr, was Sie auf dem Turm zu mir sagten? Sie zischten mir einige Worte direkt ins Ohr – Worte, die ich wohl niemals vergessen werde.»

«Das war *er*.»

«Er nannte mich ein rosa Seidenäffchen. Ich sei immer gut, immer schön und immer dumm. Und er sagte, im Tod würden wir vereint sein – zwei Seiten einer Medaille.» Crisparkle erhebt sich und greift nach seinem Hut. «Ich wollte Ihnen sagen, dass ich das verstanden habe. Zwei Seiten einer Medaille. Das ist es. Ich muss zugeben, dass ich die doppelgesichtige Statue früher nicht wahrnehmen wollte, denn ich hielt sie für heidnisch. Aber jetzt habe ich sie mir gründlich angesehen und so konnte ich Ihre Worte verstehen. Die beiden Gesichter – das sind wir beide, nicht wahr? Sie und ich. So sehen Sie mich und vielleicht haben Sie damit sogar Recht. Aber die Wahrheit, Mr. Jasper, liegt viel tiefer. Würden Sie *ihm* etwas ausrichten, wenn *er* Ihnen das nächste Mal begegnet? Sagen Sie ihm bitte: Nichts kann gewaltsam getrennt werden, was unbedingt zusammengehört. Mit diesen Worten, Jasper, trenne ich mich für heute von Ihnen.»

Er geht, ohne Jasper die Chance zu einer Erwiderung zu geben. Jetzt fühlt er sich besser. Er weiß, dass er nie wieder der alte Septimus Crisparkle sein wird, der einfach nur gut und schön ist – und vielleicht auch dumm –, und obwohl er noch nicht weiß, was sich dadurch konkret ändert, gibt ihm dieses Wissen zumindest einen Teil seiner früheren Leichtigkeit zurück.

Rosa Bud, die Rosenknospe, ist zurückgekehrt in den Frauenhaushalt, dessen Regeln sie sich unterworfen hat, aber sie ist nicht mehr die kleine, unbefangene Miss Rosa, sie ist ernster als früher. Natürlich muss sie Miss Twinkleton haarklein erzählen, was in jener Nacht in der Kathedrale vorgefallen ist, und selbstverständlich ist Miss Twinkleton entsetzt: «Wenn ich das vorher gewusst hätte – ich hätte es zu verhindern gewusst! Kind, du hättest ja in Brand geraten können!»

Zunächst glaubt sie, dass dieses Erlebnis der Grund für Rosas Bedrücktheit ist. Gutes Zureden vermag hier nichts und so verfällt Miss Twinkleton, nicht zuletzt dank ihrer geballten pädagogischen Erfahrung als Pensionatsleiterin, auf eine Strategie, die auf die heilende Kraft der Zeit vertraut: «Das wird schon werden, Kind, du wirst sehen, alles wird gut.»

Doch nachdem ein Tag ins Land gegangen ist, ohne dass Rosas Stimmung sich zu heben gedächte, zieht Miss Twinkleton einen weiteren Gedanken in Betracht. Sie hat nämlich gesehen, dass Rosa in Momenten, wenn sie sich unbeobachtet wähnt, durchaus lächeln kann, wobei sich ihr Gesicht rötet und ihr Blick verklärt und glasig wird. Sekunden später ist sie wieder bleich und traurig. Diese Anzeichen weiß die Pädagogin durchaus zu deuten und so stellt sie Rosa – es ist der Abend vor der Enthüllung – auf eine Weise zur Rede, die sie für einfühlsam hält: «Rosa, meine Augenweide – ich habe den Eindruck, dass du verliebt bist. Willst du nicht ---»

«Nein, nein, nein», ruft Rosa, springt vom Tisch auf, wo sie sich im Atlas den indischen Subkontinent angesehen hat, und läuft in ihr Zimmer.

Diese Reaktion passt ins Bild und so schüttelt die Pädagogin nur sanft lächelnd den Kopf und folgt Rosa. Die Kleine hat sich in ihrem Zimmer aufs Bett geworfen und vergräbt ihren Kopf in den Kissen. Sie schluchzt, sie weint, ihr zarter Körper wird von wahren Erdstößen durchzuckt. Miss Twinkleton setzt sich behutsam auf die Bettkante und streichelt Rosa den Kopf.

«Willst du nicht darüber sprechen?», fragt sie.

«Nein, nein», dringt es zwischen schweren Schluchzern aus der Tiefe der Kissen.

«Ist es denn wirklich so schlimm und so aussichtslos, dass du so furchtbar weinen musst?»

«Ach!» ist das Einzige, was sie darauf zu hören bekommt, außer weiteren Schluchzern natürlich.

«Liebeskummer lohnt sich nicht, my darling», fährt die Pädagogin fort und hätte noch weitere Dichterworte zitiert, wenn die Lage nicht so menschlich ernst gewesen wäre. «Ich nehme an, es handelt sich um eine unglückliche Liebe?»

Sie hat nämlich einen bestimmten Verdacht, und wenn sie jetzt nur behutsam genug ist, wird sie ihren Schützling schon zum Reden bringen.

«Ach, ich bin so unglücklich!», ruft Rosa, indem sie kurz ihren Kopf aus den Kissen hebt.

Miss Twinkleton nickt lächelnd. Ja, so ist das nun mal.

«Mir ist aufgefallen, dass du in den vergangenen Tagen die Nähe des jungen Mr. Landless gesucht hast», fährt sie fort. «Erlaubst du, dass ich frage, ob er derjenige ist?»

Da geschieht etwas Unerwartetes: Rosa hört schlagartig zu weinen und zu schluchzen auf. Für Sekunden liegt sie völlig regungslos. Dann hebt sie den Kopf, blickt Miss Twinkleton aus verheulten Augen an und sagt: «Miss Twinkleton, darf ich Sie etwas fragen?»

«Alles, was du willst, Rosa.»

«Es ist alles so schwierig, so aussichtslos, aber vielleicht kommt das nur daher, weil ich eines nicht weiß. Sagen Sie mir bitte: Wie soll man lieben?»

«Wie?» Diese Frage trifft die Pädagogin unvorbereitet. «Nun, ich nehme an, man soll immer aufrichtig lieben.»

«Sie nehmen an?»

«Das ist eigentlich eine Binsenweisheit, weil jede Liebe, wenn sie nur aus dem Innersten, aus dem Herzen direkt kommt, nicht anders sein kann als aufrichtig und ehrlich und wahrhaftig. Ist es das, was du wissen willst?»

«Ja, und noch etwas: Wen kann und darf man lieben?»

«Aber Rosa, was fragst du mich solche Selbstverständlichkeiten? Die Liebe ist frei, sie fällt hierhin und dorthin und es ist völlig ausgeschlossen, Regeln aufzustellen, wen man lieben kann oder darf – was aber leider, wie ich zugeben muss, mitunter Quell tief empfundenen Unglücks ist, etwa wenn die Liebe die Grenzen des

Standes zu sprengen versucht. Darf ich hoffen, dass dies bei dir nicht der Fall? Welcher junge Mann ist es denn?»

Da bricht Rosa erneut in Tränen aus und vergräbt ihr Köpfchen wieder in den Kissen und ihr Mädchenkörper wird von wahren Schüttelkrämpfen gepackt.

«Aber Liebes – ich weiß zwar nicht, ob der junge Mr. Landless zu dir passt», sagt Miss Twinkleton beunruhigt, «aber was den Stand betrifft, sehe ich eigentlich keine Probleme.»

Doch Rosa reagiert nicht auf diese Worte. Miss Twinkleton ist ratlos. Nur eines scheint klar zu sein: Der junge Mr. Landless ist es nicht. Sonst hätte Rosa sich jetzt geöffnet.

Die Ärmste will und will sich nicht beruhigen, sie weint sich in eine tiefe, traurige Erschöpfung hinein. Schließlich ist sie eingeschlafen. Miss Twinkleton erhebt sich von der Bettkante, zieht die Bettdecke über ihren Schützling, löscht das Licht und sagt: «Schade um die Tränen in der Nacht.»

23

Das Ende der Welt, wie wir sie kennen

Lasst uns jetzt nicht wieder von Spatzen und Schwalben reden und nicht von PJT und der Jahreszahl über dem Eingang! Ja, es gibt wieder ein Abendessen bei Mr. Grewgious und wieder hat der Kellner über die Straße fliegen müssen, wobei er sich ziemlich nass gemacht hat, denn es regnet schon den ganzen Tag und der Himmel ist grau in grau. Dem entspricht die Stimmung an der Tafel in Mr. Grewgious' Arbeitszimmer. Dabei soll dies der Tag der Klärung sein! Doch Klärung scheint in weiter Ferne, denn Mr. Datchery weilt nicht unter den Anwesenden. Niemand weiß, warum er sich verspätet, ob ihm vielleicht gar etwas zugestoßen ist, als er dem Täter dicht auf den Fersen war. Sein Platz an der Tafel ist frei, sein Besteck liegt unberührt, sein Teller ist blank. Alle anderen sind längst da und haben auch schon gegessen. Sie sitzen in der gleichen Ordnung wie an jenem Abend, als der Plan gegen Mr. Jasper gefasst wurde.

Mr. Grewgious versucht ein unverfängliches Gespräch in Gang zu halten, aber genauso erfolgreich könnte man danach trachten, ein Kaminfeuer durch Beschuss aus einer Wasserpistole zu entzünden. Wenn er sich vorher ein paar Punkte zurechtgelegt hätte, die er hätte abhaken können, wäre vielleicht etwas wie Stimmung aufgekommen, aber er hat nicht damit gerechnet, dass Mr. Datchery sich verspäten könnte. Die Lücke am Tisch trifft ihn unerwartet und macht ihm wieder einmal überdeutlich bewusst, was für ein hölzerner Span er ist.

Eine Weile immerhin kann das Gespräch um die Frage kreisen, wo Rosa und Miss Twinkleton nun unterkommen sollen. Es hat einen Krach mit der Dame des Hauses gegeben, in dem die beiden wohnen, und die Pensionatsleiterin erklärt, dass ihres Bleibens dort nicht mehr sei. Soll eine neue Wohnung angemietet werden?

«Ein Gedanke, den man nicht verwerfen sollte», sagt Mr. Grewgious unkonzentriert, «wobei ein anderer Gedanke ebenfalls nicht verworfen werden sollte – der Ihrer Rückkehr nach Cloisterham nämlich.»

«Und wenn Mr. Jasper wirklich unschuldig ist und freigelassen wird?», ruft Rosa.

«Sei ruhig, Kleines», sagt Miss Twinkleton und streichelt ihr den Kopf aus Furcht, sie könne wieder in Tränen ausbrechen. «Er kann dir nichts tun.»

«Miss Twinkleton hat Recht.» Mr. Crisparkle hat mit einigermaßen gutem Appetit gegessen, ist aber auch in dieser Hinsicht noch nicht zu alter Form zurückgekehrt. «Jasper glaubt, dass Sie tot sind, Miss Rosa. Er wird Sie in Ruhe lassen. Sie brauchen sich wegen ihm keine Sorgen zu machen.»

Da geht die Tür auf und endlich tritt Mr. Datchery ein. Er ist völlig durchnässt, das Wasser tropft ihm vom Hut, den er ausnahmsweise auf dem Kopf trägt, rinnt in seinen Kragen und auf den Boden. Mr. Crisparkle erhebt sich und hilft ihm aus dem Mantel. Datchery setzt sich, ignoriert die gespannten Blicke aus der Runde und bedient sich zuerst vom Braten, der inzwischen kalt geworden ist. Hungrig isst er einen Bissen.

«Hatten Sie einen angenehmen Tag?» Mr. Grewgious kommt es nur darauf an, das Schweigen zu brechen ohne gleich das Thema anzusprechen. Natürlich will er wissen, was Mr. Datchery weiß, aber er kann sich disziplinieren. Rosa gelingt das nicht annähernd so gut.

«Haben Sie das Rätsel gelöst?», fragt sie ungeduldig.

«Natürlich, Miss Rosa», bekommt sie zur Antwort, «wie angekündigt. Und um Ihre Frage zu beantworten, Mr. Grewgious: Mein Tag war leidlich angenehm. Ich war lange unterwegs. Gerade komme ich, stellen Sie sich das vor, aus Southampton. Daher auch meine Verspätung, für die ich um Entschuldigung bitte.»

Er isst weiter, die Blicke auf seinen Teller gerichtet.

«Würden Sie uns sagen, was Sie in Southampton gesucht haben?», fragt Mr. Grewgious, der immerhin Mr. Datcherys Auftraggeber ist und sich solche Fragen wohl erlauben darf.

«Das, was ich gefunden habe», lautet die Antwort.

«Und das wäre?»

«Bitte, bitte, sagen Sie es uns endlich», ruft Rosa dazwischen. «Haben Sie den Mörder entlarvt?»

Datchery hebt den Kopf und sieht Rosa an, doch das Lächeln in seinem Gesicht ist frostig und Rosa wird blass und schlägt ihren Blick nieder.

«Es war eine Menge Arbeit», beginnt Mr. Datchery, «die ich nur bewältigen konnte, indem ich mir Gehilfen nahm. Ich muss Ihnen leider sagen, Sir, dass dabei Mehrkosten entstanden.»

«Abgehakt!», ruft Mr. Grewgious.

«Danke. Nun, mit diesen Gehilfen und der freundlichen Genehmigung der betroffenen Reedereien prüfte ich die Passagierlisten aller Schiffe, die vom Weihnachtsabend des vergangenen Jahres bis gestern nach Alexandria und Suez abgingen und von dort eintrafen. Zwei weitere Gehilfen erledigten die gleiche Arbeit in Plymouth. Von diesen beiden Häfen geht der weitaus größte Teil der Schiffe von England nach Ägypten ab. Sie ahnen vermutlich, warum ich das tat: Ich wollte sehen, ob der Name Edwin Drood auf diesen Passagierlisten auftaucht.»

«Und was haben Sie gefunden?», fragt Mr. Crisparkle ungeduldig. «Taucht er auf?»

Mr. Datchery schiebt sich einen weiteren Bissen in den Mund.

«Ich wusste es», murmelt Mr. Grewgious.

Miss Twinkleton folgt den Erklärungen mit offenem Mund, während Rosa regungslos den Teller fixiert.

«Er hätte versuchen können sich mit einem anderen Namen einzuschreiben», fährt Mr. Datchery fort. «Manchmal sind die Angestellten ein wenig lax mit der Kontrolle. Normalerweise müssen die Reisenden ihren Pass gemeinsam mit der ausgefüllten Zollerklärung vorlegen, aber den Bediensteten der Reedereien haftet der Ruf an, es mit den Formalitäten nicht allzu genau zu nehmen. Ich durfte jedoch angenehmerweise feststellen, dass dieser Ruf nicht mit der Wirklichkeit übereinstimmt. Ja, wir fanden den Namen Edwin Drood auf den Passagierlisten, und zwar zweimal. Er ist am 30. Dezember des vergangenen Jahres mit HMS Victoria ab Southampton nach Alexandria abgefahren, also sechs Tage nach jenem Weihnachtsdinner bei Mr. Jasper, und am 10. Juni kehrte er mit einem anderen Schiff zurück.»

«Mr. Drood ist nicht tot?» Mr. Crisparkle springt auf und reißt die Arme in die Höhe. «Sie wissen nicht, wie mich diese Nachricht freut! Der arme Neville – jetzt wird alles wieder gut.»

Doch während der Hilfskanonikus sich freut, haben sich die Mienen des Anwalts und der Pensionatsleiterin verfinstert und Letztere ruft: «Der liederliche Bursche – was hat er uns allen angetan! Miss Rosa vor allem! Und der arme Mr. Jasper, der jetzt im Gefängnis sitzt ...»

Niemand erinnert sie daran, dass sie selbst Jasper noch vor wenigen Tagen schnellstmöglich dorthin verbannt hätte, und es fällt ihr auch nicht von allein wieder ein.

«Ich wusste es!», wiederholt Mr. Grewgious lauter als beim ersten Mal. «Ich war stets dafür, einen klaren Kopf zu behalten. Und was hat mir der klare Kopf gesagt? Dass es keinen Beweis für eine Gewalttat gibt. Keine Leiche, kein Blut – nur eine vermeintliche Tatwaffe und zwei Schmuckstücke im Fluss.»

«Sie taten recht daran, eine besonnene Haltung zu bewahren», sagt Mr. Datchery, «und ich bitte Sie alle auch weiterhin darum. Mr. Droods Verhalten scheint schwer verständlich, aber es folgt durchaus einer gewissen inneren Logik, der Sie sich nicht werden entziehen können, wenn Sie alle Fakten kennen.»

«Das heißt, Sie haben ihn ausfindig gemacht?», fragt Crisparkle. «Sie haben ihn gesprochen?»

«Noch nicht, aber ich denke, das werden wir in Kürze nachholen. Zunächst will ich Ihnen erklären, wie ich darauf kam, dass Mr. Drood noch am Leben ist. Miss Rosa, dürfte ich Sie bitten mir Ihre Hand zu zeigen?»

Rosa wird feuerrot und legt ohne aufzublicken ihre linke Hand auf den Tisch.

«Sehr schön», sagt Mr. Datchery. «Und nun bitte auch noch die rechte.»

Worauf sich die Farbe in Rosas Gesicht zu Purpur vertieft.

Nun liegen beide Rosa-Hände auf dem Tisch und alle Blicke taxieren sie von den zarten Handgelenken bis zu den sorgfältig gefeilten Nägeln ohne etwas zu finden, was Mr. Datchery auf die Lösung gebracht haben könnte. Doch der Ermittler schiebt sich seelenruhig ein weiteres Stück Fleisch in den Mund und lässt zugleich ein sanftes Lachen hören.

«Was soll das, Mr. Datchery?» Miss Twinkleton ist empört. «Was haben Miss Rosas Hände mit dem liederlichen Mr. Drood zu tun?»

«Miss Rosa, in welchem Zustand befanden sich Ihre Hände vor fünf Tagen?», fragt Datchery.

«Aber Sir, woher soll sie denn das jetzt noch wissen!», ruft die Pensionatsleiterin.

«Sie weiß es, Miss Twinkleton, sie weiß es», gibt der Ermittler zurück. «Schließlich trägt sie ihn heute nicht.»

Da bricht Rosa in Tränen aus wie noch nie zuvor. Das Wasser stürzt geradezu aus ihren hellen Augen und sie ruft unter Schluchzern: «Ich wollte es nicht! Ich habe ihm gesagt, er soll nicht ein solches Theater aufführen, ich ...»

«Du hast es gewusst?», haucht Mr. Grewgious, erhebt sich und schüttelt fassungslos den Kopf. «Du hast es gewusst und sagst uns keinen Ton?»

(An dieser Stelle gab es Zoff. Der Rentner mit dem Rauschebart moserte, diese Wendung sei absurd und unglaubwürdig. Er hatte schon vorher hier und da gepöbelt, aber jetzt brauste er richtig auf: Rosa hätte das gewiss nicht für sich behalten, wenn sie etwas gewusst hätte, und vor allem hätte sie das Affentheater in der Gruft der Kathedrale nicht mitgemacht. Ich kann es nicht leiden, wenn man mich nicht ausreden lässt, und fuhr dem Wichser gehörig übers Maul: Er solle erst mal abwarten, was noch komme. Darauf blaffte er mich an, er könne sich keinen triftigen Grund für Rosas Verhalten vorstellen. Aber er gab Ruhe und ließ uns erst mal weitermachen.)

«Ich muss Sie bitten, Sir, sich wieder zu setzen», sagt Mr. Datchery. «Schließlich wollen wir sachlich bleiben und dazu gehört auch, dass wir die Angelegenheit erst beurteilen, wenn wir alle Fakten kennen. Das dürfte in etwa einer Stunde der Fall sein.»

«Sachlich bleiben, ja», murmelt Mr. Grewgious und setzt sich wieder, aber man kann ihm ansehen, welche Überwindung ihn das kostet.

«Vielleicht hilft es Ihnen, zu erfahren, dass Miss Rosa nicht aus eigenem, freiem Willen in dieser Weise gehandelt hat», sagt Mr. Datchery. «Aber gehen wir der Reihe nach vor. An jenem Abend, an dem wir uns in der gleichen Konstellation wie heute hier bei unserem großzügigen Gastgeber einfanden, war Miss Rosas Hand nicht ganz so schmucklos wie heute. Sie ahnte wohl, dass ich ihr auf die Schliche gekommen war, und hat ihn deswegen heute nicht übergestreift, aber an jenem Abend trug sie einen Ring, ein wunderschönes Schmuckstück in Form einer Rose aus Diamanten und Rubinen, die in Gold gefasst sind. Diesen Ring haben Sie, Mr. Grewgious, mir genau beschrieben, als Sie mich instruierten, bevor ich den Fall anging. Es handelt sich um den Ring, den Sie Mr. Drood aushändigten, damit er ihn Miss Rosa gibt – doch nur in dem Fall, dass die beiden übereingekommen wären zu heiraten. Im anderen Fall sollte Mr. Drood Ihnen den Ring zurückbringen, wozu er jedoch nie kam, weil er verschwand. Miss Rosa, wann hat er Ihnen den Ring gegeben?»

Totenstille legt sich über die Runde, als alle Blicke sich auf Rosa richten, die nicht einmal mehr zu schluchzen wagt. Sie blickt dennoch nicht auf, als sie leise antwortet: «Vor acht Tagen.»

«Er hat ihn mit nach Ägypten genommen, nicht wahr?»

«Ja, er hat ihn sorgfältig bewahrt. Für mich. Er wusste, dass er ihn eigentlich zurückgeben musste, aber nachdem sich alles so entwickelt hatte, war ihm das nicht mehr möglich.»

«Seit acht Tagen wissen Sie also, dass er noch lebt?»

«Ja.»

«Sie waren sicher zutiefst überrascht, als er Ihnen plötzlich gegenüberstand?»

«Überrascht, dann zuerst wütend und schließlich froh und erleichtert, Sir», antwortet Rosa gehorsam und blickt auf. «An den Ring habe ich nicht gedacht. Er hat ihn mir vor acht Tagen gegeben, als wir uns wieder sahen, und ich dummes Ding war so froh, weil Eddy nicht tot war, dass ich seinen Ring Tag und Nacht getragen habe. Er hat mir alles erzählt, was er über den Ring wusste – dass meine Mutter ihn getragen hat und dass er eigentlich an meinen Vormund zurückgehen sollte. Ich habe Eddy versprochen, das Geheimnis für mich zu behalten, aber dann habe ich vergessen den Ring abzustreifen, bevor wir hier zum Essen zusammengekommen sind.»

«Sie sehen», sagt Mr. Datchery an die übrigen Anwesenden gewandt, «sie weiß es erst seit acht Tagen. Außerdem dürfte deutlich geworden sein, dass Druck auf sie ausgeübt wurde, Druck von Seiten Mr. Droods, nicht wahr?»

«Sir, ich bitte Sie – was soll ich dazu sagen?» Noch immer rinnt es feucht aus Rosas Augen, aber mit dem Mississippi kann sie nicht mehr konkurrieren. «Wir sind doch Freunde, wir sind Geschwister und ich war so froh ihn wieder zu sehen! Er wollte nicht, dass seine Rückkehr bekannt würde. Ich habe versucht ihn dazu zu bewegen, sich zu entschuldigen – das schwöre ich und das müssen Sie mir glauben!»

«Das glaube ich Ihnen aufs Wort», erwidert Mr. Datchery. «Beruhigen Sie sich nur. Niemand wird Ihnen den Kopf abreißen, nur weil Sie einer Verpflichtung nachgekommen sind, die Sie sicher in einen schwer auszuhaltenden Zwiespalt gestürzt hat.»

«Was hätte ich denn machen sollen!», ruft Rosa, aber sie weint nicht mehr, denn jetzt kommt endlich alles raus und eine Bürde wird von ihr genommen. «Wenn ich etwas gesagt hätte, wäre das viel schlimmer gewesen als Petzen, es wäre Verrat gewesen. Ich musste Eddy schwören, dass ich den Mund halte. Er ist doch mein Bruder! Und es war ihm so unendlich wichtig! Oh, Sie können sich nicht vorstellen, was ich dort unten in der Gruft gelitten habe, als ich Mr. Jasper erschrecken sollte! Ich wusste, alles läuft falsch, aber ich durfte nichts sagen, ich durfte einfach nicht!»

«Mit Verlaub, du hättest uns trotzdem informieren sollen», wirft Mr. Grewgious ein. «Ich will nicht behaupten, dass ich ein Spezialist für menschliches Fehlverhalten bin, so wie Mr. Datchery einer ist. Aber vielleicht hätte ich verstanden, Rosa. Vielleicht hätte ich wirklich verstanden!»

Rosa schweigt betreten, denn solche Worte, offenes Bekenntnis seiner Verletztheit, hätte sie – und jeder der anderen Anwesenden – nicht von ihm erwartet. Erst nach langen Sekunden kann sie die Worte murmeln: «Bitte verzeihen Sie!»

Wie gern würde sie jetzt ein «Abgehakt!» von ihm hören. Doch es kommt nichts zurück, er sitzt steif und gerade wie immer, den Blick wieder fest auf Mr. Datchery gerichtet.

«Miss Rosa», fährt dieser fort, «welche Gründe gab Mr. Drood für sein Verhalten an?»

«Er fürchtete auf Unverständnis zu stoßen», antwortet Rosa, «so wie zu Anfang bei mir. ‹Eddy›, habe ich zu ihm gesagt, ‹wie konntest du uns das antun.› – ‹Wenn du wüsstest, Schwester, was geschehen ist›, hat er geantwortet, ‹würdest du mir keinen Vorwurf machen.›»

(Erneut moserte der Rauscherentner, ihn befriedige diese Wendung der Dinge nicht. Ich wies ihn darauf hin, dass es hier nicht auf *seine* Befriedigung ankam, sondern auf *mein*e. Und ich war überaus befriedigt. Da zählte er ein paar Dinge auf, die nicht zusammenpassten und die mit Rosas Verhalten bei dem vorangegangenen Treffen bei Mr. Grewgious zu tun hatten. Frank schaltete sich ein und sagte, der Rauscherentner habe Recht: Wenn wir das an dieser Stelle so spielten, hätten wir Rosa vorher anders agieren lassen müssen – kleinlaut, bedrückt, weil sie Dinge wusste, die auf der Stelle zur Aufklärung des Falls geführt hätten. Außerdem hatte sie da ja den Ring am Finger. Ich sah das schließlich ein und wir gingen zurück und änderten die Szene. Daher die Sache mit dem Stimmchen – Sie erinnern sich, Inspector?)

«Und was ist also geschehen?», fragt Datchery. «Was meinte Mr. Drood damit: ‹Wenn du wüsstest, was geschehen ist ...?›»

«Ich weiß nicht, ob ich das jetzt erzählen darf ...»

«Nun, dann will ich dazu etwas sagen. Um es vorwegzunehmen: Es würde mir Leid tun, in die Position des Anwalts von Mr. Drood zu geraten. Sein Verhalten bleibt schwer entschuldbar, auch wenn seine Beweggründe letzten Endes nachvollziehbar sein mögen. Außerdem will ich anmerken, dass ich nicht in Menschen hineinsehen kann, die mir noch nie persönlich begegnet sind. Ich kann nur versuchen, mich in sie hineinzuversetzen. Mr. Drood hatte zweifellos ein Erlebnis, das stark genug war ihn dazu zu bewegen, alle Brücken hinter sich abzureißen. Nennen wir es ein Schlüsselerlebnis, denn es ist der Schlüssel zur endgültigen Auflösung des

Falls Drood. Ich möchte dieses Erlebnis auf den Weihnachtsabend des vergangenen Jahres datieren, an dem sich Mr. Landless und Mr. Drood bei Mr. Jasper zum Dinner trafen, um sich zu versöhnen. Vor zwei Tagen stattete ich einem Zeugen jenes Abends einen Besuch ab, aber Mr. Landless wollte nichts sagen. Er gab vor, sich nicht mehr an jenen Abend zu erinnern. Das ist natürlich eine Ausrede, denn wer wird sich nicht bis ins Kleinste an ein Ereignis erinnern, das einen langen, dunklen Schatten über sein Schicksal warf? Doch ich drang nicht weiter in ihn, ich war zufrieden mit dem, was ich gehört und gesehen hatte.»

«Wie konnten Sie damit zufrieden sein?», ruft Mr. Crisparkle. «Ich werde mit dem Jungen reden. Er muss alles erzählen, alles!»

«Bleiben Sie sitzen, Reverend. Wir kommen gleich darauf. Wenn *ich* zufrieden war, dürfen Sie es gleichfalls sein. Ich glaube, ich kann den Weihnachtsabend wenigstens in Umrissen rekonstruieren. Wie Ihnen allen bekannt ist, gingen die beiden versöhnten jungen Männer an den Fluss, um sich dem Sturm auszusetzen. Ich erkenne darin etwas anderes als einen kleinen Verdauungsspaziergang, ich behaupte: Die beiden gingen nicht hinaus, um sich nach einem schweren Essen Erleichterung zu verschaffen, sondern weil sie wütend waren – wütend auf Mr. Jasper. Ich nehme an, das Mr. Droods Verhältnis zu seinem Onkel plötzlich schwerstens belastet wurde. Mr. Jasper behauptete zwar, seine beiden Gäste hätten ihn um Mitternacht verlassen, aber das bezweifle ich. Die einzige Zeitangabe, die wir in diesem Zusammenhang besitzen, ist die von Mr. Droods Uhr, und die besagt nicht mehr, als dass sie um 20 nach zwei in jener Nacht stehen geblieben ist. Mr. Crisparkle, erinnern Sie sich noch, wie Mr. Jasper am Morgen danach zu Ihnen kam und Ihnen vom Verschwinden seines Neffen berichtete? Welchen Eindruck hatten Sie da von ihm?»

«Er wirkte zutiefst verstört, Sir», antwortet Crisparkle.

«Lassen Sie uns kurz von Mr. Jasper reden, ehe wir auf Mr. Drood zurückkommen», sagt Datchery. «Ich habe mit einem Arzt über ihn gesprochen. Die Verstörtheit, von der Mr. Crisparkle spricht, resultierte vermutlich aus Jaspers tief empfundenem Schuldgefühl, ebenso wie sein hektisches Engagement in den folgenden Tagen, in denen er nicht von der Suche nach seinem Neffen ablassen wollte. Er hat offenbar beim Weihnachtsdinner etwas gesagt oder getan, was seinen Neffen gegen ihn aufbrachte. Und er hat es mehr oder weniger bewusst gesagt oder getan, so dass er sich später deswegen schwere Vorwürfe machte – umso mehr, als er keine Gelegenheit mehr erhielt, sich dafür zu entschuldigen. Seine Situation war durch seine Sucht ohnehin schon schwierig. So wählte er einen ungewöhnlichen Weg, um mit der unerträglichen Lage fertig zu werden, und entwickelte die Idee, selbst der Mörder seines Neffen zu sein. Verstehen Sie das bitte im übertragenen Sinn: Mr. Drood verschwand dermaßen abrupt und vollständig aus Jaspers Leben, wie Menschen sonst nur durch den Tod auseinander gerissen werden. Jasper spürte, dass er dieses abrupte Verschwinden verschuldet hatte, und begann schließlich zu glauben – *wirklich* zu glauben, meine ich! –, er habe seinen Neffen auch physisch umgebracht. Aus seiner Selbstanklage, die er indirekt gegenüber Mr. Tartar erhob, spricht sein Schuldgefühl ebenso wie sein tiefer, quälender Hass auf den rücksichtslosen Mr. Drood, der ihn einfach sitzen ließ, obwohl er wissen musste, in welche Höllen er seinen Onkel damit schickte. Mr. Landless fungiert als eine Art Fokus für diesen Hass.»

«Welchen Grund sollte Mr. Drood für ein solches Verhalten haben?», fragt Mr. Grewgious, der, wie die anderen auch, Mr. Datcherys Ausführungen gebannt verfolgt hat. «Anders gefragt: Was hat Mr. Jasper sich an jenem Abend zuschulden kommen lassen?»

«Und wie sind die Krawattennadel und die Uhr in den Fluss gelangt?», will Mr. Crisparkle wissen.

«Diese Frage können Sie eigentlich selbst beantworten, Mr. Crisparkle», antwortet der Detektiv mit den tiefen Einsichten ins Menschliche. «Sie wissen doch, wer ihm die Uhr und die Krawattennadel geschenkt hat?»

Crisparkle nickt und führt den Gedanken zu Ende: «Es war ein Schlussstrich. Er hat Jaspers Geschenke in den Fluss geworfen, um sich von seinem Onkel loszusagen.»

«Und zwar endgültig», fügt Mr. Datchery hinzu. «Sie haben vollkommen Recht, genauso sehe ich das auch. Es passt alles zusammen. Vermutlich hat Mr. Drood die Folgen dieser Tat nicht vollends bedacht; er wäre sonst auf die Idee gekommen, dass man die beiden Schmuckstücke als Indizien für eine Gewalttat werten könnte. Aber vielleicht hat er das auch einkalkuliert. Wollen wir nicht zu weit gehen – ich sehe darin vor allem eine Handlung aus dem Affekt, begangen von einem jungen Burschen, der nie besonders tief in das Seelenleben seiner Mitmenschen eingedrungen ist. Ich vermute, mittlerweile dürfte sich das geändert haben, nicht wahr, Miss Rosa?»

«Er hat furchtbare Angst, missverstanden zu werden, Sir.»

«Wer soll so was auch verstehen!», ruft Miss Twinkleton dazwischen und will erst richtig anfangen ihrem Unverständnis Ausdruck zu verleihen; doch da geht die Tür auf und Deputy steckt seinen Kopf herein und nickt Mr. Datchery zu. Daraufhin erhebt sich dieser, obwohl er noch nicht zu Ende gegessen hat, und sagt: «Aber wir reden und reden, entwickeln Theorien und versenken uns in menschliche Abgründe – lassen wir das jetzt. Lieber wollen wir Mr. Drood selbst zu diesen Vorgängen befragen. Darf ich Sie bitten mir zu folgen? Es ist nicht weit, nur über die Straße. In diesem Moment ist Mr. Drood bei Mr. Landless eingetroffen.»

«Er ist hier?», ruft Mr. Crisparkle.

«Einen Steinwurf von Ihnen entfernt», bestätigt Datchery.

Alle erheben sich und greifen hastig zu ihren Mänteln und Hüten, doch Mr. Grewgious hält die Karawane auf.

«Der Vollständigkeit halber wünsche ich zu wissen, wie Sie entdeckten, dass Mr. Drood bei Mr. Landless verkehrt», sagt er.

«Das ist einfach zu beantworten: Seine Stiefel standen in einer Ecke im Zimmer von Mr. Landless. Ich entdeckte sie, als ich Mr. Landless zu jenem Abend befragte.»

«Wie konnten Sie Eddys Stiefel erkennen?», ruft Rosa. «Sie haben ihn nie gesehen und können überhaupt nicht wissen, wie sie aussehen.»

«Das ist richtig, zunächst wusste ich nur, dass sie nicht Mr. Landless selbst gehören konnten. Sie waren eindeutig größer als seine eigenen. Außerdem standen sie versteckt in einer Ecke und ich hatte den Eindruck, dass Mr. Landless nervös wurde, als ihm auffiel, dass ich die Stiefel entdeckt hatte. Ich tat dann Folgendes: Ich beauftragte meinen Deputy damit, die Hintereingänge des Hauses zu beobachten, in dem Mr. Landless wohnt. Nun, Deputy konnte Mr. Drood identifizieren, da er ihn aus Cloisterham kennt. Mr. Drood kam gestern um diese Uhrzeit zu Mr. Landless, ebenso wie vorgestern, und er verließ das Haus regelmäßig gegen acht Uhr morgens. Er wohnt offenbar bei Mr. Landless. Allerdings nimmt er beschwerliche Umwege auf sich, um unbemerkt in das Haus zu gelangen. Unter anderem muss er über eine Mauer klettern, die zwei Innenhöfe voneinander trennt.»

«Ausgeschlossen!», ruft Mr. Crisparkle im Affekt. «Neville würde mich niemals auf diese Art und Weise hintergehen.»

«Mancher unter den Anwesenden ist auf noch ganz andere Art und Weise hintergangen worden, Mr. Crisparkle», versetzt der Detektiv. «Ich bin gespannt, welche Macht diese jungen Leute zu einem solchen Ausmaß von Heimlichtuerei getrieben hat. Ladies und Gentlemen, bitte besichtigen Sie jetzt mit mir das wahre, das eigentliche Geheimnis des Edwin Drood.»

Und hinaus geht es über PJTs Schwelle und durch das Tor, vorbei an einem erstaunt blickenden Wachmann, der eine solche Aufregung um diese Zeit nicht gewohnt ist. Vor dem Eingang des Hauses, in dem Neville wohnt, hält Mr. Datchery im strömenden Regen inne.

«Mr. Tartar, wären Sie bitte so freundlich von Ihrer Wohnung aus darüber zu wachen, dass niemand über das Dach verschwindet?», sagt er.

Natürlich ist Mr. Tartar dazu bereit und so trennt er sich von der Gruppe. An die Übrigen richtet Mr. Datchery die Bitte, beim Hinaufsteigen so leise wie möglich zu sein.

«Wir wollen Mr. Drood schließlich überraschen.»

«Der kriegt was von mir zu hören!», droht Miss Twinkleton. Mr. Crisparkle und Mr. Grewgious knurren Beifall – der Reverend aus tiefer Enttäuschung über seinen Schützling und weil er findet, dass er dessen Misstrauen, nein: dessen Verrat nicht verdient hat, und der Anwalt, weil er fürchtet weich zu werden. Er spürt, dass es menscheln wird, dass jedem einzelnen Kritikpunkt, so sachlich er auch sein mag, gefühlige Gegengründe drohen, und in solchen Situationen fühlt er sich nie besonders wohl. Also stimmt er sich auf eine gewisse Härte ein. Ja, er wird Mr. Drood die Leviten lesen.

Natürlich macht die Karawane reichlich Lärm, während sie ins Dachgeschoss hinaufzieht, aber das lässt sich nicht vermeiden. Treppen knarren nun einmal, ebenso wie Röcke rauschen und ältere Herrschaften keuchen, wenn sie mit Leuten vom Schlage eines Crisparkle mitzuhalten versuchen.

Vor der Tür zur Landless-Wohnung verharrt Mr. Datchery, der vorangegangen ist, und wartet, bis auch die puterrote Miss Twinkleton den Treppenabsatz erreicht hat. Hinter der Tür sind Stimmen zu hören. Dann klopft Mr. Datchery und die Stimmen verstummen. Datchery wartet ein Weilchen, doch die Tür wird nicht geöffnet. Er klopft nochmals und ruft: «Hier ist die Polizei! Wenn Sie die Tür nicht freiwillig öffnen, werden wir sie eintreten!»

Da wird der Schlüssel im Schloss gedreht, die Tür öffnet sich und Helena Landless erscheint. Sie wirkt äußerst beherrscht und versucht, sich den Schreck nicht anmerken zu lassen, aber das gelingt ihr nicht.

«Polizei? Können Sie sich ausweisen? Oh, Mr. Crisparkle ... Was verschafft uns die Ehre Ihres unverhofften Besuchs?»

Doch Crisparkle antwortet nicht, sondern betritt die Wohnung, indem er Helena einfach beiseite schiebt, und öffnet die Tür zu Nevilles Zimmer. Die anderen beeilen sich ihm zu folgen, nur Rosa wirft sich aufschluchzend in Helenas Arme und ruft: «Ich konnte es nicht verhindern!»

Helena küsst sie auf die Stirn und beginnt sofort ihren Kopf zu streicheln.

«Es ist schon gut, Liebste», sagt sie leise. «Jetzt kommt alles heraus. Vielleicht ist das gut so.»

«Ach, ich bin so unglücklich!»

«Mach dir keine Vorwürfe. Du wirst sehen, alles wird gut.»

«Glaubst du wirklich?»

«Ich habe so ein Gefühl», antwortet Helena und haucht ihr einen Kuss auf die Lippen.

Inzwischen hat Mr. Crisparkle die Tür zu Nevilles Zimmer aufgestoßen. Ihm bietet sich ein merkwürdiges Bild. Im gedämpften Schein einer Nachttischlampe ist zu erkennen, dass Neville und Edwin nur halb angezogen sind – nein, eigentlich sieht es eher so aus, als wären sie halb ausgezogen. Neville sitzt auf dem Bett und birgt das Gesicht in Händen, Edwin ist auf halbem Weg zum Fenster erstarrt angesichts einer finsteren Gestalt, die davor zu schweben scheint. Mr. Tartar hat nämlich von seiner Wohnung aus mit der größten seemännischen Selbstverständlichkeit das Dach geentert, wie er früher durch die Takelage geturnt ist, und versperrt Edwin nun den einzigen Fluchtweg. Damit rettet er ihm wahrscheinlich das Leben, denn über die Dächer macht man sich entweder barfuß oder mit zugeschnürten Stiefeln aus dem Staub, wenn man nicht unversehens das Fliegen lernen will, und beides trifft auf Edwin nicht zu. Das Hemd hängt ihm aus der Hose, die Hosenträger baumeln zu den Seiten herab und die Schnürsenkel der Stiefel, in die er hastig geschlüpft sein muss, sind ungebunden.

Mr. Datchery, Miss Twinkleton und Mr. Grewgious drängen ebenfalls in das Zimmer. Der Anwalt verharrt mit der Steifheit und Geradheit eines Ausrufezeichens, als wolle er sagen: «Sie sind verhaftet!»

Doch niemand spricht ein Wort. Das einzige Geräusch kommt in Form eines leisen Stöhnens von Neville, der seinen Kopf jedoch nicht hebt. Eine unerträgliche Spannung liegt in der Luft. Alle Blicke liegen auf Edwin, der von einem zum anderen sieht, während er die Lage zu erfassen versucht. Er ist blass, er ist zu Tode erschrocken angesichts der Meute, die plötzlich hereingeplatzt ist, aber allmählich bekommt er sich wieder in den Griff. Es reißt ihn hin und her zwischen Kummer, Zermürbung und trotziger Auflehnung, doch schließlich zuckt er mit den Schultern und sagt: «Ich hatte keine Wahl. Wir gehören einfach zusammen.»

24

Das Geheimnis wird gelüftet

Miss Twinkleton sinkt in Ohnmacht; zu gewalttätig ist der Ansturm der Dichterworte, die ihr auf einen Schlag einfallen, und zudem fordert die Anstrengung des Treppensteigens ihren Preis. Rosa und Helena, denen Edwin mit seinen Worten nichts Neues mitgeteilt hat, kümmern sich sofort um sie. Mr. Crisparkle ist anzusehen, dass die Worte noch zwischen seinen Ohren hin- und herklingen, während Mr. Grewgious durch seine Körpersprache deutlich macht, worauf es ihm jetzt am meisten ankommt: «Haltung, meine Herren, Haltung!»

Nur Mr. Datchery wirkt völlig gelassen, als er sagt: «Voilà – das Geheimnis des Edwin Drood.»

«Machen Sie sich keine Sorgen, Neville!», ruft Crisparkle, der endlich verstanden hat. «Es ist nur eine Phase. Ich kenne das, ich ...»

Er stockt und blickt erschrocken auf Mr. Grewgious und den lächelnden Mr. Datchery.

«Ich wollte sagen, ich ... äh ...», versucht der Reverend sich zu retten und blickt Hilfe suchend Mr. Tartar an, der sich soeben zum Fenster hereingeschwungen und auf die Kante des Schreibtischs gesetzt hat.

«Sie wollten sagen, Sie haben es überwunden, nicht wahr?», hilft Datchery.

«Ja, Sir, so ist es.»

«Tadellos, Mr. Crisparkle, tadellos.»

Eben kommt Miss Twinkleton wieder zu sich und stöhnt: «Was habe ich da gehört? Was musste ich da hören?»

«Ich weiß nicht, was Sie gehört zu haben glauben», sagt Mr. Datchery, indem er sich über sie beugt, «aber es kann schwerlich die Wahrheit gewesen sein. Manchmal hört man Dinge, die niemand gemeint hat. So was nennt man, mit den Worten des Dichters, *airy nothing*. Miss Landless, gibt es hier einen Diwan oder eine Couch, am besten in einem ruhigen, separaten Zimmer, so dass Miss Twinkleton ungestört wieder zu Kräften kommen kann?»

Helena versteht sofort, dass Mr. Datchery die Pensionatsleiterin aus der Sache heraushalten möchte, und antwortet: «Natürlich, drüben in meinem Zimmer.»

Miss Twinkleton wird zu neuem Stand verholfen und die beiden jungen Frauen geleiten sie aus Nevilles Zimmer. Als sich die Tür hinter ihnen geschlossen hat, erwacht Mr. Grewgious endlich aus seiner Erstarrung.

«Ich erwarte eine Erklärung, Mr. Drood!», ruft er.

«Was soll ich Ihnen erklären?», gibt Edwin zurück, setzt sich erschöpft neben Neville aufs Bett und legt ihm den Arm um die Schultern.

«Ich nehme an, Sie halten es nicht für eine Phase?», fragt Mr. Grewgious.

«Wir sind Menschen, Mr. Grewgious, wir müssen uns doch lieben können. Ich bin sicher, Sie kennen dieses Gefühl, das Ihnen im Innersten sagt: Es kann nicht falsch sein, es kann nur wahr sein, denn es ist so wunderbar! Erinnern Sie sich noch, wie Sie mir damals den Kopf gewaschen haben, als Sie mir den Ring für Rosa gaben? Sie wussten genau, wie der wahre Liebende sich fühlt und was er für den geliebten Menschen empfindet. Sie haben es mir auf den Kopf zugesagt, Sie haben mich dazu gezwungen, zu erkennen, dass ich Rosa nicht liebte. Wenigstens nicht, wie man die Frau lieben sollte, die man heiraten will.»

«Und so lieben Sie Mr. Landless, obwohl er ein Mann ist wie Sie?»

«Ja, Sir. Das ist möglich, das kommt schon in der Bibel vor. Sie kennen doch die Geschichte von David und Jonathan? Wir sind nicht die Einzigen. Wahre Liebende kennen kein halbes Feuer und keinen halben Rauch – erinnern Sie sich an Ihre Worte?»

«Und Mr. Landless erwidert dieses Gefühl?», will Mr. Grewgious wissen. Er tastet sich Punkt für Punkt an eine haltbare Position heran.

Edwin antwortet nicht, sondern streichelt Neville über den Kopf, so dass der junge Mann endlich aufblickt und in die Augen der Umstehenden sieht. Er ist blass, er hat rote Lider und seine Wangen sind nass, aber er wirkt weitgehend gefasst, als er mit leise zitternder Stimme antwortet: «Ja, Mr. Grewgious – ich liebe ihn ebenfalls.»

«Nun, dann wäre ja alles klar», murmelt Mr. Grewgious etwas ratlos und gönnt seinem Körper endlich ein wenig Entspannung. «Ich will nicht behaupten, dass mir dieses Phänomen unbekannt wäre. Ich kenne zwei gestandene Advokaten, von denen gerüchteweise bekannt ist, dass sie zu den Invertierten zählen, und die trotzdem nicht unglücklich wirken – alles in allem, soweit ich das beurteilen kann.»

«Finden Sie nicht, Mr. Grewgious, dass diese neuen Erkenntnisse ein völlig anderes Licht auf den gesamten Fall Drood werfen?», sagt Mr. Datchery. «Plötzlich wird so manches verständlich, was Sie vorhin noch kritisiert haben, nicht wahr?»

«Das klingt, als ob Sie gewusst hätten, welcher Natur das Geheimnis ist.»

«Nein, gewusst nicht, nur vermutet. Übrigens zählt auch John Herncastle zu den Invertierten – der Anwalt, der mich Ihnen als Ermittler empfohlen hat. Ich denke, diese Nachricht erklärt, warum ich auf diesem Auge nicht blind bin. Mir war klar, dass nur eine ausgesprochen starke Macht diese jungen Leute zu einer Heimlichtuerei solchen Ausmaßes getrieben haben konnte. Eigentlich kam nur eine einzige Macht dafür infrage.»

Da springt Neville Landless auf, stürzt auf den Reverend zu und sinkt vor ihm auf die Knie.

«Ich bitte Sie, Mr. Crisparkle, ich bitte Sie inständig: Nehmen Sie mein Verhalten nicht übel. Sie waren immer gut zu mir, Sie haben alles für mich getan und ich verdanke Ihnen so viel, aber ich konnte es Ihnen nicht sagen. Ich habe es einfach nicht geschafft!»

Tränen strömen ihm über die Wangen.

«Es war falsch, mit diesen Heimlichkeiten überhaupt anzufangen», sagt Edwin leise. «Das weiß ich heute, aber vor einem halben Jahr war ich noch nicht so weit, da konnte ich nur daran denken, was für einen Skandal es gegeben hätte, wenn das herausgekommen wäre.»

«Natürlich konnten Sie bei der Allgemeinheit nicht auf so viel Verständnis hoffen wie in dieser Runde», fügt Mr. Datchery hinzu.

«Mr. Crisparkle, bitte!», fleht Neville, noch immer auf Knien. «Es war wie ein Kokon, der mit jedem Tag der Heimlichtuerei dichter und enger wurde. Manchmal glaubte ich zu ersticken, aber ich habe den Befreiungsschlag nicht geschafft, ich konnte es Ihnen einfach nicht sagen.»

«Es ist schon gut, Neville», sagt Mr. Crisparkle sanft, beugt sich zu dem jungen Mann hinab und zieht ihn in die Höhe. «Ich glaube, ich kenne das Gefühl.»

«Vergeben Sie mir!»

«Ja, ich vergebe Ihnen. Es ist schon gut, beruhigen Sie sich und beantworten Sie mir eine Frage: Sagten Sie mir damals am Fluss nicht, Sie seien in Miss Rosa verliebt?»

«Nein, das habe ich nie gesagt», antwortet Neville. «Sie mögen meine Worte so aufgefasst haben, aber außer meiner Schwester habe ich keinem Menschen erzählt, dass ich in Rosa ... dass ich anfänglich von ihr fasziniert war, ehe ich einen anderen Menschen zu lieben lernte. Mein Gerechtigkeitssinn rebellierte gegen die nachlässige, beleidigende Art, wie Eddy von ihr sprach – und Sie wissen ja, wie stark dieser Sinn bei mir ausgeprägt ist. Außerdem ... nun, ich war auch ein wenig neidisch. Eddy und ich sind gleich alt, aber ihm ist alles zugefallen, er hat sich nie sorgen müssen, während ich mich unter widrigsten Umständen behaupten musste. Am Anfang hätte ich ihn dafür erwürgen können. Aber das wissen Sie ja.»

«Dann bin ich wohl von falschen Voraussetzungen ausgegangen. Ich dachte, dass Sie in Miss Rosa ... Und dass dies der eigentliche Grund für Ihren Streit mit Mr. Drood sei. Wie auch immer, es wird sich schon alles irgendwie ... Aua!»

Mr. Tartar hat ihn kräftig in den Hintern gekniffen und sieht ihm jetzt grinsend mitten ins Gesicht.

«Mein alter Master», sagt er.

«Bitte nicht jetzt!», zischt Crisparkle ihn an.

«Wissen Sie eigentlich, Mr. Drood, was Sie Ihrem Onkel angetan haben, indem Sie einfach verschwanden?», fragt Mr. Grewgious.

Edwin senkt bekümmert den Kopf.

«Ich versichere Ihnen, heute tut es mir Leid, aber damals ... Ich konnte und wollte einfach nicht anders handeln. Doch ich werde natürlich gleich morgen nach Cloisterham fahren und mich mit John aussprechen.»

«Nein, das werden Sie auf keinen Fall!», widerspricht Mr. Datchery entschieden. «Mr. Jasper hat sich in einer Welt eingerichtet, in der er glaubt Sie ermordet zu haben. Er ist äußerst labil und es kann sein, dass er für immer verloren ist, wenn der Ermordete plötzlich vor ihm steht. Dieses Wiedersehen müssen wir auf einen späteren Zeitpunkt verschieben.» Er klatscht in die Hände, so dass alle zusammenzucken. «Womit wir beim Thema wären! Mr. Drood, nachdem Ihr Geheimnis nun vor der ganzen staunenden Welt offen gelegt ist, wollen drei Paar Ohren, denen Sie sich hier gegenübersehen, endlich hören, was damals wirklich geschah.»

«Sie meinen wahrscheinlich die Weihnachtsnacht, nicht wahr?»

«So ist es. Am besten beginnen Sie beim Abendessen.»

Der Weihnachtsabend des Jahres 1847 verläuft alles andere als friedlich, denn ein fürchterlicher Sturm wütet über Cloisterham und tut, was Stürme seines Kalibers schon immer getan haben: Er entwurzelt Bäume, reißt Dächer herunter und bricht die Zeiger der Kathedralenuhr ab. Doch im Torhaus am Kirchplatz soll Frieden geschlossen werden. Es ist der Abend, an dem Edwin seine Kindheit endgültig hinter sich lassen wird. Er hat seinem Onkel noch nicht gesagt, dass die Verlobung mit Rosa gelöst wurde; das wird Mr. Grewgious ein paar Tage später nachholen. Edwin wird sich schon bald Vorwürfe machen, weil er das nicht selbst übernommen hat, aber er hat es damals nicht tun können, er hat noch nicht gelernt anderen Menschen wehzutun.

Edwin ist heute nicht so fröhlich und unbekümmert wie sonst. Nach seinem Gespräch mit Rosa hat er über sich nachgedacht und ist zu dem Schluss gekommen, dass es so nicht weitergeht. Am liebsten würde er auf der Stelle nach Ägypten aufbrechen, um ein neues, eigenes Leben anzufangen, doch er ist hier noch gebunden, er hat Verpflichtungen, vor allem jene gegenüber Jasper. Der Onkel ist immer für ihn da gewesen, und obwohl Jasper immer glucken-hafter und weibischer geworden ist, hat Edwin die Aufmerksamkeit doch genossen. Aber jetzt empfindet er diese Bindung als Fessel, die verstärkt wird durch den Vorwurf, den Edwin sich selbst macht, weil er das alles nicht ändern kann. Ihre Begrüßung ist daher heute ungewohnt reserviert ausgefallen. Auch Jasper hat wohl gespürt, dass etwas zwischen ihnen steht, hat ihn prüfend angesehen und ihm dann einen kumpelhaften Klaps auf die Schulter gegeben, der sich ein bisschen angefühlt hat wie «Wird schon werden!».

Wie immer ist Jasper sorgsam gekleidet und gekämmt. Die Eitelkeit, mit der er sich seiner äußeren Erscheinung widmet, ist für Edwin nicht mit der Klage über die beklemmende Monotonie des Daseins in Einklang zu bringen, die Jasper neulich geführt hat; es ist, als würde zwischen dem schönen, geputzten Kantor und der gequälten Kreatur ein Spalt klaffen, der sich zur Feier des heutigen Tages um ein weiteres Stück geöffnet hat. Wie immer in letzter Zeit ist Jasper blass und nervös, am Haaransatz über der Stirn sind feine Schweißperlen zu sehen und seine Augen sind umschattet. Edwin fürchtet, dass Jasper wieder Opium genommen hat, um seinen quälenden Schmerz zu betäuben.

Das Einzige, worauf Edwin sich an diesem Abend wirklich freut, ist die Versöhnung mit Neville. Diese dumme Sache soll endlich aus der Welt geschafft werden. Bei ihrem ersten Zusammentreffen hat er in Neville instinktiv den Nebenbuhler gesehen, der etwas viel besser können könnte als Edwin: Rosa lieben. Er hat gesehen: Neville ist ein dunkler, orientalischer Bursche, der alles hat, was Edwin nicht hat – zum Beispiel Temperament. Es ist nur eine Frage der Zeit, bis er Rosa erobert. Aber die Fronten zwischen Edwin und Rosa sind geklärt und nun soll diese Angelegenheit ein für alle Mal bereinigt werden.

Neville trifft kurz nach Edwin ein. Sie schütteln Hände und lächeln sich freundlich, aber reserviert an. Edwin verspürt einen Stich – warum kann er nicht genauso schön wie Neville sein?

Er bemüht sich zwar um ein wenig Smalltalk, aber ein flüssiges Gespräch will zwischen ihnen nicht aufkommen. Edwin und Neville sitzen einander gegenüber, wobei Edwin auf Jaspers Geheiß jenen Platz eingenommen hat, von dem aus er den besten

Blick auf das Portrait von Rosa hat, das noch immer über dem Kamin hängt. Der Truthahn steht auf dem Tisch, alles ist vorhanden, was zu einem ordentlichen Weihnachtsmahl gehört.

Dann stellt Jasper ihnen Tassen mit dampfendem Inhalt hin und bringt einen Trinkspruch aus: «Auf dass Frieden über die Welt kommen möge!»

Sie stoßen an und heben die Tassen an die Lippen, doch Edwin zögert und stellt die Tasse unberührt wieder ab. Sein Onkel und Neville stocken, als sie das sehen.

«Was ist, Ned?», fragt Jasper. «Willst du nicht auf den Frieden trinken?»

«Ich musste gerade daran denken, dass wir beim letzten Mal, als wir bei dir Glühwein tranken, in Unfrieden auseinander gegangen sind», gibt Edwin zurück.

«Was willst du damit andeuten?», ruft Jasper unerwartet heftig. Es ist, als ob die schöne Fassade, die er so mühevoll errichtet hat, mit einem Schlag zusammenbricht. Der wunderbare Truthahn, die Tischdekoration, Jaspers Krawatte – alles scheint in Scherben zu fliegen, zertrümmert durch die Faust eines Urwaldriesen. Schweißperlen treten auf Jaspers Stirn.

«Gar nichts, John.» Edwin ist überrascht von Jaspers Ausbruch. «Ich habe nur eine Feststellung getroffen. Aber vielleicht sollten wir es heute einfach lassen. Ich kann mit Mr. Landless auch so Frieden schließen.»

Auch Neville stellt seine Tasse unberührt wieder ab.

«Damit haben wir das wichtigste Ziel des Abends bereits erreicht», sagt Jasper und scheint sich wieder zu entspannen. Etwas wie ein Lächeln flirrt über seine Züge. Er trinkt einen Schluck. «Ich kann euch gar nicht sagen, wie erleichtert ich bin. Wollt ihr jetzt friedlich miteinander sein?»

«Ja, John, das wollen wir!», sagt Edwin. «Nein, Entschuldigung, Mr. Landless, verstehen Sie das nicht falsch, ich wollte nicht für Sie sprechen. Ich wollte sagen: Ich will es. Ich will Frieden.»

«Ich gleichfalls, Mr. Drood», erwidert Neville. «Frieden. Es tut mir Leid. Ich habe mich damals nicht wie ein zivilisierter Mensch benommen.»

Darauf erhebt Jasper seine Tasse und ruft: «Auf den Frieden!»

Sie stoßen an und Jasper trinkt. Da steigt Edwin ein merkwürdiger Geruch in die Nase, als er gerade zum Trinken ansetzt. Er stutzt, betrachtet die Tasse und ihren Inhalt erstaunt und führt sie erneut zur Nase, um zu riechen. Dann stellt er sie unberührt wieder ab. Ihm kommt ein ungeheuerlicher Verdacht.

«Sag mal, John, hast du etwas hineingetan? Etwas von dem Zeug, das du immer rauchst?»

Gerade hat Neville trinken wollen. Erschrocken lässt er die Hand sinken.

«Wie kommst du denn darauf, Edwin?», fragt Jasper.

«Dein Glühwein riecht merkwürdig.»

«Natürlich riecht Glühwein.»

«Ja, nach Nelken, nach Zimt, aber nicht nach ...»

Jasper starrt ihn wild an. Edwin sieht in seinem Blick, dass etwas in ihm aufsteigt, und da weiß er, dass sein Onkel tatsächlich wieder Opium genommen hat.

«Du hast es wieder genommen, nicht wahr?», stellt er in mühsam beherrschten Ton fest; er platzt fast vor plötzlich aufbrandendem Zorn. «Und damals, als Mr. Landless und ich uns hier gestritten haben – hast du da ebenfalls etwas hineingemischt?»

«Verstehe ich Sie richtig – sprechen Sie von Opium?», fragt Neville, der die Warnungen des Reverends vor der Droge nicht vergessen hat.

Jasper blickt gehetzt von einem zum anderen.

«John, sag mir bitte, dass es nicht wahr ist! Es ist absurd, es kann einfach nicht wahr sein. Warum solltest du wünschen, dass wir uns streiten?»

Mit wildem, hartem Griff klammert sich Jasper am Tisch fest, antwortet jedoch weiterhin nicht, sondern reißt den Mund auf und schnappt nach Luft. Dicke Schweißperlen rinnen in seine Augenbrauen und die Schläfen hinab.

«Ich habe dir immer vertraut, John», sagt Edwin und kriegt feuchte Augen. «Warum hintergehst du mich auf diese schändliche Weise?»

«Lass mich in Ruhe!», entfährt es Jasper. «Lass mich endlich, endlich in Ruhe!»

«Ich will es jetzt von dir hören: Hast du etwas hineingemischt?»

«Mr. Drood, ich schlage ein Experiment vor», sagt Neville und hebt seine Tasse. «Ich trinke ausdrücklich auf den Frieden.»

Edwin mustert ihn überrascht, greift dann aber ebenfalls zur Tasse und sagt: «Auf den Frieden!»

Jaspers Lider beginnen zu zucken und zu flirren, als die jungen Männer unter seinen Augen trinken, und so krampfhaft er sich auch festhält, er bekommt das nicht unter Kontrolle.

Der Glühwein hat einen leicht bitteren Nachgeschmack, genau wie damals. Zuerst spürt Edwin nur das angenehme Brennen im Bauch, das zu erwarten gewesen ist, aber kurz darauf merkt er, wie sich eine Haube auf ihn herabsenkt und seine Wahrnehmung dämpft, und er kann sehen, dass auch Neville etwas spürt. Es ist ein gutes, glückliches Gefühl, das Edwin auf eine höhere Warte hebt, auf der er sanft von einem warmen Wind gestreichelt wird und von der aus seine Sorgen plötzlich fast unbedeutend wirken. Edwin beginnt seinen Onkel zu verstehen. Doch sofort wird das Glück durch aufsteigenden Ärger unterwandert. Er springt auf.

«Mr. Landless, keinen Schluck mehr! Trinken Sie nicht weiter! Achten Sie auf sich!», ruft er, denn er hat gesehen, dass Nevilles Augen wütend zu funkeln begonnen haben. Vielleicht fördert das Opium Nevilles Hang zur Unbeherrschtheit.

«Warum hast du das getan?», ruft Edwin. «Du weißt, dass ich dieses Zeug missbillige! Du nennst es Medizin, aber hast du in letzter Zeit mal in den Spiegel gesehen? Du bist nicht mehr der Alte, John. Dieses Zeug hat dich vergiftet. Und jetzt willst du auch mich vergiften, und Mr. Landless obendrein. Nennst du das etwa Gastfreundschaft?»

Hätte Jasper jetzt eingelenkt – alles wäre anders gekommen. Doch Jasper sieht sich auf eine unhaltbare Position verbannt und umso heftiger verteidigt er sich.

«Was sind das für Vorwürfe? Willst du mir etwa vorschreiben, was Gastfreundschaft zu sein hat – du, der du stets bei mir zu Gast warst? Der nur genommen hat und nie gegeben? Muss ich mich jetzt etwa grämen, weil ich dich immer freizügig empfangen habe, als du noch mein lieber Junge warst? Wirst du undankbar? Habe ich jahrelang eine Giftschlange genährt, die sich jetzt gegen mich wendet? Ich weiß sehr gut, was Gastfreundschaft ist, und du weißt, dass ich alles für dich gegeben hätte.»

«Du wolltest mir Opium verabreichen!», ruft Edwin empört. «Ohne mich zu fragen, gegen meinen Willen! Ich habe dir immer vertraut, ich glaubte sicher zu sein, dass du nur das Beste für mich willst – und jetzt tust du mir das an!»

«Ich weiß, was gut für dich ist!», entgegnet Jasper heftig. Er versucht mit aller Macht sein Zittern zu unterdrücken. Die Gelenke seiner Finger und seiner Hand treten weiß hervor, so mächtig krallt er sich an den Tisch. «Für mich ist die Medizin gut, wie soll sie also schlecht für dich sein? Und woher hättest du das wissen sollen, ohne sie zu probieren?»

«Das ist keine Medizin, das ist Gift!»

«Woher willst du das wissen? Du hast keine Ahnung, wovon du sprichst, grüner Junge. Hältst dich für erwachsen, dabei hat dich der Stachel der Sorge noch nie gestreichelt. Und weißt du, warum das so ist? Weil ich alle Sorgen stets von dir fern gehalten habe! Ich! Du eitle, flache Kreatur!» Jaspers Gesicht ist wutverzerrt, seine Stimme überschlägt sich. «Du wirst nie in den Schmerz des Lebens eintauchen. Ich hasse dich! Ach, wie einfach kann doch alles sein! Ein simpler Verrat genügt nach langen Jahren der Sorge und Bekümmerung, der Junge muss sich nur auf die andere Seite schlagen.»

«Die andere Seite? Wenn du damit mein eigenes Leben meinst – ja, Onkel, dann schlage ich mich hiermit auf die andere Seite. Und zwar vollständig, hörst du? Vollständig!»

«Ja, gut so! Bringen wir die Sache jetzt zu Ende. Ich habe dich immer gehasst, Edwin, und ich habe dich immer geliebt, ich ...»

«Schweig!», fällt Edwin ihm ins Wort. «Ich will das nicht wissen. Dein Hass und deine Liebe sind ab sofort deine Sache, John, deine ganz allein. Mich bindest du auf diese Weise nicht mehr, ich bin nicht mehr dein Spielzeug. ‹Ach, mein lieber Ned, wie schön, dass du gekommen bist.› Schluss damit! Wer hat hier wen verraten? Ich werde jetzt gehen, John, für immer gehen, damit du mich in Ruhe weiterhassen kannst.»

«Ja, verschwinde!», ruft Jasper. «Hinaus mit dir! Und nimm deinen neuen Freund gleich mit!»

«Frohe Weihnachten, John!»

Mit diesen Worten nimmt Edwin seinen Mantel und geht zur Tür. Neville folgt ihm.

«Geht! Verschwindet!», schreit Jasper hinter ihnen mit sich überschlagender Stimme. «Fort aus meinem Leben!»

Neville schließt die Tür hinter sich. Wortlos steigen sie die Treppe hinab. Draußen empfängt sie wütend der Sturm.

«Wie friedlich es hier ist», sagt Edwin.

«Es tut mir alles sehr Leid», murmelt Neville.

«Es gibt nichts, was Ihnen Leid tun müsste. Sie können nichts dafür. Er ist schuld, er allein.»

«Ich verstehe nicht, wie man bewusst seinen freien Willen betäuben kann», sagt Neville. «Dieser Wille, diese Freiheit ist doch das Höchste, was einem Menschen gegeben ist.»

«Ich verstehe das genauso wenig. Oh, ich bin noch nie so wütend gewesen!»

«Das hingegen verstehe ich gut», erwidert Neville und versucht ein Lächeln, das Edwin im Schein der Laternen sehen soll. Doch Edwin blickt zu Boden.

«Ich bin immer noch benommen von dem Zeug», sagt er. «Er muss ziemlich viel hineingetan haben.»

«Ich glaube, wenn man es nicht gewohnt ist, braucht man nicht viel davon.»

«Lassen Sie uns ein bisschen durch den Sturm wandern», schlägt Edwin vor. «Dieser klare, scharfe Wind ist schön, finden Sie nicht? Als ob er alle Probleme fortblasen könnte. Ich kann jetzt noch nicht schlafen. Da fällt mir ein – ich sollte ja bei John übernachten. Oh, dieser schändliche Mensch!»

«Wir könnten zum Fluss gehen», schlägt Neville vor.

«Eine wunderbare Idee – hinaus ins tobende Herz des Sturms. Haben Sie denn nichts Besseres vor?»

«Was könnte besser sein als Sie näher kennen zu lernen?»

Sie gehen schweigend durch den dröhnenden, orgelnden Wind, jeder in eigenen Gedanken, die Hüte in ihren Händen. Der Orkan rüttelt an Haustüren und Fensterläden und bläst die Schornsteine von den Dächern, und als sie Cloisterham hinter sich lassen, greift er mit voller Wucht nach ihnen, als wolle er sie fortreißen. Unterhalb der Ruine, unweit vom Wehr, kennt Edwin eine alte, baufällige Scheune, in deren Windschatten sie verharren. Während der Sturm durch die Ritzen zwischen den morschen Balken pfeift, blicken sie den dahinjagenden Wolkenfetzen nach, zwischen denen manchmal Teile des Sternenhimmels durchblitzen. Dunkel liegt der Fluss vor ihnen.

Schließlich bricht Neville das Schweigen. Er muss laut sprechen, um sich gegen das Heulen und Toben des Windes durchzusetzen.

«Ich bin froh, dass diese Angelegenheit jetzt ausgeräumt ist», sagt er. «Sie wissen, dass ich hier in England keine Freunde habe. Ich wäre glücklich, wenn Sie mein erster Freund würden.»

«Sehr gern», brüllt Edwin zurück. «Freunde, ja. Das ist eine gute Idee. Ehrlich gesagt war das mein erster Gedanke, als ich Ihnen begegnete, auch wenn alles dann ein wenig anders kam. Mir fiel sofort auf, dass Sie ein sehr stolzer Mensch sein müssen.»

«Ja, stolz und unbeherrscht. Sie haben mich damals zielsicher bei meiner größten Schwäche gepackt: meinem Mangel an Selbstbeherrschung. Bin ich Ihnen nicht vorgekommen wie ein Wilder?»

«Nein, nur wie einer, der sich nicht immer völlig im Griff hat.»

«Sie hingegen hatten sich immer sehr gut im Griff, nicht wahr?»

«Ich weiß nicht. Vielleicht erscheint es Ihnen nur so.»

«Jedenfalls muss ich gestehen, dass ich von Anfang an Ihre Lässigkeit bewundert habe, auch wenn ich es nicht gleich wahrhaben wollte. Ich war nie lässig.»

«Und ich nie unbeherrscht. Wissen Sie, worauf es im Leben eines Briten am meisten ankommt? Auf Haltung und Beherrschung. Wirklich, bis jetzt war mein ganzes Leben echt britisch.»

«Sie sagen das in einem Ton, als wäre daran etwas auszusetzen.»

«Ja, natürlich, denn heute Abend habe ich erfahren, wie klärend ein offenes Wort sein kann. Und auch wie befreiend. Was meinen Sie: Könnte ich das von Ihnen gelernt haben? Ein bisschen Direktheit hin und wieder ...»

«Zur richtigen Zeit, Mr. Drood, nur zur richtigen Zeit. Meine Direktheit brach immer im ungünstigsten Moment hervor.»

«Wenn man uns zusammenlegen könnte, ergäben wir eine gute Mischung, finden Sie nicht? Meine Lässigkeit und Ihre Wildheit ... Wir könnten die Welt aus den Angeln heben.»

«Ich frage mich nur», gibt Neville zurück, «was Mr. Jasper sich davon versprochen hat, uns gegeneinander aufzubringen. Vielleicht wollte er Sie auf diese Weise an sich binden, vielleicht ...»

«Reden Sie nicht mehr von ihm! Ich hasse ihn! Oh, ich hasse ihn!»

Edwin will seinen ganzen Zorn hinausbrüllen in den Wind, aber die Worte ersterben unter seinem Schluchzen. Die Brust ist ihm schwer vor Wut und Wehmut gleichermaßen. All die Jahre, die er Jasper vertraut hat! In denen Jasper den guten Freund, den lieben Onkel gespielt hat. Edwin ist froh, dass es dunkel ist, so dass er nur die Umrisse von Nevilles Gestalt sehen kann, die an der Hütte lehnt, nicht aber sein Gesicht und seine Augen. Sonst würde er sich für seine Tränen schämen, obwohl es Tränen der Wut sind.

Da fällt ihm siedend heiß ein, dass es einen Weg gibt, den Verrat zu strafen. Jasper wird nie davon erfahren, aber das ist Edwin gleichgültig; es genügt ihm, sich vorzustellen, wie tief Jasper verletzt *wäre*, wenn er es erführe. Der Onkel hat ihm Geschenke gemacht. Die Taschenuhr trägt Edwin immer bei sich, die Krawattennadel hat er zur Feier des Tages angesteckt. Beides sind schöne Stücke, doch sie lassen sich ersetzen. Diese Symbole der Bindung an Jasper müssen weg!

Er zieht die Uhr hervor und öffnet den Verschluss, mit dem die Kette an seiner Weste befestigt ist, und schleudert sie mit weit ausholendem Schwung in den Sturm hinaus, Richtung Fluss. Das Gold schimmert matt im Licht einiger Sterne, die zwischen Wolkenlücken hervorblitzen. Sie fällt in den Fluss, wo ihre Kette an den Balken des Wehrs hängen bleibt, aber das entgeht Edwin und wäre ihm ohnehin egal. Neville wird ihm später erzählen, wie die beiden Schmuckstücke wiedergefunden werden.

«Weg mit dir!», brüllt er zornig, reißt die Krawattennadel herunter und lässt sie der Uhr folgen. «Fort! Schluss mit Jasper!»

«Was tun Sie da?», fragt Neville.

«Sehen Sie, Ihre Gesellschaft färbt schon auf mich ab», entgegnet Edwin. «Jetzt ist mir wohler.»

Er weint noch immer, aber jetzt mischt sich Erleichterung in seinen Zorn.

Mit fast schmerzhafter Klarheit spürt er plötzlich, dass er sich an einem Wendepunkt seines Lebens befindet. Solche Worte, wie er sie eben an Neville gerichtet hat, wären vor wenigen Tagen noch völlig undenkbar gewesen. Doch jetzt ist alles anders. Plötzlich ist er frei, frei von Jasper und von seinem bisherigen Leben. Es gibt kein Zurück. Er versucht, alle Gedanken an Jasper weit von sich zu schieben, um seine Wut in den Griff zu bekommen.

«Erzählen Sie mir von sich», fordert Edwin. Ich bin sicher, dass es über Sie viel, viel mehr zu erzählen gibt als über mich!»

Schweigen im Wind. Edwin versucht das Gesicht des anderen in der Dunkelheit auszumachen, aber er kann nichts weiter erkennen, als dass es ihm zugewandt sein muss. Er stellt sich vor, dass es erstaunt aussieht und vielleicht ein bisschen unwillig. Der Mond ist immer noch hinter Wolken.

«Ich wollte immer so sein wie Sie, schon lange, bevor ich Sie kennen lernte», sagt Neville leise, so dass Edwin seine Worte fast nicht versteht. «Ein britischer Gentleman, schön und lässig, von männlicher Haltung, so dass alle Anfeindungen wirkungslos an mir abprallen müssten. Ich wollte dem Leben mitten ins Gesicht spucken, genau wie Sie es gewohnt sind, und ihm zubrüllen: Du kannst mir nichts, ich bin dir über. Ich wollte die Kraft haben zu sagen: Was kann ich dafür, dass mir alles so einfach zufliegt – ist das denn nicht normal?»

«Sie beschreiben mich nicht besonders positiv», gibt Edwin betroffen zurück.

«Sehen Sie es von meiner Warte! Vergleichen Sie uns! Ich bin nicht schön und nicht lässig. Ich befremde die Menschen mit meiner Unbeherrschtheit und meiner dunklen Erscheinung, so dass sie nichts mit mir zu tun haben wollen, und ich muss mir selbst den kleinsten Fortschritt im Leben mühsam erarbeiten. Wie gern hätte ich es leichter gehabt!»

«Neville ... Darf ich Sie so nennen? Ich will Sie nicht verletzen oder herabsetzen, aber jetzt, wo wir nicht mehr zerstritten sind ...»

«Wenn ich Sie ebenfalls bei Ihrem Vornamen nennen darf?»

«Ja, natürlich. Was ich sagen will, ist ... Nein, so geht es nicht. Ich muss etwas ausschweifen und einen Umweg nehmen, einen Umweg über Ägypten. Seit meinem achten Lebensjahr weiß ich, dass ich nach Ägypten gehen will, um dort zu helfen die Segnungen des Fortschritts einzuführen. Es muss ein faszinierendes Land sein, fremdartig und geheimnisvoll, mit dunkelhäutigen Menschen. Ich sah einen Ägypter auf einem Jahrmarkt in London, als ich acht war. Er gab sich als Zauberer vom Kult des Osiris aus, doch das war natürlich nur eine Künstlerbezeichnung. Ich weiß nicht mehr, welche Kunststücke er dargeboten hat, aber ich bin sicher, dass der bleibende Eindruck, den ich von ihm hatte, nichts mit seiner Vorführung zu tun hatte. Ich habe noch heute manchmal das Gefühl, in seine Augen zu blicken, die dunkel wie die Nacht waren und tief wie die Zukunft. Seine Augen waren unglaublich kraftvoll! Wissen Sie, dass Sie ebensolche Augen haben?»

«Wie dieser Ägypter?»

«Genau wie er! Ich kann Ihre Augen im Moment nicht sehen, aber ich erinnere mich daran und schon damals, beim Mittagessen bei Mr. Crisparkle, als Mr. Honeythunder seine Reden schwang, ist mir aufgefallen, dass der Blick, der mich seit meiner Kindheit antreibt, dem Blick Ihrer Augen sehr ähnlich ist. Das war ein merkwürdiges Gefühl.»

Just in diesem Moment geben die Wolken den Mond frei. Silbriges Licht ergießt sich über Nevilles bronzenes Gesicht, das eigentümlich exotisch schimmert. Groß und dunkel stehen darin die orientalischen Augen, die Edwin anblicken. Edwin stockt der Atem.

«Seltsame Worte, Edwin», murmelt Neville beklommen und mustert Edwin prüfend. Das Mondlicht spielt in ihren Haaren.

«Ich weiß nicht, wie ich darauf komme, Ihnen das zu sagen, aber ...» Edwin spricht ebenso leise. Trotzdem kann Neville ihn leicht verstehen, als habe der Sturm plötzlich nachgelassen oder als seien sie einander näher gerückt. «Vielleicht sollte ich etwas mehr von jener Haltung beweisen, die Sie an mir schätzen. Aber wir wollen doch Freunde sein, nicht wahr? Darf ich also nicht so vertraut mit Ihnen sprechen?»

«Es bleibt unter uns hier im Sturm», antwortet Neville.

«Ist das nicht merkwürdig? Wir waren zutiefst zerstritten, aber jetzt fühle ich mich Ihnen plötzlich so nahe, dass ich gar nicht weiß, was ... Als wäre es schon immer so gewesen.»

«Ihr Onkel stand zwischen uns, sonst nichts.»

«Und Rosa. Sie haben so viel Temperament, und zusammen mit Ihrer exotischen Ausstrahlung – ich dachte, Sie würden mich bei Rosa ausstechen.»

«Selbst wenn ich das wollte – ich glaube, ich hätte keine Chance», gibt Neville zurück. «Die meisten Engländer mögen mich nicht und ich fürchte, dass Miss Rosa darin keine Ausnahme macht.»

«Dann sind die meisten Engländer dumm.»

«Ich habe mich nie auf diese Weise für Miss Rosa interessiert. Was mich aufbrachte, war der Ton, in dem Sie über sie sprachen.»

«Zu Recht. Sie sollen der Erste sein, der es erfährt: Wir haben unsere Verlobung aufgelöst. Rosa und ich haben festgestellt, dass wir uns nicht in dem Maß lieben, das zur Begründung einer Ehe nötig wäre.»

«Wie englisch Sie doch sind!» Neville lacht leise und ein wenig spöttisch.

«Ja, spotten Sie nur.» Edwin lacht ebenfalls und dann flüstert er: «Jetzt ist alles ausgeräumt, wirklich alles, nicht wahr?» Er seufzt. «Es ist etwas in Ihren Augen ...»

«Edwin, vielleicht sollten Sie nicht so reden», sagt Neville mit einem leichten Zittern in der Stimme.

«Wenn nicht jetzt und hier, wann dann?»

Darauf weiß Neville nichts zu erwidern. Die Worte, die Edwin dann spricht, wird er sein Leben lang nicht vergessen.

«Wenn ich darüber nachdenke», sagt er und blickt Neville tief in die Augen, «dann kommt es mir immer mehr so vor, als ob ich Angst vor Ihren Augen hatte. Merkwürdig – das ist mir nicht bewusst gewesen. Diese Augen, die mir als Achtjährigem unvergesslich die Richtung gewiesen haben, blickten mich plötzlich über Mr. Crisparkles Tisch hinweg an, am Tag Ihrer Ankunft in Cloisterham.» Er stutzt und fährt nach einigen Sekunden stockend fort: «Mir kommt da gerade ein merkwürdiger Gedanke. Ich weiß nicht recht, wie ich es sagen soll. Vielleicht ... vielleicht war es gar nicht Rosa, um die ich fürchtete. Vielleicht hat mich Ihre Anziehungskraft so verwirrt, dass ich Rosa nur vorgeschoben habe, um mich selbst zu schützen.»

«Zu schützen? Aber vor wem denn?»

«Vor Ihnen, Neville. Ja, ich glaube, ich hatte Angst, Ihnen zu verfallen. Komisch, warum wird mir das erst jetzt bewusst?»

«Verfallen?», ruft Neville und weicht einen Schritt zurück, doch Edwin geht diesen Schritt mit.

«Bitte, Neville, bleiben Sie!», fleht er.

«Ich bleibe ja. Aber Sie sind ein Mann, wie können Sie da so was sagen? ‹Verfallen.› Als würden Sie mich ...»

Er bricht ab und mehrere Sekunden vergehen, bis Edwin leise sagt: «Ja, ich glaube, so ist es.»

Neville blickt ihn schweigend aus weit aufgerissenen Augen an, deren Weiß im Mondlicht geheimnisvoll glitzert wie ein klarer Bergkristall. Für einen Moment droht sich eine Wolke vor den Mond zu schieben, streicht dann aber knapp daran vorbei. Das Schilf am Flussufer wiegt sich geschmeidig unter dem Ansturm des Winds. Edwin streckt seine freie Hand aus, um Nevilles Hand zu ergreifen. In der anderen hält er seinen Hut. Neville zuckt leicht unter der Berührung zusammen, hält Edwins Hand aber fest.

«Sie meinen, wie bei den alten Griechen?», flüstert Neville. «Mr. Crisparkle hat mir davon erzählt, dass sie ...»

«Warum brechen Sie ab?»

«Ich versuche mich an das Wort zu erinnern, das Mr. Crisparkle dafür verwendete – für diese Freundschaften unter Männern, die sich sehr zugetan waren.»

«Ich bin Ihnen ebenfalls zugetan, Neville, und ich würde mir wünschen, dass Sie vertrauter mit mir reden würden.»

«Sie verwirren mich, Edwin.»

«Oh ... Das ist ein ziemlich großes Geständnis für einen stolzen Menschen wie Sie, nicht wahr?»

«Sie schaffen es, dass ich nicht weiß, was ich sagen soll.»

«Sprechen Sie frei von der Leber, so wie wir es heute gelernt haben.»

«Als Mr. Crisparkle mir davon berichtete, dass es diese Art von

Freundschaft gab, konnte ich mir nicht vorstellen, dass derartige Beziehungen ... *warmherzig* sein könnten. Aber jetzt ... Wollen Sie wissen, was ich gerade denke? Ich denke, dass Sie wunderschönes, lockiges Haar haben.»

Noch immer halten sie einander die Hand, noch immer blicken sie sich in die Augen ohne den Zwang zu verspüren, ihre Blicke zu senken. Jetzt rücken sie einen winzigen Schritt aufeinander zu, so dass sie nur noch eine Elle voneinander entfernt sind. Da verschwindet der Mond hinter einer Wolke, sie sind in Dunkelheit getaucht, doch Edwin sagt: «Wie hell mir zumute ist.»

Soll er? Will er? Darf er?

«Edwin, was ist das?», flüstert Neville. Sein Mund ist schon fast an Edwins Ohr.

«Ich weiß nicht, aber es kann nicht falsch sein, oder?»

«Nein ...»

Ihre Mäntel berühren sich und reiben sich leise knisternd aneinander. Hüte fallen zu Boden. Die beiden freien Hände finden sich im Dunkeln, werden ergriffen, lösen sich voneinander, suchen die Schulter des anderen und ziehen sie zu sich heran. Edwins Kopf schmiegt sich an Nevilles Schulter. Der Stoff des Mantels ist rau, aber Edwin meint, nie etwas Weicheres gespürt zu haben. Neville drückt seine Nase in Edwins Locken und saugt den Duft des Haars tief ein, während Edwin seine Wange an Nevilles Ohr reibt. Sie zittern, ihnen wird heiß bis auf ihre Hände. Edwin spürt Nevilles Lippen an seinem Hals. Heiß und kalt überläuft es ihn, er legt seinen Kopf ein wenig zurück, damit Neville besser herankommt, umschlingt ihn fest und drückt ihn an sich. Er weiß nicht, was er tut, aber es ist ein wunderbares, überraschendes Gefühl, das ihn völlig überwältigt, eine tiefe, brennende Wärme, die sich ganz und gar in ihm ausbreitet. Noch nie hat er einen anderen Menschen so nah bei sich gespürt.

Eng umschlungen und tief versunken stehen sie so bei der alten Hütte, während der Orkan über die Downs fegt, und hören dennoch nichts von seinem Heulen und Winseln. Über ihnen reißen die Wolken auf und Sterne scheinen auf sie herab, doch sie sehen nichts von ihrem Glitzern, denn ihre Augen sind geschlossen.

Langsam heben sie ihre Köpfe. Haar knistert an Haar, Wange an Wange, Nase an Nase. Blind finden sie den Mund des anderen, und als ihre Lippen sich berühren, durchzuckt es Edwin und plötzlich weiß er, was das ist. Es ist eigentlich unmöglich, abwegig, verboten, aber es ist durchdringend echt und richtig. Es ist helle Erkenntnis und ein dumpfes Rumoren im Bauch, und Knie, die schlagartig weich werden, als Edwin eine Zunge in seinem Mund spürt, die nach ihm tastet. Er weiß plötzlich, er war bisher nur eine taube Hülle, voll gestopft mit Formeln, und in diese Hülle donnert jetzt von außen ein berauschendes Gefühl hinein, eine endlos weite Welt, ein anderer Mensch, in dem er besinnungslos versinken möchte; und er überlässt sich diesem Gefühl. Er kann ohnehin nichts mehr machen, alles ist entschieden; doch Angst hat er deswegen nicht.

«Sag nichts», sagt Edwin, als sich ihre Lippen voneinander trennen.

«Es ist alles gesagt», gibt Neville zurück.

Und sie brechen zu einem weiteren Kuss auf.

Edwin blickt in die Runde und ein schuldbewusstes, zugleich aber siegessicheres Lächeln spielt auf seinen Zügen. Er ist blass und verschwitzt, aber er sieht an den Gesichtern seiner Zuhörer, dass alle Fragen hinreichend geklärt sind.

Mr. Grewgious ergreift als Erster das Wort. Seine Stimme klingt heiser, beklommen, als hätte er sich vorher räuspern sollen.

«Gestatten Sie, dass ich Punkt für Punkt vorgehe», sagt er. «Erstens: Geständnis. Ich gestehe, dass ich in diesen Dingen bedauerlicherweise zu wenig Erfahrung habe, um mitreden zu können. Ich meine Liebe ... Liebesdinge. Drücke ich mich unklar aus?»

«Klarer geht es nicht», antwortet Edwin.

«Sehr befriedigend. Punkt zwei: Lob. Obwohl ich nicht viel von dem nachvollziehen kann, was da vor sich ging, muss ich die Wiedergabe der Ereignisse loben. Sie war poetisch und plastisch genug, um mir klar zu machen, dass etwas geschehen ist, von dem ich nichts verstehe, so dass ich darüber umsichtig zu urteilen habe. Das wollte ich sagen: Umsicht ist die Mutter des Urteils.»

Er blickt zweifelnd in die Gesichter der anderen und erntet zuversichtliches Nicken. Besonders Neville folgt seiner Rede mit weit aufgerissenen Augen.

«Punkt drei: Kritik. Mr. Drood, warum unterbrachen Sie Ihren Bericht ausgerechnet an dieser Stelle?»

Mr. Tartar stößt ein heiseres Lachen aus und knufft Crisparkle in die Seite. Mr. Datchery lächelt leicht debil und Neville wendet errötend seinen Blick ab.

«Verzeihen Sie, Mr. Grewgious», sagt Edwin. «Sollte ich Lücken gelassen haben? Worauf zielt Ihre Frage?»

«Auf den Vollzug, Mr. Drood, auf den Vollzug!»

Allen ist klar, dass er nicht den Strafvollzug meint. Datchery gluckst leise.

«Ich wollte Ihre Gefühle nicht verletzen, Sir», antwortet Edwin.

«Meine Gefühle tun nichts zur Sache!», versetzt der Anwalt. «Was geschah also?»

«Nun ja, irgendwo musste ich schließlich übernachten, nicht wahr? Bei Jasper zu schlafen war mir nach diesem Abend nicht mehr möglich. Möchten Sie wirklich detailliert erfahren, was ...»

«Sehr wahr, alles klar, nein danke.» Mr. Grewgious räuspert sich endlich, wendet sich an Mr. Datchery und verkündet: «Bester Mann, ich verstehe vollkommen, was hier vorgefallen ist. Sie haben vollendete Arbeit geleistet!»

«Verstehen Sie wirklich?», fragt Datchery und blickt seinen Auftraggeber zweifelnd an. «Warum zum Beispiel setzte sich Mr. Drood einfach ab, ohne irgendein weiteres Lebenszeichen? Warum ließ er die ganze Welt glauben, er sei Opfer einer Gewalttat geworden?»

«Nun, Mr. Datchery, ich darf wohl unterstellen, dass Sie der Schilderung des jungen Mannes aufmerksam gefolgt sind. Er hat es selbst gesagt: Für ihn hat ein neues Leben begonnen. Sein vorheriges Leben hat er einfach hinter sich gelassen – mit einer Konsequenz, die man nur als rücksichtslos bezeichnen kann und die trotzdem verständlich wird, wenn man sich in die Lage des Betroffenen hineinversetzt. Ich verstehe von diesen Dingen nicht viel, aber ich darf wohl unterstellen, dass dieser Schritt ebenso von Mut wie von Angst geprägt war.»

«Mut zum radikalen Schnitt und Angst vor verständnislosen Fragen», sagt Helena, nickt und sieht ihren Bruder an, der den Blick erwidert. Sie ist vor einigen Minuten ins Zimmer zurückgekehrt und hat den Schluss des Berichts noch mitbekommen. Rosa steht neben ihr und lächelt selig, da endlich alles geklärt scheint. Sie hat ihren Arm um Helenas Hüfte gelegt. Ab sofort muss sie sich nicht mehr heimlich mit Helena treffen und weitere Fragen, wen man lieben darf und wen nicht, erübrigen sich.

«Damit verbindet sich in meinen Augen jedoch auch Kritik an Mr. Drood», fügt Datchery hinzu. «Sie haben äußerst eigennützig gehandelt, indem Sie allen Konflikten einfach aus dem Weg gegangen sind. Auch tragen Sie Verantwortung für das Schicksal Ihres Onkels. Das können Sie nicht leugnen, auch wenn ich Zweifel habe, ob Mr. Jaspers Verfall dadurch hätte aufgehalten werden können.»

«Ich leugne es nicht», erwidert Edwin. «Ich habe mir später selbst schwere Vorwürfe deswegen gemacht. Aber als ich an jenem Morgen Cloisterham für immer hinter mir ließ, war es wie eine Flucht. Ich wollte nicht mehr daran denken. Ich hatte genug mit mir selbst zu tun.»

«Wovor flohen Sie?»

«Vor Neville – gewissermaßen.»

Laute des Erstaunens erfüllen den Raum. Ehe er gefragt wird, fährt Edwin fort: «Ich gebe zu, ich bekam plötzlich Angst vor der Macht, mit der dies alles über mich hereingebrochen war. Ich schlief in dieser Nacht nicht. Der Rausch war erst mal verflogen, ich begann wieder zu denken und sah plötzlich einen Haufen Probleme auf mich zukommen. Die Zukunft war ein einziges Chaos, dem ich ganz allein gegenüberstand. Mein neues Leben bedeutete nicht einfach eitel Sonnenschein, es bedeutete auch, dass mir niemand mehr half. Diesen Gedanken war ich nicht gewohnt und er machte mich unruhig, obwohl ich beschloss mich der Herausforderung zu stellen.»

«Sie bekamen auch Zweifel, ob Ihre Liebe richtig war?»

«Nein, ich zweifelte nicht, obwohl ich Angst hatte. Doch Neville sah im Schlaf so ruhig und glücklich aus – Sie hätten ihn sehen sollen. Es war unmöglich, ihn nicht zu lieben!»

«Sie sagten aber, Sie seien gewissermaßen vor Neville aus Cloisterham geflohen.»

«Ja, denn Neville ist ein anderer Name für die ungewisse Zukunft. Er war der unruhige Geist, der mein Leben im Sturmschritt durcheinander gewirbelt hatte. Es trieb mich machtvoll von ihm weg und zog mich unwiderstehlich zu ihm hin. Sie hätten sehen sollen, wie er nach mir tastete, als ich aufstand, um mich anzuziehen. Dann merkte er, dass ich nicht mehr neben ihm lag, und ohne die Augen zu öffnen fragte er mich, ob wir einen Fehler gemacht hätten. Nicht wahr, Neville – so war es?»

«So war es. Du hast geantwortet, das sei völlig ausgeschlossen, es könne kein Fehler gewesen sein.»

«Daraufhin wolltest du wissen, warum ich nicht schlafen könne.»

«Weil du der Zukunft unruhig entgegenblickst – unserer Zukunft. Das waren deine Worte.»

«Da hast du die Augen geöffnet und hast gesagt, du wärst glücklich, einfach glücklich.»

«Ich war ruhig und zufrieden – vielleicht zum ersten Mal in meinem Leben. Ja, ich war glücklich. Ich wusste vorher nicht, dass es möglich ist, einen Mann zu lieben – auf diese Weise zu lieben, meine ich. Das hat Edwin mir erst gezeigt. Von dem Moment an gab es für mich kein Zurück. Diese Liebe bedeutete, dass ich nicht mehr allein war und mich nicht mehr einsam durchkämpfen musste. Ich konnte mich zurücklehnen und der Zukunft gefasst entgegenblicken. Jetzt würde alles besser werden. Zum ersten Mal konnte ich einem anderen Menschen vertrauen – außer meiner Schwester natürlich. Aber ich sah auch, dass Edwin unruhig war.»

«Ich habe dich dann geküsst.»

«Ja, und du hast gesagt, du müsstest jetzt aufbrechen, um unsere Zukunft in die Wege zu leiten. Du würdest nie wieder nach Cloisterham zurückkehren, aber wir könnten uns in drei Tagen im Gasthof ‹Zur nüchternen Auster› in Gravesend treffen.»

«Ach, Neville – war es falsch?»

«Nein, Eddy, nein. Ich würde alles genauso wiederholen, auch wenn sich die Zeit danach qualvoll lang hinzog.»

«Deswegen also brachen Sie an jenem Morgen zur Wanderung

auf!», sagt Crisparkle. «Ich erinnere mich an Ihren Spazierstock, als wäre es erst gestern passiert.»

«Jetzt hatte ich ein Ziel, auf das ich meine Schritte lenken konnte», gibt Neville zurück. «Ich wusste nicht, wie mir geschah, als der Kutscher und seine Männer mich gewaltsam nach Cloisterham zurückbrachten. Der Vorwurf, den Mr. Jasper erhob, war einfach absurd.»

«Ich verstehe nicht, warum Sie schwiegen.» Crisparkle schüttelt den Kopf. «Mr. Jasper beschuldigte Sie immerhin des Mordes – ein schwer wiegender Vorwurf. Sie hätten sich mühelos entlasten können, Sie hätten sich all die Unannehmlichkeiten ersparen können. Man warf Sie ja sogar ins Gefängnis.»

«Das Schlimmste daran war, dass ich die Verabredung mit Eddy nicht einhalten konnte. Doch ich habe in meinem Leben ganz andere Dinge ausgehalten als die Vorwürfe, die Mr. Jasper erhob. Sie machten mir nicht viel aus. Ich wusste ja, dass ich mich jederzeit entlasten konnte. Das Problem war nur, dass im gleichen Maß, wie ich mich entlastet hätte, Eddy belastet worden wäre. Ich hätte alles verraten müssen, alles.»

«Inakzeptabel!», ruft Mr. Grewgious. «Ich habe verstanden.»

«Haben Sie deshalb bei Ihrer ersten Befragung gelogen, damals, nachdem der Kutscher und seine Männer Sie nach Cloisterham zurückgebracht hatten?», fragt Crisparkle. «Sie gaben an, Sie seien direkt zum Fluss gegangen, zwei Meilen flussabwärts vom Wehr. In Wirklichkeit gingen Sie Mr. Edwins Bericht zufolge zur alten Scheune am Wehr.»

«Ich fürchtete, dass die Uhr und die Nadel gefunden werden könnten», antwortet Neville, «und dass falsche Schlüsse gezogen würden. Leider konnte ich das nicht verhindern.»

«Wenn Sie die Verabredung in der ‹Nüchternen Auster› verpassten – wie fanden Sie zu Mr. Drood zurück?», will Mr. Datchery wissen.

«Er schrieb mir einen Brief, den er an Helenas Adresse schickte. Einen Brief ohne Absender. Helena leitete ihn ungeöffnet an mich weiter. Ich war zu dieser Zeit bereits in London. Jetzt hätten wir uns problemlos treffen können, denn mein großherziger Förderer hatte mir mit der Hilfe von Mr. Grewgious diese Wohnung hier vermittelt. Aber Eddy war bereits abgereist, als ich den Brief erhielt. Er schrieb, dass er nicht an mir und meinen Gefühlen zweifle, obwohl ich nicht nach Gravesend gekommen sei. Alles in ihm brenne danach, mich in seine Arme zu schließen, aber leider segle er morgen nach Ägypten ab, um das Terrain für unsere gemeinsame Zukunft zu sondieren. Er teilte mir die Adresse eines Notars in London mit, bei dem ich Briefe und Mitteilungen für ihn hinterlegen sollte. Das tat ich natürlich sofort und so fand Eddy nach seiner Rückkehr aus Ägypten zu mir.»

«Das heißt, Sie haben sich nach jener Weihnachtsnacht ein halbes Jahr lang nicht gesehen?», fragt Mr. Crisparkle.

«Annähernd ein halbes Jahr lang, ja.»

«Was willst du, Master – wir haben uns viel länger nicht gesehen», wirft Mr. Tartar ein.

«Das lässt sich wohl nicht ganz vergleichen», gibt der Reverend zurück.

«Nicht?»

«Nein, weil wir nicht in dieser Weise miteinander ... äh ... engagiert sind.»

«Nicht mehr oder noch nicht?»

«Dann bleibt nur noch ein letzter Punkt zu klären, ein letztes Rätsel zu lüften», sagt Mr. Datchery. «Mr. Droods Taschenuhr ist um 20 nach zwei stehen geblieben. Zu diesem Zeitpunkt, so glaubten wir, müsse die Uhr ins Wasser geworfen worden sein, und kurz zuvor müsse sich die Tat ereignet haben. Inzwischen wissen wir, dass sich keinerlei Untat ereignet hat und dass die Uhr viel früher ins Wasser geworfen wurde. Das muss damit zusammen hängen, dass es sich um ein Produkt aus der Werkstatt des Uhrmachermeisters John Barwise aus London handelt, der im Ruf steht, Taschenuhren von meisterhafter Qualität zu fertigen. Ich habe mich erkundigt, es wurde nicht ausgeschlossen, dass die Uhr auch unter Wasser noch eine Weile funktioniert haben könnte.»

«Hört, hört», ruft Mr. Grewgious. «An die Uhr habe ich nicht mehr gedacht. Welch systematischer Geist, Mr. Datchery! In der Tat, nun ist auch dieser letzte Punkt abgehakt.»

Alles ist gesagt, keine Fragen mehr offen – bis auf eine. Während

Mr. Grewgious und Mr. Crisparkle das Gehörte noch verdauen, ist Mr. Datchery diesen letzten Schritt bereits gegangen.

«Wann brechen Sie auf?», fragt er.

«Unser Schiff nach Alexandria legt in acht Tagen ab», antwortet Edwin.

«Und wir fahren ebenfalls mit», sagt Rosa, hinter der in diesem Moment Miss Twinkleton auftaucht.

«Wir? Wer ist ‹wir›?», ruft die Herrin des Nonnenhauses.

«Helena und ich. Nicht wahr, Helena – wir gehen nach Ägypten!»

«Natürlich, Liebste», antwortet Helena, ergreift Rosas Hand und drückt sie fest mit beiden Händen. «Zwei Paare gehen nach Ägypten, zwei Brüder und zwei Schwestern.»

«Ich freue mich schon auf die Ibisse und Cheopse und Pharaos», sagt Rosa, aber der Blick, den sie Helena schenkt, macht unmissverständlich klar, worauf sie sich wirklich freut.

«Pharaonen, meine Liebe», berichtigt Miss Twinkleton. «Pharaonen.» Dann seufzt sie und fügt hinzu: «Nun ja – warum nicht. Reisen bildet.»

25

Alles in Schmalz

Ein italienisches Autorenduo würde jetzt schreiben: «Wir nähern uns dem Ende, Leser!»

Das kommt für uns nicht infrage, weil es offensichtlich ist. Klar, eine würdige Abschiedsvorstellung muss trotzdem sein, aber die liest sich so:

Alle sind gekommen, die mit dem Fall Drood zu tun hatten, um zum Abschied zu winken, alle. Am Pier von Southampton, wo die HMS Victoria gleich ablegen wird, stehen sie im Schein der warmen Spätnachmittagssonne. Doch schauen nicht alle fröhlich drein. Das strenge, asketische Gesicht von George Bernhard Shaw sticht aus der Menge. Daneben ist der umfangreiche Leib von Gilbert Keith Chesterton zu erkennen. Wen würde es wundern, wenn die beiden die Gelegenheit zum Anlass nähmen, den Gerichtsprozess noch einmal zu überdenken, in dem sie den Fall Drood vor fast 100 Jahren zu klären versucht haben? Etwas weiter hinten steht John Forster, der Biograph, der stets behauptet hat durch Dickens persönlich erfahren zu haben, wie die Sache ausgeht; auch er wirkt nicht gerade zufrieden. Sir Felix Aylmer dagegen lächelt, denn er hat es ja immer gesagt: Jasper ist unschuldig! Und das italienische Autorenduo ist auch gekommen und feixt schelmisch im Rücken der Bande.

Oben an der Reling stehen die Brüder und Schwestern und winken zurück, während die Leinen schon losgemacht werden. Rosa weint, denn der Abschied fällt ihr schwerer als erwartet und außerdem ist ihr eingefallen, dass es in Ägypten außer Ibissen, Cheopsen und Pharaos auch Skorpions gibt. Doch Hauptsache, sie ist bei ihrer Helena. Aus diesem Grund trägt sie den Ring wieder am Finger. Das Sonnenlicht verfängt sich tief im glühenden Herzen der Rubine.

Helena wiederum hat schon so manchen Abschied überlebt und

ist zuversichtlich, dass auch diesmal nichts Lebensgefährliches geschieht – zumal sie sich an der Seite ihres Bruders weiß. Ihr dunkles Gesicht glüht aus Vorfreude auf das neue Leben. Sie hat England nie leiden können.

Auch Neville hat sich hier nicht wirklich wohl gefühlt, aber er hat sich diszipliniert und das Martyrium fast klaglos ertragen. Jetzt liegt es hinter ihm und alles wird besser. In Ägypten wartet Arbeit auf ihn. Die Gesellschaft, für die Edwin dort tätig sein wird, kann einen Sekretär gebrauchen. Neville wird sich bewähren müssen, aber wenn es nicht klappt, findet er etwas anderes.

Edwin Drood ist jetzt ein Mann. Er hat sein Leben in die Hand genommen. Darauf kann er stolz sein. Und das ist er tatsächlich, alle können es sehen. Allerdings ist er trotz Aufbruchstimmung auch ein wenig traurig, denn er hat seinen Onkel nicht mehr treffen können. Mr. Datchery hat es ihm zu Jaspers Schutz verboten. So ist das alte Leben für Edwin also doch nicht vollends abgeschlossen. Irgendwann wird er zurückkehren und vor Jasper hintreten, aber das wird erst in frühestens einem Jahr so weit sein, und anschließend wird er wieder nach Hause fahren, an den Nil. Die Sonne Ägyptens strahlt schon jetzt aus seinen Augen.

Unten am Pier stehen die übrigen Beteiligten und winken hinauf. Miss Twinkleton hat beständig ein Tuch am Auge; den Verweis auf diverse Dichterworte ersparen wir uns. (Zum Beispiel: Abschied ist ein bisschen wie sterben.) Mr. Crisparkle und Mr. Tartar stehen einträchtig nebeneinander, nachdem sie in den vergangenen Nächten ein paar trennende Details ausgeräumt haben. Auch Mrs. Crisparkle ist gekommen, zusammen mit den Topes, obwohl sie Diskussionsbedarf angemeldet hat. Hinter ihr steht Durdles neben Deputy und Mr. Datchery, der in der Zwischenzeit Jaspers Behandlung organisiert hat. Man kann zuversichtlich sein, dass es Jasper, der natürlich nicht gekommen ist, in einem halben Jahr besser gehen wird, aber eine Gewähr gibt es dafür nicht. Mr. Sapsea hat sich keine Zeit nehmen können; Regierungsgeschäfte machen seine geistvolle Anwesenheit in Cloisterham unabdingbar. Und Mr. Grewgious steht wieder dermaßen steif, dass er bei stärkerem Wind knarren würde wie ein Mastbaum.

Die Leinen sind los. Matrosen entern die Takelage. Das Focksegel flattert im Wind, der günstig steht. Die Schlepper legen sich ins Zeug und ziehen die Victoria langsam vom Pier fort, bis sie frei ist und auch die restlichen Segel setzen kann. An Deck schwenken die Passagiere ihre Taschentücher und auf englischem Boden antworten die Zurückbleibenden.

«Denk dran!», ruft Miss Twinkleton. «Es heißt ‹Pharaonen›! Mach mir keine Schande, Rosa!»

«Kommt uns mal besuchen!», ruft Mr. Crisparkle zum letzten Mal. Er ist ein bisschen traurig, weil Neville nun aus seinem Leben verschwindet.

«Natürlich», antwortet Edwin. Er muss bereits schreien, um an Land noch verstanden zu werden, so weit ist die Victoria schon weg, und dabei denkt er an das Glitzern des Nils und daran, dass er die ganze Zeit mit Neville zusammen sein wird. Er legt den Arm um Nevilles Schulter, sie sehen sich an und glücklich lachen sie sich ins Gesicht.

Der Einzige, der kein Taschentuch schwenkt, ist Mr. Grewgious. Er hasst lange Abschiede. (Genau wie ich. Frank dagegen kann so was zelebrieren.) Sein Spazierstock gibt ihm Halt genug, um diese Szene zu überstehen, aber seinem Gesicht ist anzusehen, dass er am liebsten rufen würde: «Haken wir das endlich ab! Schluss! Drücke ich mich unklar aus?»

Doch er bleibt hölzern wie gewohnt, so dass die winzige, einsame Träne, die gerade über seine Wange läuft, eher an ein Harztröpfchen erinnert. Er wischt sie dennoch nicht weg.

Verhör G. Ablewhite

Oh je, Mr. Ablewhite – ich weiß wirklich nicht, wohin das mit Ihnen noch führen soll. Ich sehe schwarz für Sie, mein Freund – für Sie und Ihr Seelenheil. Wissen Sie, was das bedeutet: Fagin-Hölle? Unaussprechliche Qualen, Marter in alle Ewigkeit.

Ich fürchte Ihre Fagin-Hölle nicht. Ich behaupte sogar, Sie existiert nicht. Ihre Jammerei bringt Sie nicht weiter!

Aber das war unser vierter Durchgang und trotzdem haben Sie mir die ganze Geschichte so wiedergegeben, wie Sie sich unmöglich zugetragen haben kann.

Ich werde auch beim zehnten Durchgang kein einziges Wort zurücknehmen. Falls Sie weiterhin nicht wahrhaben wollen, dass ich die Lösung gefunden habe, verhören Sie einfach meinen Freund Frank. Sein Bericht wird sich nicht von meinem unterscheiden.

Ach, Mr. Ablewhite, Sie stimmen mich traurig.

Ist mir egal. Gestehen Sie es doch einfach: Charles Dickens wollte als erster Autor der Welt einen Schwulenroman schreiben, 20 Jahre vor Oscar Wilde. Mittendrin hat er dann Zweifel bekommen und versucht die Geschichte in eine andere Richtung zu wenden. Der Tod hat ihn daran gehindert. Und soll ich Ihnen sagen, was mich so sicher macht?

Bitte keine weiteren Kabinettstücke aus Ihrem Perversitätenschatz!

«Perversitätenschatz» ist ein schönes Wort. Nein, ich spreche von einem glasklaren Beweis.

Ach, Mr. Ablewhite ...

Edwin Drood verschwand, sobald wir unsere kleine Inszenierung beendet hatten. Er wurde ganz langsam durchsichtig, und als er kaum noch zu sehen war, gab er einen leisen, zufriedenen Seufzer von sich. Wenn Sie mich fragen – es klang ziemlich erlöst.

Machte es zufällig Plopp, als der heilige Drood sich auflöste?

Inspector, Ihre Ironie kommt lahm. Nein, er löste sich geräuschlos auf, bis auf den Seufzer, denn die Endlosschleife, in der er als Wiedergänger gefangen war, wurde durchbrochen, als wir den Roman auf richtigem Weg zu Ende führten.

Und die anderen Romanfiguren?

Verschwanden ebenfalls.

Alle?

Alle.

Auch Datchery und Deputy?

Leider. Und soll ich Ihnen sagen, was Datcherys letzte Worte waren?

Nein.

«Jetzt ist endlich Schluss mit diesem Kack.»

Von einem wie Mr. Datchery kann man wohl nichts anderes erwarten.

Nur einer verschwand nicht.

Lassen Sie mich raten: der ominöse Rentner mit dem Rauschebart.

Ihre Kombinationsgabe ist verblüffend. Tatsächlich, der alte Knabe blieb übrig. Er war ziemlich blass, sofern man das bei dieser Unmenge von Haaren in seinem Gesicht erkennen konnte, und er wirkte nicht besonders zufrieden, aber er sagte keinen Ton, als wir in Southampton am Hafen standen und der *Victoria* nachwinkten. Können Sie sich diese Szene im Kino vorstellen? Wie bei Bertolucci. Kamerafahrt über drei Gesichter, auf denen die tief stehende Sonne glüht – Grewgious, Crisparkle, Datchery. Sie sind dem Horizont zugekehrt. Dann zieht die Kamera in die Höhe, so dass man die betröppelte Autorenmeute mit Charlie in ihrer Mitte am Pier sieht, und zuletzt gibt es aus dieser Totale einen Schwenk auf das Schiff, das in der Ferne entschwindet – kommen Ihnen da nicht die Tränen? Und dann wurden wir festgenommen und hierher gebracht und von da an wissen Sie mehr als ich.

Ich muss jetzt also wohl zu anderen Methoden greifen. Huch ... Aber Herr!

CUFF, SCHLUSS DAMIT! AB IN DIE ECKE! DU HAST VERSAGT!

Ja, Herr, ich gehorche. Der Herr befiehlt und der Inspector gehorcht.

SCHWEIG! UND JETZT ZU IHNEN, SIE SCHLEIMIGES, ABSCHEULICHES, WIDERLICHES ...

Machen Sie immer so einen Krach, wenn Sie eine Tür öffnen?

SIE ... ETWAS, SIE!

Ich kann mich irren, aber ist es möglich, dass Sie im Moment der Sprache nicht ganz mächtig sind?

ER SPOTTET! WIE KOMMT EIN DERART FRAGWÜRDIGES INDIVIDUUM WIE

Sie eigentlich dazu, mir nichts, dir nichts die Wahrheit herauszufinden?

Darf ich Charlie zu Ihnen sagen? Und Ihnen außerdem einen Besuch beim Visagisten empfehlen, zugunsten einer Bartberatung? Und was die Wahrheit betrifft – die haben Sie selbst mir verraten, mit Deputys Mund, auf der Toilette im Traveller's Twopenny.

Keine Details! Weiter!

Der Ring, Charlie, der Ring! «Achte auf Rosas Hände», hat Deputy zu mir gesagt. «Sie wird einen Ring tragen.» Der Ring war der Schlüssel zum Geheimnis. Damit war klar, dass Edwin nicht tot sein konnte, denn wie sollte er Rosa sonst den Ring gegeben haben? Und jetzt will ich Ihnen mal was sagen: Das ganze Affentheater mit Verhör und so weiter war absolut überflüssig. Geben Sie doch einfach zu, dass Sie einen Roman über Schwule schreiben wollten! Mann, jeder schreibt heutzutage solches Zeug. Das geht so weit, dass sich kaum noch jemand für das Zeug interessiert. Ein Schriftsteller, der sich mit diesem Thema befasst, gilt schon fast als altmodisch.

Und warum sollte ich es dann zugeben?

Für Sie gälte das natürlich nicht, Sie wären ja der Erste, der einen Roman über Schwule geschrieben hätte. Sie wären der große Tabubrecher, der Provokateur und man würde Sie auch im 21. Jahrhundert noch genauso modern finden wie zu Ihren besten Zeiten. Hören Sie, ich schlage Ihnen einen Deal vor: Sie lassen Frank und mich endlich gehen und dafür verbreiten wir drüben in der Realität ein völlig neues Bild von Charles Dickens. Die Welt wird staunen, wenn sie erfährt, was wirklich hinter Ihrem letzten Projekt steckt! Sie werden ... Warum lachen Sie?

Mr. Ablewhite, Sie sind ein Schlitzohr! Sie wollen hier raus, wie?

Natürlich.

Vielleicht ist das wirklich das Beste. Aber Sie müssen mir etwas versprechen.

Was Sie wollen!

Erzählen Sie drüben niemandem, dass es eigentlich Wilkies Idee war!

Sie meinen Ihren Schriftstellerkollegen?

WILKIE COLLINS, GENAU. WIR SASSEN OFT ZUSAMMEN UND SOFFEN, UND DABEI GESTAND ER MIR EINES ABENDS, DASS ER VON DEN INVERTIERTEN FASZINIERT SEI. ER FAND SIE ANRÜCHIG UND KRANK – ABER EBEN AUCH FASZINIEREND. AN DIESEM ABEND SPRACH ER DEN SATZ: «MAN MÜSSTE EINEN ROMAN ÜBER SIE SCHREIBEN.»

Da war er vermutlich sturzbetrunken, nicht wahr?

WAS TUT DAS ZUR SACHE? DIESE IDEE HAT IN MIR WEITERGEARBEITET, DARAUF KOMMT ES AN. VERSPRECHEN SIE MIR, DASS SIE DAS FÜR SICH BEHALTEN.

Klar doch, kein Problem.

GUT, DANN KÖNNEN SIE GEHEN. BRINGEN WIR DIE DROOD-DEBATTE ZU ENDE, AUCH WENN ICH BAUCHWEH DABEI HABE. ICH SEHNE MICH NACH RUHE. SCHLUSS DAMIT. GEHEN SIE! DORT IST DIE TÜR.

Wie komme ich hinüber in die Realität?

ICH HABE SOEBEN MR. DATCHERY INS LEBEN ZURÜCKGERUFEN. ER WARTET DRAUSSEN UND WIRD SIE HINÜBERBRINGEN. BEEILEN SIE SICH, DENN ES WILL MIR SCHEINEN, ALS OB DATCHERY NICHT BESONDERS FROH DARÜBER IST, DASS ICH IHN NOCH EINMAL GEWECKT HABE. NEHMEN SIE IHREN FREUND MIT. ER BEFINDET SICH IN DER NACHBARZELLE. UND DANN RASCH – DIE ALLERLETZTE TWOPENNY LEGT IN WENIGEN MINUTEN AB. ALLER WAHNSINN HAT MAL EIN ENDE, SELBST DER VON QUANTEN.

Notiz zur Textfassung

Charles Dickens nahm das Geheimnis des Edwin Drood mit ins Grab, erst 22 Kapitel hatte er zum Druck freigegeben. Der Roman erschien als Fortsetzungsgeschichte in einer von Dickens herausgegebenen Zeitschrift. Über die Auflösung des Falls wurden keine schriftlichen Aufzeichnungen gefunden; verschiedene Bekannte Dickens' behaupteten, die Wahrheit zu kennen, aber ihre Aussagen widersprechen sich.

In England hat diese fatale Situation einige Aktivitäten ausgelöst. Neben mehreren Fortschreibungen der Geschichte wurde eine «Gerichtsverhandlung» mit Schriftstellern als Anwälten und Richtern durchgeführt, in der anhand der Indizien der Fall aufgeklärt werden sollte. In den neunziger Jahren griffen die italienischen Autoren Fruttero und Lucentini den Fall wieder auf: In ihrem Roman «Die Wahrheit über den Fall D.» lassen sie literarische Detektive an der Auflösung arbeiten. Im Jahr 2001 erschien auch in Deutschland schließlich eine konventionelle Auflösung des Falles aus der Feder der Dickensianerin Ulrike Leonhardt.

Wir stellen uns mit der Publikation unserer Ausgabe also in eine große Tradition. In zwei Punkten unterscheidet sie sich jedoch deutlich von ihren Vorgängerinnen: Zum einen verzichten wir auf die komplette Wiedergabe des Originaltexts. Der Autor Lutz Büge fasst weite Passagen des Texts in einer Nacherzählung zusammen, die jedoch keine inhaltlichen Veränderungen am Original vornimmt. Einige Nebenstränge der Handlung wurden allerdings deutlich gestrafft. Zum anderen wird der Roman innerhalb einer Rahmenhandlung präsentiert, die gänzlich ohne Mitwirkung des großen Charles Dickens entworfen wurde.

Soweit Dickens in Heike Steffens exakter Übersetzung zu Wort kommt, ist dies im Schriftbild an dieser Kursivschrift zu erkennen.